A HEROÍNA DA ALVORADA

SÉRIE A REBELDE DO DESERTO

vol. 1: *A rebelde do deserto*
vol. 2: *A traidora do trono*
vol. 3: *A heroína da alvorada*
Extra: *Contos de areia e mar* (e-book)

A Heroína da Alvorada

ALWYN HAMILTON

Tradução
ERIC NOVELLO

8ª reimpressão

SEGUINTE

Copyright © 2018 by Blue Eyed Books Ltd
Publicado mediante acordo com Lennart Sane Agency AB.

O selo Seguinte pertence à Editora Schwarcz S.A.

Grafia atualizada segundo o Acordo Ortográfico da Língua Portuguesa de 1990, que entrou em vigor no Brasil em 2009.

TÍTULO ORIGINAL Hero at the Fall
CAPA Faber and Faber
ILUSTRAÇÕES DE CAPA StudioHelen/ Navio: Potapov Alexander/ Shutterstock
PREPARAÇÃO Lígia Azevedo
REVISÃO Érica Borges Correa e Renato Potenza Rodrigues

Dados Internacionais de Catalogação na Publicação (CIP)
(Câmara Brasileira do Livro, SP, Brasil)

Hamilton, Alwyn
　A heroína da alvorada: a rebelde do deserto : volume 3 / Alwyn Hamilton ; tradução Eric Novello. — 1ª ed. — São Paulo : Seguinte, 2018.

　Título original: Hero at the Fall.
　ISBN 978-85-5534-068-0

　1. Ficção canadense 2. Ficção fantástica I. Título.

18-12676　　　　　　　　　　　　　CDD-813

Índice para catálogo sistemático:
1. Ficção : Literatura canadense em inglês 813

Todos os direitos desta edição reservados à
EDITORA SCHWARCZ S.A.
Rua Bandeira Paulista, 702, cj. 32
04532-002 — São Paulo — SP
Telefone: (11) 3707-3500
www.seguinte.com.br
contato@seguinte.com.br

　/editoraseguinte
　@editoraseguinte
　Editora Seguinte
　editoraseguinteoficial

Para Molly Ker Hawn.
Por ter sido a primeira a se apaixonar pela história da Amani.
E por tornar tudo isso possível.

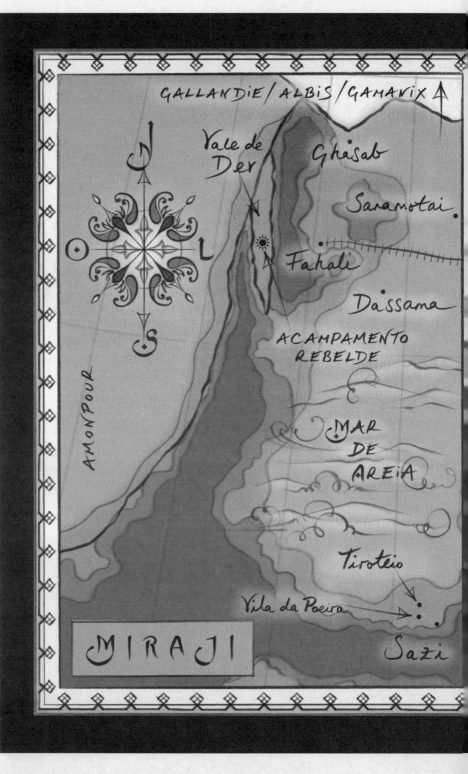

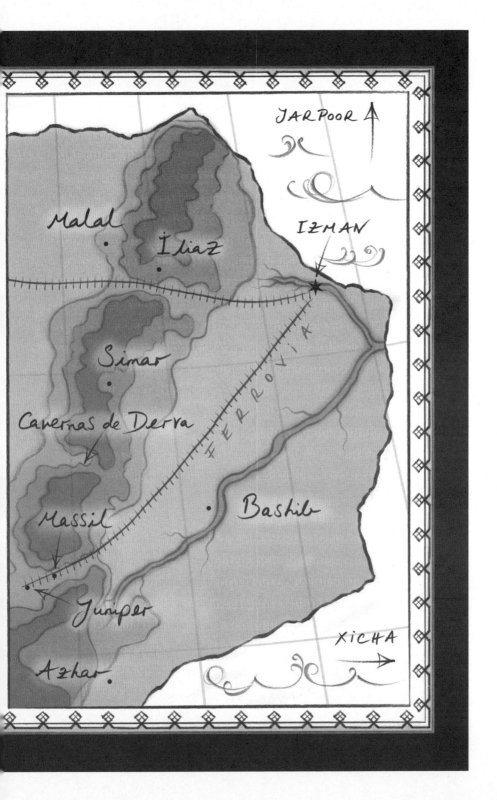

LISTA DE PERSONAGENS

A REBELIÃO

Amani — Dezessete anos, atiradora, demdji marcada pelos olhos azuis, capaz de controlar a areia do deserto, apelidada de Bandida dos Olhos Azuis. Tornou-se líder da rebelião na ausência do príncipe Ahmed.

Príncipe Ahmed Al-Oman Bin Izman — Dezenove anos, príncipe rebelde, líder da rebelião. Atualmente capturado.

Jin — Dezenove anos, príncipe de Miraji, irmão de Ahmed, nome completo Ajinahd Al-Oman Bin Izman.

Príncipe Rahim — Dezenove anos, príncipe de Miraji, irmão de sangue de Leyla, meio-irmão de Ahmed e Jin. Já foi comandante militar de Iliaz. Atualmente capturado.

Shazad Al-Hamad — Dezoito anos, filha de um general mirajin, uma das integrantes originais da rebelião, combatente bem treinada, estrategista. Atualmente capturada.

Sam — Dezoito anos, desertor do Exército albish, tornou-se ladrão. Consegue atravessar qualquer barreira feita de pedra.

Tamid — Dezessete anos, antigo melhor amigo de Amani, pai sagrado em treinamento, anda mancando devido a uma deformação de nascimento.

Delila — Quinze anos, demdji marcada pelo cabelo roxo, capaz de criar ilusões a partir do ar. Irmã de sangue de Ahmed, irmã adotiva de Jin. Atualmente capturada.

Hala — Dezenove anos, demdji marcada pela pele dourada, capaz de distorcer a mente das pessoas com alucinações.

Izz e Maz — Irmãos gêmeos demdjis de dezessete anos, marcados respectivamente pela pele e pelo cabelo azuis, metamorfos capazes de se transformar em qualquer animal.

Navid — Marido de Imin. Capturado. Destino desconhecido.

Sara — Guardiã da Casa Oculta em Izman.

Fadi — Filho de Shira com o djinni Fereshteh. Demdji marcado pelo cabelo azul. Recebeu o nome de seu avô. Foi levado do palácio para sua proteção.

NORTE DE MIRAJI

Sultão Oman — Governante de Miraji, pai de Ahmed e Jin.

Leyla — Quinze anos, filha do sultão e irmã de sangue do príncipe Rahim. Inventora talentosa. Traiu a rebelião.

Lorde Balir — Dezenove anos, emir de Iliaz. Está morrendo por conta de uma doença prolongada.

General Hamad — Pai de Shazad. Finge lealdade ao sultão.

Samira — Dezessete anos, filha do falecido emir de Saramotai. Recentemente nomeada líder de Saramotai pela rebelião.

DJINNIS

Bahadur — Djinni imortal. Pai de Amani.

Fereshteh — Djinni imortal. Pai de Fadi. Foi morto para que sua energia se tornasse eletricidade para a máquina do sultão. O primeiro djinni a morrer desde a Primeira Guerra.

O ÚLTIMO CONDADO

Farrah — Tia de Amani, irmã mais velha de sua mãe.
Asid — Marido de Farrah, comerciante de cavalos na Vila da Poeira.
Nasima — Uma das primas mais novas de Amani.
Olia — Uma das primas mais novas de Amani.
Fazim — Morador da Vila da Poeira. Foi namorado de Shira. Inimigo de Amani.
Noorsham — Demdji marcado pelos olhos azuis, capaz de produzir fogo djinni que pode aniquilar uma cidade inteira. Natural da cidade mineradora de Sazi. Paradeiro desconhecido desde a batalha de Fahali.

FALECIDOS

Zahia — Mãe de Amani, enforcada pelo assassinato do marido.
Hiza — Marido da mãe de Amani. Não era pai de Amani. Morto pela esposa.
Nadira — Mãe de Ahmed e Delila. Morta pelo sultão por engravidar de um djinni.
Lien — Natural de Xicha, esposa do sultão. Mãe de Jin, mãe adotiva de Ahmed e Delila. Morreu por causa de uma doença.
Bahi — Amigo de infância de Shazad, pai sagrado desonrado, morto por Noorsham.
Príncipe Naguib — Um dos filhos do sultão, comandante do Exército, morto por rebeldes na batalha de Fahali.
Malik Al-Kizzam — Usurpador de Saramotai. Morto por Shazad.

Ranaa — Jovem demdji que consegue conjurar luz em suas mãos. Morta em combate.

Sayidda — Espiã da rebelião no palácio. Torturada até a loucura na máquina do sultão. Morta durante a fuga do Acampamento Rebelde.

Mahdi — Amante de Sayidda. Traiu a rebelião para tentar salvar Sayidda. Morto durante a fuga do Acampamento Rebelde.

Ayet, Uzma e Mouhna — Esposas do príncipe Kadir. Torturadas até a loucura na máquina do sultão.

Shira — Prima de Amani, esposa do príncipe Kadir, sultima. Executada sob ordens do marido por ter dado à luz o filho de um djinni.

Príncipe Kadir — Filho mais velho do sultão, sultim, herdeiro do trono de Miraji. Morto pelo sultão.

Imin — Demdji marcada pelos olhos dourados, metamorfa capaz de se transformar em qualquer pessoa. Irmã de Hala. Assumiu a identidade de Ahmed e foi executada em seu lugar para salvá-lo.

MITOS E LENDAS

Seres primordiais — Seres imortais criados por Deus, como djinnis, buraqis e rocs.

Destruidora de Mundos — Ser das profundezas da terra que veio à superfície para trazer morte e escuridão. Derrotada pela humanidade.

Carniçais — Servos da Destruidora de Mundos, como pesadelos, andarilhos, entre outros.

Primeiro herói — O primeiro mortal criado pelos djinnis para enfrentar a Destruidora de Mundos. Feito de terra, água e vento, trazido à vida com fogo djinni. Também chamado de primeiro mortal.

Princesa Hawa — Princesa lendária que cantava para trazer o sol ao céu.

Herói Attallah — Amante da princesa Hawa.

1

Acordei de um sono tomado por pesadelos ao ouvir o som do meu nome.

Já estava sacando a arma quando reconheci o rosto de Sara, entrando e saindo de foco na minha visão turva pela exaustão.

Meu dedo relaxou no gatilho. Não era um inimigo, apenas a guardiã da Casa Oculta. Ela segurava uma pequena lamparina que iluminava somente seu rosto. Por um momento, sua cabeça parecia flutuar no escuro, como aquelas do sonho que aos poucos desvanecia.

Imin usando o rosto de Ahmed, indo por vontade própria para a plataforma do carrasco.

Minha prima Shira gritando em rebeldia enquanto era forçada a se ajoelhar diante do bloco do carrasco.

Ayet com olhos enlouquecidos, esperando a morte, sua alma drenada.

Ranaa, a criança demdji que carregava o sol nas mãos e morreu atingida por uma bala perdida em uma batalha onde não deveria estar.

Bahi, queimado na minha frente pelo meu irmão.

Minha mãe, enforcada na Vila da Poeira por atirar no marido, um homem que nem era meu pai.

Pessoas que eu tinha visto morrer. Pessoas que eu tinha deixado morrer. A acusação estampada no rosto delas.

Mas Sara era real. Ela ainda estava viva. E tinha outros também.

Quando o sultão armou uma emboscada no acampamento rebelde na cidade, muitos foram capturados. Mas houve apenas uma execução.

Imin. Nossa demdji metamorfa.

Imin morreu usando o rosto de Ahmed para enganar o sultão e toda a Izman, fazendo-os acreditar que o príncipe rebelde estava morto, enquanto Delila criava uma ilusão para esconder o irmão, que havia sido preso com o resto do grupo.

Então Ahmed estava vivo. Assim como Shazad, nossa general, ainda que não gostasse de ser chamada assim. Precisávamos de Shazad de volta, para que continuasse a liderar nossa luta contra o sultão. E precisávamos de Rahim, outro filho do sultão, que guardava rancor do nosso aclamado governante desde que ele causara a morte de sua mãe. Rahim era nossa chave para conseguir um exército inteiro nas montanhas, que jurava lealdade a ele.

E agora cabia a mim resgatá-los. Bem, a mim e aos outros que escaparam naquela noite: Jin, nosso príncipe relutante; Hala, a demdji de pele dourada e osso duro de roer; Izz e Maz, os gêmeos metamorfos; e Sam, nosso ladrão forasteiro mais ou menos confiável. Não exatamente um exército, mas o que havia sobrado.

Eu tinha caído no sono em uma cadeira num canto da Casa Oculta, nosso último refúgio em Izman, para onde os rebeldes remanescentes haviam fugido. Um brilho fraco vindo da janela perpassou o rosto de Sara, por tempo suficiente para que eu notasse sua preocupação. Seu cabelo estava despenteado em virtude da noite sem descanso, e um manto vermelho-escuro pendia frouxo sobre sua roupa de dormir, como se ela o tivesse amarrado com pressa.

Devia estar amanhecendo. Meu corpo ainda sentia o peso da exaustão, como se eu tivesse dormido apenas algumas horas. Eu poderia dormir um ano e ainda assim não me livraria desse cansaço. Sentia a exaustão da dor e do luto. A lateral do meu corpo ainda latejava do esforço de usar meus poderes poucas horas atrás; por um segundo, fiquei tonta, e me esforcei para não me desequilibrar.

— O que está acontecendo? — Minha voz saiu rouca enquanto eu alongava o corpo, ainda dolorido por ter sido todo cortado pela minha tia no dia anterior. Um mal necessário, para tirar o ferro que o sultão tinha colocado sob a minha pele para impedir que eu usasse meu poder de demdji. — Já é de manhã?

— Não, mas levantei porque o bebê estava inquieto. — Meus olhos se ajustaram devagar, e percebi que ela estava segurando uma criança adormecida nos braços. O pequeno Fadi, demdji recém-nascido de Shira. Se houvesse alguma justiça no mundo, ele estaria com a mãe agora. Mas Shira tinha sido executada também. Lembrei do olhar acusatório dela em meu pesadelo. Seu filho cresceria sem uma família por minha causa. — Então notei que havia... — Sara hesitou. — Acho melhor você ver por si mesma.

Não podia ser boa coisa. Esfreguei os olhos cansados. O que mais poderia ter dado errado nas últimas horas? Na minha mente, vi a cabeça de Imin caindo na plataforma de novo e de novo. Tirei as mãos do rosto. Era melhor encarar a realidade do que pesadelos.

— Muito bem — eu disse, levantando devagar. — Mostre o caminho.

Embalando o pequeno demdji de cabelo azul em seus braços, Sara me levou pela escada escura em espiral até o telhado que dava o nome à Casa Oculta. O jardim de cima era cercado de todos os lados por treliças grossas com flores que escondiam a casa dos olhos curiosos e mantinham Sara e todas as mulheres sob sua responsabilidade seguras.

Eu soube que havia algo errado antes mesmo de sairmos. Era tarde da noite, mas havia uma luz tênue vindo de fora, como o vermelho de um amanhecer furioso, que não fazia sentido naquele horário, nem mesmo no verão.

Sara chegou ao telhado na minha frente e saiu rapidamente do caminho, desobstruindo minha visão. Então compreendi do que falava.

Izman estava sob um domo de fogo.

Havia chamas ondulantes por todos os lados, como uma imensa abóbada sobre a cidade. Eu conseguia ver as estrelas do outro lado, mas estavam borradas e fora de foco, como se as olhasse através de um vidro opaco. A oeste, o fogo se curvava para baixo na direção dos muros da cidade; ao norte, mergulhava em direção ao mar. Uma memória me veio do nada: minha mãe na cozinha quando eu era pequena, colocando um copo sobre um besouro que corria pela mesa, para prendê-lo. Eu observava curiosa enquanto o inseto subia na lateral do copo, frenético e confuso. Sem saída. Olhando para o domo de fogo sobre nós, entendi muito bem como aquele pequeno inseto da Vila da Poeira se sentia.

— É magia — disse Sara, olhando severamente para as estrelas através do brilho das chamas.

— Não. — Algum tempo antes, eu teria acreditado naquilo também. Mas reconheci o fogo bruxuleante, brilhante demais, sobrenatural. Era o mesmo que eu tinha visto brotar nas catacumbas sob o palácio quando Fereshteh morrera na máquina do sultão. O mesmo fogo roubado que eu vira ser usado para acender os abdals, os soldados mecânicos do sultão, que ainda patrulhavam as ruas lá embaixo, tentando manter o toque de recolher. — É um truque. — Alguma nova criação de Leyla, a filha inventora do sultão, projetada para nos manter presos ali. Só que, ainda que fosse uma novidade, havia algo estranhamente familiar naquilo.

E eis que um grande muro de chamas envolveu a montanha, aprisionando-a por toda a eternidade.

As palavras dos Livros Sagrados logo surgiram na minha mente. A Vila da Poeira havia me enfiado escrituras goela abaixo pelos primeiros dezesseis anos da minha vida. Eu conhecia a história da

Muralha de Ashra, a grande barreira de fogo que havia aprisionado a Destruidora de Mundos no fim da Primeira Guerra, tão bem quanto qualquer um.

Assassinato de seres imortais. Inspiração em histórias dos Livros Sagrados. O sultão realmente estava brincando de deus.

Só que a função daquela barreira não era nos proteger de um grande mal. E estava longe de ser um trabalho sagrado.

Dessa vez, o grande mal nos aprisionava.

Acordei apenas Jin. Demorei mais do que gostaria para encontrá-lo em um dos muitos aposentos da casa. Ele havia adormecido na cama desarrumada totalmente vestido, com o braço cobrindo o rosto, para se proteger da luz. Nem precisei sacudi-lo. No instante em que toquei seu ombro, seus olhos se abriram e sua mão apertou dolorosamente meu punho antes de me reconhecer.

Jin xingou em xichan e soltou a mão rapidamente, já sentando. Ele lutou para ficar alerta em meio à exaustão.

— Você me assustou, Bandida.

— Não finja que essa é a primeira vez que uma garota te acorda de madrugada.

A leveza das minhas palavras logo evaporou enquanto eu tirava uma longa mecha de cabelo escuro do seu rosto para vê-lo melhor. Ele precisava cortar. Mas fazia muito tempo que não podíamos nos dar ao luxo de perder tempo com banalidades. Desde que tivemos que evacuar o acampamento no deserto.

Jin segurou minha mão novamente, dessa vez com mais gentileza, e por um momento vi um fantasma daquele velho sorriso, como se tivéssemos problemas mais simples do que os que de fato enfrentávamos. Mas antes que pudesse dar voz ao pensamento que acompanhava esse sorriso, minhas palavras fizeram sentido em sua mente cansada.

— Como assim? Ainda é madrugada? — ele perguntou, olhando para a luz que entrava pela janela.

Nossa breve fuga da realidade acabou.

Mostrei a ele o que Sara havia me mostrado, e esperamos ansiosamente pelo verdadeiro amanhecer. A casa acordou pouco a pouco, e assisti a mesma angústia recair sobre os ombros de todos ao ver o domo. Cada um deles olhava para mim querendo respostas que eu não tinha.

Como foi feito? Podemos passar por ele? O objetivo é nos manter presos?

Finalmente, a primeira centelha do sol da manhã atravessou o véu de fogo, sinalizando o fim do toque de recolher. Jin e eu podíamos entrar em ação.

As ruas já estavam cheias de gente de olho no céu de fogo acima de nós. As perguntas que os rebeldes me fizeram eram repetidas por todos. Jin e eu desviamos das pessoas o mais rápido possível sem atrair suspeitas. Estávamos atentos à bússola na mão dele. Aquela emparelhada com a de Ahmed.

— Ele ainda está com ela — eu disse em voz alta para ter certeza, enquanto corríamos pelas ruas apertadas da cidade. Eu ficava cada vez mais ofegante conforme nos aproximávamos do palácio, onde os prisioneiros haviam sido detidos na noite anterior, antes da execução de Imin. Podiam ainda estar lá, ou em algum outro lugar da cidade. Mas, conforme nos aproximávamos das ruas mais amplas e refinadas que cercavam o palácio, a agulha da bússola não apontava naquela direção. Continuava apontando para o sul.

Passamos pelo palácio, meu peito mais apertado a cada passo que dávamos nos afastando dali. Achávamos que os rebeldes capturados ainda estariam detidos entre os muros do palácio. A gente *contava* com isso. Agora só restava me apegar a uma última esperança de que ao menos eles ainda estivessem na cidade. De que a bússola de Jin localizaria seu par antes de chegarmos à muralha.

Mas isso não aconteceu.

O céu além da parede de fogo tinha passado de rosa a dourado quando chegamos ao portão sul da cidade, chamado de Zaman, em homenagem ao primeiro sultão de Miraji. Logo depois do portão, a muralha de fogo subia.

Parecia muito mais imponente de perto, crepitando e estalando furiosamente. Soltando faíscas aqui e ali, como se tivesse fome de destruição. Como se fosse consumir tudo que ousasse tentar atravessá-la.

E a bússola na mão de Jin apontava diretamente para ela.

Eles estavam fora da cidade. O sultão tinha deslocado os prisioneiros e murado seu entorno. Estávamos presos ali, separados de nossos companheiros. Eles haviam sido levados para algum lugar onde ficariam presos pelo resto da vida, sem direito a julgamento. Era o que nosso sultão considerava misericórdia.

Dali, podíamos sentir o calor emanando do muro. Jin pegou uma pedra da rua e a jogou para cima algumas vezes. Aquilo o fez parecer jovem, um garoto prestes a fazer uma travessura. Então ele lançou a pedra na muralha de fogo. Ela não ricocheteou como faria se fosse uma parede comum, nem atravessou como faria se fosse fogo normal. Foi incinerada, transformada em cinzas no intervalo de uma batida de coração.

Queimaríamos ainda mais rápido se tentássemos cruzá-la.

Meu primeiro pensamento foi de que o sultão estava tentando nos impedir de chegar até os prisioneiros. Tentando me impedir de sair, para que pudesse me arrastar de volta para o palácio. Mas essa hipótese vinha acompanhada de dúvidas, que Jin compartilhava.

— Não faz sentido. — Ele passou a mão pelo cabelo, tirando o sheema do lugar. Olhei em volta rápido, para verificar se havia alguém que pudesse nos identificar. — Não se ele pensa que Ahmed está morto. Tudo isso... não pode ser por nossa causa.

Era verdade. Na cabeça do sultão, a rebelião tinha sido derrotada. Um ato de guerra tão grandioso contra nós seria um desperdício.

— Para quem é, então?

A resposta veio antes de o sol se pôr. Aguardávamos ansiosamente notícias do palácio. Queríamos saber o que o sultão diria ao povo sobre o fogo ao nosso redor.

Izz e Maz circulavam sobre o palácio na forma de cotovias, revezando-se para retornar à casa. Mas não havia nada para relatar. Pelo menos até um pouco antes de o sol se pôr.

Izz e Maz voltaram juntos, dois pássaros cor de areia se entrecruzando freneticamente no céu antes de pousarem no telhado e voltarem à aparência humana.

— Invasores — Izz falou primeiro, tentando recuperar o fôlego. —Vindos do oeste.

— Bandeiras azuis e douradas — Maz acrescentou com a respiração pesada, o peito subindo e descendo. Meu coração vacilou. Gallans. Eles estavam marchando para a cidade. Os invasores que todos do deserto conheciam muito bem. Vindo tomar nosso país de uma vez por todas.

Aquele era o motivo do muro. Não queriam nos manter do lado de dentro. Queriam mantê-los do lado de fora.

A cidade estava protegida. Mas nós estávamos presos.

2

A sultima imortal

Há muito tempo, havia um deserto sob cerco e um sultão sem um herdeiro para defendê-lo.

O deserto tinha muitos inimigos. Vinham do leste, do oeste e do norte para ocupar as cidades, escravizar o povo e roubar suas armas para lutar outras guerras em terras distantes.

O sultão viu que seu deserto estava cercado por vários lados, e que suas forças estavam em menor número. Então convocou os reis, rainhas e príncipes inimigos ao seu palácio.

Chamou de trégua.

Seus inimigos viram como rendição.

Mas era uma armadilha.

Ele lançou soldados feitos de metal e magia sobre seus inimigos, reduzindo-os a pó.

Muitos recuaram, mas o grande império espalhado pelo norte ouviu a declaração de guerra e resolveu revidar. Estavam furiosos com a morte de seu rei e dos seus soldados. Então, o jovem príncipe impulsivo, assumindo o lugar do pai, ordenou que suas forças marchassem para a grande cidade do deserto e a destruíssem.

O sultão soube da ameaça que se aproximava. Tinha uma quantidade considerável de filhos, que poderiam ser enviados para a batalha. Mas não tinha um herdeiro. Seu primogênito morrera nas mãos do príncipe rebelde, que tinha sido consumido pelo ciúme e buscara o trono para si mesmo.

Ou pelo menos era o que alguns diziam.

Outras pessoas diziam que o príncipe rebelde não era um traidor, e sim um herói. Elas defendiam que o príncipe rebelde deveria defender o deserto. Não um dos filhos do sultão criados no palácio, mas seu herdeiro pródigo.

Justo quando o exército inimigo se aproximava, o príncipe rebelde foi capturado. Mesmo que o povo gritasse pedindo que o príncipe os salvasse, ninguém pôde salvá-lo do bloco do carrasco. As pessoas do deserto sabiam que não importava se ele era um rebelde, um traidor ou um herói — todos os homens eram apenas mortais.

E mesmo assim, quando o machado desceu, algumas pessoas que assistiam juraram que ele parecia mais do que um mero mortal, e testemunharam que sua alma deixou seu corpo em um grande feixe de luz, transformando-se em um escudo de fogo protegendo a cidade. Sussurravam que o príncipe rebelde havia atendido seu pedido de socorro mesmo na morte. Assim como Ashra, a Abençoada, tinha respondido ao chamado do deserto milhares de anos antes.

Quando os invasores chegaram, encontraram a grande barreira de fogo protegendo a cidade. Não puderam atacar, e o povo do deserto louvou o príncipe rebelde por sua proteção. Os estrangeiros não podiam fazer nada além de cercar a cidade e esperar que a muralha de fogo cedesse ou que o sultão enviasse um campeão — um príncipe herdeiro — para liderar seus exércitos contra eles.

No primeiro dia do cerco, o filho vivo mais velho do sultão, um grande espadachim, foi até o pai e perguntou se poderia ter a honra de liderar seus exércitos em uma batalha contra os inimigos em seus portões. Mas o sultão se recusou. Não sabia se o príncipe era merecedor.

No segundo dia, o segundo filho mais velho do sultão, um grande arqueiro, foi até ele e perguntou se poderia ter a honra de liderar seus homens e fazer chover flechas sobre os inimigos que os cercavam. Mais uma vez o sultão recusou, sem saber se ele era merecedor.

No terceiro dia, o terceiro filho do sultão se voluntariou. E também foi recusado.

Dias se passaram, então semanas, sem que um herdeiro fosse escolhido para combater os inimigos. O povo ficava cada vez mais inquieto.

Tendo rejeitado cada um dos seus filhos com idade para lutar, o sultão declarou que um novo herdeiro seria escolhido por meio de um combate, seguindo a tradição do deserto, que remontava à época do primeiro sultão.

O povo se reuniu no palácio para ver os jogos, aglomerando-se nos degraus para vislumbrar os homens que poderiam se tornar seu governante. O sultão apareceu e disse que, embora ainda estivesse de luto pelo primogênito, via que um novo herdeiro precisava ser escolhido, para o bem de seu país e de seu povo.

Mas ele mal tinha começado a falar quando se ouviu outra voz.

Ele mente.

Era a voz de uma mulher. Ela não gritava — sussurrava. Mesmo assim, todos a ouviram com clareza, como se tivesse falado em seus ouvidos. Ou em suas mentes.

As pessoas reunidas olharam em volta estupefatas, procurando a mulher corajosa o bastante para falar algo assim do aclamado governante. Então viram algo em que mal puderam acreditar. A mulher que havia falado não estava ao lado deles, mas diante deles, segurando a própria cabeça nas mãos, pressionada contra o peito.

Seu pescoço terminava em um toco sangrento.

Aqueles que a reconheceram passaram a informação adiante. Logo corria entre todos os presentes que diante deles se encontrava a abençoada sultima. A esposa traidora do sultim morto, executada por ordem do marido.

De volta dos mortos.

Embora seus lábios não se movessem, todos a ouviam falar.

Ele mente, ela repetiu, com o cabelo esvoaçando entre os dedos enquanto encarava a multidão de modo acusador. *E mentir é pecado.*

Quando acabou de falar, o céu escureceu. O povo de Izman olhou para cima e viu que uma grande tempestade de areia tinha encoberto o sol, mergulhando o palácio nas sombras, enquanto a abençoada sultima brilhava ainda mais resplandecente. Todos se encolheram sob a tempestade colérica, que agora pairava sobre suas cabeças como o machado que tirou a vida da sultima enquanto todos assistiam. Agora quem assistia era ela. Todos caíram de joelhos, orando por perdão, sem saber se para Deus ou para a sultima morta.

Mas ela não estava interessada em perdão. Apenas na verdade.

Não foi o príncipe rebelde que matou o sultim. Sua voz soou ainda mais clara, mesmo com o vento crescente que mantinha a areia sobre suas cabeças.

Foi seu próprio pai. A mão sangrenta da sultima se ergueu, apontando na direção do sultão em sua sacada, acima do povo. A cabeça dela escorregou das mãos e caiu no chão para que seus olhos o encarassem com raiva. A voz dela não vacilou. *Ele matou seu filho a sangue-frio, assim como fez com os irmãos e o pai. E agora vem diante de vocês fingindo estar de luto enquanto se prepara para enviar mais filhos para a morte, lutando contra os invasores que ele mesmo trouxe.*

Os cidadãos de Izman, de joelhos diante da aparição miraculosa, acreditaram nela. Por que mentiria?

Então a sultima pegou sua cabeça do chão e a virou para encarar os príncipes atrás de si. Um caiu de joelhos. Outro sacou um arco, disparando uma flecha na direção do peito já ensopado de sangue da sultima. A flecha passou direto, como se atravessasse água.

A sultima olhou para a flecha fincada no chão com desdém antes de virar novamente para os príncipes, indefesos diante de suas palavras.

O sultim não será escolhido dessa prole de príncipes indignos. A escolha já foi feita, e eu venho aqui com um aviso.

Mais tarde, os presentes contariam como ela embalou a própria cabeça tal qual a criança que havia sido tirado dela, a criança que alguns diziam que não havia nascido de seu marido, mas de um djinni. É claro que eles tinham escolhido a mãe de um de seus filhos como mensageira de seu mundo.

O príncipe rebelde é o verdadeiro herdeiro. Ele deve governar Miraji, ou nenhum outro sultão reinará. O país será destruído pela guerra e pela conquista, consumido pelos exércitos à espreita em nossos portões. Será dividido e sangrará até a morte nas mãos de nossos inimigos.

Este sultão só pode trazer escuridão e morte. Apenas o verdadeiro herdeiro de Miraji pode trazer paz e prosperidade.

Então, um grito aflorou na multidão. Mesmo assim, todos ouviram as palavras que se seguiram.

O príncipe rebelde renascerá.

Trazendo uma nova alvorada. Um novo deserto.

3

Izman parecia diferente vista de cima.

Eu estava no parapeito da grande casa de oração e podia ver a multidão reunida para os jogos do sultim bem abaixo de nós. Havíamos escolhido aquele lugar justamente para ficar de olho nos eventos daquela manhã. Definitivamente não tinha sido pelo conforto.

Eu me desloquei pela murada estreita tanto quanto pude, tentando obter uma visão melhor do que estava acontecendo. Senti a gravidade e quase perdi o equilíbrio; à minha direita, Jin instintivamente agarrou meu braço, me estabilizando antes que eu mergulhasse centenas de metros até a morte.

— Não posso me dar ao luxo de perder você também, Bandida — disse ele enquanto me ancorava em nosso observatório.

Maz e Izz estavam ao nosso redor. Haviam voado com a gente até ali, na forma de dois rocs gigantes, pouco antes do amanhecer, quando as pessoas começaram a se reunir. O sol deixava o domo dourado da casa de oração tão brilhante que quase me cegava, apesar de eu estar de costas para ele. O que significava que pareceríamos ilusões caleidoscópicas em vez de carne e osso a qualquer um que por acaso olhasse na nossa direção.

Quando eu estava lá embaixo, a cidade era uma caixinha de surpresas. Curvas bruscas, alcovas escondidas, becos inesperados. Longas ruas pontuadas ocasionalmente por janelas que revelavam outros mundos às pedras empoeiradas do calçamento. Passagens estreitas tornavam-se mais estreitas ainda, tomadas por fileiras de bancas de comércio e um fluxo contínuo de pessoas. Tudo isso coberto por toldos coloridos obscurecendo o céu. Eu ainda não tinha conseguido decifrar a cidade, mesmo depois de quase um mês presa ali pelo grande domo de fogo.

Eu sabia que era uma das invenções perversas de Leyla. Mas, naquela noite, as outras pessoas recorriam à mesma explicação de Sara. Só podia ser magia antiga. Coisas do tipo não eram vistas desde a Primeira Guerra.

Muitos o batizaram de Muro de Ahmed. Alguns até oravam para ele — eram os chamados Acólitos de Ahmed. Homens e mulheres que chamuscavam as roupas e ficavam com o rosto cheio de cinzas porque passavam os dias tentando se aproximar da grande barreira de fogo, com o intuito de rezar para que ela mantivesse os invasores do lado de fora dos portões. Não importava quantas vezes os soldados do sultão enxotassem os Acólitos de Ahmed, eles continuavam voltando, manhã após manhã. Alguns haviam até morrido por se aproximar demais da barreira. Desintegravam-se como a pedra que Jin havia arremessado nela no primeiro dia. Os Acólitos acreditavam que Ahmed havia salvado a todos nós.

Embora eu odiasse admitir, era provável que a barreira realmente tivesse nos salvado. Só que não tinha nada a ver com Ahmed.

De nosso ponto de observação, eu podia ver as fileiras de tendas azuis cercando a cidade com precisão militar. Esperando. Como vinham fazendo havia semanas. Não demorou muito para que chegassem à cidade depois que os gêmeos as viram no horizonte. Mas a invasão parou por aí. Também não era possível atravessar a barreira pelo lado de fora. Suas balas se desintegravam no fogo. Logo os gallans ficaram em silêncio, contentando-se em cercar a cidade. Todos sabíamos que não desistiriam tão fácil.

Os gallans tinham ocupado o deserto por quase duas décadas. Haviam colocado o sultão no trono, ajudando-o a tomá-lo de seu pai e seus irmãos. Em troca, ele havia permitido que nos impusessem suas leis. Deixado que suas crenças os guiassem na matança de demdjis e seres primordiais. Forçado os mais pobres a desempenhar atividades perigosas, como forjar armas para eles lutarem suas guerras. Os gallans impuseram sua violência sem medo das consequências. O sultão havia permitido que aquilo acontecesse até que deixasse de servir aos seus propósitos. Só então havia tentado aniquilá-los usando meu irmão, Noorsham, um demdji que podia destruir cidades inteiras. O sultão usou contra os gallans aquilo que eles mais desprezavam — a magia. Mas havíamos nos metido em seu caminho antes que Noorsham pudesse acabar com eles. Eu queria expulsar os gallans como todo mundo, mas Noorsham levaria junto um monte de mirajins. No fim, a única coisa que o sultão conseguiu foi transformar os gallans em inimigos. E agora lá estávamos nós, sob cerco do maior império do mundo.

Eles pareciam achar que, se esperassem do outro lado da barreira de fogo, cedo ou tarde Izman cederia. Mas eu sabia uma coisa ou outra sobre o sultão. Ele não continuaria no jogo se não acreditasse que podia ganhar.

Me perguntei quantas vilas e cidades mirajins os gallans haviam saqueado no caminho até Izman. Quantas pessoas teriam morrido enquanto o sultão esperava que chegassem até ele.

O sultão me dissera uma vez que seu propósito era proteger o país. Que estava estabelecendo Miraji como uma força a ser respeitada, para que nenhum exército estrangeiro tentasse ocupá-la novamente. E talvez fosse verdade. Mas a cada passo em direção a essa suposta segurança, o sultão acumulava mais poder, e mais corpos eram pisoteados pelo caminho. O povo não havia concordado em ser uma peça daquele jogo contra os invasores estrangeiros.

Então a rebelião ia encerrar o jogo.

Traríamos Ahmed de volta. E Rahim. E Shazad. E Delila. E todos os outros que haviam sido capturados. Íamos acabar com aquilo. Assim que descobríssemos como dar o fora daquela cidade.

Uma gota de suor deslizou sob meu sheema, descendo pelo pescoço e por baixo do kurta.

—Você está bem, Bandida? — Jin perguntou no meu ouvido.

Queria ser capaz de mentir. De dizer a ele que estava firme e forte. Como não conseguiria, preferi não responder.

— Chegou a hora — disse apenas, estendendo as mãos para a cidade lá embaixo, esticando os dedos ao máximo. — Se preparem.

Eu não era capaz de alcançar as dunas além da barricada artificial do sultão, mas a cidade estava cheia de areia do deserto. Em seu íntimo. Em sua alma.

Puxei. Meu ferimento doeu, como um músculo protestando em ser usado. Era o que acontecia desde que o metal fora removido da minha pele. A cicatriz na lateral do corpo doía como se lembrasse do ferro e estivesse lutando contra meu poder de demdji. De início, foi apenas um puxão, mas estava ficando cada vez pior. E uma ou duas vezes senti como se a areia pudesse escapar completamente do meu controle.

Ignorei aquilo o melhor que pude, enquanto a areia se erguia das ruas em uma onda dourada, como vapor saindo de uma banheira. Ela veio das frestas entre os paralelepípedos, de dobras nas roupas, das folhas nos jardins dos terraços. Foi enchendo o ar, rodopiando e se reunindo. Milhares de grãozinhos de areia espalhados pela cidade, que sozinhos não eram nada, mas se uniam em uma tempestade revoltosa.

Em algum lugar lá embaixo, na multidão reunida para assistir aos jogos do sultim, estava Hala, toda coberta para proteger sua pele dourada dos olhares curiosos. Dois rebeldes que haviam escapado conosco, Riad e Karam, a acompanhavam. Eu confiava neles para mantê-la segura ou tirá-la dali se fosse demais para aguentar.

Era uma ilusão em uma escala maior do que Hala jamais tinha feito: a abençoada sultima voltaria à vida. Minha prima Shira, exatamente como aparecia nos meus pesadelos, com a cabeça decapitada, o olhar acusador, seria projetada na mente de milhares de pessoas de uma só vez, para plantar uma centelha de dúvida sobre o sultão e interromper os jogos.

Era arriscado, um ato de desespero, levar os poderes de Hala ao seu limite. Mas tínhamos que fazer algo. A última coisa de que precisávamos era o país se submetendo a um novo príncipe enquanto tentávamos resgatar o antigo. Mas impedir os jogos do sultim era apenas um de nossos propósitos.

Hala era a distração. Eu era a cobertura.

Nossa real intenção era chegar ao palácio.

Distrações também podem servir à causa.

Shazad me disse isso uma vez, quando tentou me resgatar do harém com panfletos chovendo do céu. Mas Shazad fazia tudo parecer fácil.

Dois alvos. Uma bala. Isso eu podia entender. *Dois objetivos. Um plano.*

Ouvi um grito lá embaixo quando a ilusão de Hala se infiltrou na mente das pessoas ao redor. Por um momento, perdi o foco, deixando meu poder escapar do controle. Senti a dor ardente na lateral do corpo começar a amenizar. Foi um alívio tão grande que por um segundo quis desistir, soltar a tempestade, bloquear a dor. Deixar tudo ir embora e descansar.

Me esforcei para retomar o controle da areia e, no mesmo instante, a dor voltou. Prossegui até a tempestade cobrir o quarteirão lá embaixo, numa massa rodopiante que impedia que alguém nos visse. Meu corpo ainda doía. Me mexi, tentando amenizar a dor, e a tempestade se mexeu comigo, de forma inesperada. Não podia adiar mais o sinal. Já estava com dificuldade de manter o controle. Virei a cabeça na direção de Jin e dos gêmeos só o suficiente para ser ouvida sobre o barulho da tempestade.

—Agora.

Não precisei falar duas vezes. Maz estava exasperado havia horas, mudando incansavelmente de forma, só esperando a ordem. Havia um enorme sorriso em seu rosto quando ele jogou de lado o manto que vestia, mandando-o tempestade de areia abaixo enquanto pulava da borda do telhado sem pensar duas vezes. Por um segundo, ele foi apenas um garoto no ar, no ápice de um salto, antes da queda inevitável, o momento em que se para de voar para mergulhar em direção ao solo. Até que deixou de ser um garoto. Seu corpo mudou — braços se transformando em asas, pés se tornando garras, pele explodindo em penas. Izz foi logo atrás, segurando um embrulho na boca enquanto ela se transformava em bico e se lançando do parapeito. Se a multidão lá embaixo pudesse ver, pareceria que dois rocs tinham acabado de brotar do domo dourado da casa de oração, como se ovos místicos tivessem chocado. Eles planaram graciosamente acima da tempestade que os escondia, felizes em voltar a se transformar.

Diferente dos gêmeos, Jin mal havia se movido desde nossa subida. Ele era bom nisso, em permanecer parado quando todo mundo em volta estava inquieto. Mas eu conseguia perceber mesmo assim, sob sua pele, a impaciência da espera para entrar em ação. Estava lá havia semanas. Desde o dia em que vimos Imin ser executada como Ahmed. Desde a noite em que nos descobrimos presos na cidade, incapazes de resgatar nossos companheiros. Incapaz de salvar a família que ele protegera por anos. Às vezes eu o notava abrindo e fechando a mão compulsivamente sobre a bússola de latão, mas era o único sinal que dava de que estava tão preocupado quanto o restante de nós. Jin me lançou um olhar de canto de olho, que durou apenas tempo suficiente para eu assentir, garantindo que estava bem. Que podia aguentar firme. Eu não ia contar que a dor estava se espalhando pelo ferimento na lateral do meu corpo e que eu não sabia quanto tempo mais poderia aguentar.

Jin me respondeu com um sorriso discreto, um fantasma daquele que costumava dar quando as coisas eram mais simples e outras pessoas comandavam a rebelião. O sorriso que dizia que estávamos prestes a nos meter em confusão. Mas já estávamos em apuros fazia tempo.

Então ele deu um passo no ar.

Maz planou abaixo dele, acomodando-o com facilidade em suas costas, depois mudou de direção com uma batida de asas para levá-lo até o palácio, onde Izz esperava em toda sua glória de penas azuis.

Deixei escapar um suspiro desconfortável, lutando contra a urgência de baixar uma das mãos e pressionar onde doía. Precisávamos encontrar um caminho através daquela barreira intransponível, para enfim sairmos da cidade. Já havíamos procurado por algum tipo de brecha em todo o perímetro de Izman — um portão, uma fissura pela qual desse para passar, qualquer coisa. Mas a cidade estava hermeticamente fechada. O que significava que precisávamos procurar em outro lugar pela saída. Como na pilha de papéis espalhados na mesa do sultão, que incluíam tudo desde rotas de suprimento para o exército até cartas endereçadas a governantes estrangeiros convidando-os para o Auranzeb, a festa que celebrava a ascensão do sultão ao trono. Eu tinha vasculhado tudo quando estava no palácio.

Só que não tínhamos mais um espião ali. Precisávamos nos infiltrar de novo se pretendíamos conseguir alguma informação.

Aquela estava longe de ser nossa primeira tentativa de entrar no palácio. Algumas semanas antes, Sam havia tentado passar pelos muros. Sua estranha magia albish permitia que deslizasse pela pedra sólida como se fosse água. Era um dom que ninguém em Miraji havia testemunhado, de modo que até então não existia proteção contra ele.

Só que já tínhamos mostrado nossas cartas na emboscada do sultão. Depois de escaparmos por pouco, ele sabia exatamente quais eram os poderes que guardávamos nas mangas. Ele ordenou que colocassem painéis de madeira do lado de dentro dos muros, tão sólidos para Sam quanto para qualquer um.

E eles estavam esperando que tentássemos entrar.

A bala teria atingido o coração de Sam se ele não tivesse se movido no último segundo para voltar até o lugar onde o aguardávamos, ocultos pela ilusão de Hala, para fazer um comentário sarcástico. Por isso, o tiro pegou no ombro. Houve um bocado de sangue. Por toda parte. Espalhando-se pelo muro enquanto ele saía, sem nenhum lugar para onde recuar a não ser o céu aberto. Pelas minhas mãos, quando o segurei enquanto perdia a consciência. Pela camisa de Jin, quando o colocou no ombro para carregá-lo. Ensopando as roupas de cama limpas quando finalmente o deitamos na Casa Oculta, ainda respirando. Em péssimas condições.

Não que salvá-lo tenha mudado muita coisa no longo prazo.

Mas foi como aprendemos a lição. Tínhamos que esperar uma oportunidade melhor. Mesmo que cada segundo que esperássemos significasse que os prisioneiros estavam sendo levados para mais longe. E que podiam estar sendo torturados. Ou mortos. Precisávamos esperar.

Os jogos do sultim pareceram a oportunidade ideal, então tivemos que aproveitá-la. Não importava quão desesperada fosse nossa ação.

Mais adiante, Izz abria suas enormes asas azuis, pegando carona em uma corrente ascendente da minha tempestade de areia enquanto sobrevoava o palácio, sua sombra enorme passando de leve sobre os muros e jardins do harém, depois sobre o domo de vidro que coroava as câmaras do sultão.

Se não éramos capazes de atravessar os muros, tentaríamos algo menos sutil.

Izz largou os explosivos que carregava, deixando-os despencar na direção do vidro. O domo explodiu, estilhaçando-se em uma chuva de cacos que refletiu o sol, parecendo estrelas caindo do céu. Jin e Maz entraram e foram direto para os aposentos do sultão. Izz deu a volta para me pegar.

Ele planou abaixo de mim e respirei fundo, lutando para manter a tempestade de areia sob controle mesmo com a atenção dividida. A dor me distraía, mas eu tinha que confiar que Izz conseguiria me pegar se eu pulasse. Então, dobrando os joelhos de leve, pulei para o nada. Pousei nas costas de Izz, e o impacto expulsou o ar dos meus pulmões, escurecendo minha visão. Mas não soltei. Lutei para segurar tanto suas costas quanto o deserto enquanto ele voava para cima.

Não tínhamos muito tempo.

A ilusão de Hala podia funcionar no povo, fazê-lo acreditar que Shira realmente tinha voltado dos mortos, mas o sultão adivinharia que éramos os responsáveis. E não levaria muito tempo para perceber que estávamos fazendo mais do que apenas incitar seu povo contra ele e seus filhos. Ele sairia à nossa procura. Eu tinha que ganhar mais tempo para Jin.

Izz rodopiou pelo ar até estarmos sobre o domo estilhaçado. Jin e Maz haviam sumido de vista no escritório do sultão. Eu só conseguia ver a beira da mesa à qual havíamos nos sentado uma vez, comendo um pato que eu mesma havia matado nos jardins, enquanto ele me provocava, me fazendo duvidar de Ahmed.

Agora, ela estava coberta de cacos de vidro.

Ignorando a dor lancinante, afastei o corpo das costas de Izz para que pudesse ver a areia. Lutei para manter o equilíbrio enquanto o vento chicoteava meu cabelo, jogando-o no rosto, repuxando minhas roupas. Respirei fundo e voltei a reunir a areia, segurando mais forte. Ergui os braços como faria se quisesse dissipar a tempestade de areia pelas ruas de Izman, mas em vez disso a lancei em uma grande rajada rodopiando na nossa direção.

A areia disparou, passando por mim e por pouco não pegando a asa de Izz, empurrando-o para cima. Não afrouxei as mãos enquanto ele se debatia, tentava freneticamente recuperar o equilíbrio. Lancei todos os grãos de areia que havia tirado das ruas de Izman pela cúpula de vidro quebrada em uma cascata bem controlada, ignorando a agonia lancinante. Concentrei a areia na direção do corredor que levava aos aposentos do sultão, inundando-o, bloqueando a entrada como uma rolha em uma garrafa, cortando qualquer meio que os soldados teriam para chegar a Jin.

Então soltei. A dor finalmente diminuiu, indo de uma facada para uma dormência enquanto eu recuava. Me acomodei nas costas de Izz enquanto olhava para o que havia feito. Aquilo não duraria para sempre. Era areia; eles iam retirá-la mais cedo ou mais tarde. Mas provavelmente eu havia ganhado tempo suficiente para Jin encontrar o que precisávamos. Se estivesse mesmo lá.

Com algumas batidas poderosas de suas asas, Izz nos carregou para o alto, para fora do alcance dos tiros que vinham do solo. Lá de cima, eu podia ver o palácio se abrir sob nós como uma miniatura de brinquedo. Os soldados corriam em direção aos aposentos do sultão. Homens e mulheres na praça caíam de joelhos enquanto a visão de Shira se dissipava de suas mentes. Os doze príncipes permaneciam em choque, um de pé com a espada sacada, sem ninguém com quem lutar. Pessoas fugiam da tempestade de areia, do som da explosão próxima e da aparição repentina de um roc gigante pairando sobre eles.

E então vi uma figura solitária lá embaixo, nos jardins do harém, olhando direto para nós. Foi sua imobilidade que chamou minha atenção. Eu a reconheci na hora, mesmo à distância, pelo modo como o cabelo estava preso e pela inclinação dos ombros. Era como uma estátua, tão imóvel quanto um de seus abdals antes de entrarem em ação para matar.

Leyla.

A princesa traidora.

4

Ela parecia pequena de onde eu estava. Como um rato olhando para um falcão, tolo demais para fugir.

Me inclinei em direção à cabeça de Izz, apontando na direção dela. Ele podia estar em forma animal, mas me entendia muito bem. Queria que descesse até ela.

Eu o senti hesitar por algumas batidas pesadas de suas asas enormes. Ele não queria entrar no harém. Não era parte do plano. Quase podia ouvir a voz de Shazad na minha cabeça. *Claro, Amani, ótima ideia. Passamos meses tentando tirar você do harém. Mas vá em frente, volte direto para lá quando não estou aí para te resgatar.* Ahmed ouviria o conselho dela, como sempre fazia. Seria cauteloso.

Mas os dois tinham sido capturados. Por causa de Leyla. O que me deixou no comando da rebelião, sem poder contar com bons conselhos.

Vocalizei meu comando.

— Izz, me leve lá para baixo.

Ele obedeceu. Segurei com mais força em suas costas enquanto ele mergulhava na direção dos jardins do harém.

Leyla só percebeu que era nosso alvo tarde demais. Já estávamos em cima dela quando tentou procurar proteção, e a força do ar propelido pelas asas de Izz a derrubou. Enquanto ela se afastava desajeitadamente, pisei no harém pela primeira vez desde minha fuga. Izz assumiu a forma de um enorme leão azul, saltando atrás dela antes que pudesse recuperar o equilíbrio, prendendo-a no chão com as patas dianteiras. Leyla não gritou, mesmo com os dentes afiados a centímetros do seu rosto. Apenas fechou os olhos, como se pensasse que estava pronta para morrer.

Ela tentava ser valente, e era boa nisso. Havia passado vários dias conosco, seus inimigos, fingindo estar do nosso lado, sem dar o menor indício. Seria de admirar, se não fosse nossa inimiga.

— Izz — ordenei. — Deixe ela levantar. — Ele fez o que pedi. Recuou rosnando e removeu sua pata lentamente de cima dela. Assim que possível, Leyla se arrastou para trás, mas seus ombros logo encontraram a parede. Ficamos em silêncio por um longo momento, Leyla respirando pesadamente enquanto me observava. Puxei minha arma enquanto pensava o que faria com ela. Não havia pensado em todos os detalhes quando pedi para descer.

Mas era melhor eu começar.

— Acho que devemos agradecer sua mente brilhante por toda... — Olhei para o domo de fogo no céu, procurando a palavra certa, ainda apontando a arma. — Toda essa bagunça.

Abri o tambor da pistola e verifiquei quantas balas eu tinha. Seis. Ótimo.

— Os guardas do meu pai... — Leyla começou, com um tremor sutil na voz.

— Imagino que os guardas do seu pai serão enviados primeiro para verificar a papelada dele, e só depois sua filha.

O harém inteiro estava estranhamente quieto ao nosso redor. Havia somente o som da respiração apavorada de Leyla e o clique alto do tambor da arma quando ele se encaixou no lugar.

Ela estremeceu com o som. Ou talvez tenha sido por ouvir aquela verdade tão diretamente.

—Você não vai me matar — ela disse, mas seus olhos acompanharam a arma mesmo assim, como se não tivesse certeza. Eu só tinha um ou dois anos a mais que Leyla, mas ela me parecia tão jovem. Eu havia amadurecido mais rápido no deserto. Leyla era uma criança do palácio. Tentei encontrar alguma simpatia em mim, mas não restara nenhuma para a menina que havia me traído. Que havia nos custado tanto porque eu acreditara que era tão inocente quanto parecia.

— Quer apostar sua vida nisso? — Apontei a arma para a cabeça dela. Leyla se encolheu, como se pudesse ficar pequena demais para ser acertada. Ela subestimava minha pontaria. Mas não atirei. — Escute o que vamos fazer. — Tentei soar segura, como se fosse um plano real, e não uma ideia idiota em que havia acabado de pensar. Como se eu não fosse apenas uma garota da Vila da Poeira com uma arma na mão, fingindo que podia arrancar informações da cabecinha brilhante de uma garota numa posição tão mais alta do que eu na sociedade que não seria capaz de me enxergar mesmo que se desse ao trabalho de olhar para baixo. — Vou fazer uma pergunta e puxar o gatilho. Se me responder com sinceridade, a bala vai acertar o muro atrás de você. Se mentir, vai tirar sangue. Fui clara?

Pelo medo súbito que vi em seu rosto, eu com certeza tinha sido clara. Eu era uma demdji. Só podia falar a verdade. Agora era ela, não eu, quem decidiria o destino da bala. De onde ele estava sentado, ainda na forma de um leão, pensei ter visto Izz se mover inquieto. Eu sabia o que ele estava pensando. Que eu estava me metendo em águas profundas demais. Mas era tarde para voltar atrás.

— Como nós a desativamos? Essa maldita barreira de fogo que você colocou em volta da cidade?

Leyla me olhou nos olhos.

— Vocês não têm como fazer isso.

Puxei o gatilho antes mesmo que ela tivesse terminado de falar. Antes que eu pudesse pensar duas vezes no que fazia. A bala acertou seu braço. O grito dilacerante que saiu de dentro dela me bastou como confissão. Dei uma olhada rápida no jardim atrás de nós. Não havia como aquele som ter passado despercebido. Nem mesmo no harém, onde as mulheres tinham prática em ignorar as coisas terríveis que aconteciam ao seu redor.

— Pensa na dor antes de me responder de novo — eu disse, voltando a olhar para Leyla, que sangrava. Eu tentava esconder o nervosismo enquanto puxava o cão da arma, deixando a próxima bala no lugar. — Me diga como, ou essa bala vai acertar seu joelho, e se quiser andar de novo um dia, vai ter que conseguir uma perna de metal igual à que deu para Tamid. Você lembra dele, não? Meu amigo? Aquele de quem você fingiu que gostava para poder atrair seu pai até nós?

A dor estava estampada no rosto de Leyla, agora perturbada pela raiva. Levar um tiro costumava ter esse efeito.

— Você não pode desarmar a muralha — ela rebateu. Antes que eu pudesse atirar de novo, Leyla continuou balbuciando depressa. — Porque ainda não inventei um jeito. Por enquanto, a única maneira de se livrar do muro é desativar a máquina. — Ela se referia à engenhoca que havia construído embaixo do palácio, aquela que tinha matado e aprisionado o djinni Fereshteh, transformando-o em energia para alimentar suas criações profanas, como os abdals. Agora ela alimentava o grande domo de fogo que cercava a cidade. — E para isso você precisa das palavras certas.

Precisávamos das palavras que libertariam os djinnis da armadilha para a qual eu os havia atraído. Com elas, poderíamos libertar os djinnis vivos e a energia de Fereshteh, que alimentava a máquina que dava vida a todas as pequenas invenções de Leyla.

Tamid descobrira as palavras para conjurar e aprisionar os djinnis, que não significavam nada até serem ditas por uma demdji e se tornarem uma verdade poderosa. Fora assim que eu havia aprisionado todos eles no palácio, quando o sultão me forçara a conjurá-los quando eu era prisioneira. Fazia um mês que Tamid vinha pesquisando as palavras que libertariam os djinnis. Mas por enquanto não tínhamos nada.

Puxei o gatilho novamente. Dessa vez a bala perfurou o muro atrás dela. Leyla estava dizendo a verdade.

— Você sabe as palavras para libertar um djinni? — perguntei. Ela tinha dito que não sabia. Mas isso quando fingia ser uma princesinha perdida de olhos marejados. Eu confiava nela demais para questioná-la a respeito.

— Não. — A terceira bala acertou o muro, pulverizando a pedra violentamente e fazendo Leyla se encolher para sair do caminho. Pelo menos ela tinha sido honesta sobre alguma coisa.

Leyla começou a chorar, seus soluços ecoando alto pelas paredes do jardim.

Aquele foi o terceiro tiro dentro do harém. Alguém já deveria ter chegado. Havia alguma coisa errada. Fiquei atenta a qualquer som além do choro de Leyla. Ao longe, podia ouvir a agitação de pássaros. Provavelmente aqueles aprisionados no zoológico, assustados com os tiros, mas incapazes de fugir. Não havia nenhum outro grito para acompanhar, nenhuma mulher pedindo ajuda ou entrando em pânico. Só as fontes borbulhando e, bem distante, os ruídos da cidade.

— Por que está tudo tão quieto?

Aquela não era exatamente uma pergunta para Leyla, mas ela respondeu mesmo assim.

— Não tem mais ninguém aqui — ela disse em meio a um soluço. — Meu pai mandou todo mundo para bem longe, por motivos de segurança. — Ela não disse mais nada, mas eu quase ouvi o "viu só?" que Leyla desejava acrescentar. Como se quisesse que eu pensasse estar enganada ao julgar que o pai dela era o vilão da história. Que ele era um homem que se importava com suas esposas e seus filhos. Mas eu não me importava com o que ela queria que eu pensasse do sultão. Só me importava com a maneira como Leyla havia dito aquilo. *Ele mandou todo mundo para bem longe.*

Me dei conta de que havia feito a pergunta errada. Precisávamos sair da cidade, mas não precisávamos encontrar uma forma de desarmar a barreira mágica que nos cercava. Só precisávamos *contorná-la*.

— Então está me dizendo que existe um jeito de sair da cidade?

A expressão já atormentada de Leyla mudou quando ela percebeu o que havia revelado.

— Não.

Levantei a arma e apontei para ela.

— Sim — Leyla admitiu rapidamente, corrigindo a mentira antes que eu disparasse de novo. — Sim.

A bala acertou o muro atrás dela, lançando estilhaços de pedra em seu rosto. Se não fosse verdade, teria acertado seu ombro. Foi como se o peso que pressionava meu peito desde que percebemos que estávamos presos tivesse sido aliviado e eu pudesse respirar de novo. Havia uma saída. E eu tinha uma arma apontada para alguém que sabia qual era. Estávamos quase livres.

— Como podemos sair da cidade?

Leyla havia parado de chorar. Ela me analisou por um momento com aqueles olhos escuros de cílios longos, vermelhos por causa das lágrimas. Fungando como uma garotinha, Leyla limpou o nariz na manga. Não havia praticamente nada de seu irmão Rahim nela. Ou do sultão. Havia mais da pálida mãe gamanix naquele rosto — a filha de um inventor da mesma terra ao norte que tinha produzido as bússolas de Jin e Ahmed. Seus traços eram mais delicados que os de seu irmão e seu pai; apesar de ter a pele escura como qualquer outra garota de Miraji, era evidente que não tinha visto tanto sol, aprisionada dentro daqueles muros. O harém a fizera parecer mais suave e infantil, enquanto Rahim parecia endurecido pelos anos nas montanhas. Mas isso não significava que eles eram um filho endurecido e uma filha gentil. Rahim pareceu arrasado com a traição da irmã para favorecer o pai, o homem que havia custado a vida da mãe dela. Já Leyla parecia mais cortante graças à lealdade ao pai, aqueles traços finos se tornando cruéis. Naquele momento, eu via sua maldade na curvatura dos lábios, enquanto olhava para o cano da minha arma e respondia.

— Existe uma fresta na barreira, perto do portão mais ao norte, grande o suficiente para uma pessoa atravessar.

Eu atirei, e a bala a acertou na perna. Ela gritou novamente, dobrando-se de dor e sangrando como consequência da mentira. Senti uma nova onda de raiva ao pensar que ela começaria a tentar me enganar agora que estávamos tão perto.

— Por que achou que sua mentira funcionaria? — perguntei a ela.

— Porque está quase sem balas.

Ela estava certa. Cinco tiros. Eu tinha dado cinco tiros nela. O que significava que aquela era minha última bala.

E então eu vi sobre mim a forma de um roc gigante disparando pelo ar, saído das ruínas do domo do palácio. Jin e Maz fugindo. O que significava que não tínhamos mais tempo. Foi quando ouvi passos se aproximando e gritos no fundo do harém. Os guardas finalmente vinham atrás da filha favorita do sultão.

Era hora de ir embora.

Apontei a arma para ela.

— Leyla, como saímos desta cidade? Me diga a verdade e essa bala vai errar a mira. Se mentir, essa bala vai direto para a sua cabeça.

Leyla tremia um pouco quando me encarou. Estava assustada. Para nós ela era a traidora, mas para ela eu era sua inimiga. No fim das contas, era uma guerra.

— Por que eu deveria contar se você vai me matar de qualquer jeito? — ela respondeu. — Essa bala pode até errar, mas você tem outras maneiras de acabar comigo. Pode quebrar meu pescoço ou me sufocar.

— Uma memória me veio à mente: Leyla inspecionando gentilmente as marcas no meu pescoço depois de o embaixador gallan quase espremer a vida de mim. — Por que me deixaria viva? — O argumento era bom: viva, ela era um perigo para nós. Se me desse aquela informação, não teria mais nenhuma utilidade. — Eu preferiria morrer a trair meu pai e meu governante. Não vou contar *jamais*. — Eu mantive o dedo no gatilho, mas não apertei. *Não vou contar jamais*. Não queria saber se aquilo era verdade. Não queria meter uma bala na cabeça dela se fosse mentira, porque ela não teria serventia para mim morta.

Maldita garota.

— Você tem razão. — Puxei o cão da arma, fazendo com que ela se retraísse. Não estava tão pronta para morrer quanto queria que eu acreditasse. — Não posso correr o risco de deixar você viva aqui. — Embainhei a pistola rápido, soltando o gatilho e deixando a bala no tambor. Em seguida, agarrei-a para colocá-la de pé. — Vamos.

Izz mudou de forma novamente, crescendo até se tornar um roc gigante. Leyla se debateu e gritou, mas ela era pequena e mais fraca. Eu a coloquei nas costas de Izz antes que conseguisse se soltar. Estávamos voando e fora do alcance das armas antes que os guardas chegassem perto o bastante para atirar.

5

— Bem, foi tudo inútil. — Hala bateu a porta atrás de si, fazendo um barulhão.

Eu estava cochilando de leve no parapeito da janela, mas sua raiva me acordou de imediato.

Tínhamos deixado Leyla no aposento que eu dividia com Hala. Nas histórias, as princesas roubadas de seus pais ficavam escondidas em torres no deserto ou em palácios acima das nuvens. Mas tudo o que tínhamos na Casa Oculta era um quarto com uma fechadura mais ou menos decente. Se tanto. A maioria dos rebeldes tinha sido capturada com Ahmed, mas ainda havia o suficiente de nós para não cabermos com as mulheres e crianças que já moravam na Casa Oculta. Estávamos apertados em grupos de três ou quatro por aposento, dormindo em almofadas ou no chão. Um grupo maior dormia no telhado, sob o céu ardente que nunca escurecia, protegendo os olhos como podiam. O que significava que nossa preciosa prisioneira tinha mais espaço do que qualquer outra pessoa na casa.

Hala e eu movemos nossa minguada coleção de pertences para o quarto vizinho, que pertencia a Sara e seu filho. Fadi, filho de Shira, também dormia lá. Parecia natural que ela cuidasse dele, já que era a única entre nós que sabia o que fazer com um bebê, embora eu tivesse visto Jin acalmá-lo uma ou duas vezes quando Sara estava dormindo.

De qualquer maneira, era uma solução temporária. Fadi não era meu, de Sara ou de Jin: era um órfão. Quando a guerra acabasse, eu precisaria encontrar um lugar onde pudesse ficar. *Se vencêssemos.* Ou então...

Eu estava acomodada no parapeito do quarto compartilhado. Jin se encontrava no chão, com a cabeça jogada para trás, apoiada na parede abaixo de mim. Eu tinha baixado a mão para sua cabeça enquanto caía no sono, como se precisasse ter certeza de que ele ainda estava lá. Agora estávamos os dois acordados, observando Hala cansados. A invasão ao palácio e o sequestro inesperado da princesa naquela manhã nos deixara exaustos.

Sara sentou no canto, balançando o berço que havia conseguido para Fadi. Conforme ia e voltava, eu podia ver sua mecha de cabelo azul entre as cobertas. Outro demdji. Outra criança que morreria se o país caísse sob domínio dos gallans que esperavam do lado de fora dos portões. Na única cama do quarto, o filho pequeno de Sara se mexia um pouco, inquieto em seu sono, com o punho enfiado na boca. A luz do fim da tarde atravessava a treliça da janela e desenhava sombras em seu rosto. Shazad dissera uma vez que o pai do menininho era Bahi, seu amigo mais antigo, que havia morrido nas mãos do meu irmão, Noorsham. Não convivi com Bahi por muito tempo, mas até eu podia ver a semelhança. Eu via os cachos escuros indisciplinados e a expressão sincera que me fizera confiar em Bahi quando ainda não tinha certeza se poderia voltar a confiar em Jin, agora no rosto de um menino que nunca conheceria seu pai por causa da guerra.

Continuávamos perdendo pessoas. E não só as nossas. Pessoas que pertenciam a outras. Pessoas cujas vidas não tínhamos o direito de sacrificar.

— Vocês não deviam ter voltado com papéis? — Hala desabou contra a porta, sua ira desaparecendo, como um fantoche cujas cordas tivessem sido cortadas, finalmente liberando-a de um grande show. Tinha olheiras escuras por falta de sono e parecia mais magra do que nunca. — Ou talvez algum tipo de mapa que dissesse "porta secreta para atravessar a barricada bem aqui"? Em vez disso, voltam com uma princesa que já trouxe o pai até nós uma vez. — Suas costas deslizaram vagarosamente pela porta até sentar no chão. — Da próxima vez gostaria de uma recompensa melhor depois de todos os meus esforços para colocar vocês dentro do palácio. Tenho uma queda por rubis, por exemplo. Mas safiras também são aceitáveis.

— Peguei tudo o que podia. — Jin alongou os ombros, esbarrando na minha perna. — Imagino que exista um escritório separado para mapas de passagens secretas. Eles provavelmente guardam as safiras lá também.

Os documentos que Jin tinha encontrado na mesa do sultão não rendiam muita coisa. Indicavam que o exército gallan avançava em nossa direção. O que já sabíamos, porque estavam acampados nos portões. Também havia informações de que reforços viriam poucas semanas depois, o que explicava por que o sultão estava esperando para usar os abdals contra os estrangeiros. Queria aniquilar todos de uma vez. Havia algumas anotações sobre enviar tropas extras para o sul, onde o caos começava a reinar e o povo parecia incerto se continuaria sob a influência da rebelião ou se estava sujeito ao trono.

E também tinha o fato de que o sultão sabia que Balir, emir de Iliaz, tinha se oferecido para traí-lo. O que só podia significar problemas para ele. Mas nosso aclamado governante não parecia saber que Balir estava morrendo, ou que o preço do jovem emir para mudar de lado tinha sido se casar com uma das demdjis de Ahmed. O que não era algo que pretendíamos cumprir, já que nenhuma de nós pertencia a Ahmed. Então planejamos assumir o controle do exército de Balir de outra forma, com Rahim usurpando-o, contando com a lealdade dos soldados de Iliaz que costumava comandar. Mas Rahim estava preso com Ahmed agora. Precisávamos soltar os dois se pretendíamos assumir o controle daquele exército.

E então havia uma anotação que gelara meu sangue. Uma carta escrita às pressas, no mesmo dia em que os rebeldes foram emboscados. Era uma ordem para enviar soldados atrás do pai de Shazad, o general Hamad. Ele estava posicionado na fronteira mais a oeste, impedindo que fôssemos invadidos pelo país vizinho de Amonpour enquanto a guerra se desenrolava. Ele seria executado pelos crimes de sua filha, revelada como traidora. A ordem tinha sido enviada antes que a cidade fosse isolada; a vida de um homem encerrada em poucas linhas rabiscadas, enquanto estávamos presos na cidade sem ter como alertá-lo. Shazad encontraria uma maneira de salvar o pai se estivesse conosco. De alertá-lo. Mas não estava. E eu não conseguia chegar a nenhum dos dois. Ela era uma prisioneira, e seu pai ia morrer. Um homem que havia arriscado a vida nos passando informações. Que ajudara soldados que mostravam sinais de que estavam dispostos a se voltar contra o sultão a chegar até nós. Que tinha até ajudado as esposas de alguns dos seus soldados a ir para a Casa Oculta quando os homens sob seu comando mostravam-se maridos ruins. Ele havia trabalhado silenciosamente contra o sultão ao mesmo tempo que mantinha a família em segurança. E agora iam todos morrer por minha culpa.

— Imagino que no meio dessa conversa toda esteja escondida a má notícia de que você ainda não conseguiu fazer Leyla falar? — Saí do parapeito da janela enquanto voltava a atenção para Hala. O sol estava quase se pondo, e eu vinha observando o povo de Izman correr de um lado para o outro nas ruas, concluindo suas incumbências com pressa antes do toque de recolher. Ao pôr do sol, os abdals tomariam as ruas para garanti-lo.

Hala arranhou a pele escura com suas unhas douradas claras.

— É muito mais difícil enganar alguém quando a pessoa sabe do que você é capaz. — A ideia tinha sido simples: Hala invadiria a mente de Leyla de modo a enganá-la para descobrir a informação de que precisávamos. Era boa naquilo. Havia enganado minha tia, fazendo com que pensasse que eu era minha mãe quando precisávamos de sua ajuda para tirar o metal da minha pele. Havia iludido uma cidade inteira. Mas Leyla não era uma espectadora inocente. Ela sabia o que uma demdji podia fazer. — E gostaria de lembrar a vocês que eu não precisaria enganar ninguém se tivessem trazido respostas em vez de mais perguntas.

Ficamos todos em silêncio. Eu sabia o que Ahmed faria numa situação dessas. Reuniria todo mundo para ouvir o que achavam que deveríamos fazer, ouviria conselhos, elaboraria um plano. Mas agora *nós* éramos todo mundo. Imin estava morta. Não tínhamos mais Ahmed, Shazad e Delila. Rahim, nosso mais novo aliado, fora capturado com eles. Agora até Sam estava... ausente. Os gêmeos dormiam em algum lugar. Restavam apenas eu, Jin e Hala. Duas demdjis cansadas e um príncipe relutante — isso era tudo o que tínhamos. Um grupo terrivelmente pequeno e triste se comparado a quantos de nós costumavam se reunir no pavilhão de Ahmed no oásis.

E então uma voz brotou do lado de fora, quebrando o silêncio.

— Ouçam-me, meus súditos.

Um terror repentino brotou no meu peito. Bastava uma única palavra para eu reconhecer a voz do sultão. Poderia fazê-lo mesmo se a ouvisse no meio do nada, do outro lado do mundo. Conhecia o tom melhor que o de Jin. E naquele momento não havia a menor dúvida de que a voz vinha de algum lugar diretamente abaixo da nossa janela. Ele havia nos encontrado.

Nós — ou melhor, eu — havia pegado sua filha e o levado direto até nós. Estávamos acabados. Ele executaria Jin, descartando outro filho traidor. E escravizaria todos os demdjis. O restante dos rebeldes morreria em alguma prisão no deserto, sem ninguém para salvá-los.

Por um segundo, fiquei congelada. Todo o sangue tinha sumido do meu corpo, e eu era apenas uma concha de medo. Quase como se estivesse fora do meu corpo, olhei para o quarto, vendo expressões igualmente petrificadas nos outros.

Jin se mexeu primeiro, sacando a arma enquanto se escorava na parede. Eu o segui enquanto o sangue voltava a correr nas minhas veias, sacando a arma e me posicionando contra a parede, olhando para fora. Estava preparada para ver o sultão de pé logo ali, gritando para nós. Como Bashir, o Bravo, chamando Rahat, a Bela, presa na torre do djinni.

Em vez disso, na rua lá embaixo havia apenas um abdal em toda sua glória de bronze reluzente, olhando diretamente para a frente com seus olhos cegos. Os soldados mecânicos do sultão, alimentados pelo fogo djinni.

— Falo a vocês não como seu governante, mas como pai. — A voz do sultão vinha do abdal. A máquina estava falando, embora seus lábios de metal não se movessem. — Um pai para vocês, meu povo, e para minha filha inocente, sua princesa Leyla, que foi sequestrada de dentro do palácio por radicais perigosos agindo em nome do príncipe traidor morto.

Ele não disse o nome de Ahmed, privando-o de qualquer identidade além da de traidor.

A voz do sultão soou mais alta do que a voz de um homem normal. Estiquei o pescoço para espiar e vi outro abdal na esquina, provavelmente emitindo a mesma voz. As pessoas que ainda estavam na rua se apertavam contra as paredes, como se pudessem atravessá-las e se esconder, assimilando cada palavra...

Isso não estava acontecendo somente ali. Meu palpite era de que o sultão tinha espalhado seus soldados mecânicos por toda a cidade para transmitir a mesma mensagem. Ele estava falando de uma só vez com milhares de pessoas, de um modo que todos tinham que prestar atenção.

— Como o sultão está fazendo isso? — sussurrei, sem saber se os abdals podiam nos ouvir.

Jin olhava fixamente para a rua. Ele parecia sombrio, a treliça da janela projetando padrões estranhos em seu rosto. Balançou sua cabeça.

— Alguns de vocês entenderão o quanto é pesaroso perder um filho. — A voz do sultão ecoou da máquina. Olhei para Hala, do outro lado do quarto, bem quando revirou os olhos com tanta vontade que pensei que poderia perdê-los dentro da cabeça. — Se estivessem no meu lugar agora — a máquina prosseguiu —, fariam tudo ao seu alcance para recuperar sua filha. — As palavras não ditas pareciam ecoar tão alto quanto aquelas despejadas pelos lábios imóveis dos abdals: *e não existe nada fora do meu alcance.* — Quem salvar minha filha desses radicais e devolvê-la a mim será recompensado com seu peso em ouro. — Meu dedo, que estivera firme no gatilho, relaxou um pouco. Subornos em ouro não eram novidade. Nenhum rebelde nos trairia pelo dinheiro do sultão. Se isso era tudo que ele tinha a oferecer...

— Mas — a voz continuou, impedindo o alívio que começava a nascer — para cada alvorecer sem que minha filha seja devolvida ao palácio, a filha de outro homem morrerá.

Perdi o chão. Por um momento, tive que apertar os olhos e me apoiar na parede para não cair. Mas as palavras não pararam. Com os olhos fechados, soavam como se o sultão estivesse falando diretamente na minha cabeça.

— Eu perdoei vocês, que se aliaram a meu filho traidor. Seus crimes foram deixados de lado com a morte dele. Uma nova alvorada... Um novo começo para os traidores. — Ele disse debochado, jogando as palavras de Ahmed contra nós. — Mas não confundam perdão com ignorância. Sei quem me deu as costas por causa das falsas promessas daqueles renegados. E está sob meu poder tirar a vida de suas filhas pela ausência da minha.

Não era uma mentira ou um blefe. O sultão era um homem de palavra. Não sabia o que tinha imaginado que aconteceria com o sequestro de Leyla. Não tinha pensado muito naquilo no momento em que mergulhara no harém. Havia sido imprudente. Como sempre. E

Shazad não estava ali para consertar meu estrago. Ou Ahmed, para lidar com as consequências.

— Minha mensagem é simples. Devolvam minha filha ou suas filhas vão começar a morrer amanhã ao nascer do sol — a voz do sultão concluiu lá embaixo. — A escolha é de vocês.

Um longo momento de silêncio perdurou pelas ruas. Abri os olhos. Abaixo de nós, os abdals continuavam parados, cegos e implacáveis, como se estivessem esperando a mensagem penetrar nas pessoas. De repente, a máquina sob nossa janela deu um passo, e ouvi o ruído de dezenas de outros pés metálicos batendo contra a pedra enquanto os abdals começavam a marchar com seus passos perfeitamente sincronizados. Voltando ao palácio para esperar a resposta da cidade.

Me afastei da parede enquanto aquele som ecoava pelas ruas. Ainda segurava a arma quando atravessei o aposento. Não precisei tirar Hala da frente; ela sabia exatamente para onde eu estava indo. Afastou-se da porta que levava até Leyla.

Abri a porta com força. A princesa tinha se aproximado o máximo possível da janela, com suas mãos acorrentadas ao estrado da cama. Ela virou a cabeça para mim quando entrei.

— O que foi isso?

Atrás de mim, ouvi Fadi começar a chorar. Eu o havia acordado. Olhei por cima do ombro. Sara me olhou repreensiva enquanto o pegava no colo e o tirava do quarto.

— Eu poderia ter dito a você que me levar embora era um erro — Leyla regozijou-se. Ela também tinha ouvido a mensagem, cada palavra.

— O que foi isso? — repeti, dando um passo ameaçador na direção dela. Leyla não se acovardou.

— Um zungvox. — Ela soou desagradavelmente satisfeita consigo mesma. — Uma boa ideia, não acha? Usam na terra da minha mãe. Fiz uma adaptação para integrá-los aos abdals. Meu objetivo era que as preces do pai sagrado pudessem ser ouvidas na cidade inteira, para afastar os idiotas idolatrando a barreira de fogo como se fosse trabalho de Deus, e não meu. — Ela voltou desajeitadamente para a cama, se aconchegando. — Acho que meu pai encontrou outro uso.

— Ele não é o tipo de pai que se importa em ter a filha de volta. — Dava para sentir o despeito nas minhas palavras enquanto as dizia. — Ele é só um governante que quer sua inventora de volta.

— Bem, pelo menos meu pai se importa em saber se vou viver ou morrer. — Leyla levou as mãos presas ao rosto, tirando o cabelo dos olhos de modo desafiador. — Você pode dizer o mesmo?

Dei outro passo na direção dela, que recuou contra a cabeceira. Não percebi que ainda segurava a arma até que Jin passou os dedos pelo dorso da minha mão, envolvendo-a gentilmente. Ele tinha vindo atrás de mim, e agora seu outro braço estava na minha cintura, me puxando para trás, para que me afastasse dela.

— Não. — Ele falou calmamente no meu ouvido, para que apenas eu pudesse ouvir. — Deixe para lá.

Abri os dedos e soltei a arma nas mãos dele. Enquanto nos afastávamos de Leyla, saindo de sua prisão, percebi que vinha segurando a arma com tanta força que o punho havia ficado marcado na minha palma.

— Sei que tem medo dele — Leyla gritou atrás de mim enquanto eu começava a fechar a porta entre nós. — E deveria mesmo. — Ela falou mais alto para que eu pudesse ouvi-la mesmo do outro lado da parede. — Quando elas morrerem, vai ser culpa sua.

Eu a ignorei. Não precisava que me dissesse isso. Já sabia que era verdade.

Revirei tudo o que foi possível na cozinha antes de encontrar um pedaço de pão mofado. Cortei-o em pedaços. Sara havia expulsado todos nós do quarto para lidar com as crianças que havíamos acordado. Hala tinha ido procurar os gêmeos. Eles dormiam na forma de vários animais desde que chegamos ali, principalmente lagartos e pássaros. Estavam tentando ocupar o mínimo possível de espaço, já que tínhamos tão pouco, o que dificultava na hora de rastreá-los. Precisávamos deles. Precisávamos de todo mundo se íamos bolar um plano, já que não tínhamos mais Shazad para fazê-lo por nós.

— Não podemos devolver Leyla — eu disse, mas era o que todos vínhamos pensando. — Ela é a melhor chance que temos de encontrar uma maneira de sair dessa cidade.

— Eu sei — Jin respondeu distraído, passando a mão pela mandíbula e me olhando com atenção. — Se Hala passar mais alguns dias com ela, podemos conseguir arrancar alguma informação, quando estiver de guarda baixa. Mas...

— Mas não temos mais alguns dias até o sultão começar a matar meninas — eu completei.

Jin estava apoiado na porta, com os braços cruzados, como se pudesse ficar entre mim e o mundo inteiro.

—Você fez a coisa certa com Leyla — ele disse após um momento. — Mesmo que tenha sido uma tremenda idiotice, ainda é uma chance de sair daqui, e temos que aproveitar todas as chances que pudermos.

— E se ela realmente ficar de boca fechada? — Ergui a cabeça, olhando diretamente para ele do outro lado da cozinha. — O que vamos fazer?

Estávamos enfrentando um homem que tinha exércitos e fogo djinni ao seu dispor. E o que eu era? Ninguém. Uma garota com uma arma vinda dos confins do deserto. Para a maioria das pessoas, sequer tinha um nome. Era somente a Bandida de Olhos Azuis.

Eu havia sido ambiciosa demais após a execução de Imin, quando levantei e me voluntariei para nos liderar. Tinha esquecido que não era ninguém naquela luta e que havia dezenas de homens e mulheres mais bem nascidos do que eu. Criados melhor do que eu. Educados melhor do que eu.

Shazad teria uma estratégia. Ahmed esperaria até ter certeza do que fazer. Rahim teria exércitos que marchariam por ele. Eu só dava tiros aleatórios no escuro e torcia para acertar alguma coisa.

— Vamos dar um jeito — disse Jin. — Como sempre demos. — Não era uma boa resposta, mas era tudo o que tínhamos. De repente, fiquei agitada. Comecei a me mexer novamente. Abrindo e fechando armários. Como se um deles pudesse conter a resposta. Ou pelo menos café.

— Você não tem dormido muito — disse Jin atrás de mim.

Bati a porta de outro armário.

— Você tem?

Falei como um desafio. Mas a pergunta pareceu, de alguma forma, mais perigosa do que deveria. Durante o último mês, tinha um monte de gente entre nós, em uma casa lotada demais para se encontrar alguma privacidade. Foi só então que percebi que Jin e eu estávamos sozinhos pela primeira vez em muito tempo.

E agora ele estava perguntando sobre a qualidade do meu sono. Porque vínhamos dormindo separados. O que de repente me fez pensar sobre dormir... juntos. O que era ridículo. Estávamos presos no meio de algo muito maior do que o que havia entre nós. Algo que nos consumia a ponto de não deixar muito espaço um para o outro. Ainda assim, ultimamente vínhamos chegando cada vez mais perto de algo mais. Estávamos indo na direção de águas desconhecidas, pelo menos para mim. E eu sabia que era eu, e não ele, que nos mantinha ancorados.

— Não — Jin respondeu. Ele pareceu ler meus pensamentos e, de repente, foi como se o ar tivesse fugido e eu não conseguisse respirar de tanta vontade de encostar nele. — Não tenho.

Eu me movi primeiro, mas ele foi mais rápido. Só precisou de alguns passos para me alcançar, apoiando-me contra a mesa. Mas ele parou um instante antes de nos tocarmos. Não me movi. Dava para notar que estava sendo cuidadoso comigo. Tudo parecia mais frágil nos últimos tempos. Ele estava perto o suficiente para eu sentir seu calor. Inclinei a cabeça, encontrando o canto de sua boca. Jin desceu as mãos para minha cintura, algo sólido em que se agarrar. Suas mãos pegaram a camisa empoeirada que eu não havia tido a chance de trocar, puxando-a apenas o suficiente para que eu sentisse seu polegar passeando sobre minha pele, deixando uma trilha de calor. Ele não tinha se barbeado, e eu me vi passando os lábios de leve pela barba por fazer que cobria seu maxilar. A aspereza arrepiou meu corpo.

Jin deixou escapar um suspiro que parecia uma rendição um segundo antes de me abraçar por completo, me erguendo e me sentando na mesa como se eu fosse leve como uma pluma. Minha camisa se embolou em seus braços, subindo pela maior parte da minha coluna, suas mãos seguindo minha pele mais para cima, passeando pelos meus ombros, me fazendo estremecer de novo.

— Você precisa se barbear. — Eu me afastei dele, sem ar, passando a mão pela sua mandíbula. Estávamos frente a frente, eu sentada e ele de pé. Olhos nos olhos. Mas era difícil encará-lo, era demais. Se eu fizesse isso, tudo o que eu vinha contendo por semanas correria pelo meu sangue e me queimaria viva de dentro para fora. Seria mais fácil olhar para o sol do meio-dia.

Jin sorriu ironicamente, ainda com minha mão em seu rosto.

— Mais tarde — ele disse, antes de me pedir outro beijo.

Sem pensar, passei as pernas em volta de sua cintura, puxando-o mais para perto.

— E eu que pensei que os rumores circulando por aí de que Sara comandava um bordel eram falsos. — A amargura na voz de Hala me separou de Jin.

— Não sou especialista, mas imagino que as portas dos bordéis tenham fechaduras. Para obrigar as pessoas a bater antes de entrar — retruquei.

Jin ainda não havia me soltado. Vi o sorriso que dançou em seu rosto antes de ele se afastar, dando espaço para eu colocar os pés no chão firme.

Ela estava apoiada na porta, com um gêmeo de cada lado. Eles estavam enrolados em roupões, os cabelos azuis e negros espetados, sorrindo para o espetáculo.

— Isso aí são vocês dois bolando um plano? — Hala perguntou, revirando os olhos e entrando na cozinha.

— Eu tenho um plano. — Podia sentir meu rosto ainda quente enquanto ajeitava a camisa. — Não devolvemos Leyla e salvamos as meninas.

— Ótima ideia — Izz concordou alegremente.

— Excelente — Maz o acompanhou. — Adorei.

— Sim, maravilhoso. Do que mais poderíamos precisar além de uma declaração vaga? — Hala parecia irritada. — Isso não é um plano; mal chega a ser uma ideia. Além disso, o que faz você pensar que podemos salvar alguém se não conseguimos nem salvar Imin? — Aquele golpe foi planejado para doer e de fato doeu, mas eu não ia ficar parada ali discutindo. Não dava para discutir nada com ela nos últimos tempos, já que tudo o que fazia era cuspir seu sofrimento por perder Imin como se fosse veneno.

— É por isso que estamos aqui — eu disse, virando para os outros. — Para discutir os detalhes. — A noite tinha caído lá fora, e a única luz da cozinha vinha das brasas do fogo. À meia-luz, parecia que ninguém estava ali presente por completo. Eu precisava trazê-los de volta. — Agora me digam uma coisa: vocês querem ajudar ou deixar que elas morram?

Nenhum de nós queria que mais alguém morresse.

Bolamos algo que parecia estar no meio do caminho entre uma

ideia vaga e um plano real faltando algumas horas para o nascer do sol. Algumas horas preciosas durante as quais nós concordamos que tentaríamos dormir. A Casa Oculta estava silenciosa quando saímos da cozinha. Hala e eu voltamos para o aposento de Sara pelos corredores escuros enquanto os meninos seguiam pelo outro caminho.

Estávamos na metade dos muitos lances de escada quando notei a luz escapando por baixo de uma das portas: Tamid, lendo até tarde da noite.

Meu velho amigo não era um rebelde. Ele só não tinha nenhum outro lugar para ir quando Leyla nos traiu. Ele havia exigido um quarto só para ele, o que a maioria de nós considerou mesquinharia, já que o espaço era tão valioso. Eu permiti porque ele tinha trabalho a fazer, passando noites em claro enquanto procurava as palavras para libertar a energia de Fereshteh e desarmar a máquina do sultão. E porque não precisava dar a ele mais motivos para me desprezar.

Parei no patamar que levava para seu quarto. Hala parou também quando percebeu que eu não estava mais ao seu lado. Ela me olhou de um jeito mordaz três degraus acima.

— Ele não quer falar com você — disse, e não era a primeira vez. Eu sabia disso. Hala se deleitava, porque com *ela* Tamid queria falar.

Fazia semanas que eu não falava com ele, que mantinha distância de seu quarto. Mas aquilo era diferente. Não se tratava do que nós dois queríamos. Tratava-se do que precisávamos.

— Vá dormir — dispensei Hala.

Por um momento pareceu que ela falaria mais alguma coisa, então jogou as mãos sobre a cabeça como se dissesse que não podia evitar minhas idiotices e me deixou para trás.

Quando não conseguia mais ouvir seus passos, bati gentilmente na porta.

— Entre — Tamid disse do outro lado, sem parecer surpreso pela visita no meio da noite. Mas, quando abri a porta, pude ver em seu rosto que ele não esperava por mim.

Provavelmente pensou que seria Hala com mais livros. A coleção que ela havia adquirido para ele estava espalhada pelo aposento. Mal dava para ver o chão sob as pilhas de volumes abertos uns sobre os outros, ou descartados em um canto. Tinham sido roubados de bibliotecas universitárias ou de cofres de casas de oração. O dom de demdji de Hala permitia que saísse de qualquer prédio em Izman com uma pilha de livros nos braços sem chamar atenção. E ela vinha colocando-o em prática, sem reclamar. Eu imaginava que gostava de se manter ocupada. Ou que gostava de correr riscos. Aquilo a distraía da dor.

Contra todas as possibilidades, Hala e Tamid pareciam estar se dando bem. Talvez porque os dois estivessem com raiva de mim. Tamid porque o arrastei para a rebelião, Hala porque não salvei Imin. Eu sabia que falavam de mim pelas minhas costas. De que outra forma Hala saberia que ele não queria me ver?

Tamid voltou a olhar para o livro aberto na mesa à frente. Estava sentado em uma posição que parecia desconfortável, sua perna amputada apoiada em uma banqueta. A prótese estava apoiada em uma parede, fora de alcance. Ele a havia trocado por muletas. A perna de bronze lindamente projetada que Leyla havia feito para ele tinha sido perdida quando escapamos do sultão. O governante a tirou dele, revelando o dispositivo que a garota havia escondido para guiar o pai até nosso esconderijo. A nova era uma peça simples de madeira, medida e cortada do tamanho certo para se encaixar e anexada a um sistema grosseiro de tiras de couro. Estava longe de ser tão sofisticada quanto a outra. Mas tinha a vantagem de não estar sendo usada para nos entregar ao inimigo. Era uma boa troca.

Olhei para um livro jogado no canto. Estava aberto numa gravura da queda de Abbadon, repleta de chamas e pedras desmoronando.

— Alguma sorte? — perguntei, arrastando um dedo distraidamente ao longo do contorno das chamas que consumiam a cidade.

— Não se trata de sorte — Tamid disse, ríspido. — Se eu tivesse sorte, não estaria aqui.

— Vou assumir que isso seja um "não" — eu disse. Tamid vinha repassando os livros havia semanas, procurando as palavras que precisávamos para libertar os djinnis.

Palavras no idioma primordial, que existia antes de mentiras serem inventadas. E a língua de um demdji, incapaz de contar mentiras.

Era uma combinação poderosa: com as palavras certas no idioma primordial, uma demdji como eu podia fazer qualquer coisa acontecer. Bastaria dizer e poderia fazer chover dinheiro, derrubar reis, ressuscitar os mortos.

Mas o idioma primordial estava fragmentado e perdido. Então eu me contentaria com as palavras certas para desativar a máquina e impedir que nosso exército fosse queimado vivo. Assim que tivéssemos um exército.

Tínhamos o esboço de um plano antes da emboscada, da execução e da cidade ser cercada: levar Rahim para Iliaz e assumir o controle de seus homens, que ainda eram leais a ele.

Depois disso, eu poderia me infiltrar no palácio para desativar a máquina e o exército de abdals. A partir daí, teríamos uma chance real de vencer o exército do sultão e tomar o trono. Um exército mortal contra outro.

Só que, para o plano funcionar, precisávamos das palavras certas no idioma primordial. E, a julgar pela biblioteca crescente no quarto de Tamid, não estávamos mais perto de encontrá-las do que estivéramos um mês antes. Eu me perguntava se aquelas palavras teriam se perdido para sempre. Me parecia muito plausível que a humanidade tivesse preservado as palavras usadas para capturar um djinni e forçá-lo a nos obedecer, mas não as que seriam necessárias para devolver sua liberdade. Revelaria uma falta de visão própria da nossa espécie. Mas tudo o que podíamos fazer era pesquisar.

— Você não veio aqui falar sobre isso. — Tamid esfregou os olhos, cansado. — O que você quer, Amani?

— Temos uma prisioneira. — Eu devia escolher as palavras com cuidado ali, mas não havia lá muito tempo para sutilezas. — Leyla. — Tamid estremeceu ao ouvir seu nome. Nós dois tínhamos sido enganados por ela, nós dois tínhamos sido traídos. Pensamos que era uma garota indefesa e inocente presa no harém. Mas ela significara algo mais para ele. E Leyla tinha usado esse relacionamento para sair do palácio e levar seu pai diretamente até nós. Ela tinha tirado muitas pessoas de mim, mas eu estava longe de ser a única que ela havia machucado.

— Porque trazer Leyla para um esconderijo rebelde funcionou muito bem da última vez... — Tamid comentou, mais ríspido do que precisava.

— Eu sei. — Me senti exausta de repente, como se quisesse desabar, mas não havia nenhum lugar para sentar entre os livros, então simplesmente me recostei na porta. — Mas ela sabe coisas. Coisas que precisamos saber.

— A menos que ela saiba as palavras certas para libertar um djinni, não estou interessado — disse Tamid.

— Isso Leyla não sabe — eu disse. — Mas talvez conheça um jeito de nos tirar desta cidade. — Tamid finalmente olhou para mim, com uma centelha de interesse. — Mas ela não está contando nada. Pelo menos não para mim. Acha que há alguma chance de que fale com você?

— Duvido — Tamid zombou, rápido demais para me fazer acreditar que tivesse pensado a respeito.

— Eu não pediria se não estivéssemos desesperados. Mas o sultão vai começar a matar garotas se não a devolvermos, e precisamos de uma saída. Pode pelo menos *tentar* antes de me dizer que não vai funcionar? — Tentei atrair sua atenção de volta para mim, mas ele havia

voltado a olhar para os livros, com raiva de mim novamente. — Tamid.
— Ouvi o desespero em minha própria voz. — Preciso da sua ajuda.

— É claro que precisa. — Tamid franziu a testa, olhando para o livro. — Porque tudo sempre gira ao seu redor. Tudo na minha vida tem girado ao seu redor desde que você entrou nela. Estou aqui por sua causa. Leyla me usou para chegar até *você*. Até isso — ele apontou para os livros — é por sua causa.

A súbita explosão foi seguida pelo silêncio. Eu queria dizer a ele que aquilo não era verdade. Que não era justo. Que, se sua vida na Vila da Poeira tinha girado ao meu redor, a culpa era dele, não minha. Por outro lado, fui eu que sempre quis arrastá-lo comigo para o mundo. Ele havia tentado me segurar. No fim das contas, eu havia puxado com mais força. Mas Leyla... Aquela culpa ele não podia jogar para cima de mim.

— Estou enganada ou ela fez a perna para você antes de eu aparecer? — Tentei não usar um tom de acusação, para não parecer uma esposa com ciúmes da amante do marido. — Se quer ser um mártir, Tamid, não posso impedir, mas não deixe que pessoas que não escolheram esse caminho morram.

Tamid encarou a página por um longo momento.

—Vou falar com ela. Mas tenho uma condição.

Qualquer coisa, pensei, mas não disse isso.

— Qual é?

— Se ela souber como sair dessa cidade, eu também vou. Não quero fazer parte disso. Dessa rebelião, da missão de resgate suicida que vocês acham que vão fazer. Nunca quis. Só quero ir para casa. — Casa. Voltar para a Vila da Poeira. — Nunca tive a intenção de sair de lá, pra começo de conversa. — Eu nunca havia entendido que motivos ele tinha para ficar lá. Seu sonho sempre fora treinar para ser um pai sagrado e um dia assumir a casa de oração da Vila da Poeira. Eu daria praticamente tudo para não ter que voltar. Sentia como se fosse uma armadilha esperando por mim no fim do deserto. Como se, ao voltar para o lugar onde nasci, ele pudesse fechar suas mandíbulas de ferro ao meu redor e nunca mais me deixar partir.

— E em que situação isso nos deixa? — perguntei. — Ninguém mais sabe como ler o idioma primordial aqui. — Ninguém mais foi treinado pelo pai sagrado no Último Condado, onde as velhas tradições e os antigos idiomas haviam perdurado mais do que nas cidades ao norte. — Não temos chance contra o sultão se não pudermos descobrir uma maneira de desativar a máquina.

— Então vai me manter trancado aqui na esperança de que eu descubra alguma coisa? — Tamid retrucou. — Odeio dizer isso a você, mas se eu fosse encontrar as palavras de que precisamos, já teria encontrado. — Ele gesticulou com raiva para o quarto. — Porque, acredite, eu tenho tentado.

Ele não estava errado.

— Está bem — concedi. — Se conseguirmos sair daqui, levaremos você para o mais perto da Vila da Poeira que conseguirmos. Fale com Leyla. Logo.

Eu virei para ir embora, mas a voz de Tamid me parou.

— Amani. — Eu me virei, com a porta entreaberta. Ele finalmente olhou para mim, com uma expressão pesarosa no rosto, antes de desviar os olhos novamente. — Tem mais uma coisa. — Seus olhos vagaram pelos livros espalhados pelo quarto. Como se estivesse procurando outra resposta no último momento. — Eu... *encontrei* alguma coisa. Não as palavras para desativar a máquina, não se anime. Mas... — Agora quem parecia escolher as palavras com cuidado era ele. — Há relatos de djinnis morrendo na Primeira Guerra. Em todos eles, sem exceção, tudo ao redor foi destruído. Eles são feitos de fogo. E sua morte... é como uma explosão. Quando morreram, arrasaram cidades, campos de batalha, secaram rios, racharam a própria terra, antes de desaparecer no céu para se tornarem estrelas. A máquina de Leyla...

Quando Fereshteh morreu, a máquina aprisionou esse poder, se aproveitou dele para alimentar a redoma e os abdals. Ao desativar a máquina, todo esse poder, ele não será mais contido... — Tamid deixou a frase no ar, desconfortável.

Eu sabia o que ele queria dizer.

— Se eu desligar a máquina e liberar o poder de Fereshteh, você acha que há uma chance de que ela me destrua. — Tamid não precisou me responder. Agora eu entendia por que não me olhava nos olhos. Não importava o quanto nossa história fosse complicada, aquilo não significava que quiséssemos ver o outro morto.

Olhei novamente para a destruição de Abbadon no livro aberto. Podia imaginar claramente todo o fogo da alma de Fereshteh, liberado da máquina gamanix que Leyla construíra, queimando tudo naquelas catacumbas. Incluindo eu. Tentei concentrar minha mente cansada naquilo. Minha própria morte. Mas parecia muito distante. Havia um monte de outras coisas que poderiam me matar antes que eu me arriscasse a ser queimada viva por fogo djinni. Naquele momento, entre princesas não cooperativas e ameaças de assassinato de meninas inocentes, parecia um incômodo remoto.

— Um problema de cada vez, Tamid. — Passei a mão no rosto, tentando me livrar da exaustão. — Nesse momento, tem alguém na minha frente na fila para morrer. E precisamos tentar salvá-la.

6

Não era fácil se mover pelas ruas de Izman com abdals patrulhando as ruas durante o toque de recolher. Na verdade, para a maioria das pessoas, era impossível. Mas não éramos a maioria das pessoas. Éramos demdjis. Quando o céu começou a clarear, já tínhamos conseguido chegar aos arredores do palácio.

Ficamos escondidos enquanto as pessoas saíam às ruas, até finalmente a praça na frente do palácio estar cheia o bastante para podermos nos misturar. Prosseguimos em campo aberto, assumindo nossos lugares entre o povo de Izman. Havia uma inquietude fora do comum. Todos tinham se reunido ali no dia anterior para os jogos do sultim, que foram interrompidos. Agora, não sabiam o que veriam, uma execução ou uma troca de reféns. Olhei para os rostos à minha volta. Algo parecia diferente em relação à execução de Ahmed ou de Shira. Os dois haviam sido acusados. Tinham sido colocados diante da multidão para enfrentar o que se passava por justiça no mundo do sultão. Agora, contudo, quem aparecesse na plataforma seria inquestionavelmente inocente, para pagar por crimes que não eram seus. Nas bocas tensas e nos olhares baixos, vi que não era a única a reconhecer isso.

Ainda assim, o povo de Izman se agrupava enquanto as sombras da noite se recolhiam. Tínhamos nos dividido: Jin e eu armados, em dois pontos estratégicos, Izz e Maz na forma de estorninhos, empoleirados num telhado próximo, Hala na retaguarda para ficar de olho em todo mundo. Até onde podíamos notar, nossa maior ameaça eram os abdals. Fora por causa deles que eu não conseguira salvar Imin. As ilusões de Hala não os afetavam. Além disso, eles podiam nos queimar vivos se chegássemos perto demais. Atirar no peito deles não funcionava. Precisávamos destruir a palavra inscrita em seus calcanhares que lhes dava vida. Que Leyla tinha coberto com uma armadura de metal. Eu torcia para que as garras de um jaguar pudessem arrancá-las; Izz cuidaria disso. Em seguida, Jin ou eu atiraríamos, dependendo de quem estivesse mais perto. E então, sob uma ilusão de Hala, Maz poderia mergulhar num voo e pegar a garota. Não era um plano à prova de erros, mas era melhor do que nada, que era o que tínhamos quando Imin morreu bem na nossa frente.

Eu me remexi inquieta, observando o lugar onde Imin e Shira tinham perdido a vida. Finalmente, amanheceu. Todos os olhos estavam atentos à plataforma, esperando a aparição da garota que morreria pelos nossos crimes. Minutos passaram vagarosamente enquanto eu tocava sem parar a arma na minha cintura, me certificando de que ainda estava lá. Mas não houve movimentação vinda do palácio. As portas não se abriram, nenhum sinal de um abdal e de uma garota se debatendo.

— Acha que a princesa foi devolvida? — uma voz perguntou na multidão atrás de mim.

— Talvez fosse um blefe — outra pessoa considerou. Mas eu sabia que nenhuma daquelas possibilidades podia ser verdade. Então o que o sultão estava esperando?

Percebi um movimento pelo canto do olho. Não na plataforma, mas acima de nós, nos muros do palácio. De início não parecia nada, e por um momento pensei estar vendo coisas, um truque de luz. Mas mantive os olhos fixos naquele ponto, como se eu pudesse ver através da pedra por pura força de vontade.

E então o sultão apareceu, segurando uma garota pela cintura.

A silhueta dele impressionava na luz do amanhecer. Estava vestido com um kurti escarlate e um sheema dourado drapejado em volta do pescoço: as cores do sangue se espalhando sobre o céu do amanhecer. Abdals o acompanhavam, o bronze de sua pele artificial brilhando à luz do sol. Mal pude segurar a onda de raiva, ódio e humilhação correndo pelo meu corpo. Parecia capaz de me derrubar.

A jovem estava em roupas brancas de dormir, que chicoteavam e se retorciam em volta de suas pernas no vento da manhã. Seu cabelo escuro caía em volta dos ombros em um emaranhado selvagem. Pareceria estar sem cor, não fosse o toque vermelho no seu pescoço. Por um momento, temi que sua garganta já tivesse sido cortada e que a tivessem levado para fora para morrer lentamente. Mas não, era só um pano vermelho brilhante. De longe, parecia um sheema jogado em volta do seu pescoço, como qualquer garota do deserto poderia vestir. Mas havia outro lampejo vermelho, idêntico a ele, amarrado nas ameias dos muros do palácio. Os mesmos muros de onde eu e Jin havíamos pulado no caos do Auranzeb, confiando que uma corda nos manteria seguros. Mas aquela corda vermelha não estava lá para protegê-la.

Ele não ia executá-la na plataforma. Ia enforcá-la.

Meu coração começou a acelerar freneticamente enquanto eu olhava em volta, procurando pelos outros. Não conseguiria alcançá-la dali. Procurei desesperadamente pelos gêmeos para sinalizar que esquecessem o plano e voassem para os muros do palácio, mas havíamos nos dividido, e a multidão agora escondia os outros de mim.

Eu estava por conta própria. E longe demais.

Comecei a andar mesmo assim, abrindo caminho pela massa de curiosos, rezando para que eu conseguisse chegar perto o suficiente dos gêmeos para avisá-los, ou de Hala, para ordenar que criasse uma ilusão que atrapalhasse o sultão. Ou perto o bastante para arriscar um tiro, uma bala bem no meio dos olhos do sultão. Ou para fazer qualquer outra coisa que não fosse ver a menina morrer. Mas a multidão trabalhava contra mim, como se eu estivesse tentando ir contra a correnteza de um rio caudaloso. Ao meu redor, rostos começaram a virar para cima, notando que algo acontecia.

O sultão deu um passo à frente, parando na beira do muro.

Eu estava perto o suficiente para ver que a garota tremia e chorava diante do precipício. Perto o suficiente para ver o sultão virá-la de costas para ele, na direção do sol nascente. Para vê-lo se inclinar na direção dela e sussurrar algo em seu ouvido. Para ver a garota fechar os olhos com força.

Mas longe demais para fazer qualquer coisa.

Ele a empurrou.

Um único movimento violento e ligeiro, que a jogou da borda do muro, caindo rapidamente. Seu grito irrompeu no ar como uma faca cortando pano, atraindo todos os olhares que não a haviam notado. Alguns gritos da multidão se misturaram aos dela enquanto toda a praça assistia impotente à sua queda. As roupas se torciam cruelmente em torno de suas pernas agitadas, os pés procurando freneticamente um apoio que não encontrariam. Enquanto ela caía, o tecido comprido e colorido se desenrolava como um sheema capturado pelo vento do deserto, chicoteando atrás dela em uma trilha de vermelho.

Até que terminou de desenrolar.

A corda se retesou. O laço em volta de seu pescoço se apertou firme, interrompendo a queda num puxão violento.

Seu grito cessou de repente, me fazendo enjoar. E eu sabia que havia acabado.

O nome dela era Rima. Era de uma família pobre que morava nas docas. A porta de sua casa tinha um sol pintado com tinta escarlate, resquício da Insurreição da Abençoada Sultima. Por aquele motivo fora escolhida. O sol de Ahmed, antes símbolo de rebeldia, havia sido transformado em alvo.

Ela era a filha do meio de cinco. O sultão podia ter arrancado qualquer uma delas da cama naquela noite. Mas Rima tinha a idade mais próxima da minha.

A segunda menina se chamava Ghada. Sequer tivemos chance de salvá-la. Nem chegamos a vê-la com vida. A manhã chegou com seu corpo já pendurado nos muros do palácio, perto de Rima. Tinha sido morta lá dentro, onde não tínhamos esperanças de chegar. O sultão não era tolo o suficiente para repetir o mesmo truque duas vezes.

Na tarde após a morte de Ghada, seu pai, que havia se revoltado nas ruas contra o sultão, ficou de pé na praça diante do palácio e denunciou que a rebelião havia condenado sua filha inocente. Eu não o culpava por suas palavras. Ele tinha outra filha que precisava ser salva.

A terceira menina se chamava Naima. A terceira que falhamos em salvar. A terceira que morreu por nossos crimes.

Não importava o que fizéssemos, o que tentássemos, chegávamos sempre tarde demais. Éramos lentos demais. Teríamos que conseguir entrar no palácio para salvá-las antes que morressem. E não tínhamos como fazer isso sem Sam. Não havíamos conseguido nem quando ele ainda estava conosco.

— Seus pais já morreram. — Sara estava me contando o que havia aprendido sobre Naima enquanto embalava Fadi nos braços. — Mas tinha quatro irmãos.

As cortinas estavam puxadas para bloquear os olhares curiosos, mas a luz da manhã passava através da treliça da janela e dançava ansiosamente em seu rosto conforme se movia. Havia mais alguma coisa que ela não estava me dizendo.

— O que foi?

— Você não precisa se torturar — Jin interrompeu Sara antes que ela pudesse terminar. Estava apoiado na parede oposta, me observando. — Não é responsável por cada morte dessa rebelião, assim como Ahmed também não era.

Aquele foi um bom conselho, do tipo que Shazad me daria se ainda estivesse ali. Mas ela não estava. Nem Ahmed. Eu disse a Tamid que havia mudado, que não era mais alguém que deixava as pessoas morrerem por mim. Mas havia três corpos pendurados nos muros do palácio para provar que eu estava errada. Talvez eu não fosse tão diferente da menina egoísta da Vila da Poeira quanto pensava. Talvez voltar com Tamid realmente fosse me levar direto para o ponto onde eu havia começado.

— Mas sou responsável por essa.

Ninguém me contradisse. Era a verdade, no fim das contas.

Os olhos de Sara se revezaram entre mim e Jin por um momento antes de prosseguir:

— Estão dizendo que foi um vizinho que os denunciou ao palácio como aliados da rebelião. Alguém que seus irmãos pensavam ser um amigo, tão envolvido com a revolta quanto eles.

— O vizinho deve ter feito isso para salvar a própria família — Jin concluiu, parecendo sombrio.

Sara assentiu solenemente.

— Os irmãos de Naima descobriram que ele fez a denúncia. Acabaram de encontrá-lo espancado até a morte em casa. — Senti o estômago revirar. Um ato violento de vingança e luto. Irmãos tentando fazer alguém pagar pela morte na família, já que não podiam pôr as mãos no sultão.

— É isso que ele quer — Jin falou. — Que as pessoas que ainda apoiam a rebelião na cidade se virem umas contra as outras.

— É legal da nossa parte facilitar a vida dele — murmurei.

— Sabe — Hala interveio —, podemos relaxar e continuar a assistir às pessoas morrerem. Ou podemos consertar o erro que você cometeu e devolver aquela princesa inútil para o pai dela.

— Não. — Eu sacudi a cabeça enfaticamente. — Mesmo que ela acabe se provando inútil para nós, não é inútil para o pai. — Olhei para a porta fechada. Do outro lado dela, Tamid falava outra vez com Leyla. Ele não havia conseguido nada de útil, mas ainda não desistira. Voltara no segundo dia carregando um dos volumes dos Livros Sagrados. Parecia achar que poderia convencê-la a se arrepender através da religião. Ela havia matado um ser imortal, então era de se esperar que não funcionasse, mas àquela altura eu estava disposta a tentar qualquer coisa.

— Eu não disse que devemos devolver a garota com vida — disse Hala, atraindo minha atenção bruscamente de volta. Suas palavras mudaram o clima no ar no mesmo instante. Procurei em seu rosto um sinal de que estivesse sendo sarcástica, considerando seu senso de humor cruel. Mas eu não a vira rir muito desde a morte de Imin.

— Não vamos matá-la — disse Jin, erguendo suas sobrancelhas escuras para ela, como se pensasse que não estava falando sério.

— Por que não? — Hala ergueu suas sobrancelhas também, em uma imitação debochada. — Porque ela é sua irmã? Não perderia a chance de matar cada um de nós. E o ultimato do sultão nunca especificou se queria ela viva ou morta.

— Acho que *viva* estava implícito — Jin disse secamente. — É assim que costuma funcionar com reféns.

— Ele devia ter escolhido melhor as palavras — disse Hala. — Somos filhos de djinnis, levamos as coisas ao pé da letra. — Ela deu um sorriso sarcástico para ele. Os gêmeos ficaram inquietos no parapeito onde estavam sentados, parecendo desconfortáveis em meio à conversa sobre assassinato. — Além disso — Hala acrescentou, finalmente rompendo o contato visual com Jin —, não acho que seja uma decisão sua. — Então ela olhou para mim.

Eu podia sentir Jin me olhando também. Ele esperava que eu dissesse "não" na mesma hora, que ficasse do lado dele contra a ideia de Hala de assassinar sua irmã.

Mas hesitei.

O sultão estava tentando virar a cidade contra nós. Ele havia matado três garotas e saído impune porque estava invertendo a história, para que nós parecêssemos os vilões. Sequestrar princesas não era o tipo de coisa que um herói fazia; aquele era o papel do monstro. Heróis salvavam princesas. E não ficavam de braços cruzados quando garotas inocentes eram mortas. As pessoas esqueceriam que o sultão era o responsável pelas mortes. Só lembrariam que nós as havíamos enviado para a forca. Matar Leyla não nos tiraria da cidade, mas pelo menos impediria que mais garotas morressem em nosso nome. Talvez impedisse que a cidade inteira se voltasse contra nós antes que pudéssemos trazer Ahmed de volta para liderá-la.

Mas que tipo de monstros seríamos se deixássemos o cadáver da filha dele à sua porta?

Fui salva de responder quando a porta do quarto de Leyla foi aberta. Tamid se juntou a nós, segurando o volume dos Livros Sagrados.

— Teve sorte? — perguntei sem muita esperança, mas grata pela distração.

— Não, mas... — Ele hesitou, olhando para os pés, como se já temesse o que estava prestes a dizer. — Tenho uma ideia do que pode fazer Leyla falar.

— Se forem ameaças de morte, nem se incomode — disse Hala. — Ela já deixou claro que não tem medo de morrer. Ou pelo menos pensa que não tem. — Ela me lançou um olhar afiado, como se aquilo justificasse completamente seu plano de matar a princesa.

— Não — Tamid concordou. — Mas ela tem medo de uma coisa específica. Algo que valoriza mais do que tudo.

Todos aguardavam ansiosos as palavras de Tamid, que hesitava. Ele sabia que usaríamos o que quer nos contasse, e seria culpa sua. Em vez de falar comigo, olhou para Hala.

— É verdade o que dizem que você fez com o homem que arrancou seus dedos? — ele perguntou a ela.

Nem eu nunca tinha ousado perguntar isso a Hala. A maioria dos demdjis não gostava de falar sobre a vida antes da rebelião. Era difícil ser quem éramos em um país ocupado por forças estrangeiras que queriam nos matar. E, mesmo sem os gallans, demdjis tendiam a ser vendidos, usados, assassinados, ou coisa pior. Todos sabíamos que não havia sido fácil para Hala. Todos sabíamos que a mãe dela a havia vendido. Mas o rumor que circulava no acampamento, na época em que tínhamos um, era de que Hala havia se vingado do homem que havia cortado seus dedos. Que ela tinha usado seu dom de demdji e virado sua mente do avesso. Que o deixara tão afundado na loucura que ele nunca viu a luz da sanidade novamente.

Entendi o que Tamid estava sugerindo. Morrer era uma coisa, mas, para Leyla, viver sem sua inteligência seria algo completamente diferente. Antes de mais nada, ia torná-la inútil para o pai. E ela já havia visto a loucura antes. Sua mãe havia enlouquecido tentando construir uma versão do que Leyla havia terminado com sucesso. Foi o que levou Rahim a se voltar contra o pai. E Leyla havia levado as esposas de seu irmão Kadir à loucura — Ayet, Mouhna e Uzma, três garotas do harém, ciumentas mas indefesas, que ela havia usado como cobaias em sua máquina, antes de usar sua força total para dominar a energia de um djinni.

Leyla podia não temer a morte. Mas certamente temia a loucura.

— É verdade? — Tamid insistiu.

Hala passava o dedão da mão que tinha apenas três dedos em um círculo lento e pensativo sobre a boca dourada enquanto pensava.

— Não — ela admitiu, finalmente. — O que eu fiz com ele foi muito pior do que você ouviu.

★

Quando entrei, Leyla estava encolhida de lado. Ela me lembrou minha prima Olia, quando ficava amuada no quarto compartilhado na Vila da Poeira, claramente querendo que alguém prestasse atenção nela, mas tentando disfarçar.

— Está aqui para atirar em mim de novo? — Leyla murmurou no travesseiro. A posição em que estava deitada deixava os curativos no braço evidentes. Imaginei que Tamid a houvesse costurado. O que provavelmente era inteligente, já que não queríamos que sangrasse até a morte. Embora, se dependesse de mim, teria deixado que sofresse um pouco mais.

— Não. — Me apoiei na porta. — Vim aqui te dar uma última chance de não perder os parafusos dessa sua cabecinha brilhante. — Sentei na ponta da cama. — Já viu alguém ficar louco por conta do sol, Leyla? Eu já, uma vez. Um homem chamado Bazet, da cidade onde cresci. Foi como ver alguém cuja mente tinha sido incendiada, mas não conseguia apagar o fogo. Ele ficou absolutamente delirante, balbuciando, gritando, vendo coisas. No fim, meu tio atirou nele como se fosse um cachorro. Um tiro de misericórdia.

Leyla sentou, pressionando com força o travesseiro, deixando uma pequena marca onde seu rosto estivera.

— O poder de Hala é parecido. Ela pode fazer você ver coisas por um tempo, claro, mas também pode estraçalhar completamente sua mente, fazendo você duvidar para sempre do que é real ou alucinação. E, acredite em mim, ela realmente quer fazer isso com você.

Leyla estava com a boca levemente aberta, os olhos arregalados e infantis.

— Vocês não fariam isso comigo. Precisam de mim.

— No momento você está nos custando muito mais vidas do que ajudando a salvar — eu disse. — E não acho que seu pai possa manter a cidade trancada para sempre. Cedo ou tarde, o cerco vai terminar e estaremos livres. Mas eu quero que as pessoas parem de morrer antes disso, claro. E, se eu te devolver para ele sem os parafusos no lugar, os assassinatos param, ainda que você não vá mais ter muita serventia para ele, já que não poderia construir seus brinquedinhos bélicos. Acha que ainda vai ser a filha favorita depois de enlouquecer?

Ela se remoía, decidindo se devia responder.

— Para onde você vai? — Leyla perguntou finalmente. E então, mais baixo, acrescentou: —Vai resgatar meu irmão?

A pergunta me pegou desprevenida. Não havia cogitado que Leyla se importasse com Rahim. Ela o deixara ser preso com os outros rebeldes. Tinha chamado-o de traidor. Mas parecia incerta, quase tímida. Talvez sentisse que ainda era seu irmão, o único dos muitos filhos do sultão nascido da mesma mãe.

— É esse o plano.

Na verdade, o plano era resgatar dois irmãos dela, mas Leyla não precisava saber que Ahmed ainda estava vivo, mesmo que não tivesse nenhuma maneira de passar a informação para o pai.

Leyla mastigou o lábio pensativa por um longo momento antes de responder.

— Existem túneis sob a cidade. — Ela começou a falar rápido, como se pudesse tirar todas as palavras traidoras da boca de uma só vez. — Eu precisava de um jeito de conduzir a energia por todo o caminho até o lado de fora dos muros. Então meu pai mandou escavar túneis saindo do palácio e passou fios através deles para que o fogo da máquina pudesse alimentar tudo. Suas esposas e seus filhos que estavam no harém fugiram por um dos túneis para esperar uma embarcação antes que os invasores chegassem. Mas as saídas foram fechadas com tijolos agora.

Tijolos não eram tão ruins — mais fáceis de atravessar do que uma muralha de fogo. Levantei.

— Vou pegar um mapa da cidade. Quero que me diga por onde esses túneis passam, cada um deles. Vou saber se você tentar mentir para mim de novo.

Lancei um olhar penetrante para os curativos em seu braço machucado.

— Isso não *importa*, sabia? — Leyla disse, interrompendo minha saída do quarto. Estava terrivelmente falante agora que havia começado. Eu a ignorei. — Mesmo que consiga passar por essa muralha, não vai conseguir passar pela próxima.

Eu parei, com a mão apoiada na porta. Dava para ver que era uma isca, pelo modo como o tom de sua voz ficava mais alto no final das palavras, em deboche. Queria que eu perguntasse. E era por isso que eu não queria perguntar. Mas eu sabia que acabaria cedendo. Não adiantava ser teimosa numa guerra como aquela.

Então virei e fiz o que ela queria.

— O que quer dizer com isso?

— Tem uma muralha em volta da prisão para onde os traidores foram levados. — Ela parecia toda feliz consigo mesma agora que havia reconquistado a vantagem, com os joelhos puxados para perto do queixo. Havia um tom monótono e irritante nas suas palavras quando continuou: — De onde acha que meu pai tirou a ideia de proteger a cidade desse jeito?

A Muralha de Ashra. A história me veio à mente no momento em que vi a grande barreira de fogo. E eu não tinha sido a única a lembrar. Todo mundo vinha sussurrando o nome de Ashra nos últimos dias. Era impossível não pensar na lenda dos Livros Sagrados. Mas não era possível que Leyla se referisse a isso. Porque significaria que Ahmed e os outros estavam presos em...

— Eremot. — Uma satisfação cruel se espalhou pelo rosto de Leyla. — Eles foram levados para Eremot.

O nome antigo me fez sentir que havia algo errado, um desconforto mais profundo do que a pele e os ossos, que parecia agitar até minha alma. Metade de mim era imortal. Metade de mim tinha estado lá, em Eremot, nos dias antigos. Metade de mim lembrava.

Eremot era o nome citado nos Livros Sagrados. Era o lugar onde a Destruidora de Mundos havia surgido, liderando seu exército de carniçais, e onde havia sido aprisionada no fim da Primeira Guerra. Atrás da Muralha de Ashra, uma grande barreira de fogo que mantinha a escuridão afastada.

— Eremot...

Não é real. Só que não consegui concluir em voz alta.

— É uma lenda — Leyla terminou por mim, com um olhar satisfeito. — Nos confins da civilização, onde ninguém pode encontrar. Mas eu encontrei.

Ela queria me intimidar. Mas eu havia crescido nos confins da civilização, e Jin havia me encontrado sem problemas.

—Vamos dar um jeito.

A bússola de Jin nos levaria onde quer que os prisioneiros estivessem. Fosse Eremot ou não.

Leyla deu de ombros.

— Mesmo se encontrar a cidade, acha realmente que pode atravessar a "grande barreira impenetrável contra o mal, erguida pelo sacrifício verdadeiro e que"...

— "E que permanecerá inviolada até a coragem da humanidade falhar" — terminei por ela. —Também posso citar os Livros Sagrados quando quero.

Ashra tinha sido a filha de um tecelão nascida quando a Primeira Guerra estava chegando ao fim. Os carniçais já eram obrigados a se esconder na escuridão, espreitando o deserto sozinhos à noite, em vez de formar exércitos. Os maiores monstros da Destruidora de Mundos tinham sido mortos, derrotados pelo primeiro herói e por todos os que vieram depois dele: Attallah, o príncipe cinzento, o sultão Soroush e o campeão de Bashib. A Destruidora de Mundos foi derrotada e teve que recuar para a escuridão da morte de onde viera.

Mas ela não podia ser afastada para sempre. De tempos em tempos, libertava-se de sua prisão para aterrorizar o deserto. E os djinnis assistiam, desesperados, os humanos que os defenderam por tanto tempo, temendo que eles não fossem capazes de realizar sua última missão. Então anunciaram que concederiam a imortalidade a qualquer um que aprisionasse a Destruidora de Mundos para sempre. Muitos heróis morreram tentando.

Ashra não era uma heroína. Era apenas uma garota de uma pequena vila nas montanhas, a mais velha de doze irmãos, que passava os dias ajudando o pai a tingir a lã e as noites ajudando a mãe a cozinhar para seus onze irmãos.

Até o dia em que a Destruidora de Mundos foi à sua vila.

Os moradores não tinham armas, então acenderam tochas contra ela, posicionando-as em círculo e se amontoando no meio, em uma tentativa de permanecer vivos até o amanhecer, quando poderiam fugir.

A Destruidora de Mundos percorreu a escuridão ao redor da vila, ao redor das tochas. Então ela riu, e com sua respiração apagou todas as tochas. Todas menos uma, que permaneceu com Ashra e sua família.

Antes que a Destruidora de Mundos pudesse atacar, Ashra agarrou a última tocha e se incendiou com ela. Um corpo não queima muito, mas diz a lenda que ela engoliu uma faísca, o suficiente para iluminar sua alma e seu corpo. E sua alma queimou, ficando muito mais brilhante do que seu corpo jamais poderia. Quando a garota flamejante deu um passo à frente, a Destruidora de Mundos deu um passo atrás. Então Ashra deu outro passo, depois outro, e outro, e lentamente a Destruidora de Mundos recuou.

Ashra a levou por todo o caminho de volta na direção de Eremot.

Enquanto andava, fez como seu pai havia lhe ensinado e teceu o fogo queimando dentro de seu corpo, entrelaçando-o como se fizesse um tapete, até que se tornasse um muro impenetrável. Quando chegaram a Eremot, ela havia tecido um muro tão alto e amplo que era capaz de segurar até a Destruidora de Mundos, amplo o suficiente para cercar a entrada de Eremot e mantê-la aprisionada para sempre dentro da montanha.

Os djinnis testemunharam o sacrifício dela e mantiveram sua promessa. Garantiram a Ashra uma vida imortal para que sua alma queimasse para sempre, na forma da grande muralha que havia criado. Disseram que, enquanto a muralha permanecesse de pé, a Destruidora de Mundos continuaria aprisionada. Se caísse, cairia sobre o mundo uma nova era de escuridão.

Então foi por isso que Leyla perguntou se íamos salvar Rahim. Não porque o que sentia pelo irmão havia mudado, mas porque queria ter certeza de que mesmo se traísse seu pai e nos deixasse passar pelo muro, nós ainda falharíamos. Havia outra barreira entre nós e nosso objetivo.

— O que seu pai pretende enviando os prisioneiros para Eremot? — Só de dizer o nome, me senti desconfortável. — Se ele vai quebrar a promessa feita ao seu povo de conceder misericórdia à rebelião, deve haver maneiras mais fáceis de matá-los.

Leyla olhou para mim através dos cílios negros.

— Ele não quer que eles morram. Só não liga se eles morrerem. São duas coisas diferentes. Ele está atrás de algo em Eremot. E quem entra lá não sai. Eventualmente, as horas e horas cavando no escuro espremem toda a vida das pessoas. Então meu pai envia pessoas descartáveis.

Mas eu não estava mais prestando atenção. Só poderia haver uma coisa que o sultão procuraria em Eremot.

— Seu pai quer encontrar a Destruidora de Mundos.

Eu devia saber melhor do que ninguém a distância que separava as lendas da verdade. As histórias nem sempre eram contadas inteiras. Os monstros das histórias eram menos ferozes no mundo real; os heróis menos puros; os djinnis mais complicados. Mas havia certas coisas que não deveriam ser cutucadas só para ver se os dentes eram mesmo tão afiados quanto as histórias diziam. Porque, considerando a mínima possibilidade de as histórias estarem certas, você acabaria perdendo um dedo. A Destruidora de Mundos estava no topo da lista de lendas que eu não queria descobrir se eram mesmo verdade.

— Não sei quanta atenção você deu à leitura dos Livros Sagrados, mas existem vários motivos para não libertar a Destruidora de Mundos. Começando pela possibilidade de destruição da humanidade.

— Ah, ele não quer que ela escape — Leyla disse, séria. — Ele a quer pelo mesmo motivo que quer os djinnis. Meu pai é um herói. Vai acabar com ela de uma vez por todas. E usar seus restos para o bem. Como fez com Fereshteh.

O sultão queria matá-la, transformar sua vida imortal em energia que pudesse usar. Lembrei de algo que ele me dissera uma vez, que o tempo dos imortais já tinha passado. Era nossa vez, o momento de parar de viver tão ligado a lendas e à magia. E, obviamente, estava destruindo todas nossas lendas, uma por vez, arrastando Miraji para uma nova era, quer o país quisesse ir com ele ou não. Quer libertar grandes males da terra fosse uma boa ideia ou não.

— Mas ele não pode fazer isso sem você, pode?

A satisfação de Leyla voltou a se tornar medo.

— Se me matar, ele vai encontrar outra maneira. A terra da minha mãe está cheia de pessoas como eu, capazes de ter grandes ideias e criar novas invenções. — E eu tinha certeza de que algumas delas estariam inclusive preparadas para desafiar as leis da religião e do bom senso.

Eu não queria matá-la. Mas não havia como mantê-la ali. Podíamos ter uma saída, mas não dava para desaparecer da cidade sem fazer alguma coisa a respeito de Leyla, não com garotas morrendo a cada amanhecer em seu nome.

O esboço de um plano estava começando a se formar na minha mente. Só que faltava uma pessoa para colocá-lo em prática.

Eu precisava de Sam.

7

Levei boa parte do dia para encontrar Sam, o que não ajudou nem um pouco a diminuir a raiva que eu sentia dele. Comecei a imaginar maneiras criativas de matá-lo em algum momento perto do meio-dia, com o suor ensopando minha camisa e meu cabelo grudado no sheema. Quando finalmente consegui encurralá-lo antes do pôr do sol, tinha construído uma imagem muito vívida de como ele encontraria seu fim em minhas mãos.

Tivéramos muita sorte de Sam não sangrar até a morte no dia em que tentara entrar no palácio. Depois que levara o tiro, conseguimos levá-lo de volta à Casa Oculta ainda respirando, graças a Hala e a Jin. As horas seguintes foram um caos. Tentávamos manter nosso amigo estrangeiro vivo, além de preparar todo mundo para fugir se precisássemos. Eu não sabia se alguém havia nos seguido, mas eu já tinha levado o sultão até nosso esconderijo uma vez. Não ia arriscar.

Finalmente, Sam parou de sangrar e voltou a respirar bem, ainda que por muito pouco. Nenhum soldado bateu à porta da Casa Oculta.

Passei a noite tomando conta dele enquanto os demais ficavam de guarda pelas ruas. Se tivéssemos que fugir, seria difícil levá-lo conosco, ferido como estava. Então esperamos e continuamos de guarda. Rezei um bocado.

Três dias após Sam levar o tiro, acordei ao lado de uma cama vazia.

Eu havia pressionado o rosto com tanta força na coberta que havia ficado uma marca na minha bochecha. Onde Sam deveria estar não havia nada além de lençóis emaranhados, vagamente manchados de sangue. Meu primeiro pensamento foi de que ele havia morrido em algum momento da noite e Jin removera o corpo para me poupar. Mas então vi o bracelete de ouro com esmeraldas colocado no meu punho enquanto eu dormia. Era de Shazad, uma das peças com a qual pagara Sam na época em que ele estava levando informações do palácio para a rebelião.

Então entendi o que era: um bilhete de despedida. *Nenhum dinheiro vale a minha vida*, dizia. Ele não estava errado. Dinheiro era algo irrelevante demais por que morrer. Só que eu havia pensado que Sam permanecia conosco por algo mais.

Ainda assim, deixar o bracelete parecia um gesto mais simbólico do que qualquer coisa, já que levou todo o resto do pagamento de Shazad, até o último de seus anéis.

Foi graças às joias dela que o encontrei. Havia um ourives na esquina da rua da Lua, conhecido por não fazer perguntas. Ele precisou de um pouco de suborno, mas me disse onde Sam andava. Estava a caminho do Peixe Branco, um bar nas docas frequentado por marinheiros de todos os tipos passando por Izman. Estava lotado com os mesmos marinheiros nos últimos tempos, visto que ninguém podia entrar ou sair da cidade. A barricada de fogo mergulhava até o fundo do mar.

Só que havia um rumor circulando de que existia um homem que sabia como passar pela barricada. Pelo preço certo, mostraria como. Ele aceitava qualquer pessoa com dinheiro.

Eu tinha ouvido o rumor, mas ignorara, porque era obviamente um golpe. Mas Sam devia ser tolo o suficiente para cair nele.

O calor de um longo dia investigando as ruas da cidade grudava nas minhas roupas quando empurrei as portas do Peixe Branco. Uma dúzia de pares de olhos masculinos grudou em mim também. Eu sabia o que eles viam. Não importava que estivesse vestida com roupas resistentes do deserto ou que estivesse armada: era uma mulher em um lugar frequentado somente por homens. Quase senti falta da época em que era uma garota magricela da Vila da Poeira e podia me passar por menino quando precisava. Mas passara um ano fazendo refeições decentes, e havia muito de mim agora para esconder.

A maioria dos homens voltou a seus drinques e apostas, encolhendo os ombros quando adentrei o bar procurando um rosto familiar. Um homem entrou no meu caminho, tão rápido que tive que parar de repente para não esbarrar nele.

— Qual é o preço? — ele perguntou sem cerimônias.

— Para você sair da frente? — Minha mão já estava na arma. — Vou fazer um favor a você. Vou contar até três e deixar que saia de graça. Depois, vou começar a cobrar em dedos dos pés.

Quando ele olhou para baixo, a pistola estava apontada para sua bota. Seria um tiro fácil à queima-roupa.

Reconheci a risada de Sam um segundo antes de passar o braço por cima do meu ombro.

— Não liga para a minha amiga aqui. — A voz estava alegre demais, como se tentasse cortar a tensão, como o sol passando pelas nuvens. — Ela é muita areia para sua caravana, de qualquer modo. — Ele piscou para o homem. Então, em voz baixa, falando em albish devagar o bastante para que eu conseguisse entender, disse: — Abaixe a arma antes que ele faça algo idiota e a gente tenha que fazer algo heroico.

Mordi a língua com raiva, mas ele tinha razão. Eu não estava ali para atrair atenção começando uma briga de bar. O homem nos analisou rapidamente antes de dar um passo para trás. Sam me puxou para o outro lado, me virando na direção de uma mesa cheia de homens segurando cartas e nos observando com interesse.

— Desculpe a interrupção, rapazes — Sam declarou alto demais. —Tive que ir buscar meu amuleto da sorte. — Ele sentou de maneira abrupta, me puxando para seu colo tão rápido que só pensei em dar um tapa nele quando já estava sentada.

Passei meios mais dolorosos de matar alguém para o topo da lista que havia criado naquela tarde.

Mas eu precisava admitir que os olhares de interesse tinham sido substituídos por uma compreensão presunçosa. Agora os outros apostadores achavam que entendiam o que eu era e a quem pertencia. Sam sabia o que estava fazendo.

—Você vai precisar de mais do que boa sorte esta noite, meu amigo estrangeiro — um homem com um sheema verde-escuro solto em volta do pescoço disse com uma risada. — Com cartas como essas...

—Vocês olharam minhas cartas? — Sam bateu uma mão dramaticamente no peito com choque fingido, como se tivesse sido baleado no coração. — Vira-latas! Trapaceiros! Traid...

Eu não tinha tempo para aquilo.

— Sam — interrompi. — Compre uma bebida para mim. — Quando ele estava prestes a protestar, brinquei com a manga do braço dele, apoiada em meu ombro. Podia sentir as cartas enfiadas lá dentro. — Agora, antes que eu diga algo que acabe fazendo *você* levar um tiro.

Ele entendeu o recado e levantei, me libertando da indignidade de seu colo.

— Senhores — ele disse dramaticamente enquanto levantava, chutando a cadeira de volta ao lugar —, a infidelidade de vocês não me deixa nenhuma escolha além de desistir dessa mão. Mas voltarei assim que conseguir um pouco mais de sorte.

Ele deu uma piscadela, me puxando firme para si. Pensei em esmagar seus dedos antes de assassiná-lo.

— Então, escuta o que estou pensando — disse Sam, me levando para uma mesa em um canto escuro e gesticulando para o atendente. — Você chegou bem na hora de me ajudar a vencer. — O atendente largou dois copos de um líquido âmbar na nossa frente, analisando-me cuidadosamente. Eu o encarei de volta. — Tudo o que precisamos fazer é combinar algum tipo de código — Sam prosseguiu alegremente, sem se importar de ser ouvido.

— Vender as joias de Shazad não foi suficiente? Ficou ainda mais ganancioso agora? — Passei um dedo pela borda do copo à minha frente.

— Não fale assim. — Ele me cutucou, como se fosse uma piada. — Meu amigo ali está cobrando os olhos da cara para tirar pessoas às escondidas daqui. — Ele apontou na direção de um homem que olhava para nós do bar. — Os únicos que podem se dar ao luxo de vender um olho e continuar tão charmosos quanto eu são piratas. Não tenho o menor interesse em passar o resto da vida comendo peixe com um gancho no lugar da mão.

— Por que alguém trocaria sua mão por um gancho?

Sam não costumava me dar tanta dor de cabeça.

Ele abriu a boca como se fosse explicar algum conceito estrangeiro que tinha ido muito além da minha compreensão, como costumava fazer nas reuniões no palácio, mas então pareceu mudar de ideia e só deu um gole na bebida.

— O ponto é — Sam prosseguiu, animado por alguma energia inquieta —, se eu quiser sair desta cidade com dois olhos na cara, tenho que encontrar outra coisa para oferecer a ele.

Olhei para o homem apoiado no bar. Se ele realmente sabia como sair daquela cidade, eu era a rainha de Albis.

— Tá, então me conta. Qual é o plano exatamente? — Movi a cadeira para ficar de olho nele. — Mesmo que consiga sair de Miraji, você é um desertor. — Não me dei ao trabalho de suavizar o golpe. — Não sei o que eles fazem em Albis, mas aqui, quando se abandona o exército, eles arrancam sua cabeça.

— Em Albis, eles deixam você continuar com seu pescoço, para amarrar uma corda e te pendurar em uma árvore alta. — Sam não pareceu muito incomodado com isso. — Um carvalho, se houver um disponível, mas pinheiros e teixos também servem. Como seria um crime deixar o mundo sem a minha presença, não voltarei para lá. Ouvi dizer que a península ioniana tem mulheres lindas e boa comida, e que o sol de vez em quando é suportável, diferente daqui.

— Então você tomou um tiro e agora está fugindo de medo? — Todos levamos tiros uma vez ou outra na guerra. Eu havia retirado uma bala do ombro de Jin antes mesmo de saber o nome dele. Tinha uma cicatriz na barriga de um ferimento que quase havia me matado. Sam perdeu um pouco de sangue e, de repente, estava desertando de novo.

Mas ele não pareceu tão intimidado quanto eu tinha esperanças de que ficasse.

— Sim — ele disse, como se eu estivesse sendo irracional. — Qualquer um que afirme não ter medo de morrer ou é burro ou está mentindo. — Ele inclinou seu drinque para mim, como num brinde. — E olha que eu sou o melhor dos mentirosos.

Bati meu copo de leve no dele, pensando no que Tamid havia me contado sobre a probabilidade de ser queimada viva quando liberasse a energia de Fereshteh da máquina.

— Todos vamos morrer um dia, Sam. O que mais você vai fazer? Continuar fugindo de um país para outro até morrer com uma faca entre as costelas porque atravessou o muro errado na próxima cidade? Com a bebida envenenada porque deu em cima da mulher errada na seguinte? Ou acha que vale a pena tomar uma atitude pelo menos uma vez na vida? — perguntei. — Aqui, conosco.

Ele me deu um sorriso sarcástico.

— Falavam um monte de coisas sobre tomar atitude quando entrei para o exército. Só que, para filhos de fazendeiros como eu, isso significa que esperam coragem diante dos canhões inimigos, para que os filhos de homens ricos logo atrás possam voltar para casa cobertos de glória.

— Eu não me importo com glória — desafiei. — Me importo em levar todos para casa. Pessoas com as quais eu sei que você também se importa.

Sam apoiou a cabeça na parede, como se realmente estivesse considerando o que eu dissera. De canto de olho, percebi que o homem no bar continuava a nos observar. Então ele desviou os olhos, como se tivesse sido flagrado. Algo nele me incomodava.

— Sam — eu disse com cautela, mantendo a voz neutra. — Seu amigo por acaso disse como consegue levar alguém de barco para fora de Izman, considerando que faz semanas que ninguém consegue fazer isso?

— Hum? — Ele coçou a sobrancelha com o polegar, evitando o assunto. — Não lembro de ele ter dito nada.

Aquilo me soou como um "não". O homem estava batendo o pé freneticamente. Quase como se estivesse nervoso. Ou esperando alguma coisa.

— E ele disse o preço? — perguntei. — Mencionou um número, ou você se deu conta de que, independente da quantia que trouxesse, não era suficiente?

— Bem... — Sam parecia pensativo. A bebida o deixava lento. — É assim que os negócios funcionam. Quando há muita demanda por um serviço... Seria tolice definir um preço muito baixo...

Agora até ele parecia cético.

— Não acha estranho — minha mão desviou para a pistola, mas mantive a voz firme — isso estar acontecendo agora, justo quando o sultão está desesperado para recuperar sua filha? E que você *por acaso* não tinha a quantia exata de dinheiro e por isso teve que ficar pela área, apostando até reunir o suficiente para escapar da cidade?

Sam finalmente entendeu o que eu dizia. Ele xingou em albish, parecendo mais irritado do que qualquer outra coisa.

— É uma armadilha.

8

Eu estava de pé, com a pistola na mão. Foi meu próximo erro, mostrar que estava alarmada. O mesmo homem que tentou me parar quando entrei deu um assovio agudo. De repente, outros três se levantaram, sacando armas que eu não tinha visto antes.

Eu já estava em movimento, atirando enquanto seguia para o bar, com Sam logo atrás. Um tiro pegou na parede, o próximo no peito de um homem, o último fez uma garrafa explodir, forçando dois homens a cobrir o rosto enquanto nos lançávamos por cima do balcão. Sam deslizou atrás de mim, acertando uma bebida com o pé e fazendo com que se chocasse contra a parede, espalhando bebida e vidro estilhaçado. O atendente se encolheu onde estava agachado, tentando se manter coberto. Ele acabaria morrendo por nossa causa se continuássemos lá atrás.

Minha mente acelerou. Eles armaram a armadilha para atrair alguém da rebelião. Era por isso que a haviam montado ali, naquela caixa flutuante de madeira, longe do alcance do deserto. Estavam se protegendo de mim e de Sam. E dos gêmeos, já que não teriam de onde decolar. Sabiam sobre todos nós.

O tiroteio recomeçou, estilhaçando as prateleiras sobre nossas cabeças, fazendo chover líquido de cor clara e vidro. Levantei e agarrei uma garrafa pela metade, atirando algumas vezes por cima do bar.

— Sam! — Eu podia sentir a areia nas profundezas das águas do mar. Era pesada e lenta, nada que lembrasse a graça rápida como o vento da areia pura do deserto. Mas ainda era areia. — Você sabe nadar, não sabe?

— O quê? — Sam arregalou os olhos em pânico. — Por quê? Aquilo pareceu um "sim" para mim.

— Me dê seu sheema. — Estiquei a mão para Sam.

— Não! Por quê? Use o seu — Sam protestou.

— Não vou usar o meu — eu disse, tirando a rolha da garrafa e aproveitando para tomar um gole. — Tem valor sentimental.

— Bem, talvez o meu também tenha — Sam protestou. — Ganhei da esposa de...

— Não vem com essa. — Puxei o sheema do pescoço dele, o nó malfeito se desatando fácil. — Ninguém mandou nunca ter aprendido a amarrar um sheema direito — eu disse, enfiando o tecido na boca da garrafa.

— Está bem, eu estava mentindo sobre o valor sentimental. — Sam se encolheu quando uma nova saraivada de tiros veio. Eles estavam sendo cuidadosos, queriam nos manter vivos. Mas não *tão* cuidadosos assim. — Mas não quero que minha pele queime com o sol e descasque. E também estou preocupado que você acabe matando nós dois e...

— Ei — eu disse para o atendente. Joguei a garrafa nas mãos de Sam e virei. — Fósforos. Sei que você tem.

Com as mãos tremendo, ele pegou uma caixa de fósforos embaixo do balcão e a estendeu para mim.

Risquei um fósforo, encostando-o no sheema que usava de pavio para a bomba caseira. Sam ergueu uma sobrancelha para mim.

— Bom saber que meu medo de que você fizesse algo que pudesse nos matar não era infundado.

— É melhor arremessar isso, a menos que realmente queira provar que estava certo — eu disse. — Agora!

Nos movemos em sincronia. Independente de qualquer coisa, Sam sempre fora útil em momentos de crise. Era o mesmo instinto de sobrevivência que o fizera fugir de nós. Formávamos uma boa equipe. Ele levantou enquanto eu trazia minha energia demdji para a ponta dos dedos. A dor me inundou, me fazendo vacilar por um momento, quase tropeçando e perdendo a concentração.

Sam arremessou a garrafa, fazendo-a espatifar no chão em uma explosão de vidro, fogo e, o melhor de tudo, fumaça.

Ergui os braços como um chicote. A areia subiu com toda a força que havia em mim. As tábuas finas e baratas do chão não tinham qualquer chance de resistir. Racharam com a pressão, criando uma fenda na construção que dava direto na água lá embaixo.

Agarrei Sam pela gola e o arrastei comigo para o buraco. Ele precisaria dar bem rápido uma resposta melhor para minha pergunta sobre saber nadar. Pelo menos um de nós precisava saber.

Só tive tempo de encher os pulmões antes de submergirmos no mar. Foi como pular de um penhasco para o nada, com a água correndo ao meu redor. Comecei a entrar em pânico, tomada pela sensação antinatural. Então braços me envolveram, juntando-nos, me ajudando a flutuar nas ondas, me impedindo de mergulhar nas profundezas e me perder por lá. Pus os braços em volta dos ombros de Sam me segurando com força enquanto ele nos levava de volta para cima, na direção do ar. Alcançamos a superfície, nossas cabeças espremidas no espaço estreito entre a base da doca e a superfície da água.

— Uma dica — Sam falou com dificuldade em meu ouvido. Tossi água salgada em seu ombro. — Não tente respirar no mar.

Eu me pendurei em Sam como se minha vida dependesse disso enquanto ele batia as pernas, levando-me para longe do bar e de nossos perseguidores. Tentei ignorar a sensação da água salgada subindo pelo nariz. Fizemos uma parada no espaço estreito entre os cascos de dois imensos navios. Estava escuro agora, e eu ainda podia ouvir gritos, mas vinham de longe. Talvez houvéssemos despistado os homens.

Boiamos por um momento, prestando atenção, com a respiração pesada e tremendo. Podia sentir a dormência dolorida na lateral do meu corpo por usar tanto meu poder, e minha cabeça girava. Quase tinha perdido o controle. Quase matara nós dois.

— Bem — Sam finalmente falou, baixo para que nossos perseguidores não ouvissem. — Parece que tenho menos opções do que havia imaginado. O que você disse mesmo sobre eu usar minhas habilidades excepcionais para tirar vocês heroicamente daqui?

Pensei em esmagar seus dedos e quebrar seus joelhos antes de matá-lo.

— Quem disse que preciso de você para me tirar daqui? — perguntei. — O que acha de me levar para *dentro* de algum lugar?

9

— Só para constar, ainda acho que deveríamos ter matado a garota.
— Hala manteve a cabeça e a voz baixas, o capuz obscurecendo seu rosto em meio à multidão.

— Sei que acha — sussurrei, olhando por cima do ombro para os muros do palácio pela milionésima vez, enquanto nos arrastávamos até as portas da casa de oração numa lentidão meticulosa. Os corpos das três garotas ainda estavam pendurados lá. Mas somente três. Tínhamos algum tempo para salvar a vítima daquela manhã. Pelo menos um pouco.

Sobre nós, a luz da manhã começava a refletir no grande domo dourado. Sinos ecoaram pela cidade, convocando para as orações. Hoje, íamos atendê-los.

As preces estavam sendo muito mais frequentadas desde que a cidade fora sitiada. Centenas de pessoas se reuniam todos os dias, conduzidas pela visão da barricada profana ao nosso redor. Ou pela visão dos inimigos em nossos portões. Ou pelo medo de que suas filhas fossem levadas.

A última garota tinha sido levada durante a noite, provavelmente perto da hora em que Sam e eu voltávamos para a Casa Oculta, encharcados após o mergulho acidental. Jin havia erguido as sobrancelhas curioso.

— Quero saber o que aconteceu?

— Provavelmente não — respondi, indo procurar roupas secas enquanto Sam esperava de pé, pingando e sorrindo como um idiota.

Ela se chamava Fariha. Tinha apenas catorze anos. Eu rezava para não ser tarde demais para salvá-la. Mesmo sem ter certeza de que havia alguém ouvindo minhas preces.

— E acho que essa é uma péssima ideia — Hala acrescentou.

— Eu sei — repeti, incerta se significava que eu sabia o que ela achava ou que eu sabia que era uma péssima ideia.

— Mesmo que a gente não a mate, você podia me deixar despedaçar a mente dela — Hala murmurou enquanto seguíamos o fluxo de pessoas para dentro da grande construção abobadada. — Ela é uma ameaça.

— Já tinha ouvido nas três primeiras vezes que disse isso.

Estávamos tensas e irritadas. Não era culpa de Hala. Eu só tivera algumas horas de sono. E podíamos estar caminhando para a morte. Tudo isso porque eu não queria devolver Leyla morta ou insana para o pai. Hala argumentou que era exatamente o que ele faria conosco se os papéis fossem invertidos. E era exatamente por isso que me recusava a fazê-lo. Não éramos o sultão. Precisávamos ser melhores do que ele.

Então nós duas concordamos que não deixaríamos a cidade sem fazer alguma coisa. Mesmo se significasse acabar não saindo da cidade.

A multidão nos empurrou para a frente. Estávamos tão perto que eu podia notar detalhes dos painéis de ouro nas portas. Em um deles, o primeiro herói golpeava com a espada o pescoço de um monstro. No de baixo, o Criador de Pecados aparecia atrás dele com uma faca, prestes a traí-lo. Em outro, os outros djinnis cercavam o Criador de Pecados, banindo-o por sua traição. Passamos tão perto que acabei olhando para o rosto dos djinnis, tentando reconhecer meu pai entre eles. Mas haviam se desgastado ao longo dos séculos. Se algum dia tinham parecido com alguém, agora estavam anônimos. Desbotados, enquanto os djinnis se afastavam da rotina dos mortais.

E então as portas e seus painéis ficaram para trás, e Hala e eu passávamos sob o alto arco azul e dourado, sendo recebidas pelo abraço caloroso da casa de oração. O ar do lado de fora ainda carregava parte do frio da noite, mas lá dentro fogueiras queimavam por toda parte, em lareiras nas paredes revestidas com terracota. O ar estava denso, com o cheiro de óleo queimando e incenso.

Eu não tinha conseguido notar no escuro da noite passada, enquanto nos preparávamos, mas agora dava para ver claramente que os azulejos de cada parede tinham uma cor diferente, com os mesmos padrões espirais repetidos várias e várias vezes. A parede do norte tinha dois tons de azul, representando a água. A do oeste era dourada e marrom por causa da terra. Aqueles eram os dois elementos que haviam sido misturados para criar um corpo humano quando os djinnis nos criaram. A parede do sul tinha uma mistura impressionante de branco e prata para simbolizar o ar que moldou a argila na forma de nossos corpos. E a parede ao leste tinha um vermelho violento e dourado da centelha de fogo que nos deu vida. Todas convergiam para o chão, como uma grande torrente de cores se derramando das paredes. E, acima disso tudo, o domo dourado nos coroava.

Com as lareiras acesas, dava para ver o fio de bronze que passava por dentro do domo em uma espiral. Uma marca evidente da mão inventiva de Leyla. Descendo do ápice do domo no mesmo fio, havia um rosto de bronze, com a boca aberta como se gritasse. A máquina de falar de Leyla, a que havia chamado de zungvox. Feita para que as preces pudessem se espalhar pela cidade em uma tentativa vã de controlar o povo enquanto cada vez mais pessoas começavam a cultuar a muralha de fogo. Mas que acabou sendo usada pelo sultão para falar através dos abdals e nos ameaçar pela cidade inteira.

Hala e eu passamos pela multidão enquanto todos à nossa volta encontravam um lugar no chão frio de mármore.

Mas nós duas continuamos a avançar. Mais adiante, vi um jovem de pé ao lado do pai sagrado, mexendo com incensos e uma cópia enorme dos Livros Sagrados, com as laterais douradas. Ele se destacava por seu kurti finamente bordado e pelo queixo igual ao do pai.

Era fato que pelo menos um dos filhos do sultão participava das preces matinais todos os dias. Era uma tentativa de acalmar a agitação crescente. O sultão tinha enviado um príncipe para o meio do povo para lembrar que estavam todos juntos naquela situação.

Estávamos prestes a criar confusão. Com alguma esperança, salvaríamos Fariha e todas as garotas depois dela. Mesmo que significasse nossa morte. Hala me havia feito jurar. Atingiríamos nosso objetivo vivas ou morreríamos ali — só havia essas duas opções.

Estávamos quase na frente quando o pai sagrado de pé na plataforma ergueu as palmas das mãos tatuadas sobre a multidão, num gesto para todos se ajoelharem. Com algum barulho e uma série de encontrões, as pessoas obedeceram.

Exceto nós duas.

— Pronta? — sussurrei para Hala, minha mão se fechando sobre uma faca na cintura. Eu estava tremendo. Nunca ficava nervosa antes de uma luta, mas aquilo era uma encenação.

— Não me diga que justo *agora* decidiu se acovardar. — Eu não podia ver o rosto de Hala, mas dava quase para ouvi-la revirando os olhos. — Sua coragem é uma das poucas coisas que gosto em você.

Decidi assumir que aquilo era um "sim".

Foi como o cair da cortina em um espetáculo, um mar de pessoas se ajoelhando enquanto nos mantínhamos de pé. Movemo-nos juntas, Hala inclinando a cabeça para trás e deixando o capuz cair ao mesmo tempo que eu puxava a faca e a colocava em seu pescoço. Então dei um assovio longo. Ao nosso redor, todas as cabeças que haviam se abaixado, prontas para as preces, levantaram de repente. Os assistentes espalhados ao redor olharam na nossa direção, prontos para resolver o problema. Até o pai sagrado olhou para cima irritado, com as sobrancelhas franzidas. Mas sua expressão mudou assim que nos viu.

Ninguém olhando para nós veria duas demdjis. Veriam a princesa Leyla com a Bandida de Olhos Azuis segurando uma faca na sua garganta, ainda que não tivessem como reconhecê-las. A princesa Leyla nunca fora vista pela maioria dos moradores de Izman; e havia tantas histórias circulando sobre o Bandido de Olhos Azuis que ninguém sabia ao certo se era mulher, homem ou lenda. Mas Hala podia invadir a mente de cada uma daquelas pessoas, que teriam plena certeza de quem éramos.

— Vossa alteza — gritei sobre a cacofonia de sussurros. O príncipe, com sua túnica elaborada, olhou na nossa direção.

Eu não sabia o nome dele, que agora nos observava com olhos inocentes. Não fazia muita diferença. Havia centenas de príncipes. De acordo com Leyla, os príncipes mais novos tinham sido enviados para um lugar seguro até a tempestade passar e poderem voltar para casa. Então o sultão poderia moldar um deles como o herdeiro que realmente queria. Um que não o desapontasse como Kadir. Que não se rebelasse como Ahmed. Que não se ressentisse como Rahim. No meio-tempo, os outros filhos estavam sendo usados. Me perguntei se tinham consciência disso. Que não importava o que fizessem, não seriam escolhidos como herdeiros.

— Acredito que seu pai queira isso de volta. — Pressionei a faca na garganta de Hala. O jovem príncipe estremeceu, pensando que via a irmã choramingando sob minha faca. — Agora, ouça o que *eu* quero. Devolva Fariha Al-Ilham, a garota presa neste momento no palácio. E viva. Acha que pode transmitir a mensagem ao seu pai antes do sol nascer? — O jovem príncipe parecia confuso, nos encarando boquiaberto. Definitivamente não havia puxado a inteligência do pai. — Isso significa que é melhor você correr.

O rapaz acelerou como uma lebre que acaba de ver um falcão, disparando pela curta distância de volta ao palácio para buscar seu pai e, com alguma esperança, Fariha ainda viva. Abordei a multidão ajoelhada ao nosso redor, virando-me e segurando Hala para encará-los.

— É melhor o restante de vocês dar o fora daqui, se quiserem ficar longe disso.

Minha voz ecoou pelo domo alto da casa de oração como as palavras do pai sagrado faziam, de modo que parecessem vir de um poder maior.

Ninguém se moveu de imediato, permanecendo ajoelhados ao meu redor. Olhando para cima, para mim. Absorvendo minhas palavras.

— Agora — eu gritei. E todos obedeceram, levantando aos tropeções, quase criando uma debandada na pressa de sair da linha de fogo. Não importava o que aconteceria dali em diante, ou qual era a verdade. Os homens e mulheres correndo contariam o que tinham visto: a Bandida de Olhos Azuis devolvendo a filha do sultão. Seria impossível convencer a cidade de que aquilo não tinha sido real. A crença era um idioma estrangeiro à lógica, Jin havia me dito muito tempo antes. Eu esperava que ele estivesse certo. Que a cidade acreditar que o sultão havia recuperado sua filha fosse suficiente para acabar com as execuções. O sultão não teria mais justificativas aos olhos de seu povo.

Voltei a atenção na direção dos assistentes e do pai sagrado, ainda ali, incertos do que deveriam fazer.

— "O restante" significa todo mundo — ordenei. Eles quase se atropelaram, reunindo as túnicas pesadas do pai sagrado, empurrando-o apressadamente enquanto fugiam, gratos. As grandes portas de ouro que levavam à praça se fecharam, nos deixando sozinhas na imensa casa de oração.

Tirei a faca da garganta de Hala agora que não tínhamos mais plateia. Olhei atenta para o chão. O festival de cores que se derramavam das paredes era caótico. Mas elas lentamente convergiam em ordem, conforme seguiam harmoniosamente para o centro, onde o desenho de um enorme sol dourado se alinhava perfeitamente com a cúpula acima dele. Comecei a contar a partir do centro. Cinco azulejos na direção da plataforma e seis à direita. Hala e eu demos passos cuidadosos sem falar, conferindo o caminho como se nossas vidas dependessem disso. E de fato dependiam.

— É este aqui, gênia. — Hala apontou, encontrando o azulejo certo uma fração de segundo antes de mim. — Não te ensinaram a contar nos confins do deserto?

— Sim, e às vezes usam as mãos para isso — rebati. — Quatro dedos mais um dedão formam o punho com o qual estou tentada a te socar. O que me diz? — Assumimos nossa posição com cuidado, garantindo que estivéssemos exatamente onde deveríamos estar.

A pequena porta lateral foi aberta com violência bem na hora em que eu reposicionava a faca na garganta de Hala. Ela ligava o palácio à grande casa de oração, uma passagem para o sultão e os príncipes poderem participar das preces sem ter que passar pelo povo. O sultão entrou, seguido por quatro abdals. Um deles estava segurando uma jovem chorosa: Fariha.

Precisei lembrar a mim mesma de que não era Rima, Ghada ou Naima, que estavam penduradas nos muros do palácio. Eu havia falhado com elas. Mas Fariha ainda podia ser salva. Assim como uma centena de outras garotas da cidade. Garotas cujos nomes eu jamais saberia, contanto que salvássemos a vida daquela.

— Amani. — O sultão me cumprimentou com um sorriso lento e exuberante. Eu odiava aquela voz. Odiava que ainda me impelisse a endireitar a coluna e me inclinar para ouvir o que diria.

Ele havia me mostrado várias facetas antes. O árbitro benevolente no tribunal dos suplicantes, o pai preocupado, o homem com o fardo pesado de todo um país em seus ombros jantando na minha frente. Mas todas aquelas máscaras tinham sido descartadas. Diante de mim, o sultão se mostrava o que ele era de verdade: um governante que descendia de centenas de outros, que haviam lutado com unhas e dentes por aquele trono. Que o tinham agarrado. E então mantido. Ele era o sangue de Imtiyaz, o Abençoado; Mubin, que vencera o Conquistador de Olhos Vermelhos; Fihr, que construíra a cidade de Izman do nada.

E eu era apenas a filha descartada de um djinni vinda de uma cidade nos confins do deserto, improvisando truques tirados da manga. Ouvi mais uma vez aquela voz no fundo da minha cabeça, mais alta a cada dia que os olhos da rebelião se viravam para mim esperando ordens que eu não queria dar. E respostas que eu não tinha. Quem eu pensava que era para enfrentar aquele homem, descendente de conquistadores e lendas?

— E quem é essa? — O sultão analisou Hala, que mantinha a ilusão na mente de todos, embora não conseguisse enganar o pai da princesa. Eu não achava mesmo que ele cairia. Não era necessário. Enganar o povo era suficiente.

— Isso importa? — Larguei a faca e parei de fingir, embora Hala não tivesse descartado a ilusão de imediato, mantendo o rosto de Leyla. —Todo mundo pensa que entrei aqui com a sua filha. Então acho que seria bom se eles vissem Fariha saindo. Ou algumas pessoas vão acabar se perguntando por que o sultão não parece um homem de palavra agora que recuperou a filha.

Odiei o sorriso lento e sarcástico que se abriu no rosto dele, aquele que Jin havia herdado. Odiei que, ao vê-lo, percebi que era aquilo que eu queria. Parte de mim queria impressioná-lo com o truque. Queria que ele soubesse que eu entendia que estava brincando com a gente ao matar aquelas garotas. Uma parte de mim chegava a querer reconhecimento por enfrentá-lo com meu próprio jogo.

— Havia maneiras mais fáceis de fazer isso, é claro. — O sultão deu um passo na nossa direção. Seus quatro abdals o seguiram em uma marcha militar perfeitamente sincronizada, forçando a garota chorosa para a frente. Resisti à urgência de recuar. Não podíamos nos mover, não se queríamos pelo menos uma chance de escapar com vida. — *Al-*

guém deve ter sugerido me entregar Leyla morta. — Ele estava usando aquela voz paciente irritante, como se fosse meu pai me ensinando uma lição muito importante.

Hala ergueu a mão para responder.

— Ah, acredite, eu sugeri. Inúmeras vezes.

A ilusão se alterou num piscar de olhos, como uma cena que se altera sem explicação em um pesadelo. Hala não era mais uma Leyla viva e respirando, e sim o cadáver dela, pendurado do telhado em uma longa corda vermelha, igual às três garotas nos muros do palácio, seus pés batendo nos azulejos enquanto o corpo balançava. Mas o sultão olhou para a ilusão sem se impressionar. Não importava o quanto parecesse real, não era suficiente para comovê-lo. Ele voltou a atenção a mim.

— Era um bom conselho, mas você não ouviu. — Parecia que ele já esperava por isso. Como se não tivesse o menor medo de que sua filha morresse nas minhas mãos. — É por isso que perderam. Porque tentaram bancar os heróis.

— Ainda não perdemos. — Eu queria que fosse uma resposta impactante, mas soou como uma criança batendo o pé. Ele estava me enrolando. Quase me seduzindo para contar a ele nosso segredo: Ahmed ainda estava vivo. Tínhamos pouco tempo. O dia estava quase terminando de nascer. As badaladas dos sinos começariam em breve, nosso sinal para Sam nos tirar daqui. E precisávamos libertar a garota primeiro. — Vou pedir mais uma vez: deixe Fariha ir, para seu próprio bem.

Um longo momento de silêncio se passou enquanto o sultão considerava minhas palavras. Eu quase podia ouvir os momentos se esvaindo, grãos de areia deslizando rápido demais pela ampulheta. Uma contagem regressiva de segundos preciosos até que fôssemos puxados para fora dali, deixando Fariha para trás. Então, finalmente, ele assentiu, concedendo uma pequena perda.

— Solte a garota — ele ordenou ao abdal. Imediatamente, suas mãos de metal se afrouxaram. Ela cambaleou, com os olhos arregalados e assustados. E então correu, disparando na direção das portas e da segurança.

Eu queria manter os olhos no sultão, mas não consegui evitar. Precisava vê-la sair. Virei a cabeça só um pouco enquanto saía. Foi um erro. Soube disso assim que ouvi o clique, como uma bala entrando em posição antes de ser disparada.

Voltei a cabeça e vi uma pequena esfera, menor que uma bola de criança, feita de metal e engrenagens, rolar na nossa direção, ganhando vida com um zumbido repugnante. Era uma das invenções de Leyla.

Estava tentando sacar a arma quando veio a explosão. Não de fogo e pólvora, mas de pó. De repente, uma nuvem cinza nos envolveu. Inalei aquilo antes que pudesse pensar e senti o gosto pungente de metal. Percebi o que era enquanto olhava para Hala e a via na sua verdadeira forma, a ilusão completamente dissipada, apenas uma menina de pele dourada tossindo violentamente.

Pó de ferro. O sultão havia jogado uma bomba de pó de ferro em nós, drenando nossos poderes pelo tempo em que permanecesse em nossa pele, nossa língua, nossa garganta.

— Segurem as duas — ele ordenou, e ouvi o zumbido dos abdals assim que começaram a se mover. Tirei meu sheema rápido, usando-o para evitar inalar mais do pó e cobrindo meus olhos o melhor que pude. Podia não ter meus poderes agora, mas não estava indefesa.

Vi um brilho de bronze através da nuvem de pó e mergulhei, com a faca na mão, girando para acertar o calcanhar. Ela afundou em bronze suave, mutilando a palavra que alimentava o abdal e fazendo-o cair. Senti uma mão de metal no ombro e me movi como Shazad havia me ensinado. Não era nem de perto tão boa quanto ela com a faca, mas mantive minha vantagem o suficiente para cortar o braço do abdal selvagemente antes de sacar a arma do coldre e atirar em seu pé. Ele caiu enquanto eu girava para o lado oposto, saindo de perto da nuvem de pó de ferro que levantou.

Virei, pronta para encarar o próximo oponente. Vi o sultão de pé a alguns metros de mim, o braço em volta de Hala, segurando-a firme contra seu corpo e pressionando uma faca em sua garganta. Do mesmo modo que eu havia feito quando ela vestia o rosto de Leyla.

Ela estava indefesa, sua pele dourada coberta pelo pó de ferro grudento, seu brilho transformado em um cinza mosqueado. Eu nunca tinha visto ninguém parecendo tão furioso e assustado ao mesmo tempo.

Mantive a arma apontada para o sultão. Ela não tremeu, embora meu coração batesse violento como um tambor.

— Vá em frente. Me mate — ele provocou. — E o que vai fazer então, Amani? Com nossos inimigos nos portões e uma cidade sem um governante ou herdeiro, o que acha que vai conquistar? Uma invasão? Uma guerra civil? — Ele tinha razão e eu sabia disso. Mas minha arma não estava apontada para ele. Eu mirava Hala.

Tínhamos um acordo. Ela me havia feito prometer. E a promessa de um demdji era inquebrável.

Na noite anterior, no escuro do quarto que dividíamos, concordamos que, se tudo desse errado, nenhuma de nós deixaria a outra ser usada contra a rebelião. O sultão poderia fazer muito mais estrago tendo uma demdji sob seu controle do que enforcando garotas nos muros do palácio.

A promessa me lembrou das centenas de conversas que Shazad e eu tivéramos à noite, na nossa tenda nos tempos do acampamento rebelde. No escuro, de alguma forma, parecia mais seguro dizer aquilo. Como se pudéssemos confessar qualquer coisa ali. Confiar nossas vidas uns aos outros.

Encarei seus olhos escuros em seu belo rosto dourado. Seus lábios se moveram muito discretamente. *Anda.*

Naquele momento, sob a luz fria do amanhecer, me perguntei se tinha sido um truque. Seu lado djinni se revelando, enquanto me fazia firmar aquele acordo. Quando Hala sabia que era ela quem se arriscava a morrer ali. Quando sabia que não estava armada, que não lutaria caso algo desse errado, que ia se jogar aos pés do sultão para me poupar. Quando o que ela realmente queria era garantir que eu não ia deixá-la para trás, para ser usada como já havia sido no passado.

Minha mão começou a tremer, e eu vi a luz do sol dançar na ponta da arma.

O sultão estava dizendo mais alguma coisa, mas não o ouvi. Tudo o que eu podia ver eram os lábios de Hala se movendo, moldando as palavras do que queria que eu fizesse. Ela não podia falar dentro da minha mente, não com o ferro ainda preso em sua pele. Mesmo assim, eu quase podia ouvi-la.

Estava ficando sem tempo, mas hesitei até o último momento possível, minha mente procurando outra saída. Eu não ia puxar o gatilho até que não restassem opções.

Nos braços do inimigo, à beira da morte, Hala revirou os olhos para mim. Então ouvi com clareza em minha mente as palavras que ela havia dito mais cedo.

Não me diga que justo agora decidiu se acovardar. Sua coragem é uma das poucas coisas que gosto em você.

E então os sinos da grande casa de oração badalaram. Aquele era o sinal de que o tempo havia acabado. Não havia outra forma de tirar Hala daquela situação. Eu precisava manter minha promessa.

Tudo aconteceu ao mesmo tempo.

Respirei fundo e prendi o ar.

Hala sorriu.

Apertei o gatilho.

Meus olhos estavam fechados, mas não importava. Eu não ia errar.

Um tiro ecoou pelo grande domo dourado bem no momento em

que mãos se fecharam sobre meus pés. Senti o chão se abrir embaixo de mim, como se estivesse virando água. Não consegui evitar. Abri os olhos por uma fração de segundo, enquanto afundava rapidamente. O momento em que seria tarde demais estava se aproximando depressa. Eu precisava ver. Tinha que me assegurar de que não havia quebrado minha promessa.

Ela estava caída nos braços do sultão, sangue vermelho manchando seu rosto ainda sorridente. Seus dedos raspando no chão. Somente oito deles. Foi como eu soube que estava morta. Se estivesse viva, tentaria esconder aquela ferida, de um jeito ou de outro. Como sempre fazia.

Por um momento, enquanto afundava, vi de relance o abdal quebrado. Percebi que Hala parecia com ele, sua pele dourada brilhante lembrando o bronze polido. Se eu a tivesse deixado viva, ela acabaria como ele, uma coisa para ser usada, uma máquina. Um demdji mecânico.

O chão pareceu ir para cima, e fechei os olhos novamente, como Sam havia me ensinado. Quando toquei o chão firme de novo, eu os abri. Estava de pé no escuro, quebrado somente pela chama de uma lamparina a óleo que tremeluzia debilmente, posicionada perto dos pés dele.

Tínhamos encontrado os túneis sobre os quais Leyla falara na noite anterior e planejado uma rota de fuga, uma maneira de sair quando Fariha estivesse segura, a qual o sultão não fosse capaz de antecipar. O chão era de pedra, o que significava que Sam podia passar seus braços por ele e nos puxar para fora da casa de oração, levando-nos para os túneis que ficavam abaixo dela. Havíamos marcado um ponto e descoberto que azulejo da parte de cima correspondia a ele. Estávamos paradas exatamente onde precisávamos estar para escapar em segurança. Para sair dali vivas.

Só não contávamos com bomba de pó de ferro.

Sam abriu a boca, com uma pergunta em seus olhos claros. *Hala?* Antes que ele pudesse dizer qualquer coisa, sacudi a cabeça rápido.

Sam entendeu.

Ela havia morrido para que outros pudessem viver. Para que pudéssemos salvá-los. Para que outras garotas não morressem enquanto estivéssemos fora da cidade. Talvez até tivesse entrado ali sabendo que uma de nós morreria e decidira que seria ela. Para que pudéssemos viver. Escapar.

Ela havia morrido para que pudéssemos fugir. Então fugimos.

10

A menina feita de ouro

Era uma vez uma mulher tão gananciosa que deu à luz uma menina feita de ouro.

A menina sabia o que significava ser usada. Primeiro por uma mãe gananciosa, depois por um marido ganancioso. Mas a menina tinha um segredo: podia fazer as pessoas verem o mundo da maneira que quisesse.

Um dia ela usou seu dom para escapar de todos que queriam usá-la.

Mas ela descobriu que havia outras pessoas sendo usadas. E, diferente da menina, elas não tinham poder para escapar.

Então ela resolveu que não mudaria só o mundo na mente das pessoas, mas também o mundo real. E jurou que morreria antes que outra pessoa a usasse mais uma vez.

E manteve sua promessa.

11

Era meio-dia quando chegamos às montanhas de Iliaz.

Eu sentia o peso do luto, como se estivesse pesada demais para voar pelos céus do deserto daquele jeito. Pesada demais para Maz me carregar, mesmo com suas asas imensas, que projetavam uma sombra comprida na areia lá embaixo. Mas, de alguma forma, estávamos subindo no ar, deixando Izman cada vez mais para trás, acelerando em direção à fortaleza montanhosa de Iliaz à nossa frente. A bússola de Jin ia nos levar até Ahmed, mas precisávamos fazer uma parada primeiro. Nosso destino ficava a apenas algumas horas de voo a oeste.

Eu sentia a perda toda vez que olhava para Izz, voando em paralelo ao irmão, carregando Sam, Tamid e Leyla, enquanto Maz carregava apenas Jin e eu.

Não deveria ter sido daquele jeito. Tínhamos um plano. Eu esperei na Casa Oculta enquanto Sam e Hala acompanhavam os outros pelos túneis que Leyla mencionara. Sam usou seu dom para ajudá-los a atravessar as saídas fechadas com tijolos, passando além da barreira de fogo. Depois Hala usara seu poder demdji para atravessar com eles pelo cerco dos gallans em volta da cidade sem serem vistos. Quando os outros estavam escondidos além da cidade, Hala e Sam voltaram para a Casa Oculta, para esperar até que fosse hora de pôr em prática nosso grande truque na casa de oração.

E depois... pó de ferro, sangue, balas... E perdemos nossa demdji de pele dourada.

Senti a ausência de Hala assim que Sam e eu emergimos do outro lado dos tijolos e da areia, saindo do túnel para a luz clara do dia, enfrentando os inimigos sem a cobertura de uma ilusão.

— O que fazemos agora? — Sam perguntara em uma voz baixa que ecoou demais para o meu gosto. Estávamos abaixados do outro lado dos muros de Izman, de frente para as tendas dos gallans. De repente, me senti uma criança.

Eu havia crescido em um deserto cheio de monstros, mas nunca temera os pesadelos ou andarilhos tanto quanto temia os gallans.

Por um momento, não era mais uma rebelde. Era uma garotinha me escondendo debaixo de casa quando os gallans iam para a Vila da Poeira. Observando pelas janelas quando arrastaram um homem para fora de sua casa por cuspir em suas botas e então atiraram nele. Vendo uma mulher ser enforcada porque um soldado gallan a havia agarrado sozinha no escuro e todo mundo fechara os olhos e tampara os ouvidos, fingindo não escutar seus gritos. Eu estava indefesa em Fahali, quando vi uma bala passar pela cabeça de um demdji antes mesmo de saber o que era um demdji.

Estava indefesa na época, mas não agora.

Eu era uma demdji também. Tinha mais motivos para temê-los por isso. Mas também tinha mais armas.

Eu era uma demdji. Não uma garotinha. Repeti isso enquanto reunia poder suficiente dentro de mim para criar uma pequena tempestade de areia ao nosso redor, apoiando-me em Sam. Foi o suficiente para nos cobrir enquanto íamos para o outro lado, onde os demais nos esperavam.

Agora Maz abria suas asas, mal roçando meus joelhos enquanto eu me segurava para me proteger do vento. Jin passou o braço ao meu redor, me apoiando, enquanto o gêmeo se preparava para descer.

Da última vez que estivera naquelas montanhas, eu tinha tomado um tiro na barriga, e Jin conseguira me salvar por pouco. Era suficiente dizer que não me despertavam memórias maravilhosas. Mas até eu precisava admitir que Iliaz era uma bela visão para se contemplar. Metade do nosso país podia ser um deserto, mas as nuvens de chuva que se aglomeravam sobre o mar desaguavam todo o seu poder sobre as montanhas, tornando o solo fértil. As encostas estavam ornadas com vinhas, campos e pomares. No ponto mais alto, governando sobre a única passagem pelas montanhas, ficava a grande fortaleza.

A bússola de Jin apontava para o sudoeste, para Eremot, se Leyla dissesse a verdade. Mas nem eu era imprudente o suficiente para achar que poderíamos organizar um resgate com apenas oito de nós — sete, lembrei a mim mesma. A Bandida de Olhos Azuis, um impostor, um príncipe estrangeiro, um ex-amigo relutante, gêmeos metamorfos e uma princesa inimiga. Não era exatamente um exército.

Precisávamos de ajuda.

Os gêmeos pousaram quando estávamos fora do campo de visão da fortaleza. Nos aproximarmos voando nas costas de metamorfos parecia uma boa maneira de tomar um tiro. Achei que devíamos pelo menos esperar até estarmos fora de Izman por um dia inteiro antes que mais alguém morresse.

Cambaleei ao descer das costas de Maz. Minhas pernas machucadas quase cederam no momento em que pisei no chão. Jin me seguiu, se alongando de uma maneira que fez sua camisa subir apenas o suficiente para mostrar a beira da tatuagem no osso do quadril, atraindo meus olhos.

Logo Izz pousou nas proximidades, trazendo Tamid, Leyla, Sam e todos os nossos problemas para terra firme. Maz estava voltando à sua forma humana, deixando as sacolas que havíamos pendurado nele caírem no chão. As penas viravam pele e as asas, braços, até que, no lugar de um roc, tínhamos um garoto magricela de cabelo azul.

Jin tirou uma calça da sacola e jogou para ele.

— Certo. — Maz a pegou no ar e a vestiu. — Damas na área.

— E desde quando você é uma dama? — Sam me perguntou, pegando Leyla sem cerimônia como se ela fosse uma criança birrenta e deixando-a no chão com as mãos amarradas. Não queríamos a companhia da princesa traidora, mas não tínhamos muitas opções.

Sam desceu atrás dela com facilidade, deixando Tamid montado sem jeito. Sua perna ruim o mantinha no lugar, entre as asas enormes de Izz.

Ele parecia abalado e zangado enquanto olhava fixamente para as costas emplumadas de Izz. Ofereci a mão para ajudá-lo a descer, mas Tamid se recusou a me encarar enquanto impulsionava a perna postiça e descia cuidadosamente. Ele caiu de mau jeito. Corri para levantá-lo, mas Tamid acenou me dispensando. Recuei, vendo-o se levantar com uma dificuldade agonizante.

Ele estava com raiva de mim por causa de Hala. Havia perdido mais uma pessoa, alguém com quem formara um vínculo improvável nas noites em que ela não conseguia dormir por causa da dor do luto, enquanto ele examinava os livros que ela levava, procurando uma resposta que não estava lá.

— Consegue andar? — perguntei.

Izz havia voltado para sua forma humana e se vestido. Estávamos prontos para seguir viagem.

— Consigo — Tamid respondeu com amargura, passando por mim. Então começamos a caminhar na direção da fortaleza para trocar algumas palavras com lorde Balir, emir de Iliaz.

Não havíamos avançado muito quando passamos pelo primeiro corpo.

Estava parcialmente coberto de terra, como se alguém — ou alguma coisa — tivesse começado a cavar para desenterrá-lo. Fosse lá o que tivesse cavado, tinha conseguido desenterrar um braço e parte do tronco. Havia marcas de dentes na pele, como se um carniçal tivesse começado sua refeição antes que o nascer do sol o afugentasse.

O braço vestia um uniforme verde-escuro com detalhes dourados. Eram as cores albish. E o cabelo que escapava da cova era do mesmo tom claro que o de Sam. O que um soldado albish estaria fazendo nos arredores de Iliaz?

Aquela era a passagem mais importante do leste para o oeste em Miraji. O bastião contra a invasão de Izman. O combate ali era frequente, de modo que seus soldados eram os mais bem treinados do país, e os com maior chance de morrer. Fora para lá que tinham enviado Rahim quando garoto para treinar, com a expectativa de que não durasse muito. Uma maneira fácil de seu pai se livrar dele. Mas Rahim havia prosperado, tornando-se comandante, primeiro sob o governo do pai de Balir e, mais tarde, sob o governo do próprio Balir. Iliaz defendia o país contra os invasores. Então como agora havia um invasor tão perto da fortaleza, e do lado errado da passagem?

Um pouco mais adiante, havia outra pilha de terra revolvida de modo similar. E mais outra. Uma fileira inteira delas.

— O que é isso? — perguntei.

— Tentaram enterrar os corpos. — Jin parecia sombrio. Estávamos perto da fortaleza agora, e os muros de pedra surgiam acima de nós, lançando sombras sobre aquele lado da montanha enquanto a tarde avançava.

— Por que alguém faria isso? — Passamos por outro monte de terra, intacto. Estava marcado com um graveto, enfiado direto no solo, arrancado das vinhas que subiam pelas montanhas.

— Ao norte não queimamos nossos mortos, como vocês fazem aqui — Sam falou da parte de trás do grupo. Ele parecia apreensivo. — Nós os enterramos. Devolvemos para a terra de onde vieram. Em Albis, teoricamente devem ser colocados em terra macia. E uma árvore é plantada para marcar o lugar.

Aquilo não fazia nenhum sentido. Corpos tinham que ser queimados. Deixar um cadáver nas redondezas assim era o mesmo que convidar carniçais para um banquete.

— Ao norte eles não têm o mesmo problema com carniçais que temos aqui no deserto — Jin disse distraidamente. — Há somente cinco covas. Não é um número grande o bastante para ser resultado de uma batalha.

Antes que eu pudesse perguntar o que ele queria dizer, fizemos uma curva no caminho que levava para a fortaleza. Meia dúzia de soldados albish ergueram a cabeça, reunidos em volta de um buraco recém-cavado. As jaquetas dos uniformes estavam estendidas em pedras próximas, as camisas tinham sido enroladas até os cotovelos, as testas suavam sob o sol de Miraji. Enterravam outro corpo quando interrompemos.

Saquei a arma num piscar de olhos, assim como Jin. Os soldados estavam atrapalhados procurando pelas próprias armas, jogando-se sobre os cinturões largados no chão. Estaríamos em desvantagem numérica se fossem bem-sucedidos.

Precisávamos atirar primeiro.

Meu dedo estava no gatilho quando o chão se moveu sob meus pés. Não foi como se a própria montanha se mexesse, foi mais como se sua pele estivesse tentando se livrar de nós, como se fôssemos uma coceira incômoda. Terra deslizou sob nossos pés, desequilibrando Sam e jogando-o no chão. Tentei me segurar, sem sucesso. Um vento surgiu do nada, me derrubando para trás, me fazendo cair feio, ralando o cotovelo e derrubando a arma da minha mão.

E depois, tão rápido quanto começou, tudo parou. A montanha se acalmou. O vento morreu.

— O que aconteceu? — perguntei, segurando o cotovelo que sangrava.

Sam resmungou, apertando a lateral do corpo enquanto rolava. Havia arranhado o rosto. Era um golpe em sua vaidade, sem dúvida.

— Os de uniforme verde-escuro — ele disse. — São como eu. Bem, na verdade acho que parecem mais com você — Sam se corrigiu depressa, parecendo amargo. Olhei para os homens. Dois vestiam uniformes diferentes dos demais, o verde do tecido marcado com um padrão dourado de folhas, como vinhas se retorcendo para cima e ao redor do corpo. Diferente de todos os outros, que apontavam as armas para nós, estavam desarmados. Um deles tinha o par de olhos verdes sobrenaturais mais brilhantes que eu já vira. O outro tinha um tom fraco de cinza em sua pele clara, como se fosse feito de pedra.

Sam podia ter sangue imortal vindo de um ancestral, mas seus pais eram mortais. Aqueles homens eram demdjis. Ou fosse lá como os albish chamavam seus demdjis. Jin me dissera uma vez que suas criaturas imortais não eram feitas de fogo, vento e areia, mas de água, nuvens e terra macia. Seus dons eram diferentes, mas inconfundíveis. E eles não estavam se escondendo. Exibiam-se orgulhosos, vestindo o símbolo de seu país bordado no peito, usando seus poderes para lutar.

Os gêmeos e Leyla também tinham caído. Continuaram onde estavam, parecendo atordoados, enquanto Jin, Sam, Tamid e eu nos entreolhamos de nossas posições no chão. Sam não precisou traduzir o que eles gritavam daquela curta distância. Eu sabia o que fazer quando tinha uma arma apontada para a cabeça. Já estivera do outro lado vezes o bastante.

Erguemos as mãos em rendição.

12

Lorde Balir, emir de Iliaz, parecia o que realmente era: um homem morrendo.

Havíamos sido escoltados pelos soldados albish pelo resto do caminho até a fortaleza, sob a mira de armas. Leyla gritou e protestou, alegando que era uma prisioneira e precisavam ajudá-la. Mas suas palavras caíam em ouvidos que não entendiam mirajin, ou não se importavam. Finalmente Jin se aproximou dela e falou num sussurro rápido:

— Quer mesmo que saibam que você é a princesa de um país inimigo?

Depois disso, ela manteve um silêncio carrancudo. Podia querer escapar, mas uma fuga para as mãos do inimigo só pioraria sua situação.

Se Iliaz estava ocupada por soldados estrangeiros com autoridade para nos prender, significava que a fortaleza tinha sido tomada. Imaginei que encontraríamos Iliaz invadida, lorde Balir e seus homens mortos ou presos.

Mas quando chegamos aos portões da fortaleza, eles foram abertos por soldados mirajins vestindo o uniforme de Iliaz. Não houve nenhuma troca de palavras entre os soldados albish que nos mantinham prisioneiros e os soldados mirajins, apenas acenos bruscos. O soldado mirajin guardando o portão nos avaliou um a um. Se estava surpreso com nosso grupo, era bem treinado demais para demonstrar. Atrás dele, pude ver um pátio amplo que circundava a fortaleza.

Dezenas de soldados albish em seus uniformes verde-escuros circulavam, metodicamente limpando armas, afiando lâminas ou praticando exercícios militares. E junto a eles, ainda que não misturados, estavam os homens das tropas de Iliaz. Mirajins coexistindo com estrangeiros em seu próprio território.

Não eram invasores, então. Eram aliados. Essa revelação me pegou de surpresa.

— Identifiquem-se — o soldado mirajin no portão ordenou a todos nós.

Não me dei ao trabalho de mentir para ele sobre quem éramos. Tínhamos ido até lá para falar com Balir, afinal. Evidentemente, éramos aguardados. Antes que me desse conta, fui levada com pressa para os aposentos do emir. Os outros permaneceram no extenso corredor de pedra do lado de fora. Senti o olhar de Jin em minhas costas antes que a porta fechasse.

Lá dentro, Balir esperava por mim como se eu fosse uma convidada, não uma prisioneira. Estava sentado com um serviçal de um lado e um soldado do outro, apoiado em dezenas de travesseiros no fim de uma mesa baixa que tinha sido posta com dúzias de pratos tão refinados que eu nem reconhecia.

Ele tinha a mesma idade de Rahim. Os dois haviam crescido juntos, criados pelo pai de Balir como irmãos. Ainda não tinham completado duas décadas. Mas agora, com a doença o destruindo, Balir parecia ter noventa anos, não dezenove.

À sua direita, sentava-se um homem usando um uniforme albish mais elaborado do que o dos jovens que haviam nos levado até ali. Ele não tinha vinhas por todo o uniforme, mas havia dragonas douradas nos ombros e botões dourados que o diferenciavam. Imaginei que fosse o general ou capitão. Parecia estar sofrendo com o calor, seu rosto pálido levemente ruborizado. Seu cabelo era avermelhado, num tom que eu só tinha visto em raposas. Seu bigode cuidadosamente aparado adornava o lábio superior. Ele se remexia desconfortável no travesseiro perto da mesa baixa, como se preferisse uma cadeira. Mas não encontraria uma ali.

Imaginei que aquela devia ser a sala para recepção de convidados nos aposentos de Balir, mas o lugar não parecia de fato destinado a receber ninguém. Lembrava o quarto de Tamid na Casa Oculta, repleto de mesas, atulhado de livros empilhados e potes contendo pós, etiquetados em um idioma que eu não conhecia.

— Amani — ele me cumprimentou. Pelo menos estava me chamando pelo nome, em vez de "demdji". — Por favor. — Ele acenou com a mão magra para a refeição à mesa. — Junte-se a mim e ao capitão Westcroft. — Eu não me movi, olhando de Balir para o oficial albish à sua direita. — Afinal, preciso conhecer melhor minha futura esposa.

Sem dúvida alguma Balir estava mais perto da morte do que um mês atrás em Izman, quando nos dera seu ultimato. Ele queria uma esposa demdji para vincular sua vida à dela, e assim continuar vivendo. Então provavelmente achava que era esse o motivo da minha presença.

Não sentei.

— Não vim aqui casar com você.

O servo à esquerda de Balir estremeceu. Eu não o culpava. Esperei pela raiva de Balir. Lembrei que o príncipe Kadir mal contivera a violência quando soube que não poderia me ter. Homens privilegiados não estavam acostumados a receber recusas. Mas Balir simplesmente baixou a mão trêmula até o prato, depois alisou uma dobra na toalha de mesa, ganhando tempo para se recompor.

— Bem, a que devo a dúbia honra de sua visita, então? — Ele estava mais magro do que na época em que saíra de Izman, e seus olhos pareciam tomados pela dor e pela insônia. Mas sua aparência arrogante não o havia abandonado. Mesmo à beira da morte, não admitiria a derrota.

Olhei novamente para o soldado albish à sua direita, que continuava me observando.

— Nem se incomode. — Balir sacudiu a mão. — O capitão aqui não entende uma palavra do que você diz, e instruirei Anwar a não traduzir. — Ele acenou para o soldado de pé entre os dois. — O albish de Anwar é tão falho quanto o de qualquer homem que o aprendeu com uma mulher. — Anwar pareceu envergonhado com o comentário do emir, mas segurou a língua. — Mas é o melhor que temos no momento, suficiente para nossos propósitos atuais.

O capitão albish estava me observando com uma cara de paisagem de que desconfiei, mas voltei a atenção para Balir mesmo assim.

— Vim aqui com um alerta. — Tentei transmitir a mesma autoridade natural que Shazad tinha ao falar, como se *eu* estivesse em vantagem, e não ele. Eu, com meus quatro rebeldes em fuga e dois acompanhantes relutantes. Enquanto ele tinha uma fortaleza, um exército e um arsenal. — E uma oferta.

Balir inclinou a cabeça.

— Acho que prefiro que comece pelo alerta. Não dá para ficar muito pior do que isso.

— O sultão sabe que você se encontrou com Ahmed antes de sair da cidade. — Enfiei a mão no bolso, puxando um pedaço de papel que Jin havia roubado do palácio. Passei-o ao serviçal, que o manteve na altura de Balir para que pudesse ler. — Nosso aclamado governante sabe que você é um traidor. Após lidar com a ameaça estrangeira em seus portões — olhei hesitante na direção do capitão com cabelo de raposa —, você será o próximo alvo.

Balir não se mostrou muito preocupado enquanto examinava o papel nas mãos do servo. Afinal, teoricamente Iliaz era a cidade inconquistável, a fortaleza que guardava uma das únicas passagens entre o oriente e o ocidente de Miraji. O território estratégico derradeiro, segundo Shazad.

— E sua oferta? — Ele soou entediado, enquanto agitava dois dedos para o serviçal, dispensando a ele e a carta que determinava sua destruição como se não fosse nada de mais. Com cuidado, o serviçal colocou o papel de lado em uma das mesas sobrecarregadas de notas e rabiscos. — Qual é? — ele insistiu quando não respondi de imediato.

Passei os olhos pelos outros na sala antes de falar.

— Se você nos ajudar a resgatar Rahim — Anwar, o soldado ao lado de Balir, ficou alerta à menção do nome; o mero som do nome de seu capitão pareceu endireitar sua coluna — e Ahmed, faremos o nosso melhor para tomar o trono do sultão e garantir que o futuro governante não seja alguém que quer te matar.

A menção a Rahim não pareceu atrair a atenção de Balir da mesma maneira que atraiu a de Anwar. Eu tinha imaginado que fossem como irmãos. Que Balir ia se importar com a morte iminente de Rahim se não fosse resgatado.

Mas Balir simplesmente abriu as mãos, indicando o homem de uniforme albish ao seu lado.

— Parece que estou tentando esconder minha traição, Amani? Que tipo de governante eu seria se não estivesse preparado para enfrentar as consequências?

—Talvez um que não se importe com elas, porque já é um homem morto. — As palavras saíram antes que eu pudesse decidir se deveria pronunciá-las ou não. Eu podia jurar que vi as sobrancelhas do soldado albish se erguerem só um pouquinho. Balir deixou escapar uma risada rascante que logo se transformou em tosse. Pareceu chacoalhar seus ossos e causar uma dor extrema em seu corpo desgastado. O serviçal deu um passo à frente, mas o emir o dispensou rapidamente com um gesto, recompondo-se.

— Acha que eu jogaria o país aos cães por despeito?

Olhei para o capitão albish para ver se ele esboçava alguma reação ao ouvir seu exército sendo chamado de cães. Mas a inexpressividade calculada se manteve em seu rosto.

— Acho que o que você está tratando como aliança parece muito com uma invasão.

— Invasões em geral não começam com um convite. — Balir deslizou a mão sobre a mesa de novo, tentando esconder o tremor das mãos. — Embora eu entenda que a diferença possa ser sutil demais para pessoas mais simples.

Tentei ignorar a vergonha enquanto sua voz adquiria um tom de deboche, imitando meu sotaque ao pronunciar as últimas palavras. Como se eu fosse burra só porque não falava como ele.

— O que fiz foi inevitável, Amani. — As palavras de Balir adquiriram um tom paternalista. — O exército do sultão em nossa fronteira oeste está em ruínas. Há um rumor de que o general Hamad desapareceu e eles estão sem líder. — *General Hamad. O pai de Shazad.* "Desapareceu", ele disse. Não "morreu". Devia ter escapado quando o sultão tentou prendê-lo pela traição da filha. — Sem uma linha de defesa decente, foi fácil para meus novos amigos entrarem no deserto por Amonpour. Nosso governante está tendo dificuldades para manter o controle do país, Amani. Acha mesmo que ele tem recursos para vir atrás de mim por causa de quem escolhi como aliados?

Ele parecia tão presunçoso, sentado ali em sua fortaleza. Mas eu tinha acabado de sair de Izman e sabia que o sultão não devia ser subestimado.

— E quanto a todos os corpos enterrados lá fora? Não parecem indicar uma aliança tranquila.

— Foi um confronto com um bando de pesadelos mais para baixo na montanha, não com meus homens. Os estrangeiros não estavam preparados. — Balir me olhou como se eu fosse uma criança cujas ideias selvagens o divertissem. — Quer mesmo debater comigo a diferença entre cooperação e invasão? Porque prometo a você que meus estudos de história, estratégia e vocabulário foram muito mais amplos do que os seus. — Me senti de volta ao palácio, sentada na frente do sultão, incapaz de defender o príncipe rebelde contra sua lógica deturpada. Shazad, que tinha mais bagagem de leitura, saberia rebater de forma inteligente; Ahmed, que tinha certeza de suas intenções, teria sido capaz de defender sua posição melhor do que eu. Mas só fiquei lá, absorvendo o golpe de vê-lo rebater meus argumentos sem esforço. — O capitão Westcroft e seu exército estão aqui a meu convite. Não pretendo morrer.

— Muitas pessoas acabam mortas sem querer, sabia? — De canto de olho, vi o capitão albish passar a mão rapidamente pelo bigode, como se escondesse um sorriso.

— Bem... — A mão de Balir estremeceu novamente. — Embora seu senso de autoimportância seja divertido, você realmente acha que é meu último recurso? — Ele gesticulou fracamente ao redor, para o caos que dominava o restante do aposento. — Já tentei milhares de maneiras de permanecer vivo. Essa é só mais uma. Veja por si mesma.

Dei alguns passos até a mesa onde o serviçal havia jogado a carta que reconhecia a traição de Balir. Eu mal conseguia ver a mesa sob a bagunça.

— Já testei, usei e pesquisei cada possibilidade de feitiçaria mirajin para me salvar, sem nenhum resultado. É hora de deixar a magia do deserto para trás. — Meus dedos dançaram pelos papéis e bilhetes rabiscados. Havia páginas arrancadas de livros, as bordas rasgadas pintadas com flores de pigmento brilhante e animais em ouro. — Os albish sabem como curar com água e terra em vez de fogo e palavras. Você já viu do que são capazes em batalha. — Então ele estava entregando o país aos estrangeiros em troca de uma chance de cura.

Uma página no canto da mesa chamou minha atenção. Era quase toda ocupada pelo desenho de uma montanha, um único pico cinzento que se esticava, invadindo o céu. Ela era oca, e dentro havia um homem de pele vermelha, como fogo em movimento, com os braços acorrentados. Em letras brilhantes e douradas, as palavras inscritas abaixo dele atraíram meus olhos: "O homem na montanha".

Corri o dedo pela borda dentada do papel, revelando que fora arrancada de um livro. Eu já tinha visto aquela imagem antes, ainda que nunca tão bem desenhada. Em um dos livros de Tamid na Vila da Poeira, havia uma ilustração pálida dessa cena, feita com tintas baratas. Nela, o homem tinha um tom de roxo violento, e seus dentes enormes e afiados se projetavam em uma rosnada. Era mais um monstro. Mas de resto a imagem era a mesma, inclusive o formato peculiar da montanha.

— Costumavam contar essa história para nos assustar — eu disse, pegando a folha. Quando eu tinha seis anos, a mãe de Tamid ralhava comigo: "Seja uma boa menina ou o monstro da montanha vai te pegar. Ele come crianças desobedientes vivas". — Diziam que havia um monstro que tinha feito um mal tão grande para os djinnis que acabara trancafiado numa montanha por toda a eternidade. Que ele sobrevivia comendo crianças desobedientes.

Balir sacudiu a cabeça.

— Eles sempre entendem tudo errado lá no sul. — Ele disse "sul" como se fosse uma ofensa. — Não era um monstro, apenas um homem. E não fez mal aos djinnis, os djinnis é que fizeram mal a ele, roubando sua amada. Muitos djinnis tomam as esposas dos homens. — Ele olhou diretamente para mim, sem qualquer tentativa de disfarçar. — Esse homem, diferente dos outros, ousou se vingar. Ou tentou. Os djinnis o acorrentaram e o trancafiaram na montanha para que se arrependesse. Mas se alguém o libertasse antes disso, teria o maior desejo de seu coração atendido.

Aquele era o motivo do interesse de Balir. Seria outra maneira de escapar da morte, um desejo concedido por um homem imortal numa montanha.

— Você não devia confiar nessas histórias — eu disse, ainda segurando a folha. Nunca tinha visto uma ilustração como aquela. Ele não parecia um monstro, tampouco parecia um homem. Lembrava mais uma criatura feita de fogo. — Elas nunca contam toda a verdade.

Aquilo me lembrou de um jogo de quando era criança, em que alguém sussurrava uma frase no ouvido de outra pessoa, que a sussurrava para a próxima, e assim por diante, até a última falar em voz alta uma versão distorcida do original. Só que eu não sabia qual era a cópia: o homem ou o monstro.

— Mas será que é só uma história? — Balir me observava atentamente. — Porque enviei uma dúzia de soldados ao sul para encontrar esse homem, e eles não retornaram. Não acho que foi uma história que os matou.

Não, provavelmente foram andarilhos, ou um exército estrangeiro, ou o exército do sultão, ou mirajins famintos, ou qualquer outra coisa que poderiam ter encontrado nessa tolice de missão.

Devolvi a folha, relutante.

— Não existe isso de "só uma história".

Balir teve outro ataque de tosse. Dessa vez, não teve forças para afastar o criado que deu um passo à frente. A tosse não passou. O serviçal e o soldado o ajudaram a levantar e o conduziram pela porta que levava aos seus aposentos privados.

A tosse ecoou pelo corredor por muito tempo depois de a porta ser fechada atrás dele, me deixando sozinha com o capitão albish de cabelo de raposa.

Desabei no assento que Balir havia me indicado, em frente ao capitão. Peguei uma folha de videira recheada e enfiei-a na boca.

— Então — eu disse para o capitão em mirajin, apesar da boca cheia. Não haviam me ensinado modos, como Balir tivera o prazer de me lembrar, então não fazia sentido fingir. — Você vai mesmo curar Balir? Ou só está tentando vender essa história para pôr os pés no meu país? — O capitão me observou por um momento, a inexpressividade calculada falhando antes de reaparecer. Mas eu não estava no clima para joguinhos. — Sei que você me entende — eu disse. — Se vai fingir o contrário, posso chamar meu intérprete. Só que ele é ainda mais irritante do que eu.

— Sim, bem... — O capitão pigarreou. Com aquelas poucas palavras, eu já sabia que seu mirajin era quase perfeito, com menos sotaque que o de Sam. — Espero que perdoe a encenação. Não foi por sua causa. Aprendi sua língua na Primeira Guerra mirajin, duas décadas atrás, quando lamentavelmente perdemos nosso país para seu atual sultão e seus aliados gallans. — O capitão pegou um jarro e serviu vinho em um copo de vidro. — E minha esposa faz questão de que falemos mirajin em casa, pelo bem das crianças. Para que falem as línguas dos dois pais. — Ele me estendeu o copo de vinho. — Experimente. É muito bom.

Tomei um gole. Ele não estava mentindo. Era bom mesmo. E eu estava com sede.

— É sua segunda tentativa de tomar o deserto, então? — perguntei. — Depois de perder na primeira vez? Por isso está usando Balir ao fingir que pode curar sua doença?

— Certamente faremos nosso melhor para ajudar. — Ele se esquivou habilmente da minha pergunta. — Nosso druida está tentando tirar a doença do sangue dele. Mas talvez já tenha chegado aos ossos. Se for o caso... Mas não é minha intenção deixar um aliado morrer sem um bom motivo. Embora, como você diz, às vezes intenções significam muito pouco quando a morte bate à porta.

— Então qual é sua intenção? — perguntei.

O capitão não me respondeu de imediato, servindo um copo de vinho para si, ganhando tempo para pensar.

— Srta. Amani — ele disse por fim, em um tom muito educado, que não indicava que ia responder minha pergunta diretamente. — Ouvi com grande interesse o que disse para o bom lorde Balir. E espero que não se incomode por dizer isso de maneira tão franca, mas, de acordo com nosso serviço de inteligência, o príncipe rebelde está morto.

Ah, droga. Eu não queria que ele soubesse aquela parte, mas era tarde demais.

— Bem, então seu serviço de inteligência não é tão inteligente assim.

O capitão deu uma tossidinha educada para disfarçar a risada.

— Se nosso serviço de inteligência é de fato falho... acredita realmente que seu príncipe rebelde pode conquistar o trono?

Aquela era a principal pergunta. Eu acreditava que Ahmed era capaz de algo que seu pai dizia que não era? Acreditava que seria o governante de que o país precisava, tanto para o povo quanto para combater os inimigos? Quando toda a lógica dizia que mudar de regime condenaria o deserto? Mas crença era uma coisa engraçada, estrangeira à lógica.

— Se eu não acreditasse, seria idiotice da minha parte arriscar a vida tentando salvá-lo.

— Entendo — o capitão Westcroft ponderou. — E estou certo em presumir que precisa de ajuda para um resgate?

Eu o observei com cautela, sem saber exatamente aonde queria chegar, mas assenti.

— Você me perguntou nossas intenções. — O capitão Westcroft suspirou. — Não sei o quanto conhece da história de Albis, srta. Amani, mas temos um inimigo em comum.

— O império gallan. — O inimigo posicionado nos portões de Izman naquele mesmo momento.

— Sim. Temos evitado uma invasão gallan há milhares de anos através da magia. Imagino que você, melhor do que ninguém, entenda o que a ocupação gallan significaria para... aqueles cujos ancestrais não são totalmente mortais.

Eu entendia perfeitamente. Significaria a morte para os demdjis, para qualquer um que considerassem tocados por um ser primordial. Significaria que o país sangraria para alimentar a cruzada deles contra outros lugares que usavam magia, e que cidades como Vila da Poeira seriam espremidas até a última gota. Significaria soldados descontrolados e sem lei matando e estuprando, transformando meu país em parte do seu terrível império.

— Muitas pessoas fugiram do seu país com medo dos gallans vinte anos atrás, incluindo minha esposa. Elas foram até nós porque sabiam que tínhamos resistido aos inimigos por séculos. Quando o exército gallan marchou pela primeira vez sobre Albis, milhares de anos atrás, carregando espadas e arcos, nossa primeira rainha levantou a própria terra contra eles. — Ele bufou através do bigode. — Quando Gallandie enviou uma armada contra nós, a rainha varreu os navios do mar com a mão. Mas o sangue dilui, a magia se dissipa, a tecnologia avança. Foi por isso que nossa rainha Hilda foi ao seu sultão tão prontamente para forjar uma aliança durante o Auranzeb. E ele a matou.

Eu me lembrava da noite do Auranzeb, dos líderes estrangeiros queimando nas mãos dos abdals, uma declaração de independência de todos os inimigos espreitando em nossas fronteiras, oferecendo amizade e escondendo algemas nas costas.

Eles buscavam uma aliança, mas o sultão lhes deu a morte. Eu havia considerado todos naquela noite inimigos de Miraji. Mas talvez alguns fossem mais inimigos que outros.

— Há rumores terríveis desde a morte de Hilda de que a nova rainha, sua filha, não consegue sequer acender uma chama sem desmaiar.

— E seus inimigos têm fósforos — eu disse.

— Precisamente. Coloque magia contra espadas e ela sempre vence. Magia contra pistolas, e temos uma chance de lutar. Mas uma rainha mortal contra o poderio dos gallans... — Ele abriu um sorriso desanimado. — Ela não tem quase nenhuma alternativa além de se aliar ou ser derrotada. A jovem rainha Elinore está preparando um trato com Gallandie, uma aliança por meio do casamento com um dos príncipes. Se for ratificada, lutaremos ao lado de nossos inimigos mais antigos contra seu sultão. Estamos aguardando aqui, preparados para receber instruções de nos juntar a eles.

De repente, compreendi tudo. Os bilhetes que Jin tinha encontrado no escritório do sultão. Ele estava aguardando até que todas as forças de nossos inimigos estivessem reunidas do lado de fora dos muros para liberar seu poder.

— Vocês são os reforços que os gallans estão esperando para invadir Izman.

— Sim. — O capitão pareceu levemente envergonhado. — Parte deles, pelo menos. Há mais soldados deles vindo, da própria Gallandie, em direção à costa norte. — Ele falou como se pedisse desculpas. — Sua cidade vai ser cercada.

E poderão ser todos aniquilados por causa disso. Não faziam ideia do tipo de força que o sultão era capaz de voltar contra eles. Por outro lado, talvez o sultão não imaginasse que dois inimigos antigos se aliariam contra ele. O numeroso exército gallan somado à magia albish poderia ter uma chance contra os abdals.

De um jeito ou de outro, seria um massacre. E poderia representar o fim de Miraji antes que sequer tivéssemos a chance de colocar Ahmed no trono. Seríamos um país conquistado pelo império gallan.

— Entretanto — disse o capitão, interrompendo meus pensamentos agitados —, antes de seu príncipe rebelde ser executado, foi dito que a rainha Hilda estava inclinada a oferecer seu apoio à rebelião. — O capitão Westcroft brincava com um dos botões de ouro da manga.

— Se você concordar, posso enviar uma mensagem a Albis hoje mesmo para descobrir se a oferta de aliança ainda está de pé. Talvez a jovem rainha Elinore prefira essa opção a dormir com o inimigo, por assim dizer. Teríamos uma resposta até amanhã, imagino. — Aquilo não fazia nenhum sentido para mim. Albis ficava a oceanos de distância, muito além do horizonte. Eles realmente deviam ter um tipo de magia que eu não conseguia compreender.

— Então, em troca de uma aliança, você estaria disposto a nos ajudar a resgatar Ahmed? — Ele estava me oferecendo o que eu tinha ido pedir a Balir: um exército. Mas eu hesitava.

Lembrei de estar sentada em frente ao sultão no palácio, diante do pato que eu havia matado. Ele me repreendia, dizendo que o mundo não era tão simples quanto os rebeldes gostavam de pensar. Que Miraji não podia resistir sozinha. Que seria conquistada sem aliados. Ele estava jogando comigo, mas isso não significava que não fosse verdade. Para nos ajudar a manter nosso país, eles queriam nosso país. Um país que não pertencia a mim para entregar.

Mas, se não déssemos um jeito de resgatar Ahmed, se eu deixasse os albish se aliarem aos gallans, então Miraji também nunca pertenceria ao príncipe rebelde.

Antes que eu pudesse responder, alguém gritou do lado de fora. Houve uma comoção no corredor, onde eu havia deixado os meninos e a princesa. Levantei em um segundo, e o capitão estrangeiro me seguiu. Abri a porta a tempo de ver um soldado albish com cachos castanho-claros tentar socar Sam, enquanto dois de seus compatriotas olhavam sem se meter.

Surpreendentemente, Sam pareceu acanhado ao tomar um soco na cara.

Ele caiu no chão com o nariz sangrando. O capitão Westcroft gritou algo que pareceu uma ordem em albish. Os outros dois soldados bateram continência, mas aquele que havia socado Sam ou não ouviu ou não se importou, partindo para cima de Sam de novo. Avancei para impedi-lo, mas Jin estava mais perto. Ele pegou o soldado pelo uniforme e o pressionou contra a parede oposta. Então lhe disse algo em um albish ligeiro. Soou como uma ameaça, mas o soldado não atacou Jin. Provavelmente porque Jin era bem mais alto.

Só então o soldado pareceu notar seu capitão. Ele se endireitou rápido, embora estivesse preso contra a parede, e fez seu melhor para ajeitar o uniforme retorcido.

O capitão disse algo em albish que imaginei que fosse "O que está acontecendo aqui?". Era o que eu queria saber também. Jin finalmente soltou o soldado e estendeu a mão para ajudar Sam a levantar. Ele ainda estava deitado no chão, parecendo atordoado.

— Estou bem — disse, levantando cambaleante. — É que nunca tinha tomado um soco na cara.

— Acho bem difícil de acreditar — disse Jin.

— Fico impressionada que não tenha sido um de nós a dar o primeiro — eu disse, me afastando do capitão. — Por que ele bateu em você?

— Ciúme — disse Sam, passando a manga no rosto ensanguentado. — Da minha beleza. Acha que meu nariz está quebrado?

— Parece que nosso amigo com um belo gancho de direita conhece Sam de seus dias no exército — Jin revelou, traduzindo rapidamente o que o soldado mais novo estava dizendo ao capitão.

Resmunguei, olhando para o teto.

— Então eles sabem que você é um desertor.

— Gostaria de lembrar — Sam disse com o nariz ensanguentado, fingindo estar indignado, mas sem muito sucesso — que eu nem estaria aqui e portanto não poderia ser reconhecido como desertor se não fosse por sua causa.

— Não, você provavelmente estaria boiando junto aos destroços do Peixe Branco — Jin falou antes que eu pudesse retrucar.

— Além disso, o soco não foi por patriotismo — Sam continuou. — Quando larguei o exército, precisava de recursos adicionais para me financiar, até me estabelecer em Izman, sabe?

— Então você o roubou. — Aquela história só melhorava.

— Não. — Sam pareceu ofendido. — Roubei um monte de gente. Não foi nada pessoal.

Apertei o osso do nariz, irritada.

— Me lembre de matar você quando sairmos dessa, combinado?

Antes que Sam tivesse a chance de se meter em mais confusão, os outros dois soldados se adiantaram, passando por nós quase se desculpando para pegar Sam pelos braços.

— O que vai acontecer agora? — perguntei. O capitão Westcroft parecia infeliz, com as mãos atrás das costas enquanto dava ordens aos seus soldados.

— Ele vai ser preso — disse Jin, enquanto Sam era levado, com sua incredulidade debochada mudando para algo mais sério. — Por deserção.

— E depois o quê? — perguntei. Sam dissera que em Albis eles enforcavam seus desertores em árvores. Mas as árvores estavam em falta ali nas montanhas.

Jin hesitou; não queria me falar a resposta.

— Ele vai ser executado — o capitão Westcroft me respondeu, apesar de não parecer feliz com aquilo. — Ao amanhecer. Fuzilamento.

Ao que tudo indicava, eu não precisaria matá-lo no fim das contas.

13

Eu não sabia se éramos prisioneiros ou não.

Fomos separados rapidamente, antes que eu pudesse contar a Jin sobre a oferta do capitão. Eles não trancaram as portas de nossos aposentos, mas colocaram soldados de guarda do lado de fora.

O quarto para onde fui levada não parecia uma cela. Tinha quase o tamanho da casa da minha tia na Vila da Poeira, dominado por uma cama imensa com almofadas coloridas e uma tapeçaria que se estendia de uma parede até a outra, mostrando um homem caçando um bando de pássaros com flechas. Minha janela dava para o pátio, para os muros da fortaleza e, além deles, estava a montanha, que mergulhava em ondas de vinhas verdes até uma aldeia menor logo abaixo.

Enquanto eu espiava, alguém bateu na porta. Dois serviçais entraram de cabeça baixa. Um carregava uma jarra de água e o outro uma bandeja de prata imensa e pesada com comida. Eles a deixaram sobre a mesa antes de saírem apressados, fechando a porta.

Os privilégios concedidos a nós não se estendiam a Sam.

Hala havia morrido pela manhã. Estava quase anoitecendo agora, e estávamos perto de perdê-lo também. Um terço dos rebeldes restantes mortos em um dia. Perder pessoas tão rápido era um feito impressionante para qualquer líder.

Por outro lado, poderíamos adicionar centenas de pessoas a nossas tropas e impedir que dois inimigos se aliassem contra nós.

Um exército inteiro em troca da vida de um garoto que só dava trabalho. Mas ele era meu amigo e nosso aliado. Havia salvado minha vida tantas vezes quanto eu salvara a dele, e tinha trazido ajuda quando eu precisara no harém. Daria minha vida por Sam. Não sabia se ele faria o mesmo por mim, mas certamente não tinha me dado permissão de ceder sua vida.

E, se eu cedesse, mesmo se aquilo nos rendesse uma aliança, eu estaria colocando meu país em mãos estrangeiras, como o sultão havia feito quando usurpara o trono de seu próprio pai. Os albish eram melhores que os gallans, mas ainda assim eram estrangeiros. Estavam ali para ocupar nosso deserto.

Quem eu pensava que era para tomar aquela decisão? Não deveria ser responsabilidade minha — a vida de Sam, o trono, o destino de nossos companheiros e o do país. Outra pessoa devia decidir aquelas coisas, Ahmed, Shazad ou até mesmo Rahim. Alguém que entendesse *algo* sobre *alguma coisa*.

Olhei para a porta. Jin tinha sido levado para o quarto em frente. Mesmo com as paredes e portas entre nós, eu sentia sua presença como jamais tinha sentido.

Se eu tentasse sair, o soldado ia me impedir? Se não me impedisse e eu desse alguns passos e batesse na porta de seu quarto, o que faria depois? Não sabia ao certo o que diria. O que faria. Nem mesmo o que queria. Conversar? Para que Jin me dissesse que eu devia deixar Sam morrer pelo bem da rebelião? Para me ajudar a bolar um plano para tirá-lo dali com vida? Ou alguma outra coisa? Eu podia sentir sua ausência como uma coceira na pele.

Antes que pudesse pensar melhor, estava abrindo a porta. O soldado de pé do lado de fora era mirajin, um dos homens de Balir, muito bem treinado por Rahim para se assustar com barulhos repentinos. Ele me olhou calmamente de onde estava, de guarda entre as duas portas.

— Você tem ordens de me parar? — perguntei.

O soldado me observou por um longo momento.

— Há um rumor circulando, de que você pretende salvar o comandante. — Ele estava falando de Rahim, o homem a quem os soldados continuavam leais. Anwar, o soldado mais novo que fazia a tradução para Balir, devia ter contado ao restante dos homens o que eu dissera.

— Vou tentar.

Ele assentiu pensativo.

— Nesse caso, no que me diz respeito, pode ir aonde quiser. — Ele se afastou para me deixar passar. Saí do quarto e olhei para a porta fechada de Jin. A ideia de dar outro passo na direção dela, de cruzar aquela distância entre nós, disparou um leve arrepio pelas minhas costas que parecia ser metade medo e metade ansiedade.

Mas o medo levou a melhor.

Eu me virei, descendo o corredor e me afastando rápido.

Encontrei o capitão nos muros da fortaleza, examinando seis soldados enfileirados dando tiros em um fardo de feno com rifles desnecessariamente decorados. Eram feitos à mão, como todas as armas que não eram de Miraji. Aquele era o motivo por que precisavam de nós tão desesperadamente. Podíamos armar em um dia a mesma quantidade de pessoas que conseguiriam em um mês.

O último raio de sol atingiu os rifles, fazendo com que as gravuras douradas brilhassem no crepúsculo. Tinham a forma de vinhas retorcidas de um jeito elaborado, descendo pelos punhos de madeira. Pareciam mais cerimoniais do que úteis. Para uma execução mais do que uma batalha. Imaginei que o fardo de feno fizesse o papel de Sam.

A parte de cima do fardo se soltou quando as balas a acertaram. Ele balançou por um momento antes de tombar para trás e cair. Me inclinei para ver o fardo despencando pelo penhasco e batendo na montanha lá embaixo.

Era uma longa queda.

— Srta. Amani — o capitão Westcroft me cumprimentou, dispensando os soldados com um aceno ligeiro. — Como posso ajudar? — Se ele ficou surpreso que eu estivesse fora do quarto, não demonstrou.

— Quero conversar com você sobre Sam.

— Entendo.

Cruzando as mãos atrás das costas, ele começou a caminhar vagarosamente, obrigando-me a segui-lo.

— Quero que a libertação dele seja uma condição da nossa aliança. — Shazad seria capaz de negociar algo do tipo. Eu não era ela, mas podia fingir apenas durante aquela conversa.

— Receio que não seja possível. — O capitão soou genuinamente pesaroso. O céu estava escurecendo rápido ao nosso redor. Tochas e lamparinas começaram a ser acesas pela fortaleza, afugentando a noite.

— Então é melhor que isso mude. — Tentei soar como Shazad, como se fosse uma ordem, e não um pedido. — Você não tem o direito de executar Sam. Ele está conosco agora.

— Mas continua sendo um desertor. Sempre será. Um exército precisa de disciplina para funcionar. Em lugares assim, longe de casa, deserção e insubordinação são ameaças maiores do que nunca. Se vou pedir aos soldados que atravessem o deserto por você, precisam estar sob controle. — Ele parou, parecendo sério ao virar para mim. — Seu amigo precisa se tornar um exemplo para os outros trezentos homens.

Trezentos soldados.

Aquela era a melhor chance que eu tinha de resgatar Ahmed. Talvez os albish até tivessem magia suficiente para nos conduzir pela Muralha de Ashra, se ela fosse real.

Eu teria que ser idiota para recusar. Mas tinham me acusado bastante daquilo na vida. Eu era a garota idiota, ignorante, imprudente da Vila da Poeira, que não reconheceria um bom acordo mesmo se estivesse debaixo do seu nariz.

— Capitão — alguém chamou em albish, atraindo a atenção de Westcroft para o pátio abaixo. O soldado de guarda no portão disse algo rápido demais para eu entender.

A reação de Westcroft foi instantânea. Uma preocupação legítima surgiu em seu rosto.

— Com licença — ele disse rapidamente antes de descer as escadas de pedra que levavam para o portão. Eu o segui.

Ainda não havia chegado ao último degrau quando vi o que havia causado a comoção. Do outro lado do portão, podia ver uma figura pálida tropeçando na escuridão. As mãos pressionavam a lateral do corpo, e vestia um uniforme albish ensanguentado. Sob a luz fraca da tocha, pude ver seu rosto retorcido de dor.

Os soldados albish já estavam correndo, passando o portão e entrando na escuridão para ajudá-lo. Os soldados mirajins, por outro lado, pararam de repente, cautelosos, e com razão. Havia algo errado ali, algo que não batia naquele soldado ferido mancando pela noite de volta pra casa. Todos nós nascidos no deserto percebemos. Anos olhando por cima do ombro na Vila da Poeira, atenta a cantos escuros e criaturas à espreita, haviam treinado meus instintos. Mas eu havia aprendido mais alguns truques graças a meus dias no deserto.

— Ele não é humano. — As palavras saíram facilmente da minha língua, o que indicava que era verdade. Estava consciente disso enquanto os soldados iam aos tropeções até o limite da luz lançada pelas lamparinas, segurando-o pelos braços, mantendo-o de pé.

Nenhum deles viu o brilho de seus dentes enquanto girava a cabeça na direção da garganta do soldado mais próximo para destroçá-la.

Era tarde demais para avisar. Tarde demais para qualquer coisa além de agir.

Fui rápida. Saquei a pistola embainhada na cintura do capitão antes que ele pudesse ver. Ela ganhou vida na minha mão. Mirei rápido, enquanto a mandíbula do carniçal se abria, pronta para estraçalhar outro homem.

Atirei.

A bala acertou o andarilho entre os olhos.

Seu rosto roubado nem teve tempo de parecer surpreso ao cair morto.

No mesmo instante, os soldados estrangeiros apontaram as armas na minha direção, pensando que matara um dos seus. Minhas mãos já estavam erguidas, o dedo fora do gatilho, para mostrar que eu não era uma ameaça. A arma do capitão foi arrancada de mim, e as minhas próprias foram tomadas.

— Aquele não era um dos seus soldados — eu disse em mirajin, alto o suficiente para os homens de Balir no portão me ouvirem. Meus braços foram presos dolorosamente nas minhas costas. — Era um andarilho. — O capitão pareceu me compreender, mas não o restante dos soldados. Não entendiam o que haviam atraído. Balir, moribundo em sua enfermaria, não devia saber o que estavam fazendo. Me perguntei se ele se importava.

E de repente vi outro relance de movimento.

Lembrei de nossa subida pela montanha: havia mais de um corpo parcialmente enterrado, com marcas de dentes na pele.

— E ele não está sozinho.

Os soldados mirajins reagiram rápido, suas armas girando na escuridão. Mas os andarilhos sabiam que tinham sido vistos. Eles se mantiveram nas sombras, avançando e recuando rápido demais para mirar, enquanto os canos tentavam segui-los pela noite.

Não tivemos qualquer aviso antes que o próximo atacasse. Ele fincou a boca no ombro de um soldado, cortando a carne e o músculo até chegar ao osso. O grito do homem ecoou pela montanha.

Mas os soldados de Rahim eram bem treinados. Um deles alcançou o andarilho em um segundo, cortando a garganta dele e derrubando o monstro, que se contorceu no chão.

Outro andarilho surgiu da escuridão e avançou na direção daquele soldado.

— Fechem os portões! — o capitão gritou, enquanto seus homens miravam no novo andarilho, acertando-o no peito e derrubando-o. — Agora! — Ele gritou a mesma ordem em albish, incerto de quem era responsável pelo que naquele exército confuso.

Os soldados começaram a recuar, mantendo-se atentos enquanto o enorme portão de ferro era baixado. Armas albish e mirajins dispararam, apontadas para os andarilhos. Dezenas deles deslizavam pelo escuro, avançando para dentro e para fora do campo de visão. Atraídos de seus esconderijos nas montanhas, procurando mais corpos para devorar.

Um tiro foi disparado perto do meu ouvido. Não precisei confirmar se havia acertado o alvo. Sabia que não só pelo modo como o soldado segurava a arma. Os albish pareciam ter medo delas, acostumados demais a ter a magia como forma de defesa. Não pedi permissão para tirar a arma dele, e atirei. Três andarilhos desabaram no escuro, até que as balas acabaram. Droga.

— Onde vocês guardam a munição? — perguntei em mirajin, sem me dar ao trabalho de tentar lembrar as poucas palavras que conhecia do idioma deles, dado o tiroteio que se desenrolava. O soldado balançou a cabeça sem entender, enquanto eu mostrava a arma vazia. Revirei os olhos, desesperada, e virei para o capitão.

Ele pareceu preocupado.

— Não precisamos transformar isto numa batalha — ele disse. — Podemos esperar até irem embora. Estamos protegidos pelos muros...

— Eles vão perder o interesse e seguir para as casas mais adiante na montanha — respondi. Podíamos defender a fortaleza, mas os habitantes das vilas de Iliaz não teriam o que fazer. — Onde vocês guardam a munição?

O capitão pareceu sério.

— Em uma tenda perto do portão leste.

Corri, contornando a construção central. Logo vi a tenda, armada contra o muro mais externo, destacando-se como um polegar ferido nas cores dos albish, batendo contra a pedra quente da fortaleza.

Lá dentro, havia uma fileira de armamentos: armas, espadas, rifles e algo que podia ser bombas, tudo ordenadamente empilhado. Um pequeno arsenal pronto para marchar sobre Izman, se necessário. Estava prestes a pegar as balas quando vi os rifles dourados alinhados cuidadosamente em um canto.

E então parei.

Do lado de fora ouvi vozes altas, mais tiros e os sons da invasão de carniçais sendo contida à distância. Eu já estivera em um monte de lutas em nome da rebelião. Tinha sentido medo ou não sentido nada, com tudo dentro de mim concentrado em permanecer viva. Mas a raiva daquela noite era novidade. Ela surgia em alguma parte escura da minha alma, mais antiga do que eu. Antiga como minha linhagem sanguínea, antiga como o deserto. *Nosso deserto* — não deles, para marchar com seus exércitos e o conquistar através de barganhas e alianças, enquanto enterravam seus mortos e possibilitavam que nossos monstros prosperassem. Aquele era nosso deserto, não deles, e de nenhum gallan nem de nenhum outro povo do norte vindo das fronteiras do horizonte.

E eu não ia deixar que ficassem com ele.

Eles podiam lidar com os andarilhos sem mim. Era apenas uma batalha. Eu tinha uma guerra para vencer. Rapidamente, tirei uma faca da parede e comecei a trabalhar na minha sabotagem.

14

Eu havia quase terminado quando percebi que o som das armas tinha cessado. Ouvi vozes e passos de soldados. Xingando baixo, coloquei tudo rapidamente em seu devido lugar.

Depois da tentativa de invasão dos andarilhos, o pátio da fortaleza estaria repleto de soldados. Eu precisava de cobertura para voltar ao quarto sem perguntas. Respirei fundo e ergui a mão só o suficiente para formar uma pequena nuvem de areia, no nível do solo. Não era nada com que nós, habitantes do deserto, não estivéssemos acostumados. Por isso vestíamos sheemas. Mas, se os albish não sabiam nem que precisavam queimar seus mortos, eu duvidava que fossem espertos o bastante para manter o rosto coberto e protegido da areia do deserto.

Eu podia sentir meu poder resistindo, se contorcendo para longe de mim enquanto tentava evocá-lo pela terceira vez no mesmo dia.

Ajeitei meu próprio sheema e me enfiei na nuvem de poeira. Precisei de esforço para controlá-la. Mas não precisava continuar por muito tempo, só o bastante para conseguir entrar de volta na fortaleza. A dor nas costas me incomodava enquanto eu me movia devagar, desviando das silhuetas na poeira.

Ela piorava a cada passo que eu dava. Eu não aguentaria o esforço excessivo por muito mais tempo.

Então senti uma resistência ao meu poder, primeiro como um

cutucão, depois mais insistente. Sem aviso, senti algo tentar arrancar a areia de mim, como um furacão, querendo juntar a poeira e arremessá-la para um lado. Me agarrei a ela mais firme.

Era o demdji albish, ou seja lá como se intitulassem, manipulando o ar contra minha areia.

Olhei em volta, procurando uma saída enquanto me encostava na parede em busca de apoio.

Havia uma janela aberta bem em cima de mim.

Teria força o bastante para alcançá-la? Não estava certa. No fundo, temia ter usado todas as minhas forças erguendo a cobertura de que precisara para chegar até ali. Rezei em silêncio para não haver ninguém do outro lado da janela.

Meus movimentos eram instáveis, trêmulos, e meu poder escapou ao meu controle por um momento antes de conseguir controlá-lo. A areia correu embaixo de mim, uma onda repentina que me ergueu, puxando meu cabelo, minha pele e minha roupa, levantando-me no ar.

A ponta dos meus dedos tocou a borda da janela. A dor na lateral do corpo me perfurava como uma flecha. O tênue controle do meu poder vacilou, e o senti escorrer pelos dedos como um punhado de areia. Quanto mais tentava segurá-lo, mais rápido caía. E então, de uma vez só, ele se foi, a areia desabou embaixo de mim, e então era eu quem caía. Meu coração palpitava, mas meus dedos encontraram o parapeito da janela. Tentei fazer a areia voltar, mas não deu certo. Lutei para desacelerar a respiração de pânico. Vinha tendo dificuldades de usar meu poder de demdji desde que o havia recuperado, mas nunca tinha me abandonado completamente, como naquele momento. E se eu só possuísse aquela quantidade de poder e a tivesse esgotado? E se o tivesse perdido para sempre?

Senti meus dedos começarem a deslizar...

E então mãos conhecidas seguraram meus braços, me puxando para cima.

— É uma entrada e tanto, até para você — Jin falou, mantendo a firmeza com que me puxava pela janela.

Desabei sob a janela, o quadril latejando onde eu havia batido no parapeito em minha travessia atrapalhada. Recuperei o fôlego e esperei a visão clarear lentamente. Senti a mão de Jin no meu rosto. Estava vermelha quando se afastou.

— Sabia que está sangrando, Bandida?

Me concentrei nele. Estava agachado à minha frente, com as sobrancelhas franzidas de preocupação. Vestia apenas calças de amarrar folgadas do deserto. Meus pensamentos anteriores de cruzar o corredor para vê-lo voltaram, deixando meu corpo inteiro vermelho de calor.

— Sabia que está sem camisa? — retruquei.

— Eu estava dormindo. — Ele passou a mão no rosto, cansado. Atrás dele, vi os lençóis e travesseiros bagunçados. O sono ainda o envolvia, evidente nas pálpebras pesadas e no cabelo escuro despenteado. Eu me estiquei, passando a mão em sua nuca. Jin respirou fundo enquanto eu passava os dedos ali. Senti a minha pele arrepiar. Meu coração ainda estava acelerado por causa da fuga, e agora que a dor cedia, me senti acordada e viva, como se cada sensação fosse ampliada milhares de vezes.

Eu precisava falar com ele, dizer o que havia decidido. O que tinha feito. O que faltava fazer. Mas me movi de forma inconsequente, levando os lábios até o canto de sua boca, que ele tinha o hábito de erguer em um sorriso irônico só para mim. Jin soltou um ruído no fundo da garganta enquanto sua mão encontrava seu caminho, subindo pelo meu pescoço até o meu cabelo. Me aproximei até o meu corpo encontrar o dele, me perguntando o quanto estava pronta para entrar em águas turbulentas.

Ele segurou minha mão; nossos dedos se entrelaçaram, nossas palmas pressionadas forte. E então se afastou igualmente rápido, segurando minha mão sob a luz que entrava pela janela.

— Suas mãos estão cobertas de pólvora. — Ele soava diferente, se afastando mais enquanto eu olhava para baixo. Havia mesmo um pó preto nos vincos das minhas palmas. Uma parte de mim queria puxá-lo para perto de novo, prometendo que explicaria mais tarde. Queria colocar a rebelião de lado por uma noite. Mas Jin já estava de pé, acendendo a lamparina ao lado da cama para poder me ver com clareza.

— Tem alguma coisa a ver com os tiros que ouvi? — ele perguntou enquanto sentava na beirada da cama, deixando uma distância segura entre nós e nos devolvendo à terra firme, onde uma guerra estava acontecendo. Eu ia ter que me explicar.

Resumi as coisas para ele o mais rápido que pude, explicando a oferta que o capitão tinha feito. O preço. O que eu havia decidido. E meu plano.

Quando terminei, Jin me olhava muito sério.

— Amani... — Ele hesitou, demorando-se no meu nome como se não soubesse por onde começar. Então esfregou a mandíbula, num gesto de ansiedade. — Está mesmo considerando recusar um exército?

— Não estou considerando — eu disse, com os joelhos próximos ao peito. Estava apoiada na parede sob a janela aberta. O ar frio da noite entrava por ali, arrepiando meu pescoço. — Já decidi.

— Viemos aqui para isso, e de repente você acha que não é tão importante assim?

— Não acho que valha a pena trocar nosso país por um exército — argumentei. — Ou a vida de Sam.

— Nem temos um país a oferecer. — Jin se inclinou para a frente. — Não acha que deveríamos conquistar o trono antes de decidir que está ameaçado, Bandida?

— Mas ele *está*. — Eu não pretendia elevar o tom de voz, mas não tinha gostado de seu tom racional e persuasivo. Passei para um sussurro, lembrando que havia soldados do lado de fora. — E foi fazendo alianças com estrangeiros que seu pai armou esta confusão, para começo de conversa.

Jin apertou os lábios. Odiava ser lembrado de que era filho do sultão. Eu sabia disso porque o conhecia. Tinha falado de propósito, para provocá-lo.

— Você não teve nenhum problema em deixar Hala morrer pela rebelião — ele disse. Isso sim era uma provocação. — Por que Sam é diferente?

— Sam não tem que morrer. — Apertei a mandíbula com raiva. Eu não gostava do que Jin estava implicando: que eu era regida pelos meus sentimentos, e não pela razão. Que não me importava com Hala.

— Hala também não tinha.

— Não — rebati, o mais calmamente que consegui. — Você tem razão. Eu podia ter deixado que fosse torturada e manipulada pelo sultão. Nesse caso você estaria questionando meus motivos para querer salvar um dos nossos?

— Você sabe que não foi isso que eu... — ele começou a dizer, mas eu já o tinha deixado falar demais.

—Talvez fosse mais fácil para você se eu ainda fosse a garota egoísta que você conheceu na Vila da Poeira, a que deixava as pessoas para morrer em benefício próprio. Mas você só está vivo agora porque não sou mais aquela garota. E você... — E você está apaixonado por mim porque eu não sou mais aquela garota, era o que eu ia dizer, mas as palavras se embolaram na minha garganta. — Estamos aqui, juntos, porque não sou mais aquela garota. —Tentei passar batido pela hesitação, embora a leve erguida de sobrancelha dele indicasse que havia me entendido. — E se Sam não precisa morrer, não vou deixar que aconteça só porque é mais fácil. Não posso ser responsável por outro cadáver nesta guerra antes de sequer chegarmos à batalha de fato. Não se puder evitar.

Nós nos sentamos nos extremos opostos da sala, ambos imóveis, com o olhar fixo, os músculos tensos como se estivéssemos prontos para a luta.

Normalmente, aquele seria o momento em que um de nós sairia pelo deserto até esfriar a cabeça. Mas havia um guarda do outro lado da porta. Mesmo que tivesse me deixado sair, seria complicado explicar como eu havia voltado, ainda por cima para o quarto de outra pessoa.

Estávamos presos juntos. E talvez eu não fosse mais tão egoísta, mas continuava teimosa. Não daria o braço a torcer.

Após um período excruciante de silêncio, Jin finalmente falou:

— É a minha família, Amani. — Ele estava mais tranquilo agora. — Meu irmão. Minha irmã. É com a vida deles que você está jogando.

Eu conseguia ouvir a dor em sua voz. Jin se importava com sua família mais do que tudo no mundo. Morreria para salvá-los num piscar de olhos.

— É o meu país — argumentei. Jin havia crescido no mar, no país de sua mãe. Podia ser metade mirajin, mas também era metade estrangeiro. — A decisão é minha. — Permaneci firme. — Não estou pedindo sua ajuda — eu disse. — Estou dizendo o que vamos fazer. — Aquele pensamento me invadiu novamente. Quem eu pensava que era para dar ordens a um príncipe? Para alguém que estava na rebelião havia mais tempo do que eu? Para Jin, cujas ordens eu nunca obedeceria? Quem era eu para nos liderar por um caminho incerto e agir como se tivesse certeza do que fazia?

— Então é melhor você dormir — Jin disse finalmente, quebrando o silêncio. — Tem muita coisa para fazer amanhã.

Ele estava certo, mas não havia como voltar para o meu quarto, considerando o soldado no corredor. Imaginei que poderia dormir bem o suficiente no chão. Mas Jin abriu espaço para mim na cama, apesar de seu olhar fixo no teto.

Pensei em argumentar, mas estava cansada. E como. Cansada de lutar, de fugir, de discutir. Aquela cama macia pareceu tentadora. Me acomodei com cuidado, como se ela fosse feita de vidro, me posicionando de costas para Jin, virada para a janela, esperando o sol nascer, com a discussão alojada firmemente entre nós.

Eu flutuava entre o sono e a vigília quando senti a mão de Jin no meu rosto. Ouvi-o falar, tão baixo que não sabia se era para eu ouvir.

—Você está errada. Não estou com você pelo que se tornou. Me apaixonei por você quando eu estava sangrando embaixo de um balcão nos confins do deserto e você salvou minha vida. Numa época em que nós dois éramos diferentes de quem somos hoje.

Acordei com a cabeça apoiada entre seu queixo e sua tatuagem, com um de seus braços à minha volta, a mão segurando o tecido da minha camisa.

15

A luz azul do amanhecer nas montanhas fez Sam parecer ainda mais pálido do que de costume enquanto dava seus últimos passos até o alto do muro que dava para a queda inescapável do penhasco. Suas mãos estavam acorrentadas, seu cabelo dourado despenteado e ele tinha olheiras escuras como hematomas. Soldados o conduziam, um de cada lado.

No muro havia uma fileira de homens do exército que tinham ido assistir ao espetáculo: o desertor covarde demais para lutar por seu próprio país, conduzido para a execução.

Abracei meu corpo. Fazia mais frio nas montanhas do que eu estava acostumada. Sam olhou na minha direção, depois além de mim, procurando pelos outros. Não ia encontrá-los. Só havia eu ali, entre os soldados de uniforme verde contrastando com o céu e as pedras ao redor.

Ele deu um sorrisinho abatido ao perceber que apenas eu estava presente.

— Imagino que seja uma hora ruim para uma execução — disse ele, enquanto o empurravam perto de mim. — Não dá para esperar que todo mundo tenha saído da cama.

Antes que eu pudesse responder, ele já estava fora do alcance das minhas palavras.

Os soldados o levaram para a beirada, posicionando-o a uma dúzia de passos do pelotão de fuzilamento. Um albish vestindo túnicas claras e compridas colocou a mão no ombro dele e disse algo em voz baixa.

— Ele está perguntando se quer que transmitam algum recado à família. — O capitão Westcroft estava de pé ao meu lado, com as mãos atrás das costas. Com a invasão da noite anterior, parecia tão cansado quanto Sam. — Para lhes dar conforto quando souberem o que aconteceu.

Sam pensou por um momento, então inclinou a cabeça e respondeu. O homem franziu a testa antes de retomar a expressão complacente, assentindo enquanto tocava nosso bandido impostor no coração. Ele se afastou e outro soldado foi colocar uma venda nos olhos de Sam. Deu o nó atrás de sua cabeça no momento em que o sol começou a nascer, transformando a luz azul em um âmbar incandescente.

— Sei que você não vai ter muitos motivos para confiar em mim depois de hoje, capitão, mas vou lhe dar um conselho que gostaria que tivessem me dado. Não subestime o sultão. Se em algum momento pensar que está sendo mais esperto do que ele, provavelmente logo vai descobrir que está errado, e da maneira mais mortal possível.

O capitão Westcroft ergueu as sobrancelhas vermelhas com um ar curioso, mas continuou olhando para a frente. Eles eram estrangeiros, não era meu dever protegê-los. Mas Sam também era. E lá estava eu.

O homem de túnica que falara com Sam cruzou o curto espaço até nós. Ele olhou para mim e então disse algo rápido em albish para o capitão, que traduziu para mim:

— Seu jovem amigo disse que gostaria de apontar que estava certo: agir heroicamente só leva à morte.

O sorriso que surgiu em meu rosto não se demorou lá. Enquanto o soldado se afastava e um grupo de homens com rifles se adiantava, Sam pareceu terrivelmente sozinho. E assustado.

Senti minha respiração ficar curta enquanto o sol alcançava o topo da montanha. O capitão gritou uma ordem em albish. Em sincronia, os seis soldados de uniforme prepararam seus rifles dourados.

Sam estremeceu ao ouvir o barulho.

Então veio o silêncio, como se todos os soldados ali tivessem prendido a respiração no mesmo instante. Acima de mim, ouvi o silvo de um pássaro, três sons curtos. Um monte de coisas poderia dar errado, mas pelo menos estávamos preparados.

Outra ordem foi dada. Armas foram apontadas.

Eu me preparei para me mover, as pernas tensas em expectativa.

— Preparar — veio o grito.

Me apoiei na ponta dos pés, me inclinando só um pouco para a frente.

— Apontar.

Sam inclinou a cabeça para trás para sentir os primeiros raios do sol, como se quisesse vê-lo uma última vez, ainda que estivesse vendado. Como se desejasse ter sabido que a última alvorada que ia presenciar era a do dia anterior. Naquele caso, talvez tivesse parado para vê-la, em vez de passar a manhã na escuridão dos túneis de Izman, esperando para salvar minha vida. Talvez nem estivesse ali.

Naquele segundo, seu cabelo claro se transformou em puro ouro sob a luz do sol.

— Fogo!

Seis dedos apertaram os gatilhos no mesmo instante em que me movi, correndo para a frente enquanto a algazarra de tiros soava, preenchendo o ar com o cheiro familiar de pólvora.

Pólvora sem nenhuma bala.

Atravessei facilmente a fumaça, passando pelos homens que desviavam os olhos do som, do barulho e da visão da morte. Mergulhei onde Sam estava parado, esperando as balas que nunca viriam.

Colidi contra ele a toda a velocidade, empurrando-o na direção do penhasco. Sam cambaleou e nos lançamos pelo ar.

Por apenas um segundo, estávamos caindo. Mergulhando na direção das rochas.

Então atingimos não as pedras dentadas, mas um pano esticado, que cedeu de leve sob nosso peso. Eram os lençóis e as cobertas que havíamos tirado às escondidas do quarto de Jin, presos entre Izz e Maz, que voavam na forma de dois rocs gigantes, atravessando a fumaça do tiroteio. Ouvi os gritos de surpresa de onde estava; as asas enormes batiam violentamente sobre a multidão reunida, enquanto voavam mais alto, até que estivéssemos fora do alcance das armas e de qualquer tipo de magia que o exército albish pudesse lançar contra nós.

Eu ainda tentava recuperar o fôlego. Sam, ainda vendado e em pânico, se debatia perto de mim.

— Para de se contorcer! — gritei em seu ouvido, sobre o som do vento durante o voo.

— Eu morri? — ele perguntou alto demais em seu próprio idioma, ainda se revirando.

Puxei sua venda para baixo. Ele piscou os olhos azuis assustados para mim, prestando atenção em meu rosto, nas asas acima da minha cabeça que nos levavam para um lugar seguro e no céu aberto infinito acima de nós. Sam virou a cabeça de um lado para o outro, vendo Jin nas costas de Maz à nossa direita e Tamid nas costas de Izz à esquerda.

— Você não está morto — gritei sobre o vento, a enorme rede balançando precariamente. — Agora para de se mexer antes que acabe matando nós dois.

Ele obedeceu, deitando perfeitamente imóvel enquanto sobrevoávamos as montanhas, subindo, atravessando e descendo até voltar ao deserto. Senti a areia por perto antes de pôr os pés no chão. Os gêmeos pousaram, descendo a rede com delicadeza.

Jin desceu das costas de Maz e me ajudou a levantar, enquanto Tamid permanecia teimosamente sentado em Izz. Jin me analisou rápido, procurando ferimentos. Não encontrou nenhum. Eu não havia crescido à sombra de uma fábrica de armas sem aprender um truque ou outro, como transformar uma bala normal em uma bala de festim.

Botamos Sam de pé. Assim que o soltamos, ele caiu sentado no chão.

— Acho melhor não. — As palavras saíram calmas, mas sua voz estava trêmula. — Ficar em pé parece ambicioso demais no momento.

Jin se agachou à frente dele.

— Você está bem? — perguntou, enquanto trabalhava para soltar as algemas de Sam. Havia tensão em sua voz, mas nada que o outro notaria. Ele não precisava saber da minha conversa com Jin na noite anterior sobre salvar a vida dele.

— Bem... — Sam pareceu fazer um inventário de si mesmo. — Minhas pernas não parecem muito firmes. E eu jurei lealdade a tantos deuses diferentes que não vou ter como cumprir. — Ele balbuciava em um ritmo frenético. — Imagino que ser infiel a um deus deve dar o dobro de azar de ser infiel a uma mulher. E ainda não tenho certeza de que não estou alucinando. — Ele virou os olhos semicerrados na minha direção. — Por outro lado, já tive dias piores.

— Acabou de amanhecer — Jin disse quando as algemas se abriram com um clique satisfatório, caindo na areia. — Ainda pode piorar. — Ele deu um tapinha amigável nas costas de Sam e levantou.

— Só para deixar claro, por que exatamente eu não morri? — Sam perguntou, esfregando os punhos.

— Porque você é um de nós. — Ofereci a mão para ajudá-lo a levantar. Ele parecia recuperado. — O que significa que *nós* temos o direito de te executar por traição, não eles.

Sam apertou os olhos por um momento. E então abriu um sorriso sincero.

— Nem vem — alertei, sabendo que diria algo espertinho em seguida.

— Sempre soube que você tinha uma queda por mim. — Ele segurou meus dedos, deixando que eu o puxasse.

— Só por causa do seu talento para tirar a gente de enrascadas. — Soltei a mão dele. — Vamos, temos que continuar.

Sam ainda estava se reorientando, mas deu uma olhada rápida em volta, de mim para Jin e dele para Tamid, que ainda se recusava a olhar para nós de onde estava sentado.

— Cadê a princesa? — ele perguntou.

Leyla.

O que fazer com a traidora foi o único tópico em que eu e Jin concordamos. Na melhor das hipóteses, ela seria um fardo em nossa missão de resgate. Na pior, deixava-nos em desvantagem.

Então a abandonamos. Escrevi um bilhete e pedi que um dos soldados entregasse a Balir: *Cuide bem dela. Pode ser sua última linha de defesa se o sultão bater à sua porta.*

Leyla podia ser um problema para nós, mas funcionaria como um belo escudo para Iliaz. Tê-la como refém podia impedir que a montanha fosse apagada do mapa antes de voltarmos.

— Ela era um peso extra — foi tudo o que respondi a Sam.

— E, se existe uma vantagem em viajar sem um exército — disse Jin, passando a bússola de uma mão para outra, cujo ponteiro ainda apontava para o sul —, é ser capaz de se mover bem rápido.

16

Voar ficou entediante depois de um tempo.

A adrenalina inicial, ver o deserto se encolher lá embaixo, ouvir o vento assobiar uma melodia entusiasmada em nossos ouvidos enquanto subíamos mais do que as criaturas sem asas deveriam ser capazes... Tudo isso passou, restando somente a espera. O sol quente acompanhando cada quilômetro, braços com câimbras de segurar nas costas de Maz, o vento extinguindo qualquer chance de conversar enquanto viajávamos para o sul, seguindo a bússola de Jin. Voamos mais a oeste do que a bússola nos indicava para poder nos manter perto das montanhas que percorriam a fronteira de Miraji. Era melhor do que seguir pelo deserto, arriscando-nos a ficar sem água antes de encontrar Eremot.

Seguíamos para o sul sem um exército, um plano ou qualquer ideia do que íamos enfrentar. Mas, do meu ponto de vista, não havia muito mais a fazer além de seguir a bússola de Jin e ver o que encontraríamos no final. Cada dia desperdiçado era mais um dia com nossos amigos prisioneiros. Talvez em perigo. Talvez morrendo.

No fim do primeiro dia de viagem, notamos que a paisagem começava a parecer familiar. Uma pausa no trecho árduo do deserto, uma quebra na vista infinita de areia dourada e dos céus azuis, uma falha irregular no chão. O vale de Dev.

Meu coração palpitou quando me inclinei nas costas de Maz para espiar. Vínhamos tangenciando sua fronteira norte, no mesmo caminho que faríamos para voltar para casa depois de uma missão para Ahmed. Com Shazad ao meu lado. Em algum lugar lá embaixo, escondido nas curvas dos desfiladeiros, estava o que costumava ser nosso lar: os destroços do acampamento rebelde.

Fui tomada por uma vontade urgente e imprudente de pedir a Maz para descer. Se ele pousasse no vale, talvez pudéssemos voltar para casa. Eu retiraria toda a areia com a qual havia soterrado o acampamento quando precisamos escapar, como se desenterrasse uma relíquia antiga. Estaríamos seguros de novo, por um breve momento. Mas era tolice. Estávamos muito longe daquele lar agora.

Paramos perto da cidade de Fahali quando o sol começava a se pôr. O mais perto que ousamos chegar da civilização. Um efeito colateral de escapar por um triz foi deixar mais do que Leyla para trás: comida, armas, odres... Um monte de coisas de que precisaríamos em nossa jornada para o sul.

— Vou com Sam — disse Jin, contando a pequena reserva de dinheiro que tínhamos. — Não é seguro para demdjis.

— E acha que estrangeiros atrairiam menos suspeita? — Estiquei as pernas, doloridas de um dia inteiro agarrada às costas de Maz.

— Sim. — Sam coçou a cabeça. — Acho que pareço menos suspeito que alguém de pele e cabelo azul.

— Ei! — disse Izz. Maz também conseguiu se fazer de ofendido, mesmo na forma de um lagarto gigante.

— É melhor eu ir — argumentei, olhando para a cidade no horizonte. — É só não olhar nos olhos de ninguém e vou ficar bem.

— Certo — disse Jin, girando uma moeda de dois louzis nas juntas dos dedos. — Afinal, quando foi que você se meteu em encrenca por resolver algo sozinha? — Jin jogou a moeda na minha direção mesmo assim. Eu a peguei no ar enquanto ele entregava o restante do dinheiro.

Ele sabia que eu tinha razão. Estrangeiros durante uma guerra levantariam suspeitas.

Parei para arrumar meu sheema.

Tamid estava desafivelando a perna postiça, sentado no chão.

— Nenhum de nós sabe para onde a bússola está nos levando. — Dava para ver que Tamid sabia que eu estava falando com ele, apesar de não me olhar. — Talvez este lugar seja o mais próximo da civilização que visitaremos por um tempo. Você pode ficar aqui se quiser. Quando tudo isso acabar, os trens vão voltar a circular, e você vai poder ir para a Vila da Poeira...

— Não. — Tamid não levantou o olhar. — Estamos indo para o sul, no caminho da Vila da Poeira. Fico com vocês o quanto precisar para chegar em casa.

Casa. Se a Vila da Poeira era minha casa, e não o vale de Dev, não fazia a menor questão de voltar.

Fahali não era uma cidade qualquer. Foi a primeira a se submeter a Ahmed, depois de impedirmos que fosse aniquilada por Noorsham. Era uma das *nossas* cidades, ou costumava ser. Antes disso, fora ocupada pelos gallans por quase duas décadas. Com a notícia de que Ahmed estava morto, vivia na incerteza. Eu podia sentir a inquietação enquanto andava pelas ruas. As notícias de uma guerra e de uma invasão iminentes deviam ter chegado. Todos olhavam para baixo, andando com pressa, como se tivessem medo de ficar fora muito tempo.

Mantive meus próprios olhos baixos ao atravessar a cidade, com o sheema puxado sobre o rosto. Havia pessoas ali que podiam me reconhecer, ainda que não me destacasse tanto quanto Jin e os gêmeos.

Aquela cidade me conhecia. E eu já a havia conhecido também. Mas mudara desde que estivéramos ali pela última vez. As ruas estavam tomadas por mulheres em farrapos, mendigando, e crianças correndo descalças. No lugar onde deveria haver um mercado, as ruas estavam vazias, e as portas das lojas tinham sido fechadas com tábuas.

Senti um puxão nas minhas roupas. Virei rapidamente, agarrando a mãozinha que tentara chegar aos meus bolsos. Era uma menina, de olhos arregalados e rosto esquelético.

— Eu não estava fazendo nada! — A ousadia da mentira foi prejudicada pelo pânico em seu rosto.

— Tudo bem. — Ajoelhei, mas sem soltá-la, caso pensasse em sair correndo. — Pode me contar o que está acontecendo aqui?

A menina magricela me olhou cautelosa, como se não acreditasse que eu não sabia.

— Não estão mandando mais comida — ela disse, por fim. — Meu pai diz que é nossa punição por ter ficado contra o sultão.

Então ele estava matando o povo de fome por se aliarem a nós. Tinha os meios para isso. A maior parte do comércio do deserto vinha das caravanas e dos trens de Miraji oriental. Se cortasse o que vinha pelas montanhas, não haveria comida suficiente para todos.

— Bem, diga ao seu pai que existe uma diferença entre punição e vingança. — Eu a soltei, afastando o sheema e me apoiando na parede, enquanto amaldiçoava mentalmente o nome do sultão. Ahmed jamais deixaria aquilo acontecer se ainda estivesse aqui. Se fosse o sultão então... Eu já o vira mais de uma vez dar sua própria comida para pessoas com mais fome que ele.

Eu teria que ir embora daquela cidade faminta sem suprimentos. Izz ou Maz provavelmente conseguiriam capturar um coelho para assarmos naquela noite. E depois teríamos que dar um jeito de sobreviver. Éramos bons nisso. Por isso ainda estávamos de pé.

Eu a soltei, mas a menina não correu para longe como eu havia imaginado. Ela olhava para mim com curiosidade agora que estávamos na mesma altura.

— Você é a Bandida de Olhos Azuis? — perguntou, corajosa. Antes que eu pudesse responder, prosseguiu: — Você veio nos salvar? O homem de uniforme disse que viria.

— Que homem de uniforme?

— Ele passou pela cidade alguns dias atrás, um general. Disse que os rebeldes iam nos ajudar. E que sabia disso porque a própria filha estava entre eles.

O general Hamad, pai de Shazad, havia passado por ali. Virei a cabeça de repente, sem pensar, como se fosse encontrá-lo naquelas ruas. Como se não tivesse partido muito tempo antes.

— Ele falou a verdade? — ela insistiu. — Está aqui para nos salvar?

Eu queria mentir, dizer a ela que sim. Que *poderia* salvá-los. Mas eu era só uma garota da Vila da Poeira.

— Não. — Levantei. — Não vim aqui salvar vocês. — *Mas vou tentar salvar outra pessoa que vai poder ajudar.*

Eles precisavam de mais do que uma garota da Vila da Poeira. Precisavam do príncipe. Precisavam da general. O melhor que eu podia fazer era tentar libertar os verdadeiros salvadores.

Era o sexto dia de voo quando a direção da bússola de Jin mudou abruptamente. Vinha apontado para o sul desde que saíramos de Iliaz, levando-nos pelo deserto em uma linha tão reta quanto a de um tiro. De repente, voltou para o norte. Havíamos passado pelo alvo. Jin rapidamente se inclinou sobre o pescoço de Maz, passando novas instruções. Ele seguiu as ordens, levando-nos em direção à areia com Izz em seu encalço.

Estreitei os olhos para enxergar além do mormaço da tarde durante a descida. Não muito longe havia uma cidade, a primeira que avistávamos em dias. Eu nem a tinha notado quando passamos sobre ela, mas a reconheci no mesmo instante: Juniper. Onde pegara o trem para Izman um ano antes, onde Jin me encontrara enquanto tentava seguir para o norte com sua bússola. Na época, era a maior cidade que eu já tinha visto. Mas então eu conhecera Izman, e Juniper já não parecia muita coisa em comparação.

A bússola de Jin apontava diretamente para ela.

Algo estava errado. Eu deveria ficar feliz. Me encher de esperança. Sentir que estávamos próximos. Que havíamos encontrado nossos amigos. Mas aquele lugar não era Eremot, a prisão das lendas. Era apenas uma cidade grande do deserto. E eu podia não confiar em Leyla, mas sabia que não havia mentido para mim. Um novo medo nasceu no meu peito. De que aquela fosse uma busca ilusória. De que estávamos seguindo na direção errada. Que Ahmed e os outros não estariam ali.

Mas só havia uma maneira de ter certeza.

Caminhamos em silêncio, seguindo a bússola de Jin até a cidade. Izz se transformou num pássaro pequeno, voando animado à nossa frente e voltando, enquanto Maz se acomodou no meu ombro como um pequeno lagarto de cabeça azul tomando um banho de sol.

O ritmo de Tamid era lento devido à perna ruim, e eu o vi olhando por cima do ombro mais de uma vez. Na direção da Vila da Poeira. Tinha prometido levá-lo o mais próximo possível de casa. Aquele lugar era consideravelmente perto.

Na manhã seguinte ele poderia estar em casa. E eu poderia dizer a mim mesma o quanto quisesse que a Vila da Poeira não era mais meu lar, mas a única coisa que tornou possível sobreviver ao último ano em que vivi lá, depois de minha mãe ser enforcada, foi Tamid. E, mesmo que ele me odiasse, eu não sabia se conseguiria odiá-lo também. Só odiava o fato de querer voltar para lá.

E de que eu perderia mais alguém. Não para a morte, mas para um lugar que também significava que nunca mais ia vê-lo.

Estava mais perto da noite do que da tarde quando passamos pelos portões da cidade. Jin e Sam usavam seus sheemas apertados para ocultar seu aspecto estrangeiro ao máximo da multidão nas ruas.

A guerra ainda não tinha chegado por completo tão ao sul, mas já havia alguns sinais dela. Parecia haver uma quantidade menor de suprimentos de qualquer lugar além do deserto ou das cercanias das montanhas nas barracas dos mercados. E mais homens carregavam armas nas ruas do que eu lembrava de ter visto antes.

Seguimos a bússola de Jin, passando por tendas coloridas no souq, cruzando ruas limpas e largas se comparadas ao velho labirinto de Izman. Aquela era uma cidade nova. Seu nome era em mirajin, e não no idioma antigo. Passamos sob toldos e por prédios de tinta brilhante, por mulheres arrastando crianças resmunguentas para longe das barracas de doces.

Finalmente, viramos na esquina de uma casa azul e vimos um menino agachado em uma porta, com algo brilhante nas mãos.

Paramos para observá-lo. Não devia ter mais de seis anos e sussurrava sozinho, virando a bússola de novo e de novo, parecendo brincar de faz de conta. Tecendo um mundo onde era mais do que apenas um menino sujo brincando com uma bússola, ou uma garota magricela nos fundos de casa com uma arma e latas. Fingindo ser um grande explorador em uma aventura, ou a Bandida de Olhos Azuis.

Precisávamos falar com ele.

Jin se moveu primeiro. Observamos do beco enquanto ele se abaixava, apoiando os braços nos joelhos.

O menino levantou o rosto, encarando Jin com olhos escuros grandes e cautelosos, mas sem medo.

— Oi — Jin o cumprimentou, baixando seu sheema para mostrar o rosto inteiro. — Qual é o seu nome?

— Oman. — Claro. Metade dos garotos no país se chamava Oman, por causa do sultão.

— É mesmo? — disse Jin, ficando de joelhos. — É o mesmo nome do meu pai. — Em todos aqueles meses de convivência, eu nunca o tinha ouvido chamar o sultão de pai. — Sabe me dizer onde conseguiu essa bússola, Oman?

— Eu encontrei — ele disse, segurando-a mais firme contra o peito. — Não roubei.

— Acredito em você — disse Jin, paciente. Dava para notar que estava preocupado pelo jeito como seu polegar desenhava círculos na outra mão. Se Ahmed não estava com a bússola, não tínhamos mais como encontrá-lo. — Mas onde estava?

— Na estação de trem — o garoto disse, finalmente.

— Achei que não houvesse mais trens — disse Jin, olhando na minha direção. Dei de ombros, sem saber o que dizer. Os trens de Izman tinham parado meses antes, até onde eu sabia, depois que declaramos nossa a parte ocidental do deserto.

— Não saem trens — disse o menino, revirando os olhos como se Jin fosse burro. — Mas às vezes chegam. Trazendo pessoas.

— Pessoas como soldados e prisioneiros? — Jin perguntou. O menino deu de ombros. — E para onde elas vão?

Ele deu de ombros outra vez.

— Para fora da cidade. Na direção das montanhas.

O sultão estava transportando prisioneiros, e Juniper era o lugar mais ao sul a que alguém conseguia chegar de trem. De lá eram levados para Eremot, onde quer que ficasse. Se fosse real.

Estávamos perto e poderíamos encontrá-los, mas enquanto procurávamos eles permaneciam presos lá.

— Escute, Oman — Jin disse com uma cara séria. — Essa bússola pertence ao meu irmão. — Ele enfiou a mão no bolso e tirou a sua, que, embora maltratada, era idêntica.

— Ela é minha agora — o menino teimou.

— Vou fazer uma proposta — disse Jin. — Posso pagar por ela. — Os dez louzis que Jin tirou do bolso eram uma pequena fortuna para um menino. Oman pegou o dinheiro ansioso, largando a bússola no chão.

Jin voltou até nós, segurando ambas as bússolas. As juntas dos seus dedos ficavam brancas por causa da força com que as apertava. Estendi a mão, pousando-a sobre a dele. Não podia dizer que tudo ficaria bem, porque não conseguia mentir.

Ele movimentou a mão e imaginei que era para se soltar, mas só me passou a bússola de Ahmed.

— Precisamos de um novo plano — ele disse.

17

A bela general

Muito tempo atrás, em um deserto sempre em guerra, havia um grande general que queria um herdeiro. Finalmente, depois de muitos anos de preces, sua amada esposa engravidou. Mas, quando deu à luz, era uma menina.

O general deixou a decepção de lado, amando de imediato a filha, que era uma garota forte e saudável. Alguns anos depois a esposa do general teve um menino, e os dois comemoraram. Mas logo perceberam que ele não era tão forte quanto a irmã. Vivia doente e chorava com frequência, às vezes baixo demais para ser ouvido.

Os anos se passaram e a filha se manteve forte, além de muito bonita, enquanto o filho enfrentava dificuldades. Alguns dias, quando o garoto tinha força o suficiente para sair de casa, a irmã sentava ao seu lado e lia para ele. Uma vez, ao ver como era frágil, outro garoto começou a zombar dele e arremessar pedras em sua direção, tentando incitá-lo a revidar.

Foi a irmã quem levantou e revidou no lugar dele.

Quando o general separou a briga, descobriu muito surpreso que sua filha estava apenas com os punhos sujos de sangue, enquanto o garoto tinha sangue no rosto.

Naquele momento, ele viu sua filha como ela realmente era: a herdeira por quem rezara, que ia defender sua família e seu país quando ele próprio estivesse velho e fraco demais. E assim, em segredo, ele a ensinou a manejar todo tipo de arma e a vencer uma batalha. E até uma guerra, caso fosse necessário. Mas ele não sabia o que o futuro reservava para ela.

Então, num dia quente, caminhando pelo mercado em Izman, a filha do general conheceu o príncipe rebelde. Ela finalmente encontrou a guerra que estava destinada a lutar. E também se tornou a general de um grande governante.

A bela general defendeu várias e várias vezes aqueles que não podiam se defender sozinhos, e outros se juntaram a ela. Venceu todas as lutas, uma após a outra, como seu pai havia ensinado.

Até o dia em que perdeu.

Ela foi punida por ousar querer um mundo melhor. Foi enviada para as profundezas da escuridão, escondida, onde uma boa morte não teria como encontrá-la. Onde não poderia lutar, já que seus carcereiros não eram homens de carne e osso, mas criaturas mágicas de metal.

Dessa vez, não conseguiu encontrar um jeito de escapar, embora sua mente fosse ágil e afiada. Pela primeira vez a filha do general foi forçada a observar em vez de levantar e lutar.

Ela viu, várias e várias vezes, homens e mulheres queimando diante dos seus olhos.

E então as criaturas profanas de metal viraram seus olhos para a jovem princesa, a irmã demdji do príncipe rebelde, com seu estranho cabelo roxo. As costas da bela general doíam por curvar-se quando não queria. Seus olhos doíam por desviarem dos homens e mulheres que eram queimados. Sua garganta doía de tanto ficar em silêncio.

Então a general soltou a língua, abriu os olhos e endireitou as costas. Ela levantou para caminhar para a morte no lugar da jovem princesa.

18

Eu podia sentir o tempo escapando a cada momento que não subíamos as montanhas, procurando Eremot.

Juniper estava com dificuldades de governar a si mesma sem os rebeldes ou o sultão. As vizinhanças se despedaçavam. Homens com armas de fogo cobravam de pessoas inocentes para oferecer proteção contra homens com facas. Quando passava por ali, o exército do sultão não se importava; seu objetivo era transportar prisioneiros. Tampouco se importavam os outros soldados, estrangeiros ou mirajins, que seguiam para as montanhas para nunca mais voltar, de acordo com os boatos.

Jin quebrou a mão de um homem que tentou nos roubar na pousada onde passamos a noite. Aquilo serviu de aviso para os outros, apesar de ainda precisarmos nos alternar na vigília ao longo da noite. Como se estivéssemos de volta ao deserto, e não protegidos por paredes.

De manhã, fomos acordados por um grupo rezando alto nas ruas, alegando que o fim do mundo havia chegado. Que a morte estava vindo das montanhas buscar todo mundo. E que qualquer um sem um coração puro que se aventurasse além da cidade ia encontrá-la.

Eu não sabia se nossos corações eram puros, mas tínhamos que sair da cidade de um jeito ou de outro. Precisávamos encontrar o que havia restado da rebelião, e depressa. Cada dia que passava era mais um em que Ahmed, Delila, Shazad ou Rahim poderiam morrer.

Só que precisávamos parar em um lugar primeiro. Eu havia feito uma promessa, afinal.

Viajando com um metamorfo, a Vila da Poeira ficava a menos de um dia de Juniper. Menos de um dia entre o lugar onde Tamid e eu havíamos nascido e a cidade que tinha parecido impossivelmente distante minha vida inteira. Era bom sair de Juniper, finalmente estar em movimento, mas eu poderia viver cem anos sem ver a Vila da Poeira e ficaria feliz. Só que havíamos prometido levar Tamid de volta para casa, se possível. E demdjis mantinham suas promessas. Eu também podia sentir a bússola de Ahmed pesando no meu bolso, me lembrando de que, de qualquer maneira, não tínhamos uma direção específica a seguir.

Senti quando estávamos nos aproximando da Vila da Poeira, embora a paisagem não tivesse mudado. Além de Juniper, a região inteira era um deserto estéril. Eu não sabia explicar exatamente o que identificava. Uma mudança no ar, como se me envolvesse, me puxasse de volta. O brilho acusatório do sol no meu pescoço, como se eu tivesse feito algo errado ao ir embora. E então lá estava ela, ao longe, contrastando com o céu do deserto perfeitamente azul, como uma sombra: o lugar abandonado por Deus onde eu havia crescido.

Me inclinei no pescoço de Maz e gritei sobre o vento para que descesse. Eu não precisava chegar mais perto do que aquilo.

— Acho melhor você ir andando daqui — eu disse para Tamid, enquanto ele descia das costas de Izz. — Tem menos chance de tomar um tiro se não chegar nas costas de um pássaro gigante.

Tamid olhou para mim enquanto tentava se equilibrar na perna ruim.

— Você não vem comigo?

— É você quem quer voltar, não eu.

Ele baixou o rosto e assentiu.

— Então acho que é uma despedida.
— Acho que sim.

Não saí das costas de Maz. Ainda tínhamos uma longa distância para viajar e queríamos aproveitar ao máximo a luz do dia.

Tamid parecia prestes a dizer algo, mas Jin falou primeiro.

— Tem algo errado.

Virei e olhei para Jin, sentado atrás de mim no pescoço de Maz. Seus olhos estavam fixos na Vila da Poeira.

Apertei os olhos contra a luz brilhante do deserto, tentando ver a cidade. Parecia do mesmo jeito de quando parti. Mesmo daquela distância eu podia ver o telhado de madeira da casa de oração um pouco mais alto do que os outros em volta. Um pouco mais adiante na rua ficava a casa do meu tio. A de Tamid ficava na outra direção e era a única na cidade inteira com dois andares. Eu costumava pensar que a família dele era a mais rica que conheceria. Depois acabei passando um tempo num palácio.

Então percebi o que Jin queria dizer. Não havia qualquer sinal de vida. Mesmo em um dia quente deveria existir algum movimento, um rosto olhando por uma janela na fronteira da cidade, qualquer coisa.

A Vila da Poeira parecia deserta.

Xinguei em voz baixa enquanto descia das costas de Maz. Podia sentir o tempo se esgotando. Apesar de não querer botar os pés naquele lugar enquanto vivesse, não podia deixar Tamid sozinho ali. Ele morreria de fome ou seria morto por um carniçal ou um animal selvagem antes de encontrar civilização. A gente precisava descobrir o que estava acontecendo na Vila da Poeira.

— Parece que vamos com você, no fim das contas.

Foi uma caminhada lenta através das dunas ondulantes, voltando para o lugar que havia me tornado quem eu era. Ou uma parte de quem eu era, pelo menos: a parte perigosa, raivosa, incansável, egoísta. Aquela que eu vinha tentando abandonar aos poucos. Apesar da perna ruim, Tamid seguiu na frente, ansioso para chegar em casa. Eu ficava cada vez mais para trás. Jin percebeu e desacelerou, esperando até que eu o alcançasse.

— Conhece a história de Ihaf, o Viajante? — perguntei. Estávamos cada vez mais próximos, não importava quão devagar eu caminhasse. Minha respiração saía curta. — Ele era um fazendeiro, que deixou sua casa e derrotou o carniçal que vinha aterrorizando seu povo. Foi celebrado em Izman por cem dias pelo feito. E no fim de tudo...

— Retornou para casa e voltou a cultivar seus campos e a levar sua vida pacífica — Jin completou, puxando seu sheema para se cobrir do sol. — Minha mãe costumava contar essa história.

— A minha também. — Por reflexo, olhei para o lugar onde a casa da minha mãe costumava ficar. Antes de ser queimada. Me perguntei se alguma noite, do outro lado do deserto e do mar, Jin e eu ouvimos nossas mães contarem a mesma história sob as mesmas estrelas. — Sempre odiei o final. Como alguém podia voltar para casa depois daquilo tudo? Depois de matar monstros, salvar princesas e jantar na casa de seres imortais...

Jin respondeu ainda olhando para a frente:

— Quando tudo isso começou, eu costumava pensar que não havia nada que eu não faria para voltar para casa.

Era raro Jin falar de Xicha. Ele não havia me contado muito. Só que sua casa era pequena, tinha vista para o mar e sempre cheirava a sal. Que ele e Ahmed dividiam um quarto, enquanto Delila dividia outro com a mãe de Jin. Que o chão estava sempre manchado de tinta escura por causa das tentativas de Delila de esconder seu cabelo roxo. O telhado estava podre e vazava tanto que, quando Jin tinha seis anos, ele e Ahmed roubaram madeira das docas e o consertaram. Havia uma cicatriz na palma de sua mão, onde havia se cortado em um prego enferrujado. Eu sabia que aquele lugar era sua referência de lar enquanto ele e Ahmed navegavam, indo de uma doca a outra. Tinha sido um lar até

Ahmed abandoná-lo pelo deserto, a mãe de Jin morrer e Jin partir com Delila, de volta para sua terra natal. Para um lugar onde teriam que construir um novo lar.

Pensei no vale de Dev, na tenda colorida que eu tinha dividido com Shazad por meio ano. Nas noites quentes cheias de estrelas. Eu também daria quase tudo para voltar para aquele lar. Só que havia sido tomado de nós. E depois de novo, na noite em que o sultão nos emboscou em Izman.

Nenhum de nós tinha mais um lar desse tipo.

Quanto mais nos aproximávamos, mais óbvio ficava que a Vila da Poeira estava tão quieta quanto um homem morto. Esperei ver uma cortina sendo puxada, um sinal de que estávamos sendo observados, ou o som de uma voz. Senti uma coceira começando na nuca, uma inquietação. Havia perigo ali.

Jin e eu alcançamos os outros, sacando as armas ao mesmo tempo nos arredores da cidade. Quando olhei para a direita, Sam havia feito o mesmo, enquanto os gêmeos haviam se transformado em cães enormes com dentes afiados. Tirei o dedo do metal por um momento, afastando-o o suficiente da minha pele para ter certeza de que conseguia sentir a areia na ponta dos dedos. Que meu poder não havia me abandonado.

E então entramos na cidade como se fôssemos um só.

As ruas estavam vazias como o copo de um bêbado. A porta da casa que pertencera a Amjad Al-Hiyamat balançava com o vento, quebrando o silêncio com suas batidas. A areia a havia invadido, impedindo que fechasse de vez. Eu a abri com o pé, espiando a escuridão do lado de dentro. A casa estava vazia, mas não completamente. Ainda havia uma mesa baixa no centro, e eu podia ver uma cama grande no quarto lateral. Todo o resto havia sumido: roupas, comida, utensílios. Tudo o que alguém poderia carregar ao fugir. Mas não com pressa.

Voltei para o sol do deserto no mesmo instante em que Jin saía da casa de oração do outro lado da rua.

— Nenhum sinal de luta ou pilhagem — ele disse.

— Nenhum corpo — falei. — Parece que as pessoas simplesmente pegaram suas coisas e partiram.

Tamid passou por nós, andando tão rápido quanto conseguia com a perna ruim. Ele não respondeu quando chamei seu nome. Eu o segui de perto enquanto corria para casa, o pavor já instalado nele.

Entrar em sua casa foi como entrar em um sonho incompleto. Era exatamente como eu lembrava, mas completamente diferente. O azul da parede da sala de jantar, a tábua do piso estalando, que sempre fazia a mãe dele me olhar de um jeito desagradável quando eu chegava, como se eu fosse a culpada por fazer sua casa reclamar, aquelas coisas todas eram familiares. Mas a casa estava vazia, como a de Amjad. Só coisas grandes demais para ser carregadas foram deixadas para trás.

— Mãe! — Tamid berrou a plenos pulmões, ao pé da escada. Era difícil para ele subir escadas com a prótese. Seria um esforço considerável só para se decepcionar ao chegar lá em cima.

— Eles não estão aqui — eu disse, mas ele também sabia.

Tamid não olhou para trás ao falar comigo. Manteve os olhos fixos no alto da escada, como se pudesse fazê-los aparecer.

— Então onde estão?

— Não sei — eu disse.

— Estão mortos?

Tentei dizer que sim, porque parecia mais provável. Mas a palavra não saiu.

— Não — consegui dizer com um suspiro de alívio. — Eles não estão mortos.

Voltei para a rua, deixando Tamid ter algum tempo na casa onde havia crescido. Era perturbador ficar na rua silenciosa. Afastei o sheema do rosto enquanto vagava pela longa fileira de casas que compunham a rua principal da Vila da Poeira. O sol recaía sobre minha cabeça sem perdão, como o olhar de um pai irritado, querendo saber por que eu havia chegado tão tarde em casa.

Passei pela loja. Me perguntei se o sangue de Jin ainda estava nas tábuas do piso, onde eu o havia costurado.

Me apaixonei por você quando eu estava sangrando embaixo de um balcão nos confins do deserto e você salvou minha vida, Jin dissera em Iliaz, talvez pensando que eu dormia. *Numa época em que nós dois éramos diferentes de quem somos hoje.*

Tínhamos começado ali, eu e ele.

A casa da minha tia era a última. Ficava exatamente a duzentos e cinquenta passos da loja. Eu sabia porque havia contado em centenas de viagens entre as duas. Algo nela parecia diferente. Pra começar, a porta estava fechada. Eu disse a mim mesma que estava imaginando coisas. Só parecia diferente porque eu a conhecia em detalhes. Mesmo assim, empurrei a porta com cuidado, o coração batendo em ritmo frenético enquanto as dobradiças rangiam ao se abrir para mim, deixando a luz do sol se derramar sobre a escuridão da casa.

Estava vazia como a de Tamid.

Aquele lugar sempre tinha sido uma confusão de pessoas, esposas e crianças, mas agora não havia nada. Não sabia se me sentia aliviada ou decepcionada. Andei pela casa, as tábuas do assoalho rangendo sob meus pés enquanto seguia para o quarto onde dormira muito tempo atrás. Estava claro por causa da luz que entrava pela única janela. Uma grande o bastante para que eu entrasse e saísse na calada da noite.

O quarto estava completamente vazio. Mas, à luz clara do dia, tive certeza de que parecia diferente. Não parecia abandonado. O chão estava limpo, enquanto o das outras casas tinha sido coberto pela poeira e pela areia. O vidro da janela tinha sido lavado. Alguém vinha mantendo aquele lugar em ordem. Alguém estivera ali, e pouco tempo antes.

Foi quando ouvi uma espingarda sendo engatilhada atrás de mim.

19

—Vou levantar as mãos — eu disse automaticamente. Enquanto fazia isso, meu cérebro começou a procurar uma saída. Tinha uma arma apontada para as costas e sabia que Jin e Sam só chegariam depois que fosse baleada.

— Faça isso — disse uma voz de mulher. — E vire para que eu veja seu rosto.

Ela se moveu, e eu notei o brilho do metal no vidro da janela. Um reflexo. Não era muito, mas dava para deduzir sua posição. Movimentei-me de leve, verificando quanta areia tinha grudada nas botas.

— Falei para virar — a voz insistiu atrás de mim, carregada com o sotaque do Último Condado. — Se não se mexer mais rápido, vou fazer você pular.

Eu podia me mexer mais rápido.

Agarrei o deserto no mesmo momento em que caí, me apoiando em um joelho em um giro violento. Ergui as mãos, arremessando a areia no tambor da espingarda e arrancando-a dela. A arma bateu no chão, deslizando para fora do alcance.

Eu já estava novamente de pé, liberando a areia, a dor excruciante diminuindo, a pistola sacada...

Apontando diretamente para o peito da minha tia Farrah.

Ela congelou onde estava, me encarando, o choque tão evidente no seu rosto quanto no meu, nós duas procurando palavras.

Ela as encontrou primeiro.

— Pensei que a essa altura já teria a decência de estar morta. — Era um ato corajoso, considerando que eu apontava uma arma para ela. Por outro lado, aquela era a Vila da Poeira. Todo mundo já havia estado sob a mira de uma arma em algum momento. Você acabava se acostumando. — Imagino que tenha voltado rastejando depois que sua fuga com quem quer que fosse aquele jovem não deu certo. Queria poder dizer que estou surpresa. Quanto tempo ele levou para perceber que não poderia arrancar seu desrespeito a bordoadas? Tentei por um ano, inutilmente.

Parecia que uma vida inteira havia se passado desde a última vez que precisara aguentar os insultos e agressões da minha tia. Eu me esforçara no ano anterior para esquecer a Vila da Poeira e a garota que eu costumava ser. Mas, de repente, parada na frente dela, senti como se tivesse sido ontem. Esperei que suas palavras reabrissem feridas, fizessem com que me sentisse inferior, com raiva e impotente, apesar de estar segurando a arma.

Mas nada disso aconteceu. As palavras pareceram vazias, como se ela estivesse gritando para mim do fundo de um poço profundo e eu fosse a única capaz de perceber que ela estava presa.

— Tia Farrah. — Baixei a arma, embainhando-a novamente. Podia dar conta dela com as mãos livres. — O que aconteceu aqui? — A casa parecia enorme e vazia ao meu redor. — Onde está todo mundo?

— Longe. — Tia Farrah cuspiu a palavra, como se fosse minha culpa. — Todo mundo teve que pegar as coisas e ir embora. Não havia motivos para ficar depois que a fábrica foi destruída. — Lembrei de algo que Shira dissera, lá no harém, sobre como as coisas tinham ficado difíceis na Vila da Poeira sem a fábrica. Então talvez fosse minha culpa, ou de Jin, para ser mais específica.

— E por que ainda está aqui? — perguntei.

— Não que seja da sua conta — um sorriso presunçoso se espalhou em seu rosto enquanto alisava o khalat —, mas estou esperando uma carta da minha filha. — Seu tom era arrogante e convencido, mas suas palavras me encheram de apreensão. Ela estava falando de Shira. Lembrei de minha prima me dizendo que podia confiar em Sam, porque confiava sua família a ele. Sam havia dado um jeito de levar cartas e dinheiro para a Vila da Poeira a pedido dela. Mas nenhuma outra carta chegaria. — Ela é a sultima agora, sabia?

Então minha tia ainda não sabia.

— Eu... — Minha voz falhou, e eu engasguei com as palavras. Respirei devagar e com tristeza. — Shira... — Eu não queria ter que dar a notícia. Mas precisava, porque tinha visto Shira ser levada para sua execução, lutando até o último pingo de força, como seria de esperar de uma garota do deserto. Ela havia morrido pela rebelião. — Shira foi executada cerca de seis semanas atrás.

Esperei que seu rosto desmoronasse, mas ela continuou olhando para mim do mesmo jeito.

— Você é uma mentirosa.

Eu era muitas coisas, mas não mentirosa.

— Eu estava lá. Ela foi muito corajosa. O filho dela, seu neto... — comecei, mas o rosto de tia Farrah se dissolveu em fúria antes que eu pudesse terminar.

— Cale a boca! — ela falou, ríspida, a voz tão alta que eu sabia que os outros iam ouvir do lado de fora. — Você é uma vadia mentirosa, igualzinha à sua mãe, e é melhor voltar para o bordel de onde fugiu quando aquele rapaz te chutou da cama dele. Sua inút... — Atravessei o espaço entre nós com um único passo rápido. Tia Farrah cambaleou para trás, parando de falar. Era como se estivesse esperando que eu me encolhesse diante de seus golpes.

Percebi de repente que, apesar de um ano ter se passado desde que eu ficara frente a frente com ela, não fazia tanto tempo que escutava sua voz. Era a mesma que vinha sussurrando no meu ouvido desde a execução de Imin. Exigindo saber quem eu pensava que era para comandar a rebelião, me criticando pelo meu excesso de autoconfiança, por me achar capaz de dar ordens no lugar de um príncipe, mesmo que fosse só uma menina sem valor, vinda de lugar nenhum. Da pobreza, da miséria, da Vila da Poeira.

Só que eu sabia quem era. Tinha uma resposta para a pergunta tola que aquela voz continuava me fazendo. Quem eu pensava que era? A filha de um djinni. Uma rebelde. A conselheira do príncipe. Havia enfrentado soldados, pesadelos e andarilhos. Havia lutado e sobrevivido. Havia me erguido contra o sultão mais de uma vez. Havia conjurado um ser imortal para ser sacrificado. Havia salvado vidas, sacrificado pessoas, tinha visto mais e feito mais do que ela jamais poderia. E tudo para salvar pessoas exatamente como minha tia — habitantes da Vila da Poeira, que haviam se tornado amargos, raivosos e desesperados por causa de um país que não se importava com eles. Havia feito tudo por um príncipe que se importava com o que aconteceria com elas.

Eu sabia quem eu era. Era a Vila da Poeira que não fazia ideia de quem eu havia me tornado desde minha partida.

—Vou dizer isso uma única vez. Meu nome é Amani, ou a Bandida de Olhos Azuis, se quiser ser mais formal. — Pela expressão em seu rosto, eu soube que ela havia entendido. Minha fama havia chegado longe o suficiente. — E nada além disso. — Parei para garantir que compreendesse que meu nome não era "vadia", "inútil" ou qualquer coisa parecida. — Agora, tenho algumas perguntas e quero respostas diretas. Você veio para cá para esperar uma carta de Shira. *De onde* veio? Onde estão os outros?

Seus olhos brilharam de raiva antes que me respondesse.

— Quase morremos de fome — ela sibilou. — Não havia nada. Fomos esquecidos, abandonados por todos. Ele ofereceu uma saída.

— Ele quem? — perguntei, mas tia Farrah parecia distraída.

— Não tínhamos nada a perder. Então o seguimos para longe daqui, para uma nova vida. — Seus olhos pareceram distantes enquanto ela falava com um orgulho zeloso.

— Quem vocês seguiram? — perguntei com cautela. Ela soava como alguém que enlouquecera de tanto sol.

— O homem da montanha, é claro.

De repente, eu estava de volta aos aposentos de Balir, segurando a folha arrancada de um livro, olhando para a figura acorrentada dentro da pedra.

Não existe isso de "só uma história", eu dissera a ele.

— Ele foi enviado para nos ajudar nesse momento de necessidade. — Tia Farrah sorriu maliciosamente, satisfeita ao me ver pega de surpresa. — Mas só protege os bons. Qualquer um que vá ao seu encontro e seja considerado indigno... — Ela só queria me provocar. Balir havia enviado soldados para encontrar o tal homem da montanha, soldados que nunca retornaram. — Ele não é feito de carne e osso como você e eu. É feito de fogo. E queima os indignos.

Alguém feito de fogo não podia ser um homem. Era um djinni.

Uma ideia começou a se formar. Eu já vira o que um djinni era capaz de fazer. Se realmente houvesse um nas montanhas... Era uma suposição muito tentadora. Não teríamos nenhuma chance se enfrentássemos a Muralha de Ashra sozinhos. Mas enfrentar uma lenda com outra, fogo com fogo de djinni... Bem, haveria uma chance.

— Pode me levar até ele? — perguntei. — Ao seu salvador na montanha?

A expressão da minha tia era cruel, como se soubesse algo que eu desconhecia.

— Posso — ela disse. — Mas não comentei uma coisa, *Bandida de Olhos Azuis* — ela disse, cuspindo o nome de volta para mim. — Você não faz ideia do que vai enfrentar. Ele sabe o que se passa no seu coração. E você vai queimar por conta de cada um dos seus pecados.

— Bem — ouvi Sam dizer atrás de mim, perturbando a compostura de minha tia ao fazê-la virar. Ele estava parado na porta, com Jin ao seu lado. Me perguntei quanto tempo fazia que escutavam nossa conversa. — Parece uma péssima ideia, considerando todos os meus pecados.

— É melhor irmos andando então — disse Jin, batendo jovialmente nas costas de Sam. — Você pode calcular quantos são no caminho.

Tamid era o único de nós que não estava apreensivo ao sair das ruínas da Vila da Poeira e seguir minha tia rumo às montanhas. Ele ia reencontrar sua família, o que era motivo de animação. Eu também ia, só que não queria vê-los. Ver tia Farrah já estava de bom tamanho. Ainda assim, pensar no homem da montanha me fazia colocar um pé na frente do outro quando tudo o que eu realmente queria era dar meia-volta.

Percebi um pouco antes de todo mundo para onde tia Farrah nos conduzia. Estava quase anoitecendo, e entrávamos fundo nas montanhas. Eu só havia passado por aquela trilha uma vez, fugindo do caos da Vila da Poeira com Jin, nas costas de um buraqi. Quase podia sentir o gosto de ferro das minas no ar enquanto subíamos a encosta, nos aproximando, até finalmente, sob os resquícios de luz, chegarmos ao topo de uma subida íngreme, de onde se via Sazi. A cidade mineradora da montanha. Ou pelo menos até meu irmão Noorsham queimá-la usando seu poder.

Mas aquela Sazi não se parecia em nada com a cidade da qual eu lembrava.

Da última vez que estivera ali, Sazi era uma coleção desesperada de casas desmanteladas agarradas à superfície da montanha. Elas haviam sumido, como se dizimadas pelo tempo, apesar de apenas um ano ter se passado. Nos arredores, passamos por um prédio solitário que não estava completamente destruído. Uma parede permanecia de pé e havia uma placa colorida pendurada sobre a porta indicando o Djinni

Bêbado, o bar de onde eu tinha fugido, deixando um Jin inconsciente para trás. Em vez de mesas manchadas de bebida, havia apenas um toldo brilhante, preso à única parede remanescente.

Tia Farrah parou abruptamente.

— Não são permitidas armas além deste ponto.

Os gêmeos ergueram as mãos imediatamente.

— Não olhe pra gente.

— Nem pra mim. — Tamid estava com a respiração pesada por causa da subida. Havia recusado minha ajuda várias vezes, até eu parar de oferecê-la.

Com isso, restavam três de nós.

Relutante, desafivelei o coldre. Os rapazes seguiram meu exemplo. Sam girou as armas nos dedos de um jeito exibido e nem um pouco prático antes de entregá-las a tia Farrah. Jin e eu também entregamos nossas facas e armas.

— Só isso? — tia Farrah perguntou, deixando-as ali com todo o cuidado. Havia pilhas de armas sob o toldo: revólveres, bombas, espadas e facas. Um arsenal completo na construção caindo aos pedaços.

— Ele vai saber se tiverem alguma escondida.

Aquilo não era tudo. Eu tinha visto Jin ficar com uma de suas pistolas, enfiando-a no cinto antes de puxar a camisa sobre ela. Brinquei com a bala extra que mantinha no bolso. Juntos, tínhamos uma arma funcional.

— Não tenho mais nenhuma faca ou pistola. — Era o mais próximo de uma resposta honesta que eu podia oferecer, e pareceu deixá-la satisfeita. — Que lugar é esse? — perguntei quando ela voltou a caminhar.

— Vimos os erros de nossas escolhas — ela disse, enfiando as mãos em seu khalat. Seu comportamento duro mudou de repente quando entramos no acampamento. Mantinha a cabeça baixa como se estivesse indo às preces. — Fomos arrogantes ao tentar reivindicar este mundo, construindo casas na areia quando deveríamos atravessá-la.

Na região mais central do que restara de Sazi, havia centenas de tendas, uma revolução de cores pontilhando a paisagem da montanha, que de outra forma não teria vida. E entre elas havia centenas de pessoas, mais do que a Vila da Poeira, Tiroteio e Sazi somadas. Gente amontoada entre tendas e pequenas fogueiras, rindo e conversando. Grupos de mulheres sentadas costurando lonas de tendas rasgadas. Um grupo de homens parecia produzir objetos de madeira. A visão me lembrou do acampamento que havíamos perdido, um santuário escondido do mundo.

Duas crianças passaram correndo por nós, gritando entre as risadas. Para minha surpresa, reconheci uma delas.

— Nasima! — gritei o nome da minha prima mais nova sem pensar. Ela parou numa derrapada, a trança escura balançando e chicoteando suas costas. Olhou para mim inexpressiva, cautelosa, como se eu fosse uma estranha.

— Sou eu. — Pressionei minha mão no peito, como faria ao falar com um estrangeiro. Só que ela era sangue do meu sangue. — Amani, sua prima. Não lembra de mim?

— Não é, não. — Nasima deu um passo firme na minha direção, em desafio. — Amani morreu, minha mãe me falou. — Ela recuou. —Você é um andarilho? É o que minha mãe diz de pessoas que fingem ser outras.

Comecei a dizer a ela que, se eu fosse um andarilho, precisaria de mais do que um sheema para me proteger do sol. Mas Nasima não estava ouvindo.

— Um andarilho! — ela gritou, virando e fugindo de mim. Todos olharam para nós. Por instinto, Jin se posicionou à minha frente. Só que não havia armas apontadas na nossa direção ou facas sendo sacadas.

Eles estavam tão desarmados quanto nós. Indefesos.

Então ouvimos alguém na multidão.

—Tamid?

A voz fez com que eu me endireitasse. Era a mesma que costumava me repreender, por estar sempre por perto, por corromper seu filho. Quando a mãe de Tamid abriu caminho na nossa direção, meu coração vacilou um pouco. Da última vez que a vira, estava nas costas de um buraqi, atrás de Jin, fugindo em meio ao sangue e ao caos enquanto ela tentava rastejar até o filho, sangrando na areia com uma bala no joelho, por minha causa. Instantes antes de ser presa e levada para a cidade junto com Shira.

Agora, seu rosto estava cheio de uma esperança incerta.

— Mãe. — Tamid mancou na direção dela, e a esperança se transformou em alegria. Ela foi até ele, mais rápida do que Tamid com sua perna postiça. Estava chorando antes mesmo de alcançá-lo e abraçou-o como se ainda fosse um garotinho. Entendi algumas palavras entre seus soluços agarrada a ele. *O que aconteceu com você? O que eles fizeram com você?* E então: *Você está vivo. Você está vivo.* De novo e de novo.

Percebi que estava parada como se houvesse uma barra de ferro nas minhas costas, à espera da bronca pelo que fizera com Tamid. Mas ela nunca veio. A mulher sequer me enxergou. Não se importava que Tamid tivesse sido levado. Só que estivesse de volta.

— E o papai? — ele perguntou, se afastando para olhar em volta, menos esperançoso. A mãe sacudiu a cabeça.

— Seu pai... foi considerado indigno. *Ele* viu o que seu pai fazia com você. — Tamid estremeceu. Quando nascera com um problema na perna, seu pai quisera matá-lo. Fora a mãe quem o salvara. — Foi queimado por isso. — Nem Tamid nem sua mãe pareciam particularmente chateados, e eu não podia culpá-los. Me perguntei quem mais teria sido julgado pecaminoso demais pelo homem da montanha.

Olhei para minha tia. Havia dor estampada em seu rosto. Duas pessoas tinham sido levadas da Vila da Poeira no dia em que fugi com Jin. Só uma voltara. Tia Farrah nunca reencontraria Shira.

— Tia Farrah — tentei novamente. — Shira batizou o filho de...

— O que ela está fazendo aqui? — A voz beligerante me interrompeu. Eu a reconheci no mesmo instante. Só podia ser brincadeira. Meu acerto de contas com o passado não viria na figura da mãe de Tamid, afinal.

Virei e encarei Fazim Al-Motem. Se realmente éramos julgados por nossos pecados, então eu não precisava me preocupar, não se Fazim continuava vivo. Ele dissera que estava apaixonado por Shira, até tentar me forçar a casar com ele ameaçando revelar a todos que eu era a Bandida de Olhos Azuis. Tudo porque queria o dinheiro que eu receberia por capturar um buraqi.

Se isso não era pecado, eu não sabia o que era. Ainda assim, ali estava ele, se pavoneando na minha direção.

— Tem que ser uma criminosa de muita coragem para dar as caras aqui — Fazim se exaltou. Parecia mais baixo do que eu lembrava. Me perguntei se eu mesma havia crescido. — Depois de ter roubado a própria família.

— Deixe para lá, garoto — outra voz falou. Era meu tio. Mal teria reconhecido se Nasima não estivesse segurando a mão dele, ainda me olhando com receio. Ele vestia trapos, em vez das roupas finas de um comerciante de cavalos, e seu cabelo e sua barba haviam crescido.

Fazim deu outro passo todo empertigado, cheio de falsa confiança, cruzando o terreno rochoso para me confrontar.

— Acha que ele realmente não percebe que está cometendo um erro? — Jin falou num sussurro, para que só eu conseguisse ouvir.

— Talvez não tenha notado que estamos em maior número — Sam sugeriu do meu outro lado. Ele analisava Fazim com curiosidade, como se fosse uma pessoa inofensiva e excêntrica no nosso caminho. Fazim não era exatamente inofensivo, mas os dois tinham razão. Podíamos fazer muito mais mal a ele do que poderia fazer a mim. — Aliás, o que você fez com ele, Amani? Partiu seu coração?

— Não exatamente. — Eu tinha medo dele no passado. Do mesmo modo que tinha medo de tia Farrah. Mas sob a sombra do sultão, os monstros da minha infância pareciam ridículos.

— Bem, Amani. — Fazim estava muito próximo de mim. De canto de olho, vi Jin fechar o punho. Eu não deixaria as coisas chegarem àquele ponto. — O que tem a dizer sobre...

Agitei a mão chamando a areia embaixo dos seus pés, entre as pedras da montanha, fazendo-as rolar, tirando seu equilíbrio — um truque que havia aprendido com os albish em Iliaz. A pontada de dor na barriga sumiu tão rápido quanto viera. Ver Fazim cair com tudo de bunda no chão fez a dor valer a pena.

Ele xingou violentamente enquanto sentava, parecendo envergonhado ao ouvir as pessoas rirem. Algumas poucas deram um passo à frente, sem muita certeza do que fazer. Afinal, eu não tinha encostado um dedo em Fazim. Mas talvez acabássemos precisando lutar.

Então alguém gritou dos fundos.

— Ele está vindo! Abram caminho, ele está vindo!

A multidão se dividiu como um pano cortado. Fazim levantou e se afastou, de repente parecendo intimidado.

Virei, com o coração acelerado, esperando para vê-lo. O homem da montanha. O monstro das minhas histórias de infância. O djinni que tinha sido acorrentado pelos próprios irmãos. A criatura que queimava aqueles que considerava indignos.

E lá estava ele, de pé do outro lado do acampamento, com as mãos erguidas em bênção ou aviso. Meu irmão demdji, Noorsham.

20

Por um segundo, nossos olhares se encontraram, por cima do terreno rochoso, a surpresa evidente no seu rosto, como devia estar no meu. Senti Jin tentar pegar, por instinto, a arma que não havia entregado. Segurei sua mão rápido, entrelaçando nossos dedos, impedindo-o com cuidado. *Não*, disse com os olhos.

Noorsham avançou em nossa direção.

Ele havia destruído cidades inteiras. Queimado pessoas de dentro para fora. Tudo isso com a maior facilidade. Não sabíamos o que poderia acontecer se déssemos um movimento em falso.

Mas eu já havia ficado diante dele antes, quando se recusou a me machucar.

Mas Jin não estivera lá.

E ele era meu irmão. Não ia me machucar. Eu tinha que acreditar nisso.

Enquanto Noorsham atravessava a multidão vagaroso, todos em volta se curvaram como a grama ao vento forte.

— Ajoelhe — minha tia sibilou alto, para tentar me envergonhar. Ela estava se divertindo com aquilo, percebi.

Mas eu a ignorei. Dei um passo na direção dele.

Minha tia prendeu a respiração. Eu sabia que ela estava pensando que seria meu fim. Pensando que eu não sabia do que Noorsham era capaz. Mas eu sabia melhor do que ninguém. Soltei a mão de Jin e me afastei dele, atravessando o caminho aberto pelas pessoas, até que estivéssemos a poucos passos de distância.

Meu irmão parecia diferente da última vez em que havíamos nos encontrado. Seu cabelo estava mais comprido, e não com o corte rente que ficava embaixo do elmo de bronze que o sultão o forçava a usar. E havia uma pequena cicatriz em seu queixo. Ele estendeu a mão. Por um segundo, apesar de vestir farrapos, e não uma armadura de metal, ele pareceu igual a quando estava prestes a queimar Bahi vivo, reluzindo de poder e integridade. Havia queimado cidades inteiras com aquela mão.

E então tocou meu rosto, a palma apenas com o calor de carne e osso, não do fogo imortal.

— Amani. — O sorriso de Noorsham poderia alegrar o mundo. — Você encontrou seu caminho de volta para casa e para mim, minha irmã.

Então ele me abraçou.

Eu mentiria se dissesse que o olhar estupefato de tia Farrah não me divertiu um pouco.

— O Olho! — alguém gritou da multidão. — Como podemos confiar neles sem que o encarem?

— Todos tivemos que passar pelo Olho — outra pessoa gritou, raivosa.

— O Olho — mais alguém entoou de longe.

Aquilo se espalhou como um cântico entre as pessoas ali reunidas. *O Olho. O Olho. O Olho.* Logo todos estavam gritando.

O Olho!

O Olho!

O Olho!

Noorsham observou ao seu redor lentamente. As palavras pareciam fazer a montanha ao nosso redor tremer enquanto ele analisava seu povo. Por fim, Noorsham se moveu, erguendo a mão discretamente. Foi como se tivesse apertado um interruptor. A montanha inteira silenciou ao seu comando.

Todos aguardaram que ele falasse, com a respiração suspensa.

— Para o Olho então — meu irmão declarou. Uma comemoração barulhenta se espalhou pela montanha. De repente, todos estavam andando juntos, nos cercando, empurrando-nos adiante, como se fôssemos poeira pega em uma corrente poderosa. Senti unhas afundando no meu braço. Era tia Farrah, me segurando como se fosse minha carcereira, me conduzindo adiante. Garantindo que eu não escaparia do Olho, independente do que fosse.

Não precisamos andar muito.

Noorsham nos levou para um pequeno recorte na montanha, onde havia um declive no chão. Estava cercado por lenços de oração, tornando-o mais brilhante do que a terra do deserto deveria ser. A encosta estava coberta por tecidos brilhantes e flores secas, do tipo que eu tinha visto nos jardins do sultão, mas que nunca crescia ali na montanha.

E no meio de tudo isso havia um pequeno espelho irregular, um fragmento com a forma grosseira de um olho. Todos pararam na beira do declive, formando em círculo para nos observar, mas ninguém atravessou a linha de lenços que demarcava a fronteira, exceto Noorsham, que desceu confiante.

Ele pegou o fragmento de vidro de forma reverente, erguendo-o para refletir o sol do fim da tarde.

O vidro brilhou azul, e ouvi Jin inspirar fundo perto de mim. Olhei para ele, curiosa.

— Parece um nachseen — ele disse em voz baixa.

— Um o quê? — Aquilo não parecia nenhum idioma em que ele já havia falado.

— Uma invenção gamanix. — Como as bússolas sincronizadas ou

a horda de abominações de Leyla. Uma sinergia entre máquina e magia. — Dá para ler coisas nos olhos de outras pessoas com ele. Exércitos usam para interrogar espiões.

Os olhos azuis de Noorsham, tão parecidos com os meus, viraram para mim.

— Qual de vocês vai vir enfrentar o Olho para que eu possa enxergar suas verdadeiras intenções?

Eu e meus companheiros nos entreolhamos. Um de nós teria de revelar todos os seus segredos pelo bem do grupo. Eu deveria mandar um dos gêmeos. Eles eram mais inocentes do que eu ou Jin. Mas podia ver o puro medo estampado na cara deles. E sentia o olhar de Noorsham fixo na minha nuca. Eu tinha me voluntariado para liderar a rebelião. A responsabilidade era minha.

— Eu vou. — Virei para Noorsham. Atravessei a barreira de tecidos e desci até parar diante do meu irmão. De perto, pude ver melhor o Olho. Era claramente mágico, como Jin havia dito. Na borda de seu contorno irregular, havia algo como uma crepitação de energia, a mesma centelha que alimentava as máquinas de Leyla.

— Onde conseguiu isso? — perguntei ao meu irmão, mantendo uma distância segura do objeto em suas mãos.

—Você não é a primeira pessoa a vir aqui procurando alguma coisa — Noorsham respondeu vagamente. — No início eu precisava adivinhar o que havia em suas almas. Mais tarde soldados estrangeiros vieram e trouxeram isto com eles, um presente de Deus entregue a mim por suas mãos. Eu o uso para descobrir quem realmente está procurando um santuário e quem veio atrás de outra coisa. Então decido quem fica e quem queima.

Um arrepio me percorreu ao som de suas palavras. Pensei nos homens que Balir tinha enviado ao sul procurando a criatura poderosa que poderia conceder seu desejo de enganar a morte. Prestando mais atenção, meia dúzia do que antes tinha me parecido lenços de oração agora se revelava como tiras arrancadas dos uniformes do regimento de Iliaz.

Seja uma boa menina ou o monstro da montanha vai te pegar.

Noorsham esticou o fragmento de nachseen na minha direção.

— Encare o Olho, Amani. Deixe que o veja.

Da multidão começou a irromper um som ritmado: mãos batendo na rocha. Primeiro algumas, em seguida mais e mais, gradualmente se juntando à cadência.

— Olho — alguém falou, com mais tranquilidade dessa vez, as mãos batendo no chão como se fosse um tambor. — Olho, olho, olho. — Logo o cântico tinha se espalhado novamente, suave, as vozes se unindo em um ritmo forte com o bater das mãos.

Estávamos cercados. Eu havia nos levado para uma bomba-relógio, e precisava desarmá-la antes que morrêssemos todos.

Se Noorsham visse tudo o que eu tinha feito... Não sei como poderia ser considerada livre de pecados. Tampouco via outra escolha além de expor minha alma para ele. Então obedeci. Olhei para o espelho.

Foi como se minha mente despejasse um turbilhão de imagens em sua superfície. De repente eu estava assistindo a tudo passando rápido. Areias do deserto se movendo e muros de fogo. Execução depois de execução. Morte depois de morte. O djinni aprisionado sob o palácio. O sultão na minha mira. E então uma imagem final evidente, o motivo de realmente estarmos lá: o homem da montanha.

Ergui a cabeça, respirando com dificuldade. Sentia como se estivesse voltando à superfície para respirar depois de escapar do Peixe Branco, só que daquela vez quem precisava de ar era minha mente. Jin estava do meu lado, embora eu não o tivesse visto se aproximar, me estabilizando com seus braços fortes na minha cintura. Eu me apoiei contra ele agradecida, enquanto Noorsham segurava cuidadosamente o fragmento de espelho nas mãos, inspecionando o conteúdo da minha mente refletido nele por um momento.

— Se precisarmos correr — Jin falou no meu ouvido.

—Você se esquiva para a esquerda e eu vou para a direita — concordei. Dividi-los era a única chance que teríamos de sair dali inteiros.

Sem nenhuma pressa, Noorsham colocou o Olho de volta no altar improvisado antes de virar para a multidão.

Percebi o olhar de Izz. Ele assentiu discretamente para mim, demonstrando que entendia. Se corrêssemos, ele e Maz estavam prontos para se transformar em algo que pudesse voar rápido, escapando do povo de Sazi.

— Vi seus pecados — meu irmão finalmente falou — e fiz meu julgamento. — Ele abriu os braços enquanto encarava seus discípulos, todos ansiosos por cada palavra, inclinando-se para a frente com olhos arregalados e fervorosos. — Eles não precisam queimar! — Noorsham declarou em voz alta. De repente, a multidão estava gritando de novo. Daquela vez, de alegria.

O engraçado é que não achei o coro menos perturbador do que quando queriam meu sangue.

21

Eu estava profundamente ciente das estrelas me observando enquanto me revirava no saco de dormir. Não tinha me dado ao trabalho de armar uma tenda. Mesmo à noite, fazia calor ali no extremo sul.

A maioria dos seguidores de Noorsham dormia ao relento. Afinal, o que tinham para esconder dos olhos de Deus? Só que não eram os olhos de Deus que me preocupavam, e sim os olhos das outras mulheres, dormindo ao meu redor.

As regras de Noorsham ditavam que homens e mulheres solteiros deviam dormir separados.

— É um pecado aquele rapaz até mesmo olhar para você daquele jeito se não é casada com ele — uma delas disse baixo, olhando por cima do ombro para Jin, que me observava enquanto me levavam para uma área de Sazi sob um declive raso, logo embaixo de onde costumavam estar as minas. Era lá que as mulheres dormiam. Vi de relance minha prima Olia se acomodando ao cair da luz. Ela trocou um olhar comigo e apenas deu de ombros. Como se perguntasse se eu realmente esperava que alguma coisa tivesse mudado no Último Condado. Provavelmente eu era a única que havia mudado.

Queria falar com Jin. Precisava conversar com alguém agora que nossa caçada por uma lenda impossível tinha terminado nesse beco sem saída esquecido por Deus. Tínhamos perdido outro dia de busca por minha causa. Eu costumava procurar Shazad cheia de dúvidas nas longas noites escuras. Mas ela não estava mais ali. E eu estava separada dos garotos. E eu não duvidava que uma daquelas mulheres me deduraria se eu saísse escondida no meio da noite.

Já vira aquilo acontecer uma vez depois das preces noturnas. Depois que o acampamento inteiro se reuniu em torno de Noorsham e ele levantou as mesmas mãos que usara para queimar pessoas vivas para abençoar seus discípulos. Então todos fizeram uma fila à sua frente. Observamos curiosos da lateral enquanto dois dos seus discípulos apareciam, arrastando sacos enormes, que colocaram ao lado dele. Eu o vi enfiar a mão dentro do primeiro e puxar um pão quentinho, depois passá-lo para a primeira pessoa da fila. Eles se moviam rapidamente. Não tinha me dado conta da fome que sentia até ver a comida. A próxima pessoa se aproximou, arrastando os pés, e recebeu um pão idêntico. Uma garotinha deu um passo à frente, com as mãos estendidas ansiosamente. Mas, antes que Noorsham pudesse alimentá-la, a mulher atrás dela falou alto:

— Ela não estava nas preces hoje.

Noorsham se afastou da garotinha abruptamente, como se fosse uma serpente.

— Mira, isso é verdade? — Soava mais como uma acusação do que uma pergunta. A garotinha se calou. — Conte a verdade, Mira. Vou saber se você mentir.

— Eu me distraí. Não acompanhei o sol — ela admitiu, finalmente.

Quando ele levantou a mão em direção a ela, fiquei subitamente preocupada que estivesse prestes a ver a garotinha ser queimada viva. Comecei a me inclinar para a frente, sentindo Jin se remexer do meu lado, embora nenhum de nós soubesse ao certo o que fazer. Mas ele apenas tocou sua bochecha.

— Se quiser comer de manhã, vai se juntar a nós nas preces em vez de brincar nas montanhas. — A garota foi empurrada para fora da fila sem comida.

Noorsham me viu observando-o. Eu tinha dado um passo à frente sem nem perceber. Ele enfiou a mão no saco novamente e a estendeu na minha direção. Inicialmente não me mexi, mas Noorsham ficou lá esperando. Ele não se virou de volta para a mulher que tinha dedurado a pequena Mira. Ela estava inquieta, esperando para recuperar a atenção do seu líder. Finalmente, estendi as mãos também. Ele me entregou uma laranja.

Encarei a fruta, estupefata, enquanto a atenção de Noorsham voltou para seus discípulos em fila. Nunca tinha visto uma laranja fresca até chegar ao acampamento rebelde, longe daquela região de terra morta e empoeirada do deserto, onde nada crescia. As frutas vinham cozidas e enlatadas para sobreviver à longa jornada pelo deserto até nós.

Era impossível que eu estivesse segurando uma laranja fresca. Só que era real. Eu a descasquei, a casca entrando embaixo das minhas unhas, e o cheiro intoxicante, cítrico e fresco preencheu o ar empoeirado do deserto. A explosão de doçura quando a comi era inconfundível.

Era perturbador. Tinha alguma coisa estranha. Tudo, aquele acampamento todo. Me preocupava de um jeito que não saberia descrever.

Me revirei inquieta no saco de dormir. Odiava ficar sozinha com meus pensamentos. Eles se agitavam na minha cabeça como uma tempestade no deserto, espalhando-se por todo lado, rápidos demais para serem pegos. Precisava falar com Jin. Não me importava que aquilo contrariasse alguma regra. Saí do meu saco de dormir o mais silenciosamente possível, espiando em volta para garantir que nenhum olho atento ia me ver percorrendo o caminho entre as mulheres adormecidas.

Estava quase do lado de fora quando uma centelha de luz acima de nós chamou minha atenção. Parei, abaixando rápido para ficar próxima ao chão. Para que a luz não conseguisse me encontrar em meio às pedras e às pessoas dormindo. Esperei a patrulha noturna, ou o que quer fosse, passar.

Alguns instantes depois, Noorsham apareceu acima de mim na encosta. Ele se movia pela escuridão guiado por uma luz fraca que emanava das suas mãos, uma versão atenuada do seu poder destrutivo. Caminhava alguns passos acima de mim.

Hesitei. De todas as pessoas que poderiam me pegar em flagrante, Noorsham era a pior, sem sombra de dúvida. Eu devia voltar, deitar, fechar os olhos e fingir dormir até a alvorada. De manhã poderíamos partir sem ninguém virar cinzas. Mas eu sabia que não estava enganando ninguém fingindo que faria a coisa inteligente uma vez na vida. Esperei até ele estar a uma distância segura na minha frente, então o segui.

Ele me levou para além da fronteira daquela civilização improvisada, para onde começava uma subida. Fui o mais cautelosa possível, tentando ficar bem longe do círculo de luz irradiando de suas mãos, procurando lembrar onde pisar no chão irregular ao observar a luz à minha frente, enquanto subíamos cada vez mais alto na encosta da montanha. Até que finalmente chegamos à entrada das minas. Noorsham seguiu em frente sem hesitação, entrando na boca escura das montanhas, as mãos derramando um mar de luz pelas paredes de pedra bruta.

Agachada atrás dele na encosta, hesitei, engatinhando para evitar deslizar pedras que me entregariam. Se eu o seguisse pelo túnel, não haveria onde me esconder.

Mas já havia chegado até ali.

Percorri os últimos metros até a entrada, seguindo-o por dentro da montanha.

Noorsham movia-se com a confiança de alguém que tinha percorrido aquela rota mil vezes. Quando o caminho se bifurcou, ele pegou o túnel da esquerda sem pestanejar. Passou pelos escombros abandonados pelos mineradores sem nem uma olhada rápida para baixo. Não reduziu o passo quando atravessamos pontos onde a montanha tinha desmoronado, revelando rochas horríveis, derretidas e carbonizadas.

Resultado do momento em que ele usara seu poder dentro da montanha, matando a maioria das pessoas ali.

Estávamos fundo nas minas quando ele virou à direita e atravessou o que parecia uma parede sólida. Parei abruptamente atrás dele quando sumiu, então avancei rápido, temendo perdê-lo de vista. Conforme me aproximei, percebi que não se tratava de rocha sólida. Havia uma minúscula passagem lateral na montanha, muito mais estreita do que os túneis escavados pelo homem. Eu provavelmente teria confundindo com uma fenda se estivesse apenas de passagem. A luz das mãos de Noorsham mal chegava aos meus pés; se esperasse mais, ia perdê-la de vista. Ficaria sozinha no escuro. Então mergulhei atrás dele.

Não era um túnel longo. Tinha dado uma dúzia de passos quando terminou de repente, abrindo-se em uma enorme caverna. Noorsham estava à minha frente, indo ainda mais para o fundo. Com a luz conjurada por suas mãos, podia enxergar um teto abobadado perfeito acima de nós, e paredes lisas e simétricas.

Eu sentia o peso da montanha ao nosso redor, como se a rocha quisesse reivindicar aquele espaço. Como se soubesse que aquele lugar não tinha sido criado pela natureza. Mas tampouco parecia ter sido construído por mãos humanas. Não algo tão grandioso, tão perfeito.

No meio da caverna havia um enorme baú de pedra, onde cabia até uma pessoa. Algo daquele tamanho não teria passado pelo vão estreito por onde tínhamos entrado. Conforme Noorsham se aproximava, percebi que não havia separação entre a base do baú e o chão da caverna. Ele tinha sido moldado a partir da própria rocha. A luz de Noorsham dançava sobre a superfície irregular do baú, evidenciando os desenhos que adornavam as laterais. Vinhas entrelaçadas tinham sido delicadamente esculpidas na pedra, carregadas de figos e tâmaras e uvas e laranjas e romãs e várias outras frutas que eu nunca tinha visto no deserto. Algumas eu nem reconhecia. Havia traços de tinta também, como se as frutas tivessem sido pintadas em cores vivas muito tempo antes.

E então as mãos de Noorsham lançaram luz sobre a parede mais ao fundo da caverna. E eu esqueci completamente do baú.

A visão sumiu tão rápido quanto tinha aparecido, mergulhada de volta na escuridão quando meu irmão se ajoelhou, prostrando-se em prece e pressionando as mãos no chão, o que reduziu o alcance da luz. Eu podia ver seus lábios movendo-se em uma súplica silenciosa, suas feições parecendo se misturar às trevas enquanto levantava devagar a cabeça. E então, conforme subia as mãos, a parede foi iluminada novamente, centímetro a centímetro, como a alvorada revelando a paisagem escondida pela noite.

E eu soube que não tinha alucinado.

A parede tinha padrões detalhados pintados em cores que nunca tínhamos visto no Último Condado. Era tão vibrante quanto os jardins do sultão, decorada com cenas de uma grande batalha, da Destruidora de Mundos emergindo de Eremot, do primeiro herói sendo criado pelas mãos dos djinnis, de feras nunca vistas no deserto ou nas montanhas. Parecia idêntica àquela que levava ao nosso santuário perdido no vale de Dev.

E, como no acampamento rebelde, no meio de tudo aquilo, sob uma longa linha de palavras escritas no idioma antigo, que a coroava como um arco, havia uma porta pintada. Nossa porta levava ao acampamento rebelde, um vale abandonado por um djinni que reivindicamos como casa. Para onde aquela levaria?

— Vim aqui rezar para descobrir o que fazer em relação a você, sabia? — A voz de Noorsham me assustou. Ele não estava olhando na minha direção, mas devia ter me visto. Não havia motivo para continuar a me esconder. Avancei em direção à luz.

— O que é este lugar? — perguntei.

Noorsham mudou de posição para me encarar, sentando de pernas cruzadas, com as palmas viradas para cima.

— Pensei que morreria quando a montanha desabou em cima de mim — ele disse. Estava falando de quando descobrira seu poder e as minas tinham desmoronado em torno dele e do fogo que havia criado. — Embora não tivesse sido esmagado, eu tinha certeza de que sufocaria ou morreria de fome aqui nas profundezas escuras. E então, vagando, fugindo do fogo e da morte que ainda não entendia, encontrei isto. — Ele repousou a mão no baú enorme no meio da sala, sem tirar os olhos de mim, que pareciam ainda mais perturbadores agora que estávamos sozinhos. — O que você mais gostaria de comer neste exato momento, irmã?

Não respondi, mas a imagem de um pêssego veio à minha mente. Eu não sabia muito bem por quê. Eles eram abundantes no palácio — dava para pegá-los diretamente das árvores no harém.

Noorsham empurrou a tampa do baú, que deslizou com o grito estridente de pedra contra pedra.

Estava cheio de pêssegos. Centenas deles. Tão frescos quanto os de uma barraca de feira em Izman, como se tivessem acabado de ser colhidos. Só que estavam sob uma montanha, bem distante de qualquer pessegueiro.

Avancei, me aproximando do meu irmão, e peguei um, hesitante. Estava meio que esperando uma ilusão. Mas a fruta era macia e suave; quando dei uma mordida, escorreu suco pelas minhas mãos. Tinha um sabor de outro mundo, não daquela montanha empoeirada do deserto, mas de jardins distantes e dias melhores. Se era uma ilusão, era uma muito boa. Parecia magia. Não do tipo inventado pelos gamanix, e sim do tipo que vinha de criaturas mais poderosas do que nós, remanescentes de histórias, lendas e épocas grandes e terríveis.

Magia de verdade. Era assim que ele alimentava seus discípulos famintos.

Noorsham me observou devorar o pêssego, deixando só o caroço.

— Eu sei o verdadeiro motivo da sua vinda — ele disse calmamente. — Você veio procurar guerra e destruição. Vi isso no Olho. Mas enganei meus seguidores por você.

— Você sabe que seu Olho não é uma ferramenta enviada por Deus, não sabe? — Escolhi minhas palavras cuidadosamente; estava em terreno perigoso. — É uma invenção, e você matou as pessoas que o trouxeram para cá. — Noorsham sorriu placidamente em resposta, como se sentisse pena de mim por ser tão ingênua. — Quantas outras pessoas já matou por causa daquela coisa, Noorsham?

— Só aqueles que precisei matar para proteger meus seguidores. — Se ele sentia algum remorso pelo que tinha feito, não demonstrava. — Estou destinado a fazer algo grandioso nesta vida, Amani. — Vindo de outro homem, aquilo talvez soasse pretensioso. Do jeito que Noorsham dizia, parecia uma certeza. E ele era um demdji, de modo que não podia mentir. — Minha mãe sempre dizia isso — Noorsham continuou. — Foi prometido a ela.

Pelo nosso pai, percebi. Shira tinha me contado, na prisão do palácio, que Fereshteh havia concedido um presente ao filho deles. Um desejo livre de corrupção, oferecido de bom grado, que não poderia se voltar contra ela como acontecia com a maioria dos desejos nas histórias. Presa em um ciclo eterno de maquinações políticas, Shira tinha desejado que seu filho fosse sultão um dia. A mãe de Hala, pobre e gananciosa, desejara ouro. E a mãe de Noorsham, presa em sua vidinha em um vilarejo na montanha, tinha desejado um futuro grandioso para seu filho.

Eu me perguntei, mais uma vez, o que minha mãe teria desejado. Que eu escapasse do inferno da Vila da Poeira, já que ela própria nunca conseguira? Que conhecesse o mundo? Olhei rapidamente para o caroço de pêssego na minha mão. Duvidava que ela imaginasse que o mundo era tão grande.

— Quando a montanha caiu sobre mim — Noorsham prosseguiu —, depois que recebi meu dom, pensei que morreria antes que pudesse cumprir meu destino. E então fui salvo. Foi dito a mim que eu realmente estava destinado a grandes feitos. — Seu olhar parecia distante. — Primeiro pensei que era expulsar os estrangeiros do deserto. Quando falhei, voltei para cá, para casa. Encontrei o deserto morrendo. Tiroteio estava se despedaçando. A Vila da Poeira morria de fome. Sazi entrava em desespero. Então compreendi. Era meu dever salvar esses lugares. Salvar tantas pessoas quanto matei.

Era uma quantidade bem considerável de gente. Ele tinha acabado com Dassama, um oásis no deserto do norte. Tinha queimado vivos homens de Sazi nas mesmas minas em que estávamos agora. Bahi. Os homens de Balir.

— Você continua matando pessoas — eu disse.

— Apenas aquelas que chegam com más intenções no coração. — Noorsham nem piscou. — Como você. A Muralha de Ashra é uma barreira sagrada, sabia? — Então ele tinha visto isso no Olho também. Droga.

— Eu sei. — E sabia mesmo. Mais do que qualquer pessoa, entendia o que as histórias podiam significar quando verdadeiras. — Mas tem pessoas que eu preciso tirar de lá, Noorsham. Não posso simplesmente abandonar meus companheiros ali.

— A Muralha de Ashra é...

— Eu sei, eu sei. — Levantei a voz inconscientemente. — Este país está despedaçado. Você só viu uma parte. É por isso que o Último Condado estava em apuros. Por isso precisou salvar o povo. E existem pessoas do outro lado da muralha que podem salvar muito mais gente, que poderiam mudar o país inteiro. Para melhor.

Noorsham não pareceu se abalar.

— Se Deus quisesse que essas pessoas salvassem outras, teriam recebido um presente como o meu...

— Não recebemos presentes de Deus — retruquei, ríspida, a verdade fervendo nos meus lábios. — Não fomos escolhidos para nada. Só *nascemos*, como todos os outros. Todos nós. Somos apenas um efeito colateral de imortais incapazes de resistir a mortais. Os supostos dons que nos dão são apenas poderes que muitas vezes nos despedaçam ou nos levam à morte antes de vivermos o suficiente para realizar qualquer coisa, grandiosa ou terrível. — Senti as lágrimas vindo, embora não soubesse se eram de raiva, amargura ou pesar. — Ashra provavelmente era uma demdji como nós, que morreu em uma guerra na qual não devia estar lutando. A princesa Hawa também. — Minha respiração acelerava. — Ela era nossa irmã, sabia? Morreu fazendo algo grandioso. Hala morreu, Imin morreu. E se Tamid estiver certo, talvez em breve eu esteja morta também. E não vou deixar que tudo isso tenha acontecido por nada. Preciso salvar meus companheiros.

Noorsham me abraçou de repente, interrompendo minha vontade de chorar ao me pressionar contra seu peito.

— Lamento, irmã — ele disse no meu ouvido. — Vejo sua dor. — Ele se afastou e segurou meu rosto molhado nas mãos. — Mas não posso deixar que liberte a Destruidora de Mundos.

Suas mãos estavam agradavelmente mornas no início. Então ficaram quentes, quentes demais. E eu soube. Ele tinha tomado a decisão de proteger seu povo em vez de salvar o meu.

Era a escolha que eu teria feito também. Não podia ter raiva dele por isso.

Suas mãos estavam escaldantes agora.

Ajeitei o corpo quase imperceptivelmente, deixando cair o caroço de pêssego que ainda segurava. Minha mão deslizou para o bolso. Encontrei a bala que tinha guardado comigo. Parecia inútil sem uma arma, mas não considerando quem éramos. Não havíamos sido escolhidos por Deus, éramos cria de seres imortais, tão vulneráveis ao ferro quanto eles.

Eu sabia disso. Mesmo que meu irmão tivesse esquecido.

Fechei a minha mão sobre a de Noorsham, pressionando a bala contra sua pele. O calor em suas mãos desapareceu. Ele piscou confuso ao sentir seu dom deixá-lo. Seus olhos azuis encontraram os meus, buscando respostas.

— Sinto muito, Noorsham — eu disse. Então dei um soco na cara dele.

22

— Esse sempre foi seu plano, né? — Sam me abraçava, me pressionando contra o peito para que eu não pudesse escapar da conversa. — Me atrair até o fim do mundo com promessas de feitos heroicos, só para poder ficar perto de mim.

— Parece um plano incrivelmente complexo. — Eu estava tentando encontrar um lugar confortável para apoiar os braços que não fosse os ombros dele, mas não havia tantas opções. — Se fosse me aproveitar de você, teria feito isso no harém.

Estávamos de pé, nos esforçando ao máximo para ficar colados. Pareceria romântico se não fosse por Jin passando uma corda à nossa volta, como se fôssemos a âncora de um navio prestes a ser arremessada ao mar.

Isso sem falar do meu irmão no canto, inconsciente e preso com as algemas que tínhamos tirado de Sam depois de seu breve encontro com o pelotão de fuzilamento. Precisávamos resolver aquilo antes que a alvorada chegasse e os discípulos de Noorsham acordassem, perguntando-se onde ele estava. Eles acabariam por encontrá-lo e libertá-lo, mas minha intenção era que estivéssemos bem longe quando acontecesse.

Tamid estava nervoso na boca do túnel. Meu antigo amigo talvez tivesse achado que se livrara de nós quando chegamos, mas ele era a única pessoa que eu confiava para drogar meu irmão com segurança. E eu precisava dele para ler as palavras no idioma primordial, rabiscadas sobre a porta.

— Não é muito mais romântico assim? — Sam prosseguiu, melancólico. — Com a morte quase certa adiante? — A corda apertou até meu ouvido ficar pressionado contra o ombro dele. Não podia ver seu rosto, mas tinha certeza de que estava rindo de mim. — Que nem Cynbel e Sorcha, ou Leofric e Elfleda.

— Não tenho ideia de quem são essas pessoas — falei, com a boca em sua camisa.

— Os albish adoram histórias — ele disse. — Você gostaria de Leofric e Elfleda. Ele é um ladrão, ela é uma feiticeira poderosa. Ambos morrem tragicamente no final. Como em todas as grandes histórias de amor.

—Ainda bem que não estamos apaixonados. — Os flertes de Sam foram ficando bem menos escandalosos durante nossa viagem para o sul. Parte de mim achava que era porque estava se dando bem com Jin. Até melhor do que Jin convivia com Ahmed, aliás. Sam só estava flertando comigo naquele momento para aliviar a tensão.

Estávamos prestes a atravessar a rocha sólida para um território desconhecido.

Eu havia pedido que Tamid lesse as palavras entalhadas acima da porta.

— Estão no idioma primordial — ele dissera, franzindo a testa à luz da tocha. — É algo sobre... um prisioneiro? — Todos havíamos sentido o peso daquela simples palavra.

O homem da montanha. Monstro ou talvez mortal. Definitivamente mais que um mito.

Bem, estávamos em busca de ajuda, e talvez a tivéssemos encontrado.

—Vamos precisar de um nome para abrir a porta — Jin tinha dito.

— Que nem em... que nem no vale de Dev. — Ele tinha se interrompido antes de dizer "casa", mas eu entendi.

— Não tem um nome aqui. — Tamid apertara os olhos, tentando decifrar as palavras. — Mas há alguma outra coisa, acho que... — Eu vi a compreensão em seu rosto antes de ele dizer em um tom baixo e reverente: — Acho que servem para libertar um djinni.

E lá estava. Aquilo que Tamid tinha procurado nos livros. Nossa salvação. Não registrada em papel em uma biblioteca do norte, e sim enterrada nas montanhas, ali no sul. Além disso, era uma resposta. O que esperar além daquela porta. Não um homem, mas um djinni.

Não importava se não tínhamos as palavras certas para abrir a porta. Havia outro jeito de entrar.

Ninguém tinha perguntado quem iria com Sam. Ninguém precisou.

Agora, amarrada a ele, pedi que Tamid lesse as palavras acima da porta novamente. Então as repeti com cuidado.

— Muito bom — ele disse, como um professor paciente. Teria mesmo dado um bom pai sagrado. — No final, você diz o nome verdadeiro do djinni...

— Eu sei, já invoquei um antes. — Tamid desviou o olhar, envergonhado, aquele breve momento quebrado quando o lembrei de que era pelo menos parcialmente responsável pelos djinnis atualmente presos sob o palácio.

Jin puxou o nó, deixando Sam e eu um pouco mais próximos.

— É o melhor que posso fazer com a corda que temos — ele disse. A última coisa que eu queria era me separar de Sam no meio do caminho através da montanha. E a corda serviria como guia no caminho de volta. Jin passou a mão pela mandíbula, nervoso.

— Eu estava prestes a dizer: "Imagine que é como mergulhar em águas profundas". — Ele sorriu com pesar para mim. — E então lembrei que você veio...

— Daqui?

—Vou te ensinar a nadar um dia — ele prometeu. — Só fique viva tempo suficiente para isso.

Era hora de partir.

— Respire fundo — Sam disse, falando sério pela primeira vez desde que tínhamos chegado. — E não importa o que aconteça, não pare de andar. — Obedeci, puxando o máximo de ar que meus pulmões conseguiam aguentar. Ele fez o mesmo. Então deu um passo largo, e estávamos submergidos na rocha.

A escuridão de estar dentro de uma montanha era algo que ia muito além da mera ausência de luz.

Eu sentia a pressão da pedra de todos os lados enquanto nos movíamos, lutando contra a rocha antiga que tentava voltar ao lugar ocupado por ela por milhares de anos, enquanto nos apertávamos para passar. Parecia que havia mãos de pedra me apertando, tentando me esmagar. Demos outro passo, então outro. Quanto mais longe íamos, pior ficava. Podia sentir meus cílios pressionados contra minha bochecha. Parecia que meus pulmões iam explodir com a falta de ar. Que eu ia morrer sepultada naquela montanha.

E então senti o ar batendo no meu corpo, primeiro no braço esquerdo e então no resto, enquanto meio que cambaleamos para fora, caindo no chão, libertando-nos da pedra. Sam desabou em cima de mim, arfando. Ainda estávamos no escuro, mas pelo menos tinha ar ali, embora parecesse mofado, como se estivesse preso naquela câmara havia uma eternidade.

Por um instante, tudo o que eu podia ouvir era nossa respiração pesada ecoando nas paredes da caverna. A câmara onde estávamos era grande, a julgar pelo som. Ouvi Sam puxar o ar, como se estivesse prestes a dizer algo. Provavelmente perguntar se eu estava bem ou fazer alguma piada.

Mas a voz que deslizou para fora da escuridão não era dele.

—Você está bem atrasada.

Lutei para manter as batidas do coração normais enquanto procurava o nó que me prendia a Sam. Meus dedos tremendo finalmente o encontraram, e lutei para desatá-lo. Precisava encarar o que quer que fosse aquilo de pé.

— Devo dizer que seus antecessores preferiam usar a porta — disse a voz, ecoando de forma perturbadora pela câmara enquanto meus dedos trabalhavam frenéticos.

Finalmente, a corda se soltou e Sam saiu de cima de mim. Seu calor e sua solidez desapareceram, e subitamente eu estava sozinha no escuro. Procurei os fósforos no bolso enquanto levantava.

Acendi um, criando um pequeno lampejo de luz no breu total. Foi suficiente para conseguir enxergar. Vi Sam a alguns metros de distância, desabado no chão, exausto por ter me conduzido pela rocha. E, logo além dele, um homem.

Dei um passo instintivo para trás, com o coração saltando de medo enquanto o desconhecido sorria do outro lado da caverna. Soube instantaneamente que não era um mortal. Era um djinni. Eu tinha conjurado uma tropa de imortais sob o palácio. Sabia como reconhecê-los. Sua forma humana era esculpida demais, perfeita demais, como se fossem feitos de bronze polido em vez de carne. Pareciam de alguma forma velhos e jovens ao mesmo tempo, como se tivessem testemunhado muita coisa, mas ainda assim tivessem se esquecido de dar ao corpo as marcas de desgaste que faziam os mortais parecerem humanos. E aquele djinni vestia roupas de outra época, tão antiga que tinha sido esquecida.

Ele tinha olhos vermelhos ardentes, com um aspecto levemente selvagem. Como um fogo se alastrando depressa, capaz de consumir tudo em volta a qualquer momento.

Ergui o fósforo. Grilhões de ferro estavam apertados em torno de seus braços e pernas, escurecidos pela idade, mas ainda fortes. Em torno dele, havia um círculo de ferro, para contê-lo. Parecia idêntico àqueles onde eu tinha aprisionado os djinnis sob o palácio. Como se tivesse sido criado pelas mesmas mãos.

— Quem é você? — perguntei. Minha voz soou rouca e hesitante até para mim mesma ao ecoar pela câmara.

— Quem sou eu? — ele respondeu, áspero, em uma imitação maldosa, arregalando aqueles olhos vermelhos ardentes. E então eles se estreitaram, me olhando com atenção e suspeita. — Quem é *você*, que vem aqui sem me conhecer? — Não respondi. Havia algo nele que me fazia não querer dizer meu nome. Eu não sabia o que o djinni poderia fazer com ele. — E o que é *aquilo*? — Ele assentiu na direção de Sam, que estava um passo para trás, como se prestes a voltar correndo pela parede. — Não é um dos nossos. — O djinni deu uma fungada, como se estivesse tentando identificá-lo. — Ele cheira a terra molhada. Só pode ser cria dos nossos irmãos covardes das terras verdejantes. — O djinni falava como nos Livros Sagrados, em uma linguagem antiga e labiríntica pensada para ludibriar o ouvinte. — Não pertence a este lugar. Não confio nele.

— Muito obrigado — Sam murmurou.

O silêncio caiu. E perdurou.

Aquele djinni não teria qualquer utilidade para nós se estivesse reticente em relação a Sam. Talvez falasse *comigo*. Virei para meu amigo. Sem precisar dizer nada, ele começou a balançar a cabeça, só ao ver minha expressão à luz tremeluzente do fósforo.

— Não, não vou embora. Você ficou maluca.

— Você ainda me deve uma por salvar sua vida, não? — Tentei um tom mais leve. Como se a ideia de ficar presa naquela caverna sozinha com uma criatura imortal não fosse aterrorizante.

— Ah, claro, entendi. Se eu for embora agora, isso nos deixa quites. Porque Jin ia me matar quando chegasse sem você, o que compensaria o fato de ter me salvado. — Sam contou as vidas e mortes nos dedos como se fosse uma questão de aritmética.

Eu me aproximei dele, com o fósforo cintilando entre nós.

— E outras pessoas podem morrer se não conseguirmos ajuda. — A chama alcançou meus dedos, quase me queimando antes de eu soltar o fósforo, que se apagou no chão da caverna. — Sam — eu disse, no escuro, já pegando um novo fósforo. — Por favor.

Quando consegui acendê-lo, ele parecia resignado.

— Volto para te pegar depois de duas "Jenny Assoviando".

— Como assim? — perguntei.

— É uma... Deixa para lá. — Ele parecia frustrado, embora não fosse eu que estivesse falando bobagens. — É uma canção de trabalho que usamos para medir o tempo nos campos. Dez "Jenny Assoviando" dá uma hora.

— Preciso de sete.

— Três — Sam barganhou.

— Cinco, e não conto a Jin e Shazad sobre quando tentou me beijar.

— Negócio fechado. — Sam segurou a minha mão, apertando-a firme. Ele pegou a ponta solta de corda que ia até o outro lado da rocha sólida, ancorada a Jin. Então fez rapidamente um laço em torno da minha cintura, em um nó improvisado. — Para eu encontrar meu caminho de volta até você. — Ele sorriu para mim. Antes de me soltar, a seriedade recaiu sobre ele. — É bom que ainda esteja inteira.

Sam virou as costas, saindo da pequena área de luz do fósforo ainda segurando a corda, e sumiu depois de uma rápida olhada para trás. Fiquei sozinha. Sozinha no escuro com um djinni.

Ele me observava com seus olhos grandes, sem nunca piscar.

— Quem é seu pai, pequena demdji? — ele perguntou.

— Por que isso é importante? — perguntei.

— Você me perguntou quem eu era. — Seus olhos continuavam arregalados, o que era perturbador. — As memórias mortais são curtas, mas não tanto a ponto de ter esquecido. Diga quem você é e direi quem eu sou. — Então ele queria uma troca. Só que eu sabia que havia algo por trás. Djinnis recorriam a truques em suas negociações. Se eu desse algo para ele, talvez tivesse uma vantagem sobre mim. Mas, se não desse nada, talvez não recebesse nada. Não tinha muito tempo para gastar refletindo sobre isso. Do outro lado daquela parede, Sam contava os minutos.

— Bahadur. Meu pai é Bahadur. — Um sorriso malicioso surgiu em seu rosto, como se finalmente tivesse resolvido um quebra-cabeça no qual trabalhava fazia muito tempo. — Sua vez — eu disse rápido.

— Bem, filha de Bahadur — ele pronunciou o nome do meu pai lentamente —, é verdade que eu costumava ter um nome. Muito tempo atrás. Antes de você nascer. Antes até do seu ancestral mais antigo ser criado. Mas ele foi tomado de mim algum tempo atrás. Não tenho um nome agora. Sou chamado apenas de Criador de Pecados.

23

Puxei o ar tão rápido que o fósforo apagou. A risada do Criador de Pecados preencheu a escuridão que voltava para nos cercar, ecoando pelas paredes enquanto eu me atrapalhava procurando outro fósforo.

Havia histórias de djinnis usando centenas de nomes diferentes. Bahadur também era conhecido como Antigo Rei de Massil, Criador do Mar de Areia e Destruidor de Abbadon. Mas o Criador de Pecados não era apenas outra história de fogueira de acampamento. Sua lenda não era de um mortal ganancioso enganado por um ser primordial, ou de um desejo concedido a um pedinte merecedor, ou mesmo de um djinni apaixonado por uma princesa.

O Criador de Pecados era dos Livros Sagrados.

Depois que a Destruidora de Mundos levara morte para um reino até então imortal, um djinni havia criado o pecado. Ele traíra os outros e toda a humanidade. Embora estivesse com os djinnis quando haviam criado o primeiro herói, não comemorou o sucesso em criar mortais para desafiar a inimiga. Enquanto os outros se refestelavam com sua vitória, o Criador de Pecados saiu furtivamente e tentou matar o primeiro herói antes que pudesse desafiar a Destruidora de Mundos. Se tivesse conseguido, teria acabado com a única esperança do mundo. Mas os outros djinnis o capturaram antes que fosse bem-sucedido. Então souberam que um dos seus devia ter feito um acordo escondido com a Destruidora de Mundos, para desafiá-los daquela maneira.

Ele era um traidor de seu próprio povo. O primeiro do mundo.

Finalmente encontrei outro fósforo. Acendi, tentando manter minhas mãos estáveis, mas a chama tremeluzia.

— Dizem... — Eu hesitei, incerta sobre o que perguntar primeiro. Diziam que ele havia sido banido e preso entre as estrelas. Mas eu podia ver que aquilo não era verdade. — Dizem que você traiu o primeiro herói. — As palavras saíram em um tom de acusação.

— Dizem isso, de fato. — Ele inclinou a cabeça, passando aqueles olhos fulgurantes e ardentes sobre mim. — Você parece um pouco com a primeira heroína, sabia? — ele disse. — Deve pensar que depois de milhares de anos eu teria esquecido o rosto dela. Mas a vejo o tempo todo, sentado aqui no escuro. É uma punição pior do que essas correntes.

Ele tinha acabado de falar "heroína"? Pensei em todas as imagens que já tinha visto do primeiro herói, nas gravuras dos manuscritos, pintado em azulejos nas casas de oração. Todas mostrando um homem de armadura e cabelo escuro, portando uma espada. Mas o Criador de Pecados tinha de fato estado lá.

— O primeiro mortal era uma mulher?

— É claro. Milhares de meus irmãos imortais perderam a vida quando enfrentamos a Destruidora de Mundos. Sabíamos que não éramos páreo para ela. Então não criamos um soldado à nossa imagem, mas à imagem dela. — Seus olhos de brasa pareciam se voltar para o passado. — Seu cabelo era como a noite, sua pele era como a areia, e roubamos a cor do próprio céu para seus olhos. E eu não a traí. Eu a amei.

Ele voltou ao presente.

— Eu a amei antes que qualquer um dos meus irmãos soubesse o que era amor. Então tentei manter a primeira heroína longe da morte.

Ela era corajosa demais para seu próprio bem. Eu temia que acabasse morrendo ao enfrentar a Destruidora de Mundos. Mas, se meus irmãos não sabiam o que era amor, sabiam menos ainda como era amar alguém que morreria. — Seus olhos passaram por mim. — E agora o mundo inteiro está marcado pela hipocrisia deles. — Ele me desprezava, percebi. Pelo que eu era. Prova de que um dos djinnis que o punira por amar uma mortal tinha encontrado outra para amar também. — Imagino que agora eles saibam o que é temer pela vida de alguém. Mas naquela época só conheciam o medo egoísta. Medo da própria morte, não da morte de outro. E ela era um escudo. Feita para ser usada, não salva.

A chama tinha chegado até meus dedos. O calor súbito me fez derrubar o fósforo, que apagou ao cair no chão.

O Criador de Pecados não parou de falar enquanto eu procurava ansiosamente outro.

— Meus irmãos me trancaram aqui para evitar que arriscasse a vida deles protegendo a primeira heroína. — Sua voz ecoava pela escuridão. — Eles colocaram um guarda mortal do lado de fora, com um suprimento eterno de comida e bebida, para que nunca precisasse deixar seu posto. — Era o baú que Noorsham tinha encontrado. — Ele devia me visitar uma vez por ano e me perguntar se eu me arrependia de ter traído meu próprio povo. — Eu conhecia a história. O Criador de Pecados fora amaldiçoado a ficar separado da terra até o dia em que expiasse seu pecado. — Eu só seria libertado quando dissesse que estava arrependido.

Acendi um novo fósforo.

— Não me arrependi no curto tempo de vida do meu primeiro guarda. Especialmente depois que me contou que ela tinha morrido. Ele me disse que meu filho estava lutando em seu lugar agora, usando o mesmo título de primeiro herói. Tampouco me arrependi no tempo de vida do próximo guarda, ou daquele que veio depois. Eles pararam de aparecer com tanta frequência, e então de todo. Se esqueceram de mim. Agora são apenas meus supostos irmãos que vêm me visitar, quando lembram. Eles me trazem notícias. Bahadur foi o último. — Seu olhar áspero passou sobre mim. — Nunca muda. Tenta esconder suas crias desde que a primeira morreu. A princesa com o sol nas mãos, que caiu das muralhas. Ele dá a todos vocês olhos iguais aos dela... — O djinni deixou aquilo no ar. Eu não sabia se estava falando da princesa Hawa ou da primeira heroína. — Mas nunca consegue ocultar vocês, porque lhes dá poder demais. Ele acha que manterá seus filhos seguros. Mas o resultado é que vocês ardem forte e rápido demais, então a chama apaga. — A chama nos meus dedos tremeluziu; estava fraca, mas ainda tinha alguma vida. — É tão desesperado para proteger vocês que os conduz à morte.

— O Bahadur de quem está falando soa bem diferente daquele que eu conheço — eu disse, tentando não soar amarga. Lembrei do meu pai me observando impiedosamente enquanto a faca se dirigia à minha barriga, pronto para me deixar morrer. Lembrei de quando o censurei por deixar minha mãe morrer e não encontrei qualquer remorso ali. Lembrei das histórias da princesa Hawa, sua primeira filha, que tinha morrido muito tempo antes, lutando numa guerra em que os djinnis tinham sido covardes demais para lutar eles mesmos. Ela não tinha recebido qualquer ajuda dele.

Eu quisera saber por que ele não podia salvá-los. Agora tinha minha resposta. Djinnis que tentavam salvar humanos acabavam indo parar ali. Daquele jeito.

O Criador de Pecados sorriu, como se pudesse ler parte do que eu estava pensando nos olhos que me traíam.

— Seu pai veio me perguntar se eu estava arrependido. Isso foi quase duas décadas atrás — ele disse, como se estivesse tentando calcular minha idade. — Quase. — Quase. Mas não exatamente. Eu podia imaginar o número certo. Eu tinha dezessete anos. Noorsham também. Nosso pai tinha ido verificar a expiação do Criador de Pecados, e em vez disso encontrara nossas mães.

— Você me deve gratidão, filha de Bahadur.

Um pequeno riso, quase histérico, surgiu em meu peito.

— Porque seu aprisionamento me criou?

Ele fez questão de que eu o visse chacoalhar as correntes antes que a luz apagasse novamente, sobrando apenas sua voz no escuro.

— Talvez eu saiba um jeito como pode me agradecer.

O silêncio na caverna era palpável. Os fósforos na caixa chacoalhavam. Acendi um deles para poder enxergá-lo novamente.

A verdade é que eu queria libertá-lo. Tínhamos uma barreira impossível para penetrar. Precisávamos de um aliado como ele. Mas eu tinha que perguntar.

— Você está arrependido?

O Criador de Pecados levantou lentamente, atingindo sua altura máxima ao me encarar.

— Você já se apaixonou, filha de Bahadur? — Senti a corda em torno da minha cintura, esticando-se através da rocha sólida até a mão de Jin. Não respondi. — Existe alguma coisa que você não faria para salvar quem ama?

Permaneci calada. Dessa vez eu realmente não sabia a resposta. Levaria um tiro por Jin; já havia feito isso e tinha a cicatriz para provar. Mas o Criador de Pecados teria condenado o mundo inteiro pela primeira heroína. Eu não sabia se era egoísta o suficiente para fazer o mesmo por Jin. Não sabia se era altruísta o suficiente para não fazer.

— Não — ele disse finalmente, observando minha luta interna. — Eu não estou arrependido.

— O que acha de ser libertado mesmo assim?

Tive a satisfação de pegá-lo de surpresa. O Criador de Pecados inclinou a cabeça um pouco para o lado.

— E por que a filha de Bahadur, o Nobre, faria isso? — ele perguntou, cauteloso.

Passei a língua pelos lábios ressecados antes de decidir qual parte da verdade queria contar.

— Existe uma boa chance de que algumas pessoas com as quais me importo morram se eu não conseguir chegar até elas logo. Preciso impedir isso.

O não dito pairou no ar: *como você quis impedir a morte dela.*

— Então é uma troca que você quer? Minha ajuda pela minha liberdade?

— Algo assim.

Eu já podia vê-lo ardendo um pouco mais forte. Mas, dessa vez, estava numa posição de vantagem. Talvez não tivesse vivido tanto quanto ele, mas tinha passado muito mais tempo em meio à mortalidade. E conhecia séculos de histórias sobre acordos com djinnis. Apenas os presentes concedidos livremente rendiam algo de bom. Os outros — conquistados com trapaça ou barganha — levavam à ruína. Uma palavra errada conduzia ao desastre em vez da fortuna. Uma expressão enganosa ou incerta criava a brecha de que os djinnis precisavam para que nós, mortais, mais lentos e tolos, caíssemos no precipício.

O Criador de Pecados me odiava. Eu podia ver isso estampado em seu rosto. Ele me odiava porque era mortal, porque eu existia graças ao sacrifício de uma heroína que ele tinha amado muito, muito tempo antes. Eu era cria de alguém que o acorrentara. Ele não ia me dar nada livremente. Nem mesmo em troca da liberdade depois de séculos. Se ele tentasse, eu não teria como vencer. Não conseguiria ser mais esperta que ele.

— Você está pensando que pode me enganar — eu disse, interrompendo os pensamentos dele. — Que vou tentar controlar você, dar ordens. Mas não quero fazer isso.

— O que você *quer* então, filha de Bahadur?

— Não quero lutar com você. — Eu queria descansar. Eu estava exausta. Aquela guerra tinha me drenado completamente. A liderança. Tudo. — Não quero joguinhos em que meço cada palavra que digo para ocultar meus pontos fracos, enquanto você os procura. Então esta é a minha oferta: quero que concorde em fazer o que eu *desejo*.

O que eu desejava era diferente do que pedia. Eu podia pedir que meus amigos fossem libertados, mas o que eu queria era vê-los vivos e inteiros, não libertados através da morte. Eu podia querer um caminho através da Muralha de Ashra, mas não queria libertar a Destruidora de Mundos, se ela realmente estivesse presa atrás dela. Eu estava pedindo que ele concordasse não com as minhas ordens, mas com a intenção por trás delas.

— Preciso de ajuda — disse, finalmente.

— Ajuda? — O Criador de Pecados parecia interessado.

— Sim. Concorde com meus termos e posso libertar você dessa caverna agora, e da servidão a mim quando tiver terminado.

— É uma barganha difícil. — Ele estava observando o fósforo nos meus dedos queimar. — Esse é seu último fósforo.

— É — eu disse. — E será minha última oferta também. Posso partir daqui sem você. Mas você não pode sair sem mim.

— Então eu concordo — o Criador de Pecados disse, simplesmente.

— Diga.

— Amani Al-Bahadur. — Seu tom tinha um quê de sarcasmo, mas eram suas palavras que importavam. — Seu desejo será minha ordem. Honrarei o que deseja se me libertar daqui e, mais tarde, me libertar das suas ordens.

Refleti sobre o que ele tinha dito. Mas ele estava certo, nosso tempo estava acabando. Era meu último fósforo.

— Me diga seu nome.

— Meu nome. — Era meu primeiro desejo, meu primeiro comando. Eu vi sua mandíbula se mexer como se estivesse desacostumado à palavra que sairia. — Ele me foi dado muito tempo atrás. É Zaahir.

— Zaahir, o Criador de Pecados — repeti. E então vi o restante das palavras, aquelas entalhadas no arco acima da porta, que Tamid tinha lido em voz alta para mim. Eu as disse em voz alta, com cuidado e aos poucos, terminando com seu nome.

Estava quase sem fôlego quando concluí. Esperava que alguma coisa acontecesse. Que o círculo em torno dele se rompesse, talvez. Ou que suas correntes estilhaçassem. Um lampejo de luz ou fogo. Ou um estrondo de trovão que sacudisse a montanha.

Mas tudo o que aconteceu foi que Zaahir sorriu para mim quando a chama do fósforo alcançou meus dedos, quase apagando. A última coisa que vi foi o djinni dando um passo para fora do círculo antes que o fósforo apagasse, mergulhando nós dois na escuridão.

24

— Pois bem, filha de Bahadur. — Uma nova luz surgiu, só o suficiente para enxergá-lo livre de sua prisão, subitamente perto demais de mim. O fogo não cintilava mais em seu rosto. Vinha de dentro, um brilho fraco revelando que não era humano. — O que você deseja agora?

A sensação de poder se alastrou por mim, como se fosse me consumir. Eu desejava tantas coisas. Queria que o sultão morresse pelo que tinha feito com Shira, Imin e Hala. Queria vencer aquela guerra por elas, e por todos os outros que tinham morrido. Queria que Ahmed ocupasse o trono e governasse em nome de seu próprio povo em vez de alguma potência estrangeira. Mas eu sabia que não deveria pedir nada tão grande e impreciso. Não era tola. Já tinha ouvido histórias demais de djinnis trapaceiros.

— Quero que me leve para Eremot.

O Criador de Pecados não respondeu. Apenas sorriu.

E então a montanha começou a mexer. Ele não levantou as mãos como eu precisava fazer quando movia o deserto. Não pareceu se esforçar e nem mesmo piscou enquanto rocha e terra que tinham permanecido imóveis por séculos se deslocavam, como um colosso despertando de um longo repouso e alongando seu corpo descomunal.

Uma abertura na rocha apareceu, um túnel. Não levando de volta para as ruínas de Sazi e a caverna onde os outros aguardavam, e sim para as profundezas da montanha. O djinni tinha acabado de rachar uma montanha sem esforço.

Só então eu realmente entendi.

Aquele era um ser imortal, um criador de humanos. Seu poder era cósmico, indo além da minha compreensão. Ele podia mover montanhas e sacudir a terra. Não se importava com as guerras dos homens. Nunca tinha vivido em nosso mundo. Era das lendas, não da realidade.

E eu tinha acabado de libertá-lo.

O Criador de Pecados estendeu a mão diretamente para o túnel.

— Você primeiro.

Lancei um olhar para a parede que levava aos outros.

— Você quer salvar pessoas com as quais se importa. — Ele repetiu minhas próprias palavras. — Mas não existe ninguém com quem se importa mais do que o garoto que espera por você do outro lado da caverna, não é mesmo? — Eu não entendia como ele sabia sobre Jin, mas não gostava nada disso. — Você prefere morrer por eles do que fazer eles arriscarem a vida por você. Então pretende fazer isso sozinha, para que fiquem em segurança.

Era inútil dizer a ele que estava errado. Então desamarrei a corda na minha cintura, deixando-a cair no chão, inútil. E entrei no túnel. Zaahir veio logo atrás de mim e a entrada se fechou, trancando-nos lá dentro. Quando Sam voltasse para me buscar, não teria ideia de onde me procurar, nem meios para tal. Torci para que os outros o perdoassem.

Caminhamos em silêncio por muito tempo. O brilho do corpo do Criador de Pecados era a única luz afugentando a escuridão.

Finalmente, outra luz apareceu à frente. Bem distante, no final do túnel, como uma estrela na noite mais escura.

Eu sempre tinha imaginado a Muralha de Ashra como as de Saramotai: enorme, impenetrável e impossível, seu fogo protegendo contra os carniçais e a noite. Mas aquela muralha não tinha sido feita apenas para manter os carniçais afastados. Fora feita para prender alguma coisa lá dentro. E não parecia em nada com o fogo caótico e violento que o sultão tinha erguido como um domo em torno da cidade. Ela me lembrava da luz que viera da máquina quando Fereshteh morrera, só que mais clara, mais brilhante. Mais delicada que a luz de um djinni. A alma de uma garota fora do seu corpo, ardendo. Conforme nos aproximamos da luz da Muralha de Ashra, podia jurar que via padrões, como a trama de um tapete.

Muito tempo antes, aquele fogo tinha sido uma garota. Nascida num deserto em guerra, assim como eu. Seu corpo havia desaparecido fazia muito tempo, e tudo o que restava era o fogo eterno de sua alma.

— Ela era humana? — perguntei a Zaahir quando paramos a um braço de distância da muralha. — Ashra.

— Acho que você já sabe a resposta, filha de Bahadur — o Criador de Pecados disse, seus olhos vermelhos como brasas dançando à luz da muralha.

Eu sabia.

Eu soube assim que vira a muralha, um pontinho de luz no fim do túnel. Ashra era outra demdji que tinha se sacrificado pelas guerras de nossos pais. E então as histórias se esqueceram de quem ela realmente era, coroando-a como uma simples heroína. Assim como tinham feito com a princesa Hawa, e provavelmente centenas de outros demdjis.

Eu me perguntava se, quando estivesse morta, reduzida a cinzas por liberar o fogo de Fereshteh, e contassem a história da rebelião, iam esquecer que eu era uma demdji também, recordando somente da Bandida de Olhos Azuis.

Estávamos quase em Eremot. Em algum lugar além daquela muralha estava o que restava da nossa rebelião.

— Como atravesso? — perguntei.

— Ah, não é difícil entrar. — Zaahir se ajoelhou, seus movimentos estranhos e anormais, como se estivesse apenas fingindo usar músculos humanos, quando na verdade se curvava como uma chama ao vento. Ele retirou uma pedra do chão do túnel como se fosse grama e a arremessou. O pedregulho passou facilmente pela Muralha de Ashra, quicando até parar do outro lado. Não parecia ter deixado marca. — Essa muralha não foi feita para impedir a entrada.

Uma onda de vento anormal surgiu ao nosso redor, pegando a pedra do outro lado da barreira e atirando-a na direção da minha cabeça com toda a velocidade. Só que, quando atingiu a barreira, em vez de passar direto, foi incinerada e virou pó.

— Ela é feita para impedir a saída.

Então era isso que o sultão tinha feito. Havia enviado seus prisioneiros para cá para nunca saírem novamente. Porque não se importava que morressem lá embaixo. Ele mesmo teria matado todos se não precisasse de corpos descartáveis.

Tinha se feito de piedoso ao deixar os rebeldes serem presos em vez de executados. E então os enviara para morrer silenciosamente em um lugar do qual nada podia escapar. Acabando com qualquer problema que prisioneiros rebeldes pudessem apresentar.

— Se entrarmos — perguntei, cética —, você consegue nos tirar de lá vivos?

— Sim — Zaahir disse, parecendo enigmático. — Eu posso. — Eu não confiava nem um pouco nele, mas não podia estar mentindo. Então repeti suas palavras:

—Você primeiro.

Nossos olhares se encontraram por um longo instante, numa batalha silenciosa. Zaahir finalmente assentiu.

— Como desejar. — Ele avançou, passando pela muralha como se fosse ar. Logo estava de pé do outro lado, aguardando.

Era uma má ideia. Eu sabia que sim. Mas já tinha feito várias coisas que eram. Normalmente, no fim, dava tudo certo. Daquela vez talvez fosse diferente. Era uma má ideia de proporções míticas. Mas o que eu podia fazer? Respirei fundo e tentei não pensar muito no que estava fazendo ao atravessar uma muralha feita de luz.

Foi como passar por um feixe de sol entre a sombra das árvores, agradável e quente na minha pele. Saí cambaleando do outro lado, junto do meu aliado pouco confiável.

Além da Muralha de Ashra, a montanha não *parecia* diferente do túnel que Zaahir tinha criado para nós, mas pude sentir uma mudança de imediato. O ar fedia a ferro, mais que em Sazi. Provavelmente não o suficiente para tirar meu poder, mas sentia minha pele irritada. Percebi que estava prendendo a respiração por medo do que aconteceria com meus pulmões. Podia ver até Zaahir incomodado enquanto prosseguíamos pelo túnel escuro para dentro da montanha.

Não demorou muito para perdermos de vista a luz da Muralha de Ashra atrás de nós. A escuridão me deixava nervosa. Sentia que éramos carniçais na noite, espreitando onde não deveríamos estar. Ou como se nos espreitassem.

O chão fazia uma curva íngreme rumo às entranhas da montanha. Aceleramos o passo na descida. Mantive os olhos nos pés de início, tentando evitar qualquer pedra que pudesse me fazer tropeçar, mas o chão era liso. Primeiro pensei que tinha sido varrido, mas então, conforme o caminho estreitava, minha mão roçou contra a parede, que também era lisa. Como se tivesse sido desgastada. Subitamente, minha mente foi inundada por todas as imagens que tinha visto nos Livros Sagrados da enorme serpente monstruosa da Destruidora de Mundos, solta nos primeiros dias da guerra. E a imaginei ali embaixo, percorrendo as montanhas, impaciente para escapar, desgastando as paredes até que ficassem lisas e redondas... Interrompi aquele pensamento antes que fosse longe demais. O monstro estava morto. A primeira heroína o matara.

Mas não significava que não havia mais nada ali embaixo.

Pela primeira vez na minha vida, eu estava realmente sozinha.

Não estava em uma casa abarrotada com meus primos. Não estava com Jin em uma caravana atravessando o deserto. Não estava em uma tenda no acampamento rebelde, com Shazad ali para me ajudar caso precisasse. Não estava cercada de mulheres no harém. Não estava sobre os resquícios da rebelião na Casa Oculta.

Eu quis mantê-los seguros, mas agora não tinha Jin para me proteger. Não tinha os gêmeos para me tirar dali voando se tudo desse errado. Não tinha Sam para quebrar o silêncio que arrastava minha mente para lugares terríveis com uma piada.

Eu estava no inferno e tinha ido até lá de livre e espontânea vontade.

Comecei a sentir o peso da exaustão. Não dormia desde Juniper e, ali no escuro, não dava para dizer quanto tempo se passara desde que deixara Sazi, embora tivesse a sensação de que a alvorada já viera e se fora. O que significava que estava acordada havia mais de um dia. Parei, abaixando e me apoiando contra a parede. Só precisava de um momento para descansar. Zaahir parou também, me observando com um olhar curioso. Teria se esquecido, depois de todo aquele tempo, que nós, mortais, éramos frágeis?

Encostada ali, percebi algo no chão, graças à luz da pele dele. Estendi a mão para pegar. Era um botão. *Meu* botão. Verifiquei o colarinho da camisa e constatei que havia um fio solto ali.

— Já passamos por aqui — balbuciei, tentando concentrar minha mente cansada.

— Sim — Zaahir concordou, alegre. — Você tem caminhado em círculos por algum tempo já.

Olhei para ele abruptamente, me livrando da névoa do sono.

— Estamos perdidos?

— *Você* está. — Zaahir abriu um sorriso de canto de boca. — Eu sei exatamente onde me encontro.

A raiva me ajudou a levantar, de modo a encará-lo em vez de rastejar no chão diante dele.

— Quero que me leve aos prisioneiros dentro desta montanha — eu disse, ríspida. — Você concordou em fazer o que eu queria.

Zaahir assentiu, sem se abalar.

— Você quer isso, não quer? — ele disse. — Mas também tem medo do que vai encontrar. Não *deseja* realmente descobrir quem está vivo e quem está morto. Tem medo da resposta. Senão já poderia ter descoberto, pequena contadora de verdades. — Ele estava certo. Todas aquelas noites no deserto, eu tinha me contido, para não descobrir como os outros estavam. Não queria testar se podia falar em voz alta "Ahmed está vivo" *ou* "Shazad está viva". — Você não quer realmente descobrir que eles não teriam morrido se você não tivesse levado tanto tempo para chegar. Quer que estejam todos vivos, mas podem não estar. Veja, filha de Bahadur, você quer tantas coisas conflitantes que eu poderia conduzi-la em círculos por esta montanha para sempre. Em direção a eles, e então para longe, e então de volta para seus companheiros. Eternamente. — Ele girou o dedo no ar. — Até cair morta. — Zaahir de repente pareceu muito perigoso. O modo como a luz saía dele parecia mostrar um lampejo de insanidade em seu rosto imortal. — Eu poderia deixar você perdida sob esta montanha para morrer de fome. Não seria uma boa maneira de me vingar do meu carrasco Bahadur? Encontrar seu corpo esperando por ele quando fosse me visitar?

Então me ocorreu, não pela primeira vez, que soltar Zaahir e acreditar nele fora um ato incrivelmente tolo. Mas estava feito. Eu teria que fazer o jogo dele. Não ia morrer ali embaixo. Não sem salvar os outros. Se tinha uma coisa que eu sabia, era que não queria morrer.

— Boa sorte com isso. — Tentei soar petulante, como se não estivesse apostando minha própria vida. — Bahadur está preso neste exato momento, então provavelmente levaria um bom tempo até ele me encontrar. Décadas. Aí eu já não seria nada além de ossos. Talvez ele nem me reconhecesse. — *E ele provavelmente não ia se importar, de qualquer modo,* pensei, mas não disse.

Zaahir nem mesmo tentava passar seu olhar por humano piscando enquanto absorvia o que eu tinha dito. Eu esperava frustração diante de sua vingança impossível.

— Está bem — ele disse finalmente, e seu rosto subitamente se abriu em um sorriso cordial que de alguma forma era mais perturbador do que seu olhar fixo. — É melhor eu fazer o que você quer, então. — Zaahir levantou a mão, iluminando outra ramificação do túnel que eu não tinha visto antes. — Por aqui, filha de Bahadur.

Havíamos caminhado por mais algumas horas quando finalmente ouvi alguma coisa à frente. Tentei separar minha mente do meu corpo dolorido e exausto para prestar atenção. Soava como centenas de sinos minúsculos sendo tocados. Do tipo que tia Farrah usava para chamar para o jantar.

Acelerei o passo. Estávamos próximos de algo. Eu não sabia o que era, mas não se tratava de mais escuridão e rocha. Conforme nos aproximamos, percebi uma claridade crescente. Não a luz brilhante que vinha da Muralha de Ashra — uma mais natural. Como a chama de tochas ou lâmpadas a óleo. Estava praticamente correndo agora. Em direção ao tinido de metal e à centelha fraca, até que finalmente o túnel se abriu em uma caverna imensa, e eu cambaleei até parar.

Se estávamos sendo engolidos pela montanha, tínhamos finalmente alcançado o estômago. O túnel tinha nos despejado em um penhasco tão abrupto que eu quase havia despencado. A caverna em que emergimos era tão vasta que desaparecia na escuridão muito acima de nós. E lá embaixo, sob a luz fraca das tochas presas na parede, vi os prisioneiros.

Estavam acorrentados juntos, como gado. Presos por ferro, as mãos e os pés conectados uns aos outros. Cada um deles tinha uma picareta, que batia na rocha aos seus pés. De novo e de novo, metal batendo ruidosamente contra pedra.

Lembrei do que Leyla tinha contado. O sultão os havia mandado para lá porque estava à procura da Destruidora de Mundos.

A escuridão dentro da montanha era diferente. Não era escuro como em uma noite solitária no deserto ou dentro de uma cela. O ar era mais espesso, a escuridão era mais viscosa. Uma escuridão com propósito, que parecia se enrolar em mim, espreitando não apenas meu corpo, mas também minha mente e minha alma.

Em algum lugar lá embaixo, dormia a Destruidora de Mundos.

Estudei a multidão, procurando freneticamente por um rosto familiar. A quantidade de pessoas ali era muito maior do que a levada de nós naquela noite. Outros prisioneiros, imaginei, poupados da execução apenas para serem enviados para cá. Procurei Ahmed, Shazad, alguém que conhecesse. Mas os rostos estavam tão maculados por sujeira e poeira que eu não tinha certeza de que os reconheceria mesmo se estivessem bem na minha frente.

E então, logo abaixo de mim, vi um rosto suave com aparência de criança, cabelo pintado sujo colado na bochecha. Ela tremia ao tentar levantar a picareta.

Delila.

Meu coração saltou. Era ela. Eu os tinha encontrado. Pelo menos alguém ainda estava vivo. Olhei rapidamente para baixo. Não era um salto fácil, mas eu conseguiria. Iria até lá e soltaria meus companheiros, então poderíamos tentar fugir e...

Meus pensamentos foram interrompidos pelo som de passos. Eu me afastei da beirada quando outro prisioneiro adentrou a caverna, carregando um balde de madeira imenso em uma mão e uma tocha na outra. Enquanto passava pela fila de prisioneiros, a luz de fogo que ele carregava reluziu contra o que parecia bronze.

— Você quer ver claramente. — Zaahir disse, dando um passo para ficar do meu lado. Antes que pudesse impedi-lo, a luz de sua pele brilhou mais forte, iluminando o que acontecia lá embaixo. Logo além da fileira de tochas que iluminava os prisioneiros trabalhando, havia centenas e centenas de silhuetas de bronze e barro de pé em vigília silenciosa.

Abdals.

Vê-los acabou com qualquer ideia que eu tinha de saltar. Eu sabia o que podiam fazer comigo se me pegassem. E todos os outros prisioneiros também, a julgar pelo modo como trabalhavam, com os olhos baixos, os braços tremendo a cada golpe na terra. Nenhum deles nem mesmo pensando em fugir.

Enquanto observava, um dos trabalhadores desabou de joelhos, respirando com dificuldade. Parecia magro e definhando, como se seu corpo tivesse chegado ao fim de suas capacidades.

Ele não conseguiu levantar. Um dos abdals deu um passo à frente.

Não. Eu não podia deixar aquilo acontecer. Olhei para Zaahir, que estava inclinado para a frente, assistindo à cena. Quando seu olhar cruzou com o meu, ele levantou as sobrancelhas em zombaria.

— Quer que eu impeça?

— Sim — sibilei desesperada.

Lá embaixo, o abdal repousou sua palma metálica no topo da cabeça do prisioneiro. O homem nem tentou lutar ou levantar mais uma vez. Ali, de joelhos, ele se inclinou para a frente até encostar a testa na parede. E rezou.

Zaahir fez uma careta.

— Mas você também sabe que interferir pode atrapalhar o resgate dos outros. E quer isso ainda mais, não? Dilemas, dilemas.

Tive vontade de matá-lo.

A mão do abdal começou a brilhar com um vermelho feroz. A reza do homem se transformou em gritos.

— Bom — Zaahir disse —, agora é tarde demais.

De repente, o homem se transformou em cinzas.

— Isso é novidade. — A voz do Criador de Pecados tinha perdido o tom de zombaria. Ele continuou observando, interessado, enquanto eu recuava, horrorizada com a visão.

Eu o odiei naquele momento. Mas já sabia que não havia um jeito fácil de escapar dali. Se tivesse, Shazad já teria encontrado, e eles estariam livres. Havia tantos abdals, e somente uma de mim.

— Então esses são os mortais que você deseja libertar — Zaahir falou antes que eu abrisse a boca. — Muito bem.

Eu senti o ar mudar à nossa volta, como se estivesse se solidificando. O que quer que Zaahir estivesse fazendo, eu não conseguiria pará-lo. Observando os prisioneiros lá embaixo, vi que alguns deles notaram que algo estava acontecendo, embora não soubessem o quê. Continuaram a trabalhar, mas estremeceram, como se estivessem esperando que algo terrível os atacasse e se curvassem antes do golpe.

Foi como se o ar assumisse a forma de mãos invisíveis. Eu podia vê-las mexendo nas minhas roupas. Podia ver as correntes se movendo lá embaixo. E então romperam as correntes, como se fossem feitas de tecido.

Elas atingiram o chão com um clamor impossível, que preencheu as entranhas da montanha. Tão alto que temi que acordasse a Destruidora de Mundos.

Centenas de prisioneiros pararam o que estavam fazendo e olharam em volta, o choque se transformando em medo. Eles encararam os pulsos nus, e alguns soltaram a picareta.

— Pronto — Zaahir disse. — Eles estão livres. Como você queria. Eu sugeriria, contudo, que começassem a correr se você quiser que continuem vivos.

Os abdals tinham assistido a tudo aquilo mudos. Eram pálidas imitações de nós, inteligentes apenas o suficiente para cumprir simples tarefas mecânicas. Eles ainda não haviam compreendido que os humanos estavam soltos. Só que tinham parado de trabalhar. E sabiam o que fazer quando aquilo acontecia.

Centenas de mãos metálicas se levantaram em direção aos prisioneiros, prontas para obliterá-los.

Senti meu coração acelerar.

— Impeça! — gritei para Zaahir, sem me importar em ser ouvida pelos outros.

Ele só continuou observando, impassível.

— Você disse que os queria livres, e eu obedeci. A morte também é um tipo de liberdade. Foi isso que meus irmãos disseram quando enviaram a primeira heroína para a morte e me trancafiaram.

— Você sabe que não é isso que quero — eu disse desesperada. Alguns dos prisioneiros tentavam voltar ao trabalho. Outros pareciam que iam correr, com uma expressão beirando o pânico no rosto. Alguns empunhavam a picareta como uma arma, prontos para lutar e certamente morrer. — Quero que sejam salvos.

— Sei o que essas criações de metal são — Zaahir disse. — Reconheço a alma de Fereshteh neles. O que faz você pensar que eu seria poderoso o suficiente para vencer um dos djinnis que me aprisionou? — Era como se estivesse me desafiando a ver quem piscaria primeiro. Mas ele não era mortal, não precisava piscar. Ao contrário de mim.

Ele não era mortal... mas eu era. Me perguntei se poderia ter um último desejo antes de morrer.

Os abdals estavam chegando mais perto agora, erguendo as mãos, o calor se acumulando. Eu não podia mais esperar. Podia sentir que estava prestes a fazer algo idiota.

— Se eu morrer lá embaixo, meu desejo é que fique aprisionado em Eremot até se arrepender de sua traição ou até o final dos tempos. E acho que ambos sabemos o que vai vir primeiro.

Pulei, chegando ao chão com um impacto doloroso. Rostos viraram na minha direção. Aterrissei atrás dos abdals, me perguntando o que viam. Peguei uma picareta abandonada no chão. Golpeei um abdal com ela, acertando com força no calcanhar de novo e de novo, até parar de se mover. Exausta, notei que outro abdal me encarava, pronto para me aniquilar com suas mãos. Eu não tinha como enfrentar todos. Sabia disso. Mas levantei minha arma mesmo assim. E então, subitamente, como um fósforo acendendo no escuro, Zaahir apareceu atrás do abdal.

E colocou a mão no topo de sua cabeça metálica.

O abdal caiu em um piscar de olhos. Foi como observar a fagulha da vida sair de dentro dele e ser absorvida pelo djinni, uma pequena chama juntando-se a uma grande labareda. Ele sorriu de soslaio para mim. E então desapareceu de novo, num piscar de olhos.

Aconteceu rápido demais para ver. Um por um, em rápida sucessão, os abdals caíram no chão, até que, onde antes havia uma parede de soldados, não restara nada além de cadáveres de metal espalhados pelo chão. Os prisioneiros observavam em choque, tentando entender o que estava acontecendo.

—Amani?

A voz era tão abençoadamente familiar que quase ajoelhei de alívio só de escutá-la. Como se o fardo da rebelião fosse tirado dos meus ombros e devolvido aos dele. Virei para deparar com Ahmed de pé atrás de mim. Não parecia em nada com um príncipe. Vestia roupas encardidas de tamanho errado, e algemas de ferro com as correntes quebradas pendiam de seus pulsos. Seu rosto estava manchado de fuligem, e ele parecia não ver uma navalha em semanas. Ninguém poderia distingui-lo de um pedinte.

Deixei a picareta cair e, sem pensar, joguei meus braços em torno dele, esquecendo que era meu soberano. Um príncipe, enquanto eu era apenas uma bandida. Ele estava vivo. E me abraçava de volta. Seus braços pareciam magros e fracos. Mas estavam lá. Ele estava vivo. Quando me soltou, Delila apareceu, chorando, as lágrimas abrindo trilhas por seu rosto escurecido pela poeira, enquanto balbuciava incoerente. Rahim apareceu atrás dela, olhando para mim como se eu tivesse me materializado no ar, o que de certo modo era verdade. Havia outros também. Tantos rostos de rebeldes que eu conhecia bem e de prisioneiros que nunca vira antes. Mas alguns estavam ausentes.

Olhei em volta procurando Navid, marido de Imin. Procurei Lubna, a rebelde que perdera ambos os filhos para os gallans e costumava fazer o melhor pão do acampamento. Procurei Shazad.

— Onde ela está? — Temi pela resposta antes mesmo de terminar de perguntar.

O rosto de Ahmed murchou, e senti meu estômago se contorcer. Ele não precisava perguntar de quem eu estava falando.

— Eles a mandaram... — O príncipe parou, organizando os pensamentos enquanto meu coração acelerava. — Houve um leve terremoto, três dias atrás. Um buraco se abriu no chão, uma fenda pequena, mal dava para uma garota passar. Há soldados acampados lá fora, na montanha. São eles que dão ordens aos abdals e trazem nossas rações. Ameaçaram suspender a comida se não disséssemos o que tinha acontecido. Era... — Ele olhou aflito para a irmã, que mantinha os olhos no chão. — Era Delila que tinha ido buscar as provisões naquele dia. Teve que contar a verdade. Eles ordenaram que os abdals descessem Delila pelo buraco, para investigar. Mas Shazad tomou seu lugar. Os abdals a desceram até lá embaixo. E então... — meu coração acelerou ainda mais — a corda cedeu. Quando puxaram de volta, parecia ter sido cortada. E Shazad... — Ele hesitou. — Ela não voltou.

25

A fenda no chão engolia vorazmente a luz enquanto tentávamos espiar ali dentro. O lugar onde Shazad tinha caído. Parecia descer infinitamente. Só que eu sabia que não era verdade, porque...

— Ela está viva. — Pude respirar melhor depois de saber disso. Depois de dizer em voz alta. Talvez estivesse ferida lá embaixo. Provavelmente passava fome, porque fazia três dias, pelas estimativas de Ahmed, que não tinha alvoradas e crepúsculos para medir o tempo.

Mas pelo menos estava viva.

Olhei de relance para Zaahir.

— Quero tirar Shazad daí.

Mas o djinni só encarava incrédulo a escuridão lá embaixo. Finalmente, ele abriu a boca:

— Então sugiro que comece a descer, filha de Bahadur. — Ele jogou algo para mim, que peguei no ar sem pensar. Era uma minúscula faísca de fogo. Quase a deixei cair antes de perceber que não estava quente. Não queimava, só produzia luz.

Meu primeiro pensamento foi de que era algum outro joguinho cruel, que era um truque ou uma negociação. E então Zaahir deu um passo cambaleante para trás, para longe do buraco no chão. Era um gesto surpreendentemente mortal. Um tropeço desengonçado, como se seu corpo fosse de carne e sangue, não de fogo. Como se conhecesse o medo.

Medo do que quer que estivesse lá embaixo.

E eu tinha a sensação de que dessa vez não haveria negociação. Nenhum jeito de conseguir que Zaahir entrasse mais fundo na montanha para salvar Shazad.

Então comecei a descer.

Enrolei uma corda em torno da cintura, como lembrava de Jin ter feito uma vez. Mas não tinha jeito para a coisa ou prática. Ahmed deu um passo à frente.

— Pode deixar — ele disse gentilmente, como se pudesse ler o que eu estava pensando: que eu queria que Jin estivesse ali; que desejava não tê-lo deixado para trás.

— Obrigada — eu disse, deixando que desse um nó complexo. Quando terminou, passou a corda por um gancho pendurado no teto, segurando a outra ponta. Rahim foi segurar também.

Então eu desci em direção ao desconhecido.

A escuridão era diferente do outro lado. Nas minas, havia ruído e calor, mas ali o ar ficava parado. Como se tentasse engolir a luz na minha mão.

Desci devagar. Quanto mais fundo chegava, mais sentia que algo me observava. Como se respirasse no meu pescoço. Girei, jogando a luz em meu entorno. Mas não havia nada além de rocha.

Então senti um tremor na corda.

Estiquei a mão para me apoiar na parede, mas não adiantou. Eles continuavam me dando mais corda. Eu estava prestes a dizer algo, gritar para Ahmed e Rahim pararem.

Mas, subitamente, foi como se uma mão cobrisse minha boca. Senti o ar roçando meu pescoço. E então, sem aviso, eu estava caindo.

A queda não era longa, mas atingi o chão com violência. A luz na minha mão não se apagou com a colisão. Puxei a corda para mim até achar a ponta. Parecia um corte limpo, como se feito com faca. Como Ahmed dissera que tinha acontecido com Shazad. A corda não havia se rompido. Era algo diferente.

Um som, como se viesse de muito longe, subia do chão.

Eu estava ouvindo coisas. Tinha que ser. Ou era uma goteira. Um eco da minha própria respiração. Só que não parecia nada disso.

Soava como alguém rindo.

E aquilo me deu medo como jamais havia sentido.

Então a luz na minha mão passou por uma silhueta encolhida, o cabelo escuro caindo sobre o rosto, e esqueci todo o resto. Mesmo parecendo que ela não estava totalmente ali. Só dava para enxergar o branco sujo da camisa e o cabelo.

— Shazad. — Agachei ao lado dela, tomada pelo alívio. Ouvi o soluço na minha própria voz. Parecia mais magra, desgastada. Seus olhos estavam fechados. Mas ela respirava. Eu tinha que acordá-la. — Desculpa — eu disse, me inclinando sobre ela, então dei um tapa forte na sua cara. Ela despertou pronta para lutar, mas sem nenhuma condição de fazê-lo. Então recuou amedrontada diante da luz. Eu nunca a tinha visto recuar.

— Você não é real. — Ela fechou os olhos. — Você não é real. Você não é real. — Ela repetia sem parar.

— Por favor. — Tentei imprimir certa leveza na voz. — Você sabe que eu não mentiria para você.

— Prove. — Sua voz saiu rouca. Ela escondeu a cabeça atrás do cotovelo.

— Se eu conseguir tirar nós duas daqui, acreditaria que sou real?

Finalmente ela abriu os olhos, mas eles pareciam incapazes de se fixar em mim, dançando sem foco sobre meu rosto.

— Seria um bom começo.

Olhei para cima, para a abertura. Não dava para enxergá-la através da escuridão viscosa, mas eu sabia que não podia estar tão longe. Não tinha certeza se eles conseguiriam me ouvir se eu gritasse. E, se ouvissem e jogassem mais corda, de que adiantaria?

Eu só tinha uma ideia. E era impossível. Mesmo que fosse nossa única esperança. Rezei silenciosamente para ainda ter o suficiente do meu dom.

— Segura em mim. — Fechei os olhos, me concentrando totalmente no entorno. Não havia muito naquela montanha, e eu já sabia. Ali, a poeira era composta principalmente de ferro. O deserto estava bem longe.

Mas areia entrava em qualquer lugar. Viera comigo do deserto, pela montanha, presa na minha pele e nas minhas roupas. Nos cabelos dos outros prisioneiros e nas solas dos abdals. Não havia como escapar dela.

Respirei fundo e devagar, lutando contra a dor na lateral do corpo. E então a chamei. Toda ela. Cada grãozinho de areia que conseguia alcançar. Senti a areia começar a se mover acima de nós, remexendo-se e então rastejando na minha direção como centenas de milhares de insetos minúsculos se movendo pelo chão da caverna.

Começou a chover areia. Devagar no início, e então cada vez mais rápido. De repente, ela começou a se derramar ao nosso redor. Não parei. Eu estava com medo demais para sequer respirar para aliviar a dor; com medo demais de soltar e perder o controle.

Reuni a areia sob nós. Tentei pensar em água, em como Sam e Jin nadavam, no jeito como pareciam capazes de fazê-la erguê-los quando parecia querer afogá-los. Reuni a areia, levantando-a à nossa volta com todas as minhas forças.

Senti-a se mover e me dobrei de dor, arfando. Mas sabia que não podia soltar, porque se soltasse íamos nos afogar. Eu tinha que continuar. Precisava. A areia jorrava à nossa volta, levantando-nos cada vez mais. Eu podia ver um fiapo de luz. Estendi a mão, tentando segurar a borda, tentando encontrar um jeito de escapar daquele lugar mesmo enquanto sentia a areia começando a ceder sob meus pés.

Mãos seguraram meus pulsos e os braços de Shazad, nos puxando para fora, então desabamos no chão. Sólido.

Eu a vi caída, respirando com dificuldade, e Rahim a levantando enquanto Ahmed fazia o mesmo por mim. Mas Shazad não desviou o olhar, mantendo os olhos fixos em mim, piscando cansada sob a luz.

— Está bem — ela admitiu. —Você é real.

Comecei a rir, mas caí em prantos. Abracei-a, e de repente estávamos ambas falando ao mesmo tempo. Derramando semanas de palavras que estivemos guardando uma para a outra.

Eu estava tão perto de conseguir libertá-los. Havia apenas duas coisas nos impedindo agora: a Muralha de Ashra e, de acordo com Ahmed, os soldados do outro lado.

Shazad me explicou enquanto mostrava o caminho para fora dos túneis.

— Tem um pequeno acampamento do Exército logo depois da muralha — ela me contou enquanto caminhávamos sobre o chão irregular. — É de lá que controlam os abdals e ficam de olho nas coisas. — Ela andava devagar e respirava com dificuldade, como se já estivesse cansada com a curta caminhada. — Teoricamente, deveríamos limpar os detritos da nossa escavação e esvaziá-los à beira da muralha, onde os soldados podem nos ver. Eles vão suspeitar quando ninguém aparecer.

— Acho que ficariam ainda mais desconfiados se todo mundo aparecesse sem correntes — eu disse, olhando em volta em busca de Delila. Ela caminhava com Ahmed e Rahim. — Delila pode mascarar nossa fuga?

— Não sei. — Shazad sempre era sincera. Ela seguiu pelo declive suave se segurando na parede. — Está todo mundo meio quebrado. — Então olhou de relance por cima do ombro. Zaahir vinha ao fim da fila. — Seu... amigo. Ele pode nos ajudar, não?

Poderia, se sentisse vontade. Mas era mais fácil falar do que fazê-lo cooperar, não importava o que tivesse prometido. Desacelerei o ritmo, deixando os outros prisioneiros se adiantarem à frente, até ficar ao lado de Zaahir.

—Tem soldados esperando do outro lado daquela muralha. Quando passarmos, preciso... — Parei, me interrompendo para escolher as palavras com mais cuidado. — Quero que você nos ajude a passar por eles.

Zaahir me observava com seus olhos inumanos e perturbadores.

— Achei que tínhamos um acordo, filha de Bahadur. Seu grupo livre de Eremot em troca da minha própria liberdade. Uma vez que todos atravessarem a Muralha de Ashra, meu trabalho estará encerrado.

— Planejo manter meu lado da barganha, mas o acordo não termina até que estejam todos seguros. — Eu podia ver uma luz à frente. Era a luz do dia. Devíamos estar quase fora das montanhas. Ou talvez fosse apenas a luz da Muralha de Ashra. De qualquer modo, estávamos chegando perto. — Ainda falta um pouco.

— Ah — Zaahir disse, inclinando a cabeça daquele jeito curioso para me observar. — Entendo. E, mesmo depois que tivermos passado aqueles soldados, nosso acordo ainda não estará *terminado*, não é? — Eu não disse nada. Ele não estava errado. Depois daqueles soldados na montanha, haveria outras lutas. Outras chances de perder tudo o que tínhamos acabado de salvar. Ter um djinni do nosso lado... Eu não tinha certeza se conseguiria abrir mão disso. — Você *deseja* mais. — Zaahir assentiu em compreensão. — Acredito que chamem isso de *cobiça*, não? É a perdição de muitos, ouvi dizer. Nunca desejamos nada antes que seu tipo viesse ao mundo, sabia? Simplesmente *tínhamos*. Mas você toma e ainda quer mais. Quer que seu príncipe assuma o trono, não?

Sim. E eu o tinha feito jurar que faria o que eu queria. Precisava da ajuda dele. *Precisava* que Ahmed se sentasse naquele trono. Tinha sacrificado coisas demais para perder agora. Todos tínhamos.

— Você ainda tem uma grande batalha pela frente, não é? — disse Zaahir. — Uma bala perdida, um golpe, e seu príncipe pode sucumbir. Então tudo teria sido em vão. Cada morte. Em vão. — Ele estava dizendo tudo o que eu mais temia. Suas palavras fizeram eu me sentir subitamente desesperada. Tínhamos lutado tanto, mas ainda poderiamos perder Ahmed. Toda a rebelião dependia de um homem muito mortal. — Você quer salvá-lo. É por isso que quer me manter aprisionado. Bem, posso dar a você o que deseja.

Zaahir sacou uma faca da manga, me fazendo recuar de imediato. Mas ele não se moveu como se fosse me matar. Só girou a faca, estendendo o cabo para mim.

— Pegue — instruiu.

— Já tenho uma faca — eu disse, cuidadosa. Estávamos nos aproximando da luz, chegando perto dos soldados. Eu precisava terminar aquela conversa antes de chegarmos, embora ainda não o entendesse direito.

— Ah, mas esta é uma faca capaz de salvar a vida do seu príncipe. — De repente o próprio ar pareceu se fechar em torno da minha mão, levando meus dedos até o cabo. — Use para tirar a vida de outro príncipe, e prometo que este sobreviverá à batalha para tomar o trono.

Eu teria deixado a faca cair na mesma hora, só que o ar ainda pressionava minha mão, forçando-a a segurar a lâmina.

— A vida de um príncipe pela de outro. — Zaahir não riu, mas dava para ver que estava zombando de mim. *A vida de um príncipe.* Só podia estar falando de Rahim ou Jin. Eles eram os únicos outros príncipes ali. — Ou você pode jogar a faca no chão. — O ar finalmente parou de pressionar meus dedos. — E talvez ele viva, talvez não. Estará nas mãos do destino — Zaahir disse. — Mas nunca ouvi falar que o destino é gentil. E você?

Tampouco, mas não respondi.

Em uma fração de segundo, ele estava diante de mim, e não mais ao meu lado, como uma chama saltando de um telhado para outro em uma cidade pegando fogo. Parei cambaleando. Ele estava tão perto que eu podia ver a cor violenta dos seus olhos quando sibilou as próximas palavras.

— É um erro tentar ser mais esperta do que eu, filha de Bahadur.

Ajudei você até agora, mas posso tornar as coisas muito difíceis se não me libertar agora mesmo, não importa o que me fez prometer. Você tem um coração confuso, como todos os humanos. Quer coisas demais. Posso voltar essas coisas umas contra as outras, como animais. Posso destruir você no fundo da sua alma. Ele se afastou tão rápido quanto tinha se aproximado.

Percebi que todos à nossa frente tinham parado. Havíamos chegado à boca do túnel. Shazad testava na entrada, mantendo todos ali. Mas Zaahir não parou de avançar. Os ex-prisioneiros saíram de seu caminho conforme andava a passos largos, e eu fui atrás. Ela olhou para mim em tom de indagação quando me aproximei. Eu não tinha uma resposta fácil para dar. Não sabia qual era a intenção de Zaahir. Ele passou por Shazad, chegando à parte aberta. Então o segui.

A Muralha de Ashra ficava a uns trinta metros da boca do túnel. Logo depois disso, através da luz instável, pude ver os soldados. Havia fileiras de tendas militares acompanhando a encosta, com suprimentos empilhados entre elas e soldados perambulando. Mais importante: vi o brilho da luz do sol refletindo nas cabeças metálicas.

Abdals. Havia mais deles do lado de fora da muralha. Soldados poderíamos enganar. Tínhamos gente suficiente talvez até para lutar contra eles. Mas não contra abdals.

— Zaahir, espere. — Eu podia sentir minha respiração ficando entrecortada.

Ele parou, bem diante da Muralha de Ashra.

— Liberdade por liberdade, filha de Bahadur. Você fez uma promessa.

Então ele golpeou a Muralha de Ashra violentamente com o braço, que não queimou.

A barreira de luz se estilhaçou.

Lembrei do domo de vidro sobre os aposentos do sultão, fragmentando-se em estrelas. Só que aquelas não caíram no chão. Mais uma vez, Zaahir pareceu puxar a luz para si, como uma fogueira faminta engolindo lenha. Era como assistir ao que ele tinha feito com os abdals, só que mil vezes maior.

E então, de repente, a Muralha de Ashra tinha desaparecido. Não, mais do que isso. Ashra estava morta. Foi assim que ele nos libertou de Eremot. Tinha destruído a alma que protegia o mundo inteiro do que quer que estivesse dentro daquela montanha.

E agora estávamos expostos. Do outro lado de onde existira uma muralha, uma dúzia de rostos surpresos de soldados se voltou na nossa direção. E outra dúzia de rostos impassíveis de abdals nos encarou.

Então eles levantaram as mãos.

26

Eu me joguei de volta ao abrigo do túnel no momento em que uma onda de calor e fogo era disparada pelos abdals, inundando o espaço atrás de mim. As pessoas gritavam e recuavam em direção à montanha.

Shazad me puxou enquanto eu focava meu poder demdji, invocando qualquer grão de areia que encontrasse para tentar bloquear a boca do túnel. Mas minhas forças haviam se esgotado salvando Shazad, e meu poder pareceu escapar do meu alcance, me abandonando.

Pelo canto do olho, vi uma pessoa queimar, virando pó antes de o fogo apagar tão rápido quanto tinha acendido. Minha pele estava irritada pelo calor, meus pulmões ardiam.

— Devíamos bater em retirada — Shazad disse, sem fôlego. Atrás de nós, Rahim e Ahmed tentavam controlar o pânico no túnel. Os rebeldes que já tinham visto abdals antes estavam mais calmos, mas era a primeira vez que os outros prisioneiros enfrentavam algo parecido. Eles corriam em direção a qualquer lugar que pudesse servir de abrigo, voltando para Eremot.

Minha mente acelerou, tentando encontrar um jeito de resolver a situação. Tínhamos algumas centenas de prisioneiros sem qualquer condição de lutar, um djinni que tinha virado nosso joguinho de cabeça para baixo e duas demdjis exauridas.

Lá fora, eu podia ouvir os passos metálicos dos abdals se aproximando da boca do túnel. Pretendiam terminar o serviço, forçando-nos a voltar para a escuridão de Eremot, onde poderiam nos eliminar facilmente.

Troquei um olhar com Shazad e vi o mesmo medo exposto em seu rosto. Foi então que soube que estávamos realmente em apuros. Eu nunca a tinha visto sem ideias. Estávamos perdidos. Tínhamos chegado tão longe para então morrer na fronteira da liberdade.

E, de repente, os passos metálicos pararam.

Congelei, sentindo as batidas do meu coração em pânico. Dava quase para ouvi-lo no silêncio súbito. E então uma voz veio lá de fora, distante demais para que eu pudesse entender as palavras. Uma voz que eu conhecia, embora tivesse levado um instante para identificá-la.

Noorsham.

Entrei em movimento antes que Shazad pudesse me parar, correndo de volta para a boca do túnel. Quando cheguei à área aberta, Zaahir tinha desaparecido. Lá, de pé atrás dos abdals e dos soldados do sultão, estava Noorsham. Mais para trás podia enxergar Jin, Sam, Tamid e os gêmeos.

Como eles tinham me encontrado?

A bússola de Ahmed. Coloquei a mão no bolso, sentindo seu peso. Tinha esquecido dela, mas ainda estava ali. Eu já devia saber que Jin não ia esperar pacientemente que eu voltasse. Ele tinha me rastreado uma vez a partir de Sazi, muito tempo antes. E agora o conseguira de novo. Alívio e medo lutavam dentro de mim. Mesmo se fosse o fim, pelo menos estávamos juntos de novo. Sobreviveríamos todos ou morreríamos todos ali.

Noorsham parecia terrivelmente vulnerável em comparação com o exército de abdals. Ele não vestia uma armadura de bronze como eles. Não portava nada além das roupas simples do deserto. Estava de pé, com as mãos estendidas, como estivera no dia anterior, diante do povo em Sazi. Mas as correntes de ferro que eu tinha colocado nele haviam sido retiradas. Seu poder estava livre.

Entendi o que ele estava prestes a fazer um segundo antes de os abdals se virarem para encará-lo, conjurando seu próprio fogo contra o dele.

— Não! — O grito saiu rasgando a minha garganta, mas era tarde demais. O poder de Noorsham enfrentou o dos abdals enquanto eles inundavam a montanha. Fogo feito pelo homem, roubado dos djinnis, correndo para encontrar o dom destrutivo demdji do meu irmão. Corri na direção dele, sabendo que não havia nada que pudesse fazer. Nenhum jeito de impedir o que estava prestes a acontecer.

Foi como se um novo sol estivesse nascendo.

A explosão floresceu reluzente e violenta, invadindo tudo em torno dela. Me atingiu como uma lança de calor e luz, me derrubando e me cegando. Mas eu ainda podia sentir o cheiro de queimado. Podia sentir o gosto de sangue.

E, então, de cinzas.

Despertei violentamente da inconsciência. Não podia ter passado muito tempo. Meus ouvidos ainda zumbiam com o choque da explosão, meus pulmões ainda ardiam. Sentei, agonizando. Mas a dor não era nada comparada ao calor que fazia minha pele arder. Até meu lado demdji estava lutando para lidar com ele. Encontrei um jeito de levantar mesmo assim.

O campo de batalha de fogo estava agora frio e escuro.

Os soldados de carne e osso eram apenas cinzas. Não havia qualquer sinal de suas tendas ou do acampamento que tinham construído ali. Tudo tinha sido arrasado. Mas havia pedaços de abdals em meio à destruição. O bronze tinha se fundido às pedras, como cicatrizes brilhantes na montanha. Vi um rosto de bronze, algumas de suas feições ainda inteiras, seu nariz sobressaindo da pedra, sua boca distorcida pelo calor em um grito grotesco.

Corri cambaleando pelos restos de uma luta breve e sem sangue até o único corpo que não era feito de metal ou cinzas. Noorsham estava desabado em meio à devastação que tinha causado.

Me ajoelhei ao seu lado. Seu peito subia e descia com a respiração rasa. Ele tinha queimaduras feias, metade do seu rosto estava preto e irreconhecível. Éramos demdjis, não devíamos queimar tão fácil. Mas aquele era fogo djinni, e éramos apenas metade djinni. Nossa outra metade era terrivelmente mortal.

Ele não parecia em nada com a arma com a qual eu tinha deparado naquele trem. Ou com o homem que liderara todo um povo em direção à retidão. Parecia apenas um garoto do deserto, jovem, indefeso e morrendo. Olhos como o céu me encararam, arregalados e amedrontados, como se ele não conseguisse entender o que estava acontecendo. Como se quisesse que eu explicasse, que o reconfortasse. Como se precisasse de sua irmã.

— O que está fazendo aqui? — Meus lábios estavam machucados, e as pontas dos meus dedos ardiam ao segurá-lo. Eu devia estar gritando. Lembro que, depois que Imin morreu, todo o pesar de Hala saiu em um grito estrangulado que preencheu a Casa Oculta. Então ela ficara em silêncio por dias.

— Viemos salvar você — ele disse com a voz rouca, tentando me procurar com o olho bom.

Mesmo depois que o tinha traído. Mesmo depois de ter sido acorrentado. Depois que Jin, sem dúvida alguma, o arrastara montanha acima como um prisioneiro para me procurar. Mesmo depois de tudo aquilo, Noorsham tinha escolhido nos salvar.

— Bem, foi idiotice. — Eu queria colocar a mão no coração dele, para mantê-lo batendo por pura força de vontade, mas estava lento demais.

Não conseguia lidar com aquilo. Outro demdji cuja chama se apagava tão cedo, como Hala, Imin, Hawa e Ashra. Meu irmão caído por causa de uma luta que nem era dele, quando tinha sobrevivido a tanta coisa.

Uma sombra caiu sobre seu rosto. Olhei para cima, esperando encontrar Jin, Shazad, ou alguém que pudesse me ajudar. Mas era Zaahir quem estava de pé ali, me observando impassível e cruel. Eu queria gritar que não era justo. Mas djinnis não se importavam com justiça. Eles negociavam acordos, desejos e vontades. E o Criador de Pecados queria uma só coisa.

— Salve Noorsham — eu disse. — Você prometeu que faria o que eu quisesse, e o que eu quero é salvar meu irmão. Faça isso e libertarei você. Por favor.

Zaahir observou Noorsham lutar por mais um instante, sua respiração saindo rasgada dos pulmões queimados, em contagem regressiva.

— Seu corpo está quebrado demais — ele disse. — Não consigo.

— Não me importo. — Um soluço veio da parte mais antiga do meu ser, a parte da minha alma que era imortal e não estava acostumada à morte. A parte que entendia o que os seres primordiais tinham sentido quando haviam assistido ao primeiro deles morrer e se tornar estrela, encontrando seu próprio fim, quando o pesar e o desespero, a fúria e a impotência, tinham nascido. — Quero salvar meu irmão. Se fizer isso, estará livre. Terminaremos aqui. Por favor. Estou implorando. Salve Noorsham e libertarei você.

Zaahir inclinou a cabeça quase imperceptivelmente. Ele não parecia tão impiedoso como um instante atrás. Sabia o que era perder alguém quando não se estava pronto.

— Temos um acordo, filha de Bahadur.

O sol ardia sobre nós. Zaahir me empurrou para trás sem encostar em mim. Foi como se o ar me pegasse gentilmente pelos ombros, levando-me para longe. Como um parente gentil me puxando do leito de um doente para que um pai sagrado pudesse trabalhar. Para que eu não tivesse que assistir a algo terrível.

Ele levantou Noorsham também sem encostar nele. Tive medo de que o machucasse, de que estivesse fraco demais para ser movido, mas engoli o protesto que surgiu na minha garganta.

E então... foi como se o corpo desaparecesse no ar, como areia espalhada pelo vento, deixando Noorsham ali, mas em vez de carne, osso e sangue, ele era feito de luz. Como a Muralha de Ashra.

A multidão de prisioneiros se abriu conforme Zaahir avançava, com Noorsham flutuando diante dele.

Eu queria salvá-lo. Queria que ele vivesse. Tinha pedido aquilo a Zaahir. Mas ele não tinha me dito que tipo de vida Noorsham teria.

E havia outro poder presente ali. A mãe de Noorsham tinha desejado que seu filho demdji fizesse algo grandioso. Nosso pai tinha concedido o desejo. Meu irmão tinha acreditado nisso, em nome de Deus.

Eu nem sabia se Deus existia. Mas sabia que monstros, sim. E que deles meu irmão podia nos proteger.

Todos os olhos se voltaram para a forma fulgurante de Noorsham quando chegou ao mesmo lugar onde a alma de Ashra estivera como muralha por milhares de anos. Seu vulto mudava, parecendo crescer. Foi como se Noorsham se voltasse em direção à montanha e a abraçasse antes de todo traço de corpo desaparecer, transformando-se em uma muralha incandescente de luz.

Ele estava de guarda onde Ashra tinha estado, liberando-a de seu dever depois de milhares de anos. Nos protegendo do mal que morava lá dentro. Ali Noorsham conseguiria o que tinha desejado. Salvaria muito mais pessoas do que tinha matado.

E sua mãe também conseguiria o que havia desejado. Grandiosidade.

27

Quando acordei, sentindo um movimento sob mim, o sol estava se pondo. Pisquei cansada, como se estivesse voltando à vida.

— Ela acordou — uma voz familiar e pesarosa disse bem baixo no meu ouvido. Inclinei a cabeça para trás. Jin estava atrás de mim. Eu estava apoiada em seu peito, seu braço em torno da minha cintura para me equilibrar. Percebi que estávamos em um cavalo. Um cavalo azul. Izz. O resto do grupo estava ao nosso redor, caminhando em um ritmo vagaroso, mas constante. Pelo visto, descíamos a montanha. — Você desmaiou — Jin explicou atrás de mim. Senti sua mão deslizar para longe por um instante, e então voltar com um cantil de água. Bebi, grata.

Tudo depois de libertar Zaahir não passava de um borrão.

Nas histórias, djinnis apareciam e desapareciam em meio a fumaça e grandes estrondos. Mas quando libertei Zaahir, ele simplesmente sumiu. Tinha sido como despertar de um sonho. E tudo o que sobrara fora destruição.

A última coisa da qual me lembrava era de Jin me encontrando, agachando no meio das cinzas e me puxando para perto.

— Tamid disse que você deve ter batido a cabeça quando caiu. — Senti a vibração no peito de Jin nas minhas costas enquanto falava. — Por isso apagou. Mas precisávamos seguir em frente, então te carregamos.

Ele falara no plural, como se fosse a coisa mais normal do mundo.

Mas não era. Realmente éramos "nós" naquele momento. Porque tínhamos conseguido. Havíamos resgatado os outros.

Compreendi o que tinha acontecido ao olhar em volta e ver os rostos à luz do dia. Shazad caminhava alguns passos à frente, com Sam ao lado dela, matraqueando na velocidade de um trem desgovernado. Não conseguia ouvir o que ele dizia, mas de vez em quando um sorrisinho iluminava o rosto dela. Ao nosso lado, Tamid mancava dolorosamente montanha abaixo, com os olhos atentos ao caminho para não tropeçar, às vezes se apoiando em Delila. Ou talvez ela estivesse se apoiando nele, era difícil dizer. Ahmed liderava o caminho, com Rahim ao seu lado, e a multidão de ex-prisioneiros se arrastava atrás deles em direção à segurança. Éramos um bando de dar pena: feridos, queimados, mortos de fome, enlameados, exaustos.

Mas livres. Tínhamos conseguido o impossível. Saíramos vivos de Eremot.

— Onde estamos? — perguntei com a voz rouca.

— Quase em Sazi — Jin disse. Ele indicou o céu com a cabeça, e notei um pequeno pássaro voando em círculos sobre nós. Maz, nosso batedor.

Um súbito pânico tomou conta de mim. Precisávamos desacelerar. Precisávamos ser cuidadosos.

— Posso caminhar — eu disse rápido. — Izz, pare, por favor. — O demdji obedeceu e eu passei uma perna por cima dele, deslizando de suas costas. Jin me seguiu, me ajudando a me equilibrar quando cheguei ao chão, zonza.

Abri caminho pela massa cansada de rebeldes e ex-prisioneiros. Precisava falar com Ahmed. Não podíamos simplesmente entrar em Sazi. Mas era tarde demais. Quando cheguei à frente do grupo, vi os arredores da cidade. Pessoas já se reuniam no fundo da encosta, encarando-nos ansiosas. Mas eu sabia que não estavam nos esperando. Estavam esperando Noorsham.

— Onde ele está? — alguém na multidão gritou conforme nos aproximávamos. — O que fizeram com ele?

Ahmed franziu a testa ao se voltar para mim.

— Do que estão falando?

Não respondi. Em vez disso, gritei para a multidão:

— Ele está... — "Morto" ficou preso na minha língua, ao pararmos a alguns passos de distância. Não era verdade. Ele não estava morto. Tampouco estava vivo.

— Noorsham não vai voltar.

Um murmúrio passou pela multidão em torno de nós conforme a notícia era digerida. Me remexi nervosa. Não levaria muito tempo para aquilo virar raiva.

— Você o matou. — A acusação veio de uma mulher magricela na frente da multidão.

— Não — protestei, sacudindo a cabeça, procurando frenética pelas palavras certas. Shazad abriu caminho para ficar ao meu lado. Dava para sentir a tensão se acumulando nela, como costumava acontecer antes de uma luta.

— Mentirosa! — alguém gritou do fundo, com raiva. O restante da multidão se remexia, incerto, mas eu não achava que demoraria muito para se voltarem contra nós.

— Ela não está mentindo — Tamid disse, mas sua voz foi abafada pelos gritos.

Sam chegou por trás de mim.

— Isso não parece bom.

Encorajado pela turba se formando atrás dele, um homem avançou em minha direção. Shazad podia estar fraca, mas ainda se movia mais rápido do que muitos, e em um segundo se colocou entre nós.

— Tente — ela desafiou.

O homem deu outro passo, parecendo realmente pretender nos enfrentar. Eu me sentia drenada. Exaurida demais para lutar. Mas não tínhamos escolha. Ahmed tinha nos levado de volta para lá, quando devíamos ter passado longe. E agora tínhamos uma turba para enfrentar. Eu tinha visto do que eram capazes quando haviam nos forçado a confrontar o Olho. Podíamos estar em número igual, mas éramos um bando maltrapilho de prisioneiros cansados, e eles eram uma massa furiosa de devotos.

Atrás do homem beligerante, uma mulher pegou uma pedra do chão e se preparou para arremessá-la.

E então, justo quando os últimos raios do sol começavam a se apagar, uma luz surgiu da face da montanha. Bem entre Shazad e o primeiro homem que tinha nos desafiado, o ar pareceu se revirar, mudando a escuridão para dezenas de cores. E então se espalhou no espaço aberto entre os habitantes raivosos de Sazi e nosso grupo, formando uma coleção de soldados de bronze encarando uma muralha ardente. Uma ilusão em miniatura do que tinha nos aguardado do lado de fora de Eremot.

A mulher cambaleou para trás, derrubando a pedra enquanto minúsculos abdals surgiam em torno de seus pés como flores. Delila deu um passo à frente, destacando-se.

— Ela não está mentindo. — Falava suavemente, mas isso não a impedia de ser ouvida. Não quando estava conjurando imagens no ar. — Ele não está morto. Caminhou para os braços da morte como um herói. — Enquanto Delila contava, uma imagem pequena de Noorsham se materializava, avançando.

A voz dela era gentil e melódica. Sempre fora. Era o que fazia todo mundo achar que era frágil, que precisava ser protegida. Mas também era uma boa voz para histórias. Ela prendia a atenção da multidão facilmente, conforme suas palavras e ilusões trabalhavam juntas para narrar. Delila escolhia suas palavras com cuidado, parando nos momentos certos. Ela, que tinha sido assunto de tantas histórias, sobre a esposa infiel do sultão e o retorno do príncipe rebelde, naquele momento contava outra. Sua voz falhou quando chegou no final, quando a alma de Noorsham se esvaiu do corpo, assumindo o lugar da Muralha de Ashra.

— Como podem ver — as ilusões de Delila sumiram no ar —, ele não vai retornar. Mas nós viemos aqui.

Escuridão e silêncio se seguiram, conforme a magia das palavras lentamente se dissipava.

E então um homem caiu de joelhos. Outro caiu atrás dele, e então outro e outro, até que, no espaço de alguns instantes, todo o povo de Noorsham estava ajoelhado diante de Delila.

Ela tinha conseguido. Havia nos salvado. E sem uma única arma. Eu tinha me esquecido da força que uma história podia ter.

De repente, do meio da multidão, um garoto se levantou abruptamente. Percebi que o conhecia. Ele era da Vila da Poeira. Chamava Samir e era cerca de um ano mais novo do que eu. Minha mão procurou uma arma que não estava lá. Mas ele não fez menção de atacar.

— Você é realmente o príncipe rebelde? — Samir perguntou.

Todos os olhos se voltaram para Ahmed.

— Sou.

— Eu poderia lutar por você — o garoto declarou em altos brados. — Contra o sultão. Ele matou nosso líder. Nos expulsou de casa. — Um murmúrio de concordância passou pela multidão. — Eu lutaria por você.

— Eu também. — Outro homem, mais velho, se levantou. — Se nosso líder estava disposto a morrer por você, eu também estou.

— E eu. — Era uma garota que se levantava agora, com o cabelo escuro e curto atrás das orelhas, a voz um pouco mais baixa que a dos homens.

— Eu também. — Eu conhecia aquela voz. Era Olia, minha prima mais próxima em idade, depois que Shira tinha partido. Nunca imaginara que alguém como ela podia se importar com alguma coisa a ponto de lutar por ela. Mas Hala tinha sido assim muito tempo antes. Eu também. Notei a mãe de Olia, a segunda esposa do meu tio, segurar o braço dela, como se fosse puxá-la. Mas Olia se soltou, mantendo-se altiva enquanto outros levantavam em volta dela, declarando sua lealdade.

Delila tinha feito muito mais do que nos salvar. Havia mobilizado as pessoas.

Todos os olhos estavam em Ahmed quando percebi Shazad se afastar devagar da frente do grupo, escapando sorrateira.

Sam também a viu. Ele ergueu uma sobrancelha para mim quando nossos olhares se encontraram. Sacudi a cabeça em negativa, querendo dizer: *Fique aqui*. Saí discretamente atrás dela.

Pelo menos dessa vez ele obedeceu.

— Shazad. — Eu não a chamei até estarmos longe do alcance dos ouvidos dos outros. À minha frente, na encosta da montanha, ela se sobressaltou, quase perdendo o equilíbrio. Eu nunca tinha visto algo rápido ou silencioso o suficiente para surpreendê-la.

— Desculpa — Shazad disse, quando percebeu que era eu. — Eu tinha que sair. Não conseguia respirar. — Ela se agachou para sentar na encosta da montanha. — Precisava... — Ela deixou a frase no ar, incerta sobre do que precisava. Eu tampouco sabia.

— Quer que eu vá embora?

— Não — ela disse. — Não quero ser... — Ela se interrompeu, rindo com pesar. — Eu não tinha medo do escuro quando era nova.

— Ainda somos novas — eu disse, agachando ao lado dela. Shazad tinha ficado sozinha no escuro por três dias. Seria suficiente para deixar muitas pessoas mais do que assustadas.

— Eles também — ela disse. Seu rosto entrava e saía das trevas no início da noite, como se estivesse sendo levada pela correnteza e eu tivesse que lutar para segurá-la. — E alguns vão morrer por nossa causa, você sabe.

Eu sabia. Mas dizer isso em voz alta tornaria tudo verdade, o que eu não queria.

— Mandei Imin para a morte — ela disse, depois de um longo momento de silêncio. Fiquei calada. Já imaginava que tinha sido Shazad a autora do plano para que Imin morresse no lugar de Ahmed. Ela era a estrategista. Era ela quem fazia as escolhas difíceis por nós. — O que significa que matei Navid também. — Aquilo me pegou de surpresa. Percebi de repente que não o vira na fuga de Eremot. Mas não tinha visto muitos rebeldes. — Ele simplesmente caiu morto na prisão sob o palácio. Parou de respirar quando o sol se pôs.

— Quando Imin foi decapitada — percebi. Eles tinham feito um voto quando se casaram: *Compartilho minha vida com você. Até o dia da nossa morte.* Um voto feito por um demdji era algo perigoso. Lorde Balir havia contado com isso para salvar sua vida. Mas também era o que havia extinguido a de Navid.

— Achei que ia morrer lá embaixo. Vi os dois de novo e de novo. Esperando por mim.

Eu não achava que Shazad estivera sozinha no escuro. Não achava que aquelas imagens fossem apenas culpa. Mas naquele momento achei que contar minha teoria não ajudaria.

— Eu matei Hala — eu disse, com a voz falhando. Shazad levantou a cabeça de imediato ao absorver minhas palavras. Não era como se a tivesse deixado morrer ou a enviado para a morte. Eu tinha tomado sua vida.

— O que aconteceu? — ela perguntou, depois de um instante. Soava mais ponderada, mais como ela mesma. Como uma general estudando cada detalhe da última fatalidade.

— O sultão ia controlar Hala se eu não a matasse... — A frase ficou no ar. — Fiz o que precisava ser feito. O que você teria feito.

Ficamos em silêncio, sentadas lado a lado na montanha, os ruídos do acampamento lá embaixo flutuando até nós, lamentando por aqueles que havíamos perdido: Hala, Navid, Imin, Shira, Bahi e tantos outros que nem conseguíamos contar. Lamentando que nem todos conosco em Sazi viveriam para ver Ahmed sentar no trono, se aquilo fosse acontecer.

Incluindo eu mesma.

— Tamid disse... — Hesitei, mas precisava contar para alguém. Ninguém sabia o que ele havia me contado na Casa Oculta. Não importara até aquele dia. Até Tamid ler as palavras pintadas acima do portal que levava a Zaahir. As mesmas que tinha procurado em todos os cantos, aquelas que poderiam libertar o que restava de Fereshteh das entranhas da máquina e permitir que ele morresse, nos dando uma chance na luta contra o sultão. — Tamid acha que tem uma boa chance de que eu morra se libertar Fereshteh. — Shazad levantou a cabeça de novo. — Mas se ninguém desativar a máquina, teremos que enfrentar os abdals. E não importa quantas pessoas se unam a nós, não acho que vamos ter muita chance contra eles.

Shazad levou a mão à boca enquanto refletia.

— Já contou isso a ele?

Ela estava falando de Jin, não Ahmed. Nós duas sabíamos, mesmo sem dizer uma palavra, que eu não poderia contar ao príncipe rebelde. Ele tentaria achar um jeito de me salvar. Mas eu tampouco sabia se conseguiria contar para Jin. Estava contando para Shazad porque sabia que ela entenderia. Lutaria por mim enquanto pudesse e lamentaria minha perda se não conseguisse me salvar. Mas não tentaria me impedir. Porque faria o mesmo no meu lugar.

Lembrei lá do início, quando estávamos no trem fugindo e eu a segurei, evitando que caísse nos trilhos e morresse. Shazad me dissera para soltá-la, assim como Hala nas mãos do sultão. Pelo bem maior. Ela nunca teve medo. Pensei no que Sam tinha dito no Peixe Branco: que quem não tinha medo de morrer era burro ou mentiroso. Eu sabia que não podia ser a segunda, mas não gostava de pensar que fosse a primeira. E o que eu seria se pedisse que outros morressem pela causa, mas não estivesse disposta a fazer o mesmo?

— Mas digo uma coisa a você: se for para morrer, acho bom vencermos essa porcaria de guerra.

Shazad deixou escapar uma risadinha enquanto dava impulso para levantar.

— Bem, então é melhor fazermos alguma coisa a respeito dos nossos novos recrutas — ela disse, oferecendo a mão para me ajudar.

Enquanto me puxava para cima, senti alguma coisa se chocando contra minha cintura. Quando olhei, soube o que era, mesmo com apenas um breve reflexo de luz no metal. A faca que Zaahir tinha me dado. De alguma forma, ela tinha sobrevivido a Eremot, aninhada no meu cinto.

Então percebi, com uma sensação gradual de pavor, que o jeito de vencer aquela guerra estava pendurado na minha cintura. Um jeito simples de garantir que minha morte valesse a pena.

Tudo o que eu precisava fazer era matar um príncipe.

28

O dia seguinte chegou com uma nova alvorada.

Não conversamos sobre o que havia sido dito no escuro da noite anterior. Tínhamos uma guerra para vencer.

Shazad e Rahim fizeram um inventário das armas entregues ao entrar no acampamento. Havia o suficiente para todos, se nos organizássemos. Jin, Sam e eu recuperamos nossas próprias armas. Ninguém pareceu notar que eu tinha uma nova faca na cintura.

— Quem sabe atirar? — Shazad perguntou aos novos recrutas, agrupados à frente dela. A maioria levantou as mãos. Aquilo não era surpreendente; estávamos no Último Condado. Quando você fabrica armas, tende a saber como usá-las. — E quanto à luta corpo a corpo?

As mãos caíram, e eu vi Samir se inclinar em direção ao homem do lado dele e dizer algo em voz baixa, com um sorriso no canto da boca.

—Tem algo a dizer? — Shazad perguntou, sempre atenta.

Tive a sensação de que ele se perguntava por que estava escutando uma mulher quando tinha declarado sua lealdade a um príncipe. Podia ver a mesma pergunta em alguns rostos à nossa volta.

— Estava dizendo que não adianta muito ter uma faca quando uma arma é apontada para você.

—Você já viu as ruas de Izman? — Shazad não esperou a resposta. — Elas são tão estreitas que metade do tempo não dá para caminhar com outra pessoa do lado, quanto mais virar rápido o suficiente para atirar antes que o oponente esteja em cima de você. *É aí* que você precisa ser capaz de lutar homem contra homem.

— E como uma mulher saberia lutar homem contra homem? — outro garoto disse, dando uma risadinha.

Shazad levantou as sobrancelhas. Dei um passo para trás.

— Sabe de uma coisa? — ela disse, virando na direção dele. — Por que não vem até aqui me enfrentar? Quem conseguir me acertar pode assumir o comando do treinamento.

Um pequeno público estava se juntando agora. Todos que já tinham visto Shazad lutar sabiam exatamente o que aconteceria. Os rebeldes se cutucavam enquanto o garoto dava um passo à frente, parecendo confiante demais.

— Não parece uma luta justa — o garoto disse, em um tom despreocupado. Tinha quase duas vezes o peso de Shazad, largo onde ela era magra, mais magra ainda depois do seu tempo em Eremot.

— Está longe de uma luta justa — Jin comentou da lateral. Todos formavam um círculo agora, aguardando.

— Ah, meu amigo. — Sam deu uma batidinha nas costas do garoto. — Sinto muito por sua perda.

— Minha perda? — o jovem idiota disse.

— Da sua dignidade.

Ele sorriu com pesar antes de dar um passo para trás e ficar ao meu lado.

O desafiante avançou em direção à general, com seus punhos desajeitados e sua força bruta. Shazad se movia como uma lâmina na água, concentrando-se nas pernas desajeitadas dele. Ela dançou facilmente sob seus punhos, pegando-o no tornozelo com o pé. E rápido assim ele estava no chão e ela mantinha uma faca na sua garganta. A luta tinha durado menos de três segundos.

— E agora você está morto — Shazad disse.

— Isso não é justo — ele disse, sem fôlego, lutando para respirar com o joelho dela pressionando seu peito. Tive a sensação de que Shazad estava pressionando um pouco mais forte do que era estritamente necessário, para fortalecer seu argumento.

— Foi você quem disse que não era uma luta justa. — Shazad levantou, embainhando a faca. O garoto cambaleou para ficar de pé também. Percebi que ia tentar golpeá-la de novo tarde demais para gritar um aviso. Mas Shazad não precisava de ajuda. Segurou a mão dele quando agarrou seu ombro, agachando-se e desequilibrando-o no processo. A própria raiva trabalhou contra ele, que tropeçou nela e caiu de costas, atingindo o chão com força novamente.

— Além do mais, a guerra não é justa. — Shazad virou, deixando-o tossindo na poeira. — Mas se vocês querem ver uma luta um pouco mais justa... — Ela olhou em volta no círculo, finalmente parando em Jin. Chamou-o com um aceno. Ele deu um passo à frente, entrando na arena improvisada e tirando a camisa no caminho. Na minha frente, entre os novos recrutas, vi uma das poucas garotas que tinha levantado para lutar por Ahmed baixar os olhos, envergonhada, antes de levantá-los de novo, com as sobrancelhas arqueadas. Jin parecia impressionante o suficiente de camisa, mas sem ela era puro músculo e tatuagens, em contraste com a estrutura mais delgada de Shazad. Ele alongou os braços, fazendo a tatuagem de bússola se movimentar.

Coloquei os dedos na boca, soltando um assovio alto. Jin riu, piscando para mim por cima do ombro. Não conseguia lembrar da última vez que as coisas tinham sido tão fáceis entre todos nós, a última vez em que estivéramos juntos daquele jeito. Não lutando para sobreviver, só vivendo.

— Se eles se matarem — Sam disse, deslizando para perto —, que tal eu e você deixarmos os joguinhos pra lá e ficarmos juntos?

Nem Shazad nem Jin se moveram de imediato, ambos estudando um ao outro de uma distância segura. Eu já tinha visto os dois lutarem, mas nunca um contra o outro. Eles tinham treinado Ahmed juntos, recordei. Antes dos jogos do sultim, quando ele havia enfrentado Kadir. Conheciam o estilo de luta um do outro. Não atacariam rápido demais.

Shazad moveu-se primeiro, um golpe direto atravessando as defesas de Jin. Ele bateu forte nela, o antebraço defletindo o ataque e mirando um golpe na lateral de seu corpo, enquanto Shazad desviava. Eles se separaram antes de se chocarem de novo. Sem esperar para recuperar o fôlego, Shazad mirou a mandíbula de Jin, que agachou para se esquivar, ganhando uma breve vantagem ao desviar para a esquerda enquanto ela rolava para longe do golpe que vinha na sua direção.

Eles lutavam como um borrão. Ela era mais rápida. Ele era mais forte.

No final, aconteceu tão rápido que quase não vi. Shazad se aproximou de Jin por trás como uma serpente, abaixando-se enquanto ele golpeava, a faca dele subitamente na própria garganta. Retirada do cinto sem ele nem perceber.

Sem pensar, minha mão dançou para a faca de Zaahir, a leveza de antes subitamente perdida.

Jin riu enquanto Shazad o soltava, jogando sua lâmina de volta para ele.

— Mais alguém? — ela perguntou, abrindo bem os braços. Ninguém se voluntariou. Eu não sabia o que mais seria necessário para treinar nossos recrutas, mas não achava que Shazad teria que se preocupar com recusas a seguir sua liderança.

— Bandida de Olhos Azuis — Samir me chamou, com os olhos brilhantes de alguém que ainda não entendia que lutar implicava sangue. Significava morte, não aventura. — Não vai lutar com ela?

— *Essa* não seria uma luta justa — Shazad disse.

— Não — concordei, e quando Shazad virou, estava encarando o cano da minha arma. Pisquei para ela. — Não seria.

Shazad tirou alguma coisa do bolso: uma laranja, colhida naquela manhã de um baú enterrado na montanha. Ela a arremessou no ar, num arco alto. Acompanhei o alvo com o cano da arma até seu ponto mais alto. E, logo antes de começar a cair, atirei.

A laranja caiu no chão numa confusão de polpa e casca dilacerada.

— Agora — Shazad disse, voltando-se mais uma vez para os recrutas —, vamos começar de novo. Quem acha que pode atirar como Amani?

— Eles estarão prontos quando chegarmos a Izman? — Ahmed perguntou aquela noite. Shazad tinha deixado todo mundo exausto de tanto treinar antes de liberá-los para ir às preces que Tamid conduzia ao pôr do sol.

Tamid estava de pé onde, poucos dias antes, eu tinha visto meu irmão abençoar os homens e mulheres reunidos. Conduziu todos em uma prece pela alma de Noorsham, pedindo que ele nos protegesse por muito tempo. Também rezou pela segurança daqueles que tinham se levantado para lutar ao lado de Ahmed.

Era estranho observá-lo; Tamid parecia à vontade. Como se estivesse destinado a ficar de pé diante de nosso povo, nossas famílias. Costumava pensar que nunca íamos nos encaixar naquele lugar. Mas ele se sentia bem ali, de um jeito que eu nunca conseguira. Ou nunca quisera.

Eu pertencia à rebelião.

Em vez de ir às preces, nos reunimos em uma pequena tenda apoiada contra uma das paredes do que costumava ser Sazi. Os últimos raios da luz ficavam vermelhos ao serem filtrados pela tenda, jogando um brilho parecido com uma chama em nossos rostos.

Nossa reunião ali era como um eco distante de algo familiar. Do nosso acampamento antigo e de todas as vezes em que estivéramos juntos para bolar um plano. Só que, agora, todos pareciam sombras de si mesmos. Ahmed, Shazad e Delila estavam exauridos. Marcados pela dor, pelo cansaço e por algo mais: a vivência do sofrimento que o sultão impunha ao país. Do que um homem no alto da hierarquia podia fazer com o resto. Do que significaria para aqueles que sobrevivessem se perdêssemos a guerra, para aqueles que deixaríamos para trás, sob o governo de um homem que tinha enviado hordas de pessoas para Eremot.

Éramos como uma imagem desbotada em um livro que tinha perdido muito do seu brilho.

— Acha que devemos levar os novos recrutas conosco? — Ahmed perguntou.

— Não acho que podemos nos dar ao luxo de recusar ajuda — disse Shazad.

— Mesmo com o consumo extra de suprimentos? — Eu podia ouvir a pergunta que Ahmed estava realmente fazendo. *Mesmo se os estivermos levando para a morte?*

A general olhou rapidamente para mim antes de prosseguir.

— Assumindo que a gente consiga desligar aquela máquina, é uma luta que pode ser vencida numericamente.

— Talvez precisemos deles antes de chegar a Iliaz. Considerando os novos amigos estrangeiros que Balir tem conquistado. — O comentário pareceu irritado, embora não fosse minha intenção. Rahim e Ahmed me olharam sem compreender. Não tinham passado tanto tempo longe, mas Miraji tinha mudado bastante. Eu vinha liderando a rebelião, mas agora tinha que devolver a autoridade a Ahmed. Achei que seria um alívio. Pelo visto havia me acostumado um pouco ao peso enquanto ele esteve fora. — As coisas mudaram enquanto vocês estavam em Eremot. E, sabe, não vai cair pedaço se de vez em quando você perguntar as coisas a alguém que de fato conhece o deserto. — As palavras saíam em uma torrente agora, meu sotaque ficando cada vez mais carregado. — Por exemplo, acho que teria sido interessante você saber como as pessoas reagiriam à ausência de Noorsham na nossa volta. Delila não precisaria salvar nossa pele. E outra coisa que posso dizer é que Iliaz está entupida de albish. Eles estão tentando forjar uma aliança com os gallans e avançar contra Izman juntos. Na minha opinião, se dois inimigos se virarem contra nós ao mesmo tempo, estamos perdidos. Mesmo que conquistássemos o trono, não seria por muito tempo. — Ahmed continuou a me escutar, pressionando um ponto da testa enquanto eu os atualizava. Que para chegar a Izman teríamos que passar pelas invenções de Leyla e por nossos inimigos estrangeiros. Que Iliaz estava ocupada. Então apontei para Rahim. — Seu lorde Balir também está ajudando, oferecendo passagem pelas montanhas para eles. Se não fizermos isso direito, vamos enfrentar mais inimigos do que podemos antes mesmo de chegar à cidade.

— Meus homens estão seguindo ordens — Rahim disse, na defensiva. — Não são traidores.

— Somos todos traidores — Jin apontou. Ele estava sentado com um joelho dobrado, o braço pendurado preguiçosamente nele, mas seu foco era claro. Ele não confiava em Rahim. Nem mesmo com Ahmed e Delila tratando-o como se fosse um irmão. Apesar de ser seu irmão também. — Precisamos que sejam traidores *em nosso favor*. O que faremos se não forem tão leais a você quanto pensa?

— Que tal nos preocuparmos com isso quando chegarmos lá? — interrompi, tentando separar a briga antes que começasse. — Aliás, como vamos chegar lá?

— Usando um dos nossos novos amigos de Eremot — Shazad disse, sem hesitar. — Haytham Al-Fawzi. Ele é, ou era, o emir de Tiamat antes de ser preso por abrigar simpatizantes rebeldes. Seu irmão governa Tiamat agora, mas a cidade pertence a ele por direito. Acredito que podemos retomar o poder lá.

— E é um porto marítimo — Jin completou, compreendendo. — Você quer viajar de Tiamat para Iliaz pelo mar.

— Seria mais fácil do que ir para o norte a pé — Ahmed disse, tentando pacificar as coisas. — Podemos atracar em Ghasab e chegar a Iliaz de lá.

— Não tenho tanta certeza de que quero retornar a Iliaz — Sam comentou, garantindo que Shazad ouvisse o que estava dizendo. E não tinha mesmo como ela não escutar, já que estávamos todos tão próximos um do outro que nossos joelhos se tocavam. — Considerando que quase morri naquele lugar. — Ele estufou o peito um pouco.

— Metade das pessoas aqui quase morreu em Iliaz — Rahim informou, tenso.

— No caso de Amani, só porque *você* atirou nela — Jin interveio, e Sam deu uma risadinha baixa. Olhei em volta no círculo e vi Shazad revirar os olhos. Mas eu estava procurando outra pessoa. Percebi que era Hala. Esperava que ela interviesse, dissesse algo que colocaria os valentões em seu devido lugar.

—As únicas pessoas que não vão para Iliaz são as que se comportarem como crianças — Shazad retrucou, ríspida. — Porque não quero crianças no meu exército. — Um rápido silêncio recaiu sobre a tenda. Shazad assumiu o controle. —Agora, eis o que vamos fazer.

29

A cidade de Tiamat nem teve chance.

Levamos quase duas semanas de caminhada para chegar ao mar. Teria sido duas vezes mais rápido se não tivéssemos parado com tanta frequência.

Quando a rebelião estava quase completamente recuperada de Eremot, finalmente nos preparamos para viajar. Empacotamos o que podíamos carregar, o que Sazi podia oferecer, usando os gêmeos e pessoas a pé.

Finalmente estávamos tão prontos para partir quanto possível.

Mas nem todos iriam conosco.

Tamid decidiu ficar. Eu já tinha imaginado que ele não ia nos acompanhar, mas ainda assim era um pouco perturbador partir sem ele.

— Você poderia ir conosco, sabia? — eu disse, na manhã em que nos preparamos para partir. — Seria bom ter alguém para curar os feridos. — Ele era bom no que fazia. Eu o vira fazer um curativo no nariz sangrando de Rahim alguns dias antes, quando Jin o acertara no rosto em uma demonstração para nossos novos recrutas. Dez dias em Sazi e o relacionamento daqueles dois não havia melhorado nem um pouco.

— Meu lugar é aqui, Amani. — Tamid se apoiava com força na perna postiça no chão irregular da montanha. — Sempre foi. — Dava para ver que sua mente estava em outro lugar. — Você não precisa fazer isso, sabia? — ele disse, finalmente. —Voltar lá e... — *Morrer*. Ele não conseguia dizer a palavra. — Se ficasse...

—Tenho que ir, Tamid — eu disse, interrompendo-o. — Meu lugar é com eles. — Ofereci um sorriso fraco para aplacar a dureza das palavras. — Sempre foi.

Ele assentiu. Eu sabia que entendia, mesmo sem realmente entender. Assim como eu entendia que ele precisava ficar ali, mesmo sem jamais ter entendido como poderia querer aquilo. Então só ficamos em silêncio na montanha. Esperando o momento em que nossos caminhos nos levariam para bem longe um do outro. Provavelmente para sempre. Era de manhã cedo e estava mais frio lá no alto. Um leve arrepio me percorreu. Para minha surpresa, Tamid estendeu os braços e colocou-os ao meu redor, sem jeito. Meu antigo amigo. Se fosse morrer em Izman, era bom saber que pelo menos tínhamos perdoado um ao outro.

Todos se despediram. Alguns olhos se encheram de lágrimas, conforme famílias diziam adeus para os homens e mulheres que tinham se juntado a nós. Havia cerca de três dúzias deles no final das contas, somados aos cerca de cem que salváramos das minas. Algumas das pessoas que tinham saído de Eremot decidiram não seguir com a rebelião. A prisão os tinha deixado quebrados demais para continuar a lutar.

— Amani. — Tia Farrah me parou quando estávamos virando para descer a montanha. Fiquei tensa. O que quer que tivesse para me dizer, tinha esperado até o último segundo. O que significava que não era algo bom. Shazad notou e parou do meu lado, como se estivesse de guarda. Fiquei grata pelo apoio, mas o rosto de tia Farrah não estava tomado pelo veneno dessa vez. — Shira... — Ouvi a dor em pronunciar o nome da filha morta. — Ela teve um filho?

— Sim. — Ajustei nervosa a alça do pacote de suprimentos que carregava. Tia Farrah era mais família para Fadi do que a rebelião; era sua avó. Tinha mais direito a criá-lo do que nós. Mas ele também era um demdji. Eu não podia simplesmente entregá-lo para ser criado como eu fui, sem saber quem era. Como Noorsham, uma bomba de puro poder esperando para explodir. Se ela me pedisse seu único neto e eu tivesse que dizer não... bem, talvez a estivesse deixando para trás em termos muito piores do que da última vez. Ainda assim, não me contive. — Ela deu a ele o nome de Fadi. Uma homenagem ao avô. Nosso avô. Seu pai.

— Se você... — tia Farrah começou a dizer, então mordeu o lábio, como se tivesse dificuldade de colocar as palavras para fora. — Eu gostaria de conhecer meu neto um dia... se for possível.

Esperei, mas dessa vez não houve ameaça, exigência, menosprezo em sua tentativa de obter o que queria. Hesitei antes de responder.

— Eu não sei... — *Não sei se posso confiar em deixá-lo com você.* — Eu não sei como as coisas vão terminar aqui. Estamos em guerra. — *E existe uma boa chance de eu não estar viva para trazê-lo até você.*

Tia Farrah assentiu duramente.

— Eu sei. Mas vai tentar?

Isso eu podia oferecer a ela. Era uma promessa que eu poderia manter.

—Vou.

Então dei as costas a ela, antes de ver a esperança surgir em seu rosto, sabendo que tentar talvez não fosse o suficiente.

Descemos pela montanha em direção ao túnel ferroviário que ligava Miraji ocidental ao oriente, passando pelas montanhas centrais. Haytham Al-Fawzi estava ansioso para recuperar sua cidade. Todos estávamos ansiosos para terminar aquela guerra.

No caminho, passamos por Juniper e Massil, o lugar onde Jin e eu tínhamos nos juntado a uma caravana na época em que eu mal era a Bandida de Olhos Azuis e ele não passava de um estrangeiro. Não éramos uma demdji e um príncipe. Eu não sabia que o djinni que contavam que inundara o mar com areia em Massil era meu pai.

Lá, de pé no mesmo poço no meio da cidade onde Jin certa vez lutou para provar sua destreza para a caravana Joelho de Camelo, Delila contou a história do príncipe Ahmed novamente, como tinha feito em Sazi, com imagens que correspondiam às suas palavras fluindo de seus dedos. Quando terminou, tínhamos mais meia dúzia de recrutas. A maioria era de jovens da cidade em ruínas, mas alguns deixaram suas caravanas para nos acompanhar. Deixar o clã geralmente não era bem-visto, mas assumiram o risco e colocaram suas vidas em nossas mãos.

Um dia depois de passar por Massil, cruzamos o túnel ferroviário que levava do deserto para Miraji oriental. Partimos ao nascer do sol, andando o mais rápido possível. Todos sabiam que não era uma boa ideia estar sob a montanha quando escurecesse. Conseguimos chegar ao outro lado antes da noite cair.

Por pouco. O sol estava se pondo quando saímos.

Meses haviam se passado desde que perdêramos o acampamento rebelde no ataque, mas, por um momento, quando chegamos ao outro lado da montanha, pensei que não estava saindo de um túnel, e sim de uma porta secreta.

O vale que se estendia abaixo de nós era esmeralda, com colinas cobertas de grama. Nada de areia do deserto. Aquela era outra Miraji, parecendo estar a mil quilômetros de distância daquela na qual eu crescera. Árvores pesadas com as últimas frutas do verão pontilhavam a paisagem entre os campos, e o ar cheirava a chuva. Abruptamente, os gêmeos partiram, assumindo a forma de dois falcões para mergulhar vale abaixo, seus guinchos altos preenchendo o ar.

O sudeste de Miraji era cheio de vilarejos agrícolas, e paramos em cada um que havia em nosso caminho. Delila contava a história de Ahmed e mais gente se juntava a nós, preparando seus suprimentos para acompanhar o herói de Miraji, o príncipe rebelde trazido de volta à vida. Em pouco tempo, a história tinha se espalhado à nossa frente, mudando de forma ao longo do caminho.

Diziam que Ahmed tinha sido escolhido pelos djinnis para salvar Miraji. Que tinha sido trazido de volta dos mortos, refeito pelas mãos das próprias criaturas que haviam nos criado. Para alguns, ele não era totalmente humano. Quando passávamos pelas cidades, as pessoas saíam de casa para rezar para ele, para chamá-lo, só para vê-lo. E alguém sempre se juntava a nós.

Se a pessoa soubesse lutar ou pudesse ser treinada, Shazad permitia que viesse conosco. Ahmed pedia aos mais jovens e aos mais velhos que ficassem para trás, que não oferecessem suas vidas, prometendo lutar por eles.

E havia também as histórias de que ele era invencível. Que tinha sido ressuscitado por um djinni e não podia ser derrotado. Senti minha mão deslizar para a faca de Zaahir inconscientemente enquanto aquela história era repetida.

Quando finalmente chegamos a Tiamat, éramos três vezes mais numerosos do que quando havíamos deixado as montanhas. Não éramos apenas uma turba. Tínhamos constituído um exército.

Ao meio-dia, estávamos na encosta que dava para a baía de Tiamat. Shazad estudava a cidade de braços cruzados, como se estivesse disposta a desmontá-la tijolo por tijolo. Tiamat tinha muros, mas podíamos atravessá-los facilmente. E tínhamos Delila, se precisássemos nos esconder. E os gêmeos, se precisássemos passar por cima.

— Não tem como o emir não saber que estamos a caminho — Shazad disse, pensando em voz alta, seu cabelo voando no ar quente que vinha do mar enquanto observava nosso alvo. Ela quase parecia com seu antigo eu, depois de semanas de caminhada, ar fresco e sol.

— E não tem como acharem que podem resistir ao nosso ataque. Ele nem tentou barrar os portões.

— Não — concordei, apertando os olhos em direção à cidade lá embaixo. Estávamos quase lá, e senti um surto súbito de impaciência ao ver nosso alvo. Os navios de que precisávamos estavam aportados logo depois daqueles muros. Prontos para nos levar para o norte. — Então que tal simplesmente entrar?

Imaginei que Shazad fosse discordar de mim. Mas não.

Entramos na cidade como se tivéssemos sido convidados. Haytham e Ahmed lideraram o avanço, seguidos por Shazad e eu, com Jin protegendo a retaguarda. Os gêmeos mantinham sua vigília lá em cima como beija-flores, zunindo de um lado para o outro, prontos para mudar para uma forma mais ameaçadora se precisássemos. Rahim foi deixado com o exército perto da entrada da cidade. Caso precisássemos de reforços.

Ninguém nos parou nos portões de Tiamat, embora muitas pessoas tenham se aproximado para observar, curiosas: o príncipe rebelde, de volta dos mortos, caminhando lado a lado com seu emir por direito, que tinha sido levado meses antes. Eu nunca estivera em uma cidade daquelas. Marchamos por ruas limpas, largas e bem pavimentadas, canteiros de flores e plantas enfeitando paredes pintadas com cores vibrantes.

A grande casa do emir ficava no ponto mais ao leste da cidade, uma grande estrutura quadrada pintada de azul-claro dando para a água. Tão perto, na verdade, que a brisa do mar levantou a bandeira branca que tinha sido hasteada sobre seu telhado, agitando-a conforme nos aproximamos.

Então o irmão de Haytham tinha nos visto chegar. E estava se rendendo.

— Se alguém se rende, não se pode matar a pessoa? — Haytham perguntou, apertando os olhos em direção à bandeira sobre sua casa. Ele era cerca de uma década mais velho que nós, embora parecesse ainda mais depois do tempo que passara em Eremot. Seu cabelo encaracolado cobria a sobrancelha. Ele tinha ficado preso lá mais tempo que Ahmed e os outros, e carregava marcas que eu sabia que nunca seriam apagadas. Mas havia uma nova leveza nele agora que estava de volta à sua cidade.

—Tradicionalmente não — Shazad aconselhou.

— Por outro lado, somos bons em quebrar tradições — Jin comentou. Eu podia senti-lo logo atrás de mim enquanto subíamos os degraus brancos e limpos. Quando virei para trás para olhá-lo, seus olhos não estavam em mim. Estavam fixos nos navios no porto logo abaixo. Ele e Ahmed tinham passado a maior parte da vida no mar. Havia uma expressão de contentamento em seu rosto que eu não via fazia muito tempo, agora que nos encontrávamos tão próximos da água.

Entramos cautelosos na casa, apesar da bandeira branca. Mas não havia uma emboscada. Avançamos com cuidado. Corredores de mármore se estendiam ao nosso redor, vazios, assim como cada aposento, exceto pela brisa marinha balançando as cortinas. Não haveria ninguém ali de quem se vingar, mesmo que Haytham quisesse.

— Ele fugiu — o emir declarou, empurrando uma porta aberta que dava para um conjunto de quartos que imaginei que pertencessem ao emir. O interior estava revirado, como se alguém tivesse pego seus pertences correndo. — Covarde.

Ele devia ter ouvido que estávamos chegando. Mas eu sentia que não eram notícias de nosso exército ou de nossas armas que o fizeram fugir. Era a notícia de que o príncipe rebelde tinha voltado dos mortos. Nem precisamos lutar, com a história de Ahmed nos antecedendo.

Aquele era o poder de uma lenda.

Nos dividimos, começando uma rápida busca. O irmão de Haytham não podia ter chegado muito longe. Shazad e eu nos ocupamos do térreo, enquanto Haytham saía em busca dos criados que costumavam trabalhar ali. Se alguém tivesse respostas, seriam eles.

Shazad fez uma careta ao empurrar uma porta.

— O que foi? — perguntei, já estendendo a mão para sacar a arma.

— Não, não — ela me interrompeu. A porta dava para um pequeno pátio, com uma fonte na parede. Acima dela havia um mosaico inacabado e multicolorido. Parecia mostrar o rosto de um homem. — Se algum dia eu pensar que é uma boa ideia colocar um retrato de dois metros de altura de mim mesma em casa, você promete me dar um tabefe?

Dei risada, relaxando a mão na arma.

— Você sabe que é perigoso demdjis fazerem promessas — brinquei.

Ela estava prestes a dizer alguma coisa quando ouvimos o ruído. Parecia um choro de criança. Vinha de algum ponto logo atrás de uma porta de madeira no pátio. A leveza desapareceu do rosto de Shazad imediatamente, e ela pôs a mão na espada.

Shazad não disse nada. Nem precisava. Tínhamos lutado bastante juntas. Eu sabia do que ela precisava. Assenti discretamente enquanto se movia em direção à porta, sacando minha arma. Respiramos fundo.

Shazad empurrou a porta abruptamente, com a espada empunhada, enquanto eu oferecia cobertura com minha arma.

E então paramos.

Além da porta ficava outro jardinzinho, cheio de pessoas encolhidas. Contei cerca de duas dúzias de mulheres e pelo menos duas vezes mais crianças, desde bebês de colo até algumas de treze anos.

Shazad abaixou a lâmina, mas as crianças já estavam chorando. As mulheres puxaram os bebês para mais perto do peito.

— Está tudo bem! — ela disse, levantando as mãos agora vazias. — Não estamos aqui para machucar vocês.

Eu sabia quem eles eram. O nome do garoto escondido atrás da mãe ali perto era Bassam. Eu o vira certa vez, de pé na beira de um lago, com o arco na mão, passando pelo rito da maturidade. A mão de seu pai estivera em seu ombro.

Eram as esposas e os filhos do sultão.

Leyla dissera que o restante do harém tinha sido mandado embora quando o cerco se aproximara. Para um lugar seguro.

Tiamat era aquele lugar. Pelo menos até chegarmos.

— Não vamos ferir vocês — Shazad repetiu, enquanto eu tocava a faca que Zaahir tinha me dado.

Use para tirar a vida de outro príncipe, e prometo que este sobreviverá à batalha para tomar o trono.

A vida de um príncipe pela de outro.

Achei que ele tinha dito aquilo como uma provocação brutal, que eu deveria matar Jin ou Rahim, quando sabia que nunca poderia fazê-lo. Uma oferta de ajuda que eu nunca usaria.

Só que eu havia mantido a faca. E agora estava diante de dezenas de príncipes.

Não estamos aqui para machucar vocês, Shazad tinha dito a eles.

De repente, perdi o fôlego. Fugi do jardim, ignorando os chamados de Shazad. Achei meu caminho rapidamente de volta para a rua. Encontrei a estrada para o mar com facilidade, e logo estava de pé nas docas, observando os navios e a extensão de água interminável e aterrorizante. Arranquei a faca da bainha e a arremessei. Tinha boa mira — ela fez um arco e aterrissou no meio das ondas, afundando bem longe do meu alcance. Tirando de mim a chance de fazer algo tolo e desesperado.

— Não me admira que quisesse salvá-lo. — Levantei a cabeça, assustada pela voz. Havia um homem atrás de mim, com as costas contra a parede e uma pequena coleção de moedas diante de seus pés sujos e descalços. — Tem medo de fazer as escolhas erradas, não é?

Olhei em volta, confusa, mas todas as outras pessoas nas docas estavam cuidando da própria vida, sem olhar nem de relance em nossa direção. O homem não podia estar falando com outra pessoa além de mim.

— Quer saber o que eu acho? — Ele parou e estendeu a mão na minha direção, como se estivesse implorando por uma moeda. Encontrei uma moeda no bolso e a entreguei. — Acho que você é egoísta. — Ele a embolsou rápido. — Todos aqueles príncipes para escolher, que não significam nada para você, e não consegue matar um deles para salvar milhares de pessoas, quando lhe dei essa oportunidade.

Foi então que ele me encarou diretamente, e vi que seus olhos eram da cor de brasas.

— Zaahir. — Eu o reconheci, mesmo disfarçado de humano. — O que você quer?

— Queria saber o que você faria. — Ele levantou, deslizando as costas pela parede de pedra atrás dele. — Mas também estou aqui para cumprir minhas promessas. — Enquanto falava, seu corpo mudou, transformando-se no de um jovem perturbadoramente parecido com Ahmed. — Você queria um jeito de colocar seu príncipe no trono, e prometi dar um a você. Mas acabou de jogá-lo fora.

Jin me dissera uma vez que a coincidência não tinha o mesmo senso de humor cruel do destino. Os djinnis tinham o mesmo senso de humor cruel — e poder o suficiente para abrir uma montanha. Para transformar um garoto numa muralha de chamas. Para me levar até ali, do outro lado do deserto, e me dar exatamente o que tinha pedido: um jeito de manter Ahmed vivo.

— São crianças.

— Você também é — ele disse. — Importa mesmo se uma vida dura um punhado de anos, dois ou três? — Percebi que ele realmente esperava uma resposta. Havia passado toda a sua existência fora do mundo mortal. Não nos entendia nem um pouco. Não compreendia a diferença entre ter dez, vinte e cem anos. Éramos todos jovens para ele. — Seria mais fácil matar se fosse um homem? — ele perguntou.

— Não, não deve ser isso, porque então você teria matado os outros dois príncipes com quem viaja. Ah, mas você precisa deles. De cada um de um jeito diferente. — Quando sorriu, seu rosto se transformou novamente, ficando parecido com o de Jin. — Você já matou antes, filha de Bahadur. Não negue.

— Matar pessoas para salvar... — Eu me interrompi quando um sorriso dissimulado se espalhou pelo rosto perturbadoramente parecido com o de Jin. — Matar pessoas em combate é diferente.

— Isso é uma guerra. Mas, se insiste, eis outro presente que posso dar a você.

Ele se moveu rápido demais para meus olhos acompanharem. Desapareceu de onde estava e reapareceu bem na minha frente. Não tive nem tempo de evitar antes que me segurasse, com mais força do que qualquer mortal poderia. Era mais como estar presa nas rochas de uma montanha do que ser segurada por braços feitos de carne e osso.

— Esse é meu novo presente, filha de Bahadur.

Então ele me beijou, antes que eu pudesse me afastar. Não como um homem mortal. Sua boca era de fogo, e a minha ardia sob ela. E então, com a mesma rapidez, se afastou.

Por um instante, algo mudou em seu rosto. A certeza se transformou na mesma insanidade perplexa que tinha visto em sua expressão na montanha. Lembrei algo que ele tinha dito. Que eu parecia com ela. A primeira heroína. Ele tinha convivido com a mortalidade tanto tempo quanto os outros djinnis, mas longe do mundo. Não tinha sido amolecido pelo tempo ou pela morte de milhares como eles tinham.

— O que foi isso? — Levei a mão à boca, mas meus lábios estavam na mesma temperatura de sempre.

— Um presente de vida. — Seu toque não parecia pele quente: parecia ar, pedra e fogo. — Você não pode mantê-lo. Mas pode passá-lo adiante, e prometo que a pessoa que o receber viverá até a velhice.

Primeiro ele tinha me dado a chance de matar alguém, agora estava me dando a chance de salvar alguém. Ahmed, se quisesse.

Ou Jin. O pensamento egoísta surgiu mais rápido do que pude evitar.

E então tive outra ideia. Balir. Se usasse nele, poderíamos tomar Iliaz sem derramamento de sangue, como tínhamos tomado aquela cidade. Eu poderia oferecer a ele um jeito de escapar da morte.

30

Eu odiava o mar.

Içamos a vela na manhã seguinte, com Haytham nos fornecendo um dos navios da sua cidade recuperada e uma tripulação para conduzi-lo.

Da última vez que eu tinha estado no mar, fora drogada e transformada em prisioneira a caminho do palácio. Mas não estar acorrentada acabou não sendo muito melhor. O convés nunca parava de mexer, e depois que perdi a terra de vista um pânico estranho me acometeu. Ahmed me encontrou no interior do navio na primeira noite com a cabeça em um balde. Ele sentou pacientemente ao meu lado, passando a mão com gentileza nas minhas costas enquanto eu vomitava.

Esperei até ter certeza de que não restava mais nada no estômago antes de falar com ele, mesmo sem conseguir reunir coragem de levantar a cabeça da segurança do balde.

— Como você me encontrou? — Sentia gosto de bile na boca.

— Sam — ele disse, enquanto eu levantava devagar o rosto. Ahmed me passou um cantil de água. Aceitei com as mãos tremendo e fiz bochecho para lavar a boca, cuspindo no balde. — Ele disse que não viu você comer nada hoje.

— Deveria me sentir lisonjeada que ele conseguiu tirar os olhos de Shazad por tempo suficiente para notar o que eu estava fazendo. — Afastei um fio de cabelo curto demais para ficar atrás da orelha.

— Aqui. — Ahmed me passou uma folha verde achatada. — Mastigue isso. Vai acalmar seu estômago. Peguei um pouco com o pai sagrado em Tiamat. Achei que poderíamos precisar. Também levei um tempo para me acostumar ao mar, quando eu e Jin embarcamos em nossas aventuras.

Hesitante, enfiei aquilo na boca. Não tinha gosto ruim — era doce e frio na língua. Mastiguei devagar. Ahmed observou enquanto eu tentava me colocar de pé.

— Amani, preciso te perguntar uma coisa — ele disse, depois de uma pausa. Se Ahmed tivesse mais malícia, eu teria achado que fora atrás de mim no momento em que eu estava mais vulnerável de propósito. Mas ele não faria nada do tipo. — Depois que tudo isso acabar, não vou tomar o trono.

Aquilo conseguiu minha atenção.

— O quê?

— Pelo menos não do mesmo jeito que meu — ele prosseguiu logo, antes que eu pudesse começar um sermão. — Não pela força, sem dar ao povo uma escolha. Você estava certa: preciso prestar atenção nas pessoas que conhecem o deserto. Vou realizar uma eleição. Deixar as pessoas escolherem seu governante, como acontece nas repúblicas ionianas. Qualquer homem ou mulher que achar que pode ser um governante melhor do que eu poderá se candidatar. Se as pessoas concordarem, poderão optar por outra pessoa que não eu.

Eu o encarei de volta, tentando absorver tudo.

— Por que está me dizendo isso?

— Porque... — Ahmed esfregou a cicatriz na testa. Era um hábito de quando estava refletindo. — Quero saber o que acha disso.

— Por quê?

Percebi que não estava elaborando muito minhas perguntas. Eu não soava inteligente o bastante nem para amarrar minhas próprias botas, muito menos aconselhar um governante naquele tipo de assunto. Mas, em Sazi, tinha dito que ele não sabia de nada. Que devia me escutar.

— Amani, você conhece este país melhor do que qualquer outro membro da rebelião. Acha que vai funcionar?

Pensei a respeito.

— O que você faria quanto aos jogos do sultim? Eles têm sido usados para determinar o próximo governante desde os primórdios. É uma tradição difícil de quebrar.

— Sei disso. Acha que consigo?

O sultão tinha dito algo para mim na noite de Auranzeb, com o sangue do filho ainda em suas mãos. Que o mundo estava mudando. Que a época dos imortais e da magia estava no fim. Que eles não deveriam poder reger mais nossas vidas — nós é que governaríamos a deles. O sultão era um homem cruel e egoísta. Mas talvez não estivesse errado ao dizer aquilo. Talvez fosse hora de mudar. Talvez o deserto estivesse pronto para escolher seu próprio governante.

— Sim. — Assenti devagar, ainda um pouco zonza. — Acho que pode funcionar.

Os ombros de Ahmed caíram de alívio, e percebi que ele estava nervoso, esperando minha opinião. Ele pressionou a articulação do dedo contra o ponto na testa.

Estiquei a mão até seu cabelo, afastando um dos cachos escuros da frente.

— Onde conseguiu isso? — perguntei, antes que pudesse me conter. Eu conhecia a maioria das cicatrizes no corpo de Jin. Ahmed não tinha tantas. Mas tinha algumas.

— Ah. — Ele riu. — Isso foi minha culpa. Foi no nosso primeiro ano a bordo do *Gaivota Negra*. Eu aprendia a traçar percursos enquanto Jin passava a maior parte do tempo subindo e descendo pelo cordame. Cometi um erro um dia. Velejamos para dentro de uma tempestade que deveríamos ter evitado. Poderia ter causado um naufrágio. Mas tive sorte, só rachei a cabeça no convés quando o navio quase virou. Achei que ia morrer naquele dia...

— Você tem medo? — perguntei, deixando a mão cair. — De morrer? — Senti a memória do beijo de Zaahir pinicando nos meus lábios.

— Não sei. — Ele parou para refletir. Se alguém me tivesse feito a mesma pergunta, minha resposta seria imediata: "Sim, muito". Será que isso me tornava uma pessoa egoísta e covarde? — Já vi muito do mundo, entrei em contato com o que diferentes pessoas pensam sobre a morte, e não sei exatamente no que acredito que nos espera depois dela. Mas temo algumas coisas nessa vida. Talvez não *morrer*, mas *perder*. Ser aquele que nos levou para a boca do monstro, prometendo que era uma caverna de tesouros. Que outros morram, e que aqueles que já o fizeram por mim tenham se sacrificado à toa. Que tudo o que aconteceu e tudo o que eu fiz seja insignificante e acabe esquecido.

Éramos todos mais egoístas que Ahmed. Por isso ele nos liderava. E estava certo. Não estávamos na rebelião por nós mesmos. Por aquela vida. Mas pelo que poderíamos fazer pelo futuro. O resto de nós podia morrer pela causa. Mas Ahmed precisava viver.

Se eu usasse o beijo de Zaahir em Balir, Ahmed talvez caísse nos últimos momentos. Ele poderia morrer nos levando à vitória. Mas eu tinha medo de que, se não o usasse em Balir, ficaria tentada demais a dá-lo a Jin.

Porque eu sempre seria mais egoísta que Ahmed.

Levamos três dias para chegar ao extremo norte de Miraji, e mais dois até nos aproximarmos de um porto novamente. No percurso para Ghasab, navegamos tão próximos da costa que a sombra das montanhas centrais caiu sobre o navio. Todos subiram para o convés para observar enquanto passávamos por elas, cruzando a fronteira da Miraji oriental para a ocidental, bem longe de onde tínhamos cruzado antes.

Estávamos chegando perto.

Perto de levar Rahim até seu exército, de tirar os homens de Balir e marchar com eles para Izman.

Eu só havia passado pela cidade portuária de Ghasab uma vez — duas se contasse quando fui arrastada inconsciente pela minha tia. Mas não tivera exatamente a oportunidade de conhecê-la.

Ahmed enviou os gêmeos para fazer um relatório um dia antes de aportarmos. Podiam ser alguns dias até Iliaz a pé, mas eram apenas algumas horas para dois falcões. Eles retornaram antes do sol se pôr. Maz aterrissou no cesto de gávea e desceu até o convés na forma de um macaco, enquanto Izz calculou mal o pouso e saiu rolando. Só não quebrou o pescoço porque se transformou em uma serpente antes de voltar a ser um garoto pelado aos nossos pés.

Izz chegou até nós primeiro.

— Tem um exército — ele disse, sem fôlego, mas sem conseguir esconder a alegria de ganhar de Maz.

— Vocês estavam apostando corrida? — Shazad perguntou, jogando uma camisa para Izz.

Ele a amarrou na cintura, em respeito a nós, e sorriu orgulhoso.

— Eu ganhei.

— Dá para notar — Shazad disse, passando uma calça para Maz, que chegava rabugento ao pé do mastro e se transformava em garoto de novo. — Como assim um exército?

— Iliaz — Maz disse, vestindo a calça. — Tem um exército acampado na base ocidental das montanhas.

— Eles usam bandeiras azuis — Izz adicionou.

— Gallans — eu disse, sentindo o sangue gelar. — O que estão fazendo aqui?

Eu tinha descoberto que meu enjoo era bem mais tolerável se ficasse no convés, onde o ar era menos viciado. E as folhas que Ahmed tinha me dado ajudavam um pouco. Estava dormindo no convés, sob as estrelas. Jin costumava ficar por lá também, ajudando a operar aquele navio monstruoso que eu não entendia nem apreciava.

Eu o vinha evitando desde que Zaahir tinha me beijado, já que qualquer vontade de beijá-lo envolveria uma decisão muito maior do que eu estava pronta para fazer.

— Provavelmente estão mantendo uma rota de suprimentos para Izman pelas montanhas. — Rahim cruzou os braços, apoiando as costas contra um dos enormes mastros. — É o que eu faria se estivesse montando um cerco. Era querer muito esperar que tivessem a decência de ficar fora do nosso país enquanto lutamos entre nós mesmos, não?

— Quantos? — Shazad perguntou, em tom mais sério. Ela olhou em volta rápido, garantindo que ninguém mais estivesse perto o suficiente para ouvir.

Os gêmeos trocaram olhares encabulados. Izz coçou o cabeço azul, que ficou espetado, antes de nos encarar.

— Muitos? — ele chutou.

— Diria que pelo menos duas vezes isso — Maz assentiu, solene.

— Um número grande demais para enfrentar diretamente — Jin interpretou para o resto de nós.

— Tem algum jeito de passar por eles ocultos sob uma ilusão? — Shazad perguntou para a princesa demdji.

— Acho que não consigo esconder tantas pessoas. — Delila mordeu o lábio enquanto olhava em volta. — Somos quase trezentos agora.

O vento marinho ficou mais forte, passando seus dedos flutuantes por nossos cabelos, jogando alguns fios soltos sobre o rosto da general, perdida em reflexão.

— Poderíamos voar sobre eles — disse Ahmed, pressionando o ponto na testa.

— Mas apenas carregando poucos de cada vez — Jin apontou, inclinado sobre o leme enquanto nos movíamos gentilmente pela água. Olhei para além da faixa estreita de oceano azul reluzente. Tínhamos acabado de passar pela montanha. A costa não era mais feita de campos verdes e pomares de frutas doces. Era areia dourada e quente. Deserto. Meu deserto.

— Levaria tempo demais — Rahim concordou com Jin, o que era raro. — E é um risco nos dividir.

—Você conhece essas montanhas; existe algum caminho alternativo? — Shazad perguntou a Rahim.

Eu me vi buscando a areia mesmo sem notar. Minhas costelas doeram em resposta, mas o deserto respondeu, deslocando-se enquanto eu tamborilava os dedos no ponto dolorido. Tive o início de uma ideia. Só não dava para dizer se era do tipo que ia matar todos nós.

— A montanha é bem defendida — Rahim disse. — Sem estradas, só trilhas. Podemos tentar um caminho, mas perderíamos pelo menos uma semana, e...

— E se atravessarmos direto? — perguntei, interrompendo-o. — Não pelo lado ou por cima, mas pelo meio — eu disse, fazendo um pequeno gesto para a frente, como uma faca cortando a seda. Mesmo daquela distância, senti a areia se deslocar, como uma corrente de água. As engrenagens na minha cabeça ainda estavam girando. Eu me perguntava se realmente poderíamos fazer aquilo ou se eu estava enlouquecendo.

— Não — Ahmed já estava balançando a cabeça. —Vocês ouviram Shazad: uma luta seria suicídio. Não podemos arriscar.

Mas Shazad me conhecia bem o suficiente para saber que nem eu era imprudente o bastante para sugerir passar lutando. Ela estava me observando, sua mente trabalhando rápido, tentando descobrir qual era minha ideia.

—Você não está falando de uma luta, está?

— Não uma luta justa, pelo menos. — Podia sentir o entusiasmo borbulhando. — E se passássemos de navio?

Houve alguns instantes de silêncio completo, com todo mundo me encarando como se eu fosse maluca. Todos exceto Shazad, que entendeu de imediato. Jin a alcançou logo em seguida.

— Então, só para deixar claro... — Jin se inclinou para a frente, com seu olhar fixo em mim, falando devagar. Se o conhecesse um pouco menos, acharia que estava prestes a me dar uma bronca. Mas ele estava com aquele sorriso no rosto. Íamos nos meter em uma grande enrascada, e Jin estava adorando. — Você está sugerindo navegar pela areia usando seu dom?

— Acha que funcionaria? — Shazad perguntou.

— A areia é funda o suficiente — eu disse. Quanto mais pensava, mais animada ficava. Era a adrenalina de estar de volta ao deserto. — Acho que posso tentar.

—Você sabe que um navio não é achatado, certo? — Jin disse, mas a faísca continuava lá. — Você vai ter que manter o casco equilibrado.

— Sem seus poderes em força total? — Ahmed perguntou. — Amani, é arriscado.

Eles não confiavam em mim. Não inteiramente. Podia ver a dúvida pairando em cada um dos rostos que me olhavam. Achavam que eu não era forte o suficiente. Que tinha autoconfiança demais. Mas se meu poder estava se esvaindo e meus dias estavam contados, então podia muito bem usar o que restava para fazer algo grandioso. Deixá-lo fluir todo para fora de mim antes de morrer.

— Tudo o que fazemos é arriscado — eu disse. — E temos lutas mais difíceis do que essa esperando por nós em Izman. Não quero perder mais tempo.

— Tem certeza de que está pronta para isso, Bandida? — Jin segurou o leme com mais força.

Dei de ombros.

— O que pode acontecer?

— Podemos todos morrer — Rahim respondeu.

— E qual é a novidade? — perguntei.

Observei as pessoas à minha volta lentamente absorverem a ideia de que talvez puséssemos aquele plano em prática. E o que aquilo podia significar. Talvez fosse possível.

— Seria um aríete e tanto — Shazad admitiu.

— Se Amani pode fazer isso... — Rahim começou a dizer.

— Ela pode — Jin disse, olhando para mim. Ele estava do meu lado, assim como Shazad. Só precisávamos de mais uma pessoa. Todos olharam para Ahmed. Ele era inescrutável. Um traço que compartilhava com seu pai. Inclinou a cabeça para a frente, pensativo, por um longo momento.

Eu estava prestes a dizer alguma coisa, a lutar pela minha ideia, argumentar que era capaz, quando ele levantou a cabeça. O príncipe rebelde tinha desaparecido. Ele não parecia mais com seu pai; finalmente parecia com um sultão.

E então assentiu.

31

O SOL NASCEU BRILHANTE E RELUZENTE na face leste do navio. O vento vindo do norte batia nas velas.

— É um bom clima para navegar. — Jin amarrou uma corda em torno da minha cintura. Estava tão próximo, com o sol tão forte atrás dele, que tive que apertar os olhos quando levantei a cabeça em sua direção.

Estávamos todos amarrados ao navio. Caso eu perdesse o controle da areia e o navio tombasse, ninguém seria arremessado para fora. Jin apertou a corda com mais força.

Esperamos até a primeira luz surgir antes de Ahmed, amarrado ao mastro, assentir para nós.

Jin começou a gritar ordens, como tínhamos planejado — instruções que eu não entendia, sobre velas simples e de estai. Começamos a nos mover, as velas inflando, as ondas lambendo o casco embaixo de nós, enquanto Jin manobrava em direção à costa.

Respirei bem fundo e senti a areia no fundo do mar oscilar lentamente em resposta, tentando lutar contra a água pesada em cima. Fechei os olhos e abaixei as mãos, concentrando meu foco ali enquanto acelerávamos sobre a água.

Senti a areia relutante enquanto a dor na lateral do corpo ficava mais forte, quase me derrubando enquanto eu me esforçava para controlar meu poder.

— Agora! — Jin gritou.

Puxei meu poder ao mesmo tempo que os marujos puxaram os nós. Velas inflaram ao vento e a areia se levantou para nos encontrar, chicoteando o fundo do navio.

Houve um balanço instável sob nós, fazendo a embarcação inclinar para a esquerda. Alguns gritos ecoaram pelo convés, e eu segurei com força, lutando para recuperar tanto meu equilíbrio quanto o do navio, deixando a areia embaixo de nós cair por um momento. Deixando a água voltar mesmo enquanto o deserto surgia à nossa frente.

Estávamos prestes a encalhar o navio. Eu torcia para conseguir mantê-lo em movimento.

— Agora, Amani. — Ouvi a voz de Jin novamente e soube que nosso tempo estava acabando. Precisávamos acertar, ou teríamos problemas bem maiores que águas turbulentas. Joguei as mãos para cima e para a frente, arrastando cada grão de areia que conseguia encontrar ao nosso redor como uma tempestade ganhando força, fazendo com que chegássemos à margem.

Atingimos a areia com uma força que chacoalhou todo mundo contra as muretas e o mastro. Eles se prepararam para o impacto, preocupados que desabássemos ao atingir a areia do deserto e caíssemos por terra, restando apenas corpos entre os destroços do navio.

Mas seguimos em frente. A areia não nos parou. Ela ondulou em torno de nós, carregando o navio por cima da costa e para dentro do deserto.

Estávamos velejando em um mar de areia.

O choque veio tão rápido que quase perdi o controle. Recuperei a concentração observando os bancos de areia se formando de cada lado, altos o suficiente para manter o navio estável. Impulsionando-nos para a frente como uma corrente, com a força do vento do nosso lado. Acelerávamos adiante.

Uma euforia frenética borbulhou dentro de mim, apesar da dor. Aquilo era impossível. Mas eu estava conseguindo.

Desloquei o navio, corrigindo o ângulo, quando Jin gritou instruções que não ouvi muito bem. Estávamos voando sobre o deserto implacável. Deslizávamos sobre o mar de areia.

Em um segundo, entendi por que Jin sentia saudades daquilo. A liberdade de planar pelo mundo, esquecendo por um instante de onde veio, sem se preocupar para onde ia. Estar em lugar nenhum por apenas um momento.

Não consegui me conter. Soltei um grito de comemoração. Shazad fez o mesmo em resposta. Ela estava de cara para o vento, com um sorriso que não tinha visto nela desde o resgate de Eremot. O resto do navio rapidamente nos acompanhou, comemorando ao soltar as mãos que tinham ficado com as articulações brancas de tanto se segurar. Ao se darem conta de que estávamos realizando o impossível.

O acampamento gallan surgiu no nosso campo de visão sobre a areia levantada, fileira após fileira de tendas aparecendo em nosso caminho como ilhas no mar de areia. Mas eu não tinha qualquer intenção de parar.

Enquanto nos aproximávamos, podia ver homens em uniformes estrangeiros saindo correndo de suas tendas, acelerando desesperados para sair do nosso caminho. A areia embaixo de nós ondulava conforme chegávamos cada vez mais perto.

— Preparem-se! — Shazad gritou, enquanto eu virava o navio para ficar bem na direção das tendas. — Levantem a bandeira!

Vi algo amassado nas mãos de uma jovem rebelde. Ela prendeu a bandeira em uma corda no mastro principal e começou a puxar, levantando-a bem alto. Shazad e Rahim começaram a gritar ordens de sacar armas, enquanto Jin dava instruções de manobra.

Não ouvi muita coisa. Porque ali, desenrolando-se acima de nós, no topo do mastro, estava a bandeira azul-escura com um sol dourado bordado. O símbolo de Ahmed. Uma declaração da rebelião.

Um sinal para os gallans de quem estava indo atrás deles, de que o país não estava disponível para ser tomado. Porque era nosso.

À minha volta, os rebeldes apontavam armas sobre a beirada do navio, usando a balaustrada como apoio. Vi canhões aparecerem em escotilhas espalhadas pelo casco. Perdi o foco, e o navio balançou um pouco. Mas nos mantive em movimento. Em direção ao caos súbito explodindo no acampamento.

— Todo mundo se segura! — Jin gritou, quando a frente do navio atingiu a primeira tenda.

Senti que ela se despedaçava embaixo do casco, como lenha sob uma bota.

— Fogo! — Shazad gritou enquanto investíamos, destruindo tendas no caminho. De repente, o ar se encheu de tiros e do estrondo dos canhões. Estilhaços voaram, destruindo tudo em seu caminho. O vento levantou uma tenda do chão, arremessando-a para o lado. O sol bateu nela enquanto voava acima de nós, filtrado por uma centena de minúsculos furos no tecido azul-escuro. Por um instante, foi como se uma centena de estrelas brilhasse sobre nós. E então a lona foi levada embora.

À esquerda, uma bala acertou um depósito de pólvora, provocando uma explosão de chamas que se espalhou pelo acampamento, como se ele fosse um papel queimando.

A areia arrastou um soldado, puxando-o na nossa direção, fazendo-o desaparecer sob a proa da embarcação. Pensei em um soldado parecido marchando pela Vila da Poeira quando eu era apenas uma garotinha, as botas levantando poeira enquanto arrastava um homem para fora de sua casa e o executava em nome dos gallans. Então não senti nem um pouco de pena.

Lutei contra a dor na lateral do corpo. Mesmo se afrouxasse um pouco o controle do deserto, o vento ia nos carregar até eu recuperá-lo. Forcei a areia ao nosso redor a empurrar com mais força, atropelando os gallans como uma onda. E então olhei para a frente. Diante de nós, a areia terminava, dando lugar à pedra. O deserto se transformava em montanhas. Entrei em pânico.

— Jin! — eu gritei.

— Eu sei — ele gritou em resposta, já gesticulando para os marujos baixarem as velas, tentando desacelerar o navio.

— Tem uma montanha ali! — gritei.

— Estou vendo — ele disse.

Eu precisava fazer alguma coisa. Observei os outros começarem a se mover freneticamente.

— Segurem-se! — gritei, mas minha voz se perdeu em meio ao ruído de tiros. Chamei a atenção de Shazad levantando levemente as mãos. Ela repetiu minha ordem, mas seu grito foi abafado também. Eu a observei tomar a decisão. Então sacou uma faca e cortou a corda na sua cintura. Praguejei em voz baixa.

Livre, Shazad foi andando pela linha de atiradores repetindo a ordem. Eles embainhavam as armas e passavam os braços pela balaustrada ou pelos mastros, segurando-se.

Esperei. Shazad precisava chegar mais perto. Precisava estar em segurança. Esperei. Esperei. Até não poder mais.

Usei meu poder com toda a força, jogando a areia para o lado em uma torção violenta, para mudar o trajeto do navio em um ângulo reto, puxando o deserto dos dois lados para nos apoiar. Tentei esticar a mão para Shazad quando o navio virou com força para a direita.

Ela estava longe demais. Já dava para perceber quando o navio começou a virar, preparado para catapultar para fora qualquer pessoa que não estivesse presa.

Jin chegou primeiro.

Largando o leme inútil, confiando em sua corda, ele correu pelo convés que se transformava em um declive íngreme. Enquanto eu lutava para manter o navio em pé.

Chegou a Shazad um instante antes de o navio inclinar demais, segurando-a contra si enquanto o chão virava, tensionando a corda em sua cintura.

Respirei de alívio ao ver que a tinha ancorado. Os dois balançaram como um pêndulo enquanto o caos se transformou em calmaria em torno de nós e o navio acomodou-se de lado na areia. Todos continuavam a bordo graças aos nós bem dados.

Eu mal conseguia respirar de tanta agonia, mas ouvi Rahim gritar:

— Está todo mundo vivo?

— Grite se você estiver morto — Sam adicionou. Shazad riu. E então eu estava rindo também. Não conseguia parar.

Porque o que tínhamos acabado de fazer era ridículo e impossível. Mas havíamos conseguido. Ainda estávamos vivos.

E quase na reta final.

32

Montamos acampamento na metade do caminho subindo a montanha, no último vilarejo antes da fortaleza de Iliaz. Balir certamente sabia que estávamos a caminho, mas não tínhamos deparado com nenhuma resistência ainda. O povo conhecia Rahim da época em que servira sob o comando do pai de Balir e, enquanto subíamos, muitos saíram às ruas para acompanhar. Quando paramos à noite, os locais deram as boas-vindas a ele, como se fosse o filho pródigo retornando. O vilarejo inteiro apareceu, carregando travessas de comida e jarras do vinho que tinha feito a fortuna de Iliaz. Não recebiam notícias da fortaleza havia semanas. Alguns diziam que Balir já tinha morrido.

— Ele não está morto — eu disse, erguendo a cabeça para observar a fortaleza. Podia ver torres de pedra através das escarpas, espalhando suas sombras pelas vinhas verdes que dominavam a colina. Estaríamos lá antes do meio-dia. Balir ainda estava vivo. E eu poderia mantê-lo assim. Não precisaríamos virar seu exército contra ele.

Não tinha contado a ninguém sobre o presente de Zaahir. Nem mesmo a Shazad. Não sabia bem o motivo. Mas precisava falar alguma coisa agora, enquanto Rahim preparava o plano para o dia seguinte e decidia como chegar à fortaleza. Enquanto calculava quantos de seus soldados achava que iam abaixar as armas imediatamente, a voz de uma garota veio do lado de fora.

— Não! — ela gritou. — Preciso falar com ele!

Em instantes, estávamos todos do lado de fora. A garotinha estava perto da entrada da casa que havíamos ocupado. Devia ter uns oito anos, com o cabelo preto preso em uma trança enrolada firme na cabeça. Ela esperneava e gritava enquanto nossos guardas a seguravam.

— Preciso falar com o comandante! Por favor!

— Mara. — Rahim abriu caminho até a pequena praça da cidade, onde pudesse enxergar direito a garotinha. Ela virou a cabeça ao ouvir seu nome.

— Comandante Rahim! — Apesar de um dos nossos rebeldes ainda a segurar, Mara o empurrou para cumprimentar Rahim. — Me solta! — Ela virou e pisou com tudo com seu calcanhar minúsculo no pé dele, forçando-o a soltá-la, lançando uma série de palavrões que não eram nem um pouco adequados aos ouvidos de uma garotinha. Não que Mara estivesse prestando atenção. Ela já corria na nossa direção.

— Gostei dela — disse Shazad. — Vamos torcer para que esteja do nosso lado.

— Eu que ensinei isso a ela — Rahim disse, com um discreto tom de orgulho na voz. Eu conseguia imaginar. Separado de Leyla, por quem teria feito qualquer coisa, ele tinha encontrado uma garotinha para substituir sua irmã mais nova. Rahim ajoelhou para encarar Mara no olho enquanto ela acelerava em sua direção.

—Você precisa ajudar! — Ela respirava com dificuldade, seu rostinho ruborizado. — Eu corri até aqui. Ele vai matar todo mundo! Todo mundo!

Rahim olhou para ela com o cenho franzido.

— Quem?

— Lorde Balir. — Ela engoliu em seco, tentando falar rápido o suficiente. — Ele sabe que estão chegando. Sabe que não tem nenhuma chance. E tem uma garota, uma princesa, dizem, que tem sussurrado coisas terríveis no ouvido dele por semanas. — Maldita Leyla. Nós a tínhamos tirado de Izman para evitar que causasse problemas, mas tinha conseguido mesmo assim. — Ele vai envenenar a tropa inteira para que você não possa tomar o exército.

Encaramos a garotinha enquanto absorvíamos aquelas palavras, o horror do que estava dizendo. E então partimos.

Obtivemos mais informações no caminho.

Mara trabalhava nas cozinhas de lorde Balir. Era a irmã mais nova de um jovem soldado da tropa de Iliaz. Tínhamos sido vistos ao chegar. Usar um navio como aríete não era exatamente discreto. Lorde Balir tinha anunciado para os soldados que haveria um banquete naquela noite em nossa homenagem.

Mara tinha trabalhado duro nas cozinhas com outra serviçal. A garota era nova. Não sabia que não podia provar o vinho. Ou simplesmente não se importava. Mara a viu cair morta bem na sua frente.

Parecia que Balir tinha decidido que, se não estávamos dispostos a oferecer uma demdji que salvasse sua própria vida, não ia nos deixar levar seu exército. Estava disposto a matar centenas por puro rancor.

Não conseguiríamos chegar lá a tempo indo a pé. Jin, Sam, Shazad e eu disparamos em direções opostas, procurando por Izz e Maz, enquanto Ahmed dava instruções sobre o que fazer enquanto não voltássemos. Rahim ficou com Mara. Encontramos os gêmeos logo, e bastou um punhado de palavras para que se transformassem em rocs gigantes. Quando voltamos, Shazad tinha separado as armas de que precisaríamos. Peguei a arma que ela arremessou para mim sem olhar, enquanto Jin me puxava para as costas de Maz.

Rahim também subiu, levando Mara conosco. Ela soltou um grito quando alçamos voo.

Numa questão de instantes, passamos voando sobre as muralhas da fortaleza, com os últimos raios de sol tocando o horizonte.

O pátio estava estranhamente silencioso quando aterrissamos; e as muralhas que sobrevoamos estavam vazias. Mas a fortaleza não estava deserta. Mais adiante, as portas que levavam ao salão principal estavam escancaradas. Luz, barulho e comemorações se derramavam convidativos pela penumbra enquanto descíamos das costas dos gêmeos.

— Sou só eu ou isso parece uma armadilha? — Sam disse, manifestando o que todos estávamos pensando.

— Não é só você — Shazad retrucou.

— Bem, esperar não vai mudar nada — Ahmed disse, tomando uma decisão. — Vamos.

Entramos em formação naturalmente: Rahim e Ahmed na frente, a pequenina Mara ainda agarrada à manga do comandante, Shazad e eu uma de cada lado, Sam e Jin na retaguarda, com os gêmeos entre nós, na forma de gatos.

Passamos por um enorme arco feito da mesma pedra vermelha do restante da fortaleza. Duas portas altas de madeira estavam abertas, levando-nos para um imenso salão de pedra. Ele se estendia por dois andares, com vigas de madeira pintada servindo de suporte para o telhado. À luz das lanternas a óleo penduradas, eu podia ver rostos de animais esculpidos nas vigas, observando a cena abaixo. Duas dúzias de mesas tinham sido organizadas no formato de uma ferradura. Estavam repletas de soldados, comida e jarras de vinho. Eu não tinha visto aquele salão em nossa visita anterior, quando fora convidada aos aposentos particulares de Balir. Agora ele estava em público, numa plataforma no fundo do salão, sentado em uma cadeira que mais parecia um trono, com um assento enorme e retorcido de madeira pintada para parecer ouro, repleta de almofadas.

Levou um momento até que nos vissem.

— Comandante Rahim, senhor! — um jovem soldado na ponta da mesa exclamou, derrubando sua cadeira ao levantar. Ela desabou no chão de azulejos com um ruído alto o suficiente para fazer várias outras cabeças virarem na nossa direção. A mão de Shazad foi para sua cintura, ao mesmo tempo que encostei no gatilho da minha arma para me sentir segura. O soldado avançou a passos largos para abraçar Rahim, soltando uma risada de alívio, então pareceu lembrar de quem era, soltou-o e fez uma continência desproporcional. — Achávamos que tinha morrido, comandante.

O salão estava se aquietando, com quase todos os olhares voltados para nós. Inclusive o de Balir.

Seus olhos estavam tão afundados que tudo o que eu conseguia enxergar eram poços de sombras. A aparência oca de seu rosto o fazia parecer mais cruel do que nunca. Balir estava desvanecendo rápido. Tão magro que parecia um garoto sentado no assento grande demais de seu pai, tentando protegê-lo de um príncipe que detinha muito mais poder do que jamais teria.

Por um instante, senti uma pontada de pena. Quando olhei em volta, vi as taças de vinho cheias, mas ainda intocadas. Eles tinham sido bem treinados, a maioria por Rahim. E Balir estava pronto para matá-los.

— Não é tão fácil se livrar de mim — Rahim disse, dando um tapinha nas costas do soldado. Suas palavras soaram relaxadas, mas seus olhos, fixos em Balir, não. — O que está acontecendo aqui?

A julgar por seu corpo em ruínas, eu não tinha tanta certeza de que Balir conseguiria ficar de pé, mas ele levantou lentamente.

— Uma comemoração adiantada pela sua chegada — ele declarou, sua voz ecoando pelo salão apesar da enfermidade. — E pela aniquilação da ameaça estrangeira. — Ele sinalizou para um dos criados, que se adiantou rápido com uma bandeja de taças de vinho para nós.

— Engraçado. — Rahim pegou a taça cheia sem hesitação. — Eu tinha ouvido rumores de que estava fazendo alianças com estrangeiros. Tenho certeza de que seu pai teria ficado impressionado.

Os olhos de Balir passaram por mim, Jin e Sam. Senti a memória da ardência do beijo de Zaahir em minha boca. Se eu queria dizer algo, fazer algo, aquele era o momento. Eu poderia salvá-lo; poderia acabar com aquilo sem que ninguém morresse. Olhei para baixo, para a taça de vinho que estava sendo oferecida a mim, e mantive a boca fechada.

— Bem, sim — Balir disse, depois de ter deixado a acusação de Rahim pairar no ar por bastante tempo. — Estou em boa companhia, fazendo alianças que nossos pais não aprovariam.

Rahim começou a avançar em direção à plataforma, caminhando de forma lenta e deliberada.

— Um brinde, então — ele disse.

Observamos centenas de homens levantarem seus copos obedientemente.

— Um brinde — Balir concordou. — Ao nosso estimado comandante Rahim, à sua vitória e ao seu retorno.

— Ao comandante! — a multidão ecoou, levantando seus copos. Eu estava prestes a gritar, a interromper, a avisá-los. Mas Rahim agiu primeiro.

— Esperem. — Ele levantou a mão. Era uma ordem gritada em um aposento cheio de soldados, emitida pelo seu líder. Seu verdadeiro líder. Todos pararam de imediato.

Ao redor de lorde Balir havia uma sala inteira de homens lembrando-o onde estava sua verdadeira lealdade. Lembrando-o que eram do exército de Rahim. O comandante estendeu sua taça para o lorde.

— Você não tem vinho, meu lorde. Não pode brindar à minha saúde sem. Além disso, seria rude que seus homens bebessem antes de você.

Rahim subiu na plataforma, ficando no mesmo nível de seu lorde. O comandante era pelo menos uma cabeça mais alto. Ele continuou encarando Balir enquanto oferecia sua própria taça para aquele que um dia considerara seu amigo.

Finalmente, lorde Balir estendeu a mão. Quando ambos estavam segurando a taça, Rahim se inclinou para perto de Balir. Eu vi seus lábios se moverem, dizendo algo para ele em voz baixa. Um sorriso triste se espalhou sobre o rosto do lorde, mas ele não disse nada. Só se inclinou para trás, retirando a taça dos dedos de Rahim.

Então a levantou.

— À sua vitória — ele repetiu. — E vida longa.

E então bebeu, em grandes goles. Não tinha terminado quando desabou. Estava morto antes de atingir o chão.

33

ENCONTREI LEYLA NOS APOSENTOS DE BALIR.

Não esperava por isso. Não precisava me envolver nas repercussões da morte dele; Rahim, Ahmed, Jin e Shazad tomariam conta de tudo. Então tinha ido para seus aposentos, atrás de seus livros, na expectativa de que tivesse mais informações sobre o homem na montanha. Talvez assim encontrasse respostas sobre o Criador de Pecados.

Tinha sido fácil pensar em me livrar do beijo de Zaahir passando-o para Balir. Mas se eu ia realmente dá-lo a alguém com quem me importava, precisava ter certeza que não era um truque. O Criador de Pecados tinha prometido que a pessoa viveria até a velhice. Mas eu conhecia a malícia dos djinnis. Aquilo podia significar que quem recebesse o presente envelheceria uma centena de anos no instante em que o beijasse. Poderia significar que teria uma velhice terrível, em que a pessoa seria obrigada a assistir todos que a cercavam morrerem. Não podia fazer isso com Ahmed. Ou com Jin.

Estava desesperada por informações.

Então encontrei uma princesa enrolada como uma garotinha na cama de Balir, enquanto a fumaça da pira funerária entrava pela janela aberta.

Parei na entrada, olhando para sua silhueta minúscula no escuro, os joelhos apertados contra o peito, os pés nus enterrados na manta pesada coberta de cenas de caça que estava esparramada na cama. Eu sabia que Leyla estava ciente da minha presença, mas não virou.

— Foi você, não foi? — perguntei. — Envenenou a cabeça dele com a ideia de assassinar todos aqueles soldados só para que não os tivéssemos. Para que seu irmão não pudesse ir à guerra contra seu pai. Como fez isso?

Os ombros de Leyla balançaram silenciosamente, como se risse. Foi o primeiro sinal de vida dela.

—Você me viu enganar e manipular você e outras pessoas dezenas de vezes. Você viu onde cresci, dentro daquelas paredes, com mulheres que usavam seus corpos e mentes como armas. — Lentamente, ela virou para me encarar. Parecia diferente da garota que tínhamos deixado. A raiva ardente e indignada tinha se transformado em uma fúria distorcida e cruel. — Depois de tudo isso, ainda acha que sou inocente demais para este jogo?

Seus olhos estavam vermelhos. Eu não sabia se era de chorar ou da fumaça. Atravessei o quarto a passos largos. Da janela, podia ver a pira de Balir. Estava cercada de soldados. Cumprindo seu dever, apesar de não ter sido honrado com eles.

— Acho que a rebelião me fez ser mais otimista em relação às pessoas do que eu costumava ser — eu disse. Fechei a janela e me virei para Leyla.

—Você veio me matar? — ela perguntou.

— Não. Seu irmão provavelmente vai procurar você em breve. A culpada seria óbvia demais. — Era uma piada. Mais ou menos.

Pensei a respeito de Leyla. Eu tinha ido ali procurar informações.

Tínhamos um plano em Izman. Antes de Ahmed ser capturado e Imin executada. Conseguir um exército, desativar a máquina do sultão, tomar a cidade.

Tínhamos o exército.

Tínhamos as palavras para libertar a alma de Fereshteh da máquina e derrubar o muro e os abdals.

Agora só precisávamos da cidade. E, para tanto, precisávamos desativar a máquina.

Não custava nada perguntar.

— Se eu libertar a energia de Fereshteh, a máquina não vai simplesmente desligar calmamente, vai?

— Quem sabe? — Leyla deslizou na cama, como se estivesse subitamente exausta, apoiando a cabeça em um braço. — Ela nunca foi testada antes. Tudo não passa de teoria. Foi o que minha mãe me ensinou. Rahim acha que não lembro dela. Mas acho que provei ter mais da minha mãe e do meu pai do que ele jamais vai ter.

— Mas se tivesse que chutar? — insisti, antes que ela enveredasse por alguma linha de raciocínio da qual não conseguiria trazê-la de volta.

— Se tivesse que chutar — ela disse, fechando os olhos —, eu diria que não. Não acho que isso vai acontecer.

Tamid e Leyla eram ambos inteligentes. E, como tinham me dito a mesma coisa, era seguro apostar que estavam certos. Até aquele momento, tinha parecido algo distante. Mas de repente pareceu muito próximo.

Me senti tentando buscar alguma coisa em que me segurar, enquanto o mundo à minha volta parecia girar. Minha mão se fechou em torno de uma jarra de cerâmica próxima da cama. Não me ajudou nem um pouco a me manter de pé. Fui inundada pela raiva. Uma fúria súbita, violenta e irracional tomou conta de mim. Sem pensar, arremessei a jarra, estilhaçando-a na parede antes de sair impetuosamente.

Não tinha certeza de quem estava procurando quando voltei para o pátio, do lado oposto da pira funerária. Jin, talvez.

Em vez disso, tropecei em Sam. Ele me pegou pelos braços.

— Isso é algo bem Leofric e Elfleda, não? — comentou. A história de amor sobre a qual tinha tagarelado em Sazi. Aquela que terminava com ambos mortos. — A gente se encontrando em segredo na escuridão... — Ele parou de falar quando viu meu rosto, percebendo que eu não estava no clima para piadas. — Você está bem?

Olhei de relance por cima de seu ombro. Os gêmeos me observavam ansiosos. Eu não devia estar com uma cara boa.

— O que vocês três estão fazendo aqui? — perguntei, em vez de responder.

— Ah, bem. — Sam se afastou de mim, soltando meus braços. — Rahim recebeu a notícia de um dos seus soldados. Depois que fomos embora daqui, minha antiga rainha, que seu reinado seja longo, fez uma aliança com o rei gallan, que ele morra de forma dolorosa e apodreça em uma vala. — Dessa vez Sam soava sério.

Então a aliança tinha realmente acontecido. Como não tínhamos aceitado o acordo do capitão, eles procuraram outro aliado. Declararam Miraji o inimigo. Os gallans nos odiavam, porque odiavam tudo que não fosse totalmente humano. Sam talvez fosse um traidor, mas sua rainha também tinha traído seu povo ao forjar aquela aliança.

— O capitão Westcroft e todos aqueles caras legais que queriam me ver morto se juntaram ao cerco três dias atrás.

— Então nós três vamos dar uma olhada em como estão as coisas — Izz interveio, animado como sempre. Ele estava claramente feliz de fazer alguma coisa; os gêmeos odiavam ficar no mesmo lugar por muito tempo.

— Shazad disse que precisamos usar todas as nossas vantagens agora — Maz acrescentou.

— Como pode vocês dois serem Bandidos de Olhos Azuis e nós sermos reduzidos a "vantagens"? — Izz perguntou.

— Exigimos um apelido melhor — Maz concordou.

Forcei um sorriso e tive a satisfação de ver os dois retribuírem, satisfeitos por terem me divertido.

Olhei de relance para Sam.

— Você vai com eles? — Os gêmeos não precisavam de escolta para fazer um relatório. Talvez Sam achasse que impressionaria Shazad se agisse como um soldado de verdade. Então vi o olhar de preocupação em seu rosto. Podia ser um de nós agora, mas tinha nascido em Albis. Era o povo dele fazendo o cerco à cidade. Sam precisava ver aquilo de perto.

— Está bem. Vamos lá — eu disse, indo até Izz.

Eles não precisavam de mim, mas tampouco precisavam de Sam. Não questionaram meu desejo de ir junto. Os gêmeos se transformaram em rocs enquanto Sam e eu enrolávamos nossos sheemas na cabeça para nos proteger do vento. Eu precisava ver o que nos esperava na cidade.

A noite tinha caído completamente quando chegamos a Izman, mas ainda assim dava para ver tudo do ar. A luz do domo de fogo produzia um brilho indistinto na escuridão. Mais do que isso: o chão em torno da cidade ardia como brasa.

O acampamento do cerco tinha sido destruído. As tendas gallans, que haviam formado fileiras militares perfeitas quando partíramos apenas algumas semanas antes, agora eram cinzas em brasa. Os corpos dos albish que tinham unido forças com eles deveriam estar ali no meio também. Milhares de homens que tinham se organizado em torno das muralhas haviam sido aniquilados, o chão ainda ardendo com a força que os havia destruído: a força plena dos abdals virada contra nossos inimigos.

Eu não podia enxergar a expressão de Sam no escuro, mas sem dúvida devia estar lamentando por seu povo. De um modo que eu não conseguia. O sultão podia ser nosso inimigo, mas tinha se livrado dos inimigos de Miraji.

Talvez fosse certo que terminasse assim. Era uma guerra entre as pessoas do deserto. Não entre as pessoas que queriam tomá-lo.

Resolveríamos entre nós mesmos — sem mais ninguém.

Só conseguia ouvir as batidas de asa de Izz conforme sobrevoávamos a cidade. Fui lembrada da destruição que Noorsham costumava causar. Fogo. Aniquilação. Uma força sobrenatural, que vinha dos djinnis, varrendo exércitos e destruindo tudo em seu caminho.

Eles tinham ousado tentar tirar o poder do sultão. Então ele havia mostrado seu verdadeiro poder.

Era o que aconteceria conosco se tentássemos confrontá-lo enquanto ainda controlava os abdals. Se enfrentássemos exércitos de metal com meros homens.

Queimaríamos também. Todos queimariam: Jin, Ahmed, Shazad, Delila, Sam, Rahim, os refugiados de Sazi, os soldados de Iliaz, os homens e mulheres esperançosos que tinham se juntado a nós em vários vilarejos.

A menos que eu dissipasse o poder de Fereshteh. A menos que usasse as palavras que Tamid me dera. O idioma primordial, em uma voz que não podia contar mentiras. A mesma que o havia prendido ali, usada para libertá-lo.

Eu morreria, ou todos morreríamos.

— Está bem, eis o que vamos fazer. — Um mapa de Izman estava esticado na frente de Shazad. Rahim tinha assumido os aposentos de Balir, mas não houve tempo de esvaziá-los. Então o quarto de Shazad era nossa sala de guerra. — Podemos marchar daqui até ali em um dia. — Ela apontou para um lugar que tinha marcado no mapa, no deserto a oeste de Izman. — Isso nos deixaria fora do campo de visão e de alcance da cidade quando a noite cair. Esperamos *aqui* pela manhã. No alvorecer, vocês dois voam para o leste. — Ela apontou para mim e para Sam com a ponta da faca. — Vão para os túneis e chegam até a máquina. Enquanto isso, nosso exército marcha sob a cobertura de uma ilusão de Delila em direção à cidade. Quando o fogo baixar, o sultão não estará preparado para o ataque repentino aos muros. Queremos irromper pelo portão de Ikket primeiro, para obter acesso à rua Cambaxirra antes que o exército esteja totalmente mobilizado. — Ela apontou para as ruas da cidade onde tinha crescido. — De lá, podemos tomar os antemuros ocidentais e obter uma posição vantajosa. Os soldados treinados devem ficar nas linhas de frente; os novatos devem ficar para trás, com a artilharia.

— Não — Rahim discordou. — Deveríamos misturar o maior número de novatos entre os meus soldados.

— Seria arriscado. Os novatos vão ter mais dificuldade de defender uma posição. Os soldados do sultão vão conseguir romper a linha mais rápido.

— É melhor do que romperem a primeira linha e não haver nenhuma segunda linha de defesa — Rahim argumentou. — Nossos homens seriam ceifados como trigo.

— Então você quer misturar pessoas sem treinamento aos soldados para que possam atrair fogo para longe dos seus homens? — Shazad não levantou a voz. Sua raiva era controlada.

— Eu não disse isso.

— Mas sabe que eles têm uma chance muito maior de morrer.

— Eles não estão treinados, é claro que têm mais chance de morrer — Rahim disse, encarnando o oficial superior.

— Chega. — Ahmed ergueu a mão, interrompendo os dois. Então olhou para mim. Queria ouvir o que eu pensava. Eu tinha visto a cidade. A destruição. Sabia o que estávamos enfrentando.

Ainda tinha o presente de Zaahir. Poderia decidir a batalha ali, naquele momento, se o desse para Ahmed. Não importaria o que fizéssemos, porque ele sobreviveria. Mesmo se fosse um massacre. Mas, se o desse para ele, não poderia guardá-lo para Jin.

— Acho que você deveria escutar Shazad — eu disse. — Não jogue corpos no caminho para atrasar seu pai. — Não eram apenas corpos. Eram ávidos filhos e filhas de camponeses, que tinham rido quando Shazad os jogara na poeira, como se a guerra fosse um jogo. Eram pessoas do deserto que haviam ido até nós porque oferecíamos algo melhor do que tinham. Em troca, pedíamos que arriscassem a vida.

— Ainda precisamos de mais gente. — Rahim balançou a cabeça. — Talvez possamos vencer esta luta se formos espertos e contarmos com a sorte. Mas não gosto disso.

— Bem, para nossa sorte, sou muito esperta — Shazad o interrompeu. A sombra de um sorriso passou pelo rosto de Sam. Ele tinha permanecido quieto desde que testemunháramos a destruição do lado de fora das muralhas de Izman, mas estava claramente se divertindo com a discussão entre Shazad e Rahim.

— E quanto às pessoas na cidade? — perguntei. Estava pensando na máquina. O que desativá-la significaria se realmente se consumisse em chamas? Se a energia de um djinni morrendo realmente tinha arrasado cidades e exércitos no passado?

— Amani está certa — Shazad disse. — Ainda há rebeldes na cidade, e outros que são leais a nós. — Não era isso que eu estava dizendo, mas o resultado era o mesmo.

— Não podemos espalhar pela cidade a notícia de que estamos chegando — Rahim disse. — Se perdermos o elemento surpresa, meu pai vai nos aniquilar antes mesmo de chegarmos às muralhas.

— Mas se conseguirmos tirar essas pessoas de lá, elas poderão lutar — Jin falou, entendendo o que Shazad estava dizendo, ao contrário de Rahim.

— Está bem. — Ahmed assentiu. — Sam e Delila — ele se virou para os dois —, levem um pequeno grupo para a cidade e comecem a evacuação. — Eu sabia por que o príncipe tinha escolhido os dois: porque Sam conseguiria levar as pessoas pelos túneis e Delila poderia esconder o que estavam fazendo. — Tirem quantas pessoas conseguirem. Agora.

Percebi de repente que aquela podia ser a última vez em que estávamos todos juntos. Alguns de nós certamente não sobreviveriam à batalha que estava por vir. Já tínhamos perdido muitos para a guerra.

Quando desviei o olhar deles para Ahmed, Jin, e todos os outros ao redor da mesa, subitamente soube quem tinha a maior chance de morrer: aquele entre nós que tinha menos medo. Aquele que mais precisava ser salvo.

Quando terminamos, todos se dispersaram, deixando apenas Shazad e eu para trás.

— Você devia contar a ele, sabia? — ela disse, quando estávamos sozinhas. Eu não precisava perguntar o que queria dizer. Ela achava que eu precisava falar para Jin que provavelmente ia morrer naquela cidade.

Tínhamos adquirido o hábito de salvar uma à outra, Shazad e eu, de nos protegermos. Só que eu não podia protegê-la no campo de batalha daquela vez. E ela não podia me salvar do meu destino.

— É — eu disse, passando o braço em torno dos seus ombros e dando um rápido beijo em sua bochecha. Como um gesto entre irmãs quando uma delas vai viajar para longe de casa por um tempo.

Só que não éramos irmãs. Tínhamos escolhido uma à outra. E, agora que tinha dado a ela o beijo de Zaahir e a promessa de uma vida mais longa do que a batalha, Shazad não iria a lugar nenhum comigo.

— Eu deveria mesmo.

34

Os jovens príncipes

Era uma vez dois príncipes que não viviam como tais. Em vez de um palácio, moravam em uma casinha de três cômodos, em uma cidade muito distante de seu pai. Em vez de roupas refinadas, usavam roupas de segunda mão, que sua mãe ajustava para que coubessem neles. Em vez de carnes finas com especiarias, comiam pão com sopa.

Em vez de comida farta, passavam fome. Sua mãe não tinha dinheiro, e logo não conseguiria alimentar as crianças mais do que uma vez por dia.

Os dois príncipes estavam particularmente famintos um dia. Mal tinham conseguido dormir por causa da irmã pequena chorando durante a noite. Eles sentaram à mesa para jantar. O primeiro príncipe observava a mãe cozinhar, e a viu pegar apenas duas tigelas em vez de três, já que sabia que não havia suficiente para duas crianças e uma mãe famintas.

Aquilo o deixou com raiva, porque ela era sua mãe — sua mãe de verdade. A mãe de seu irmão tinha morrido fazia tempo, em outro país. Quando o primeiro príncipe olhou para o outro lado da mesa, onde estava a tigela do irmão, viu que ele tinha recebido uma colherada a mais de arroz.

O primeiro príncipe achou que era uma grande injustiça, e disse coisas que nenhum irmão deveria dizer. Que não era justo que recebesse mais comida às custas dos outros. Que ele nem era filho de sua mãe ou seu irmão de verdade. Que se alguém deveria passar fome, deveria ser ele. Que era culpa do outro príncipe que estivessem passando necessidade. Que eles deveriam mandá-lo embora em um dos muitos barcos do porto, de volta para o deserto de onde viera, deixando a responsabilidade de alimentá-lo para outra pessoa.

O príncipe nunca tinha visto sua mãe ficar tão furiosa. Ela disse que nunca mais queria ouvi-lo falar daquele jeito. Que eles eram uma família, e que não deveria olhar para o prato do irmão para ver se ele tinha mais, e sim para garantir que tinha o suficiente. Como punição, mandou o filho para cama sem comida.

O jovem príncipe se enfureceu. Decidiu que já tinha aguentado demais. Se o irmão não ia embora, ele ia. Estava empacotando sua pífia reunião de pertences quando seu irmão retornou para o quartinho que compartilhavam. Ele esvaziou seus bolsos na cama, revelando que estavam cheios de arroz.

O segundo príncipe, sentindo pena de seu irmão por não ter jantado, escondera cada bocado da própria comida nos bolsos para levar para ele. O primeiro príncipe ficou chocado ao ver que seu irmão estava disposto a passar fome e dar tudo o que tinha para outra pessoa, ainda mais alguém que tinha desejado que fosse embora instantes atrás.

Foi naquele momento que o primeiro príncipe entendeu a bondade do seu irmão. Entendeu que ele tinha um coração mais gentil e altruísta do que jamais poderia ter. E jurou que faria tudo ao seu alcance para protegê-lo, mesmo sabendo que nunca seria tão bom quanto ele.

Muitos anos depois, a garota conhecida como Bandida de Olhos Azuis chegou até ele, longe da mesa na casinha onde tinham crescido. E perguntou o que acreditava que existia depois da morte.

Então ele entendeu o que ela planejava fazer.

Quis ficar furioso. Porque seu irmão ganharia o sacrifício da vida dela, enquanto ele mesmo ia perdê-la.

Mas tinha feito aquele juramento muito tempo antes.

E manteria sua palavra.

35

Jin fez o que fazia melhor quando contei a ele: me deixou antes que eu pudesse deixá-lo, juntando-se a Sam e Delila no grupo que ia para Izman. Ele disse para Ahmed que alguém precisava cuidar da irmã mais nova. Me senti grata por não ter contado a verdade ao príncipe. Se Ahmed soubesse que estava me mandando para a morte, ia tentar me salvar. Era o que ele fazia, afinal de contas. Tentava salvar as pessoas.

E era o que eu estava fazendo também.

Jin já tinha partido fazia três dias quando um vigia reportou que havia um exército chegando pelo lado ocidental da montanha. Não de Izman. Do nosso lado do deserto.

Rahim entrou em ação imediatamente, preparando seus homens para lutar. Eles estavam acostumados com as escaramuças nas montanhas, embora nenhum de nós tivesse imaginado que precisaríamos nos defender antes de chegar a Izman.

Enquanto observávamos das muralhas de Iliaz no início da manhã, um estandarte surgiu no nosso campo de visão, sobre o topo de uma colina adiante. Não estava costurado com as cores do sultão. Tinha o sol dourado de Ahmed. Alguns instantes depois, a primeira pessoa apareceu ao longe, e percebi que a conhecia.

Era Samira, a filha do emir de Saramotai. Ou assim tinha sido, até que derrubassem seu pai e o matassem. Nós a tínhamos deixado governando sua cidade. Estava claro que havia se adequado bem à função.

— Esperem! — gritei para Rahim e seus homens, que estavam preparados na muralha. — Não atirem.

Corri para o pátio e disparei pelos portões, saindo antes que alguém pudesse me impedir, com Ahmed e Shazad logo atrás.

Quando estava próxima o suficiente para ser ouvida, Samira abaixou a cabeça em um gesto rápido para Ahmed, aproximando-se da muralha.

—Vossa Alteza, ouvimos dizer que precisa de homens para lutar. E mulheres. Tenho uma centena comigo, que não querem esperar sentados atrás das muralhas por nossos inimigos.

— Uma centena — Shazad repetiu em voz baixa, de pé do meu lado. — É um bom começo. — Então ela perguntou mais alto: — Como sabia que estávamos aqui?

— Pelo general Hamad — Samira retrucou. Senti Shazad ficar tensa ao meu lado.

— Meu pai? — ela disse, e por um instante parecia uma garotinha de novo.

Samira assentiu.

— Notícias de que o príncipe rebelde não pode ser morto porque é protegido pelos djinnis chegaram a nós no oeste. Então o general espalhou a notícia de que, se alguém realmente quisesse defender seu país, esta seria a última chance. — Ela sorriu diante de nossos rostos surpresos. — Agora vão nos deixar entrar, ou precisamos atacar suas muralhas? Devo dizer que não parecem muito boas perto das nossas.

Saramotai não foi a última cidade a se juntar a nós. Um grupo ainda maior chegou de Fahali dois dias depois, também mobilizado pelo general. A cidade portuária de Ghasab mandou suas forças um dia depois. E mais uns punhados foram chegando de cidades pequenas do deserto e das montanhas, por onde a notícia tinha se espalhado. Ahmed estava vivo. O príncipe rebelde tinha retornado dos mortos para libertar o país do jugo estrangeiro. Às vezes as pessoas chegavam em grandes grupos, outras vezes uma por uma, para jurar lealdade à nossa causa. Até que não podíamos mais esperar. Não tínhamos mais tempo de treinar novos recrutas. Ou de conseguir mais armas. Precisávamos marchar. Antes que o sultão marchasse sobre Iliaz e perdêssemos o elemento surpresa.

— Quantos no total? — Ahmed perguntou naquela noite, antes de descermos a montanha.

Shazad e Rahim trocaram um olhar.

— O suficiente — Shazad disse.

— Suficiente para quê? — perguntei.

— Uma luta justa — Rahim respondeu.

— Mas nosso pai não vai nos dar uma luta justa, não é? — Ahmed disse.

— Não — Rahim retrucou. — Duvido que faça isso.

Tínhamos subido a montanha com três centenas de homens e mulheres. Descemos com algo próximo a mil. Descemos de Iliaz para as planícies do deserto em torno da grande cidade de Izman. Marchamos juntos para a guerra.

O sol estava começando a se pôr quando chegamos ao acampamento onde Sam, Jin, Delila e a multidão que haviam conseguido tirar da cidade esperavam por nós, pouco além do campo de visão de Izman, cobertos pela ilusão da princesa. Havia algumas centenas deles. Reconheci nossos rebeldes e alguns aliados, mas muitos outros eram desconhecidos. E tinha consciência de quantas pessoas ainda havia na cidade, caso tudo fosse pelos ares.

Montamos acampamento ao lado deles.

Não vi Jin em meio à multidão. Queria desesperadamente ir procurá-lo, mas seria egoísta, considerando que estávamos tentando abrir mão um do outro. Quando na verdade só ele precisava abrir mão de mim. Eu tinha passado muito tempo aprendendo a não ser tão egoísta.

Ele tampouco me procurou.

Conforme a noite caía, fui chamada para falar com Ahmed e Shazad, para receber as últimas instruções antes da batalha.

Tudo terminaria no dia seguinte

O pensamento pairava sobre nosso exército. No próximo pôr do sol, estaríamos todos mortos ou Ahmed estaria sentado no trono.

Antes que pudesse entrar na tenda de Ahmed, a aba do seu pavilhão foi aberta violentamente, cegando-me por um instante quando um clarão de luz iluminou a escuridão. Protegi os olhos instintivamente, mas ainda consegui enxergar pelas frestas entre os dedos.

Eu sabia que era Jin só pela silhueta. Por sua forma em contraste com a luz que fluía da tenda de Ahmed. Ele congelou, segurando a aba da tenda aberta. A luminosidade escondia sua expressão. Só via sua mão livre esticada hesitante na minha direção. Como se quisesse me agarrar e me parar. Me impedir de fazer o que precisava ser feito.

E então seus dedos se recolheram. Ele lutou contra o desejo. Lutou contra a necessidade de me parar. A mão esticada virou um punho cerrado, que caiu ao seu lado. Ele deixou a aba da tenda cair, mergulhando nós dois na escuridão, e passou por mim sem me tocar.

Não virei enquanto escutava seus passos se afastando na areia. Esperei até não conseguir senti-lo atrás de mim antes de abrir a aba da tenda de Ahmed.

Os preparativos ecoavam pela areia quando saí. Rahim treinava seus soldados e os outros. Ninguém conseguiria dormir muito com uma batalha no horizonte, e Izman impunha sua silhueta imponente, preta como tinta, contrastando com as estrelas lá longe. Ela pairava enorme em comparação às nossas pequenas tendas pontilhando a areia, como um colosso enfrentando um punhado de escaravelhos. Como o enorme monstro da Destruidora de Mundos das histórias antigas, a grande serpente derrotada pela primeira heroína. Nelas, o monstro sempre perdia. Mas eu sabia melhor do que qualquer um que histórias e realidade não eram a mesma coisa. Shazad podia falar de números até ficar rouca, mas era muita audácia acharmos que poderíamos vencer — um bando de rebeldes pouco treinados e mal armados, contra o poderio do sultão e seu exército invencível de abdals.

A cidade parecia ficar maior conforme o céu escurecia, como se estivesse crescendo para virar a própria noite, as bordas sombreadas se fundindo ao céu até bloquear as estrelas, me sugando com sua sombra comprida.

— Vai ter muita morte aqui amanhã.

A voz surgiu inesperadamente da escuridão, me fazendo virar de repente. Havia um homem de pé alguns passos atrás de mim. Só conseguia enxergar seu contorno, mas dava para ver que vestia um uniforme de Iliaz. Era um dos nossos, então. Relaxei.

Eu não tinha percebido o quanto tinha me afastado até olhar para trás. Estava no meio do caminho entre meu grupo e a cidade inimiga, quase perambulando além dos limites da ilusão de Delila. Agora eu via espalhadas lá embaixo tendas coloridas pontilhando a areia, iluminadas por fogueiras e lâmpadas a óleo. Dali pareciam milhares de lanternas espalhadas pelo deserto, como se desafiassem o avanço da noite.

— Rahim mandou virem me buscar? — perguntei ao soldado. Não havia outro motivo para ele estar tão afastado do acampamento.

Sua silhueta permaneceu estranhamente imóvel.

— Não. Nenhum homem manda em mim.

Era uma resposta estranha, com um sotaque estranho. Também era estranho que ele tivesse conseguido se aproximar despercebido. Recuei com cautela lançando um olhar atrás dele para ver se conseguiria contorná-lo, chegando primeiro às tendas. Foi então que percebi que ele não tinha deixado pegadas na areia. Soltei o ar. Não era um estranho. Só não era humano.

— Zaahir — cumprimentei o djinni.

— Filha de Bahadur. — Eu ainda não conseguia enxergar seu rosto na escuridão. Era perturbador. — Parece que jogou fora outro presente meu.

— De jeito nenhum. Só dei para uma pessoa diferente. — Se o presente do Criador de Pecados era verdadeiro, Shazad permaneceria intocável durante toda a batalha. — Para alguém que precisava dele.

O djinni balançou a cabeça, aparentemente tentando imitar a expressão humana de decepção. Um gesto de pesar sem qualquer lamento verdadeiro.

—Você não quis matar um príncipe. Não quis beijar um príncipe. O que faço com você, filha de Bahadur?

— Acho que já fez o suficiente.

Ele me ignorou.

— Por sorte, tenho mais um presente para você.

— Não quero seus presentes, Zaahir. — Eu estava cansada. Cansada demais para discutir, para tentar ser mais esperta do que ele em qualquer que fosse seu jogo.

— Acredite, este você vai querer, filha de Bahadur. — Ele tirou um anel do dedo e o ofereceu para mim. Não estendi a mão para pegá-lo. Era um truque, mesmo que ainda não soubesse de que tipo. — Pegue — Zaahir insistiu. — Fiz uma promessa que sou forçado a manter: dar a você o que deseja.

— E o que eu desejo? — perguntei.

— Você deseja viver — Zaahir disse. Senti o abismo de medo que estivera evitando todas aquelas semanas se abrir dentro de mim. Mesmo na escuridão eu podia sentir que ele estava sorrindo. Porque ambos sabíamos que o djinni estava certo. Mais do que tudo, era isso que eu queria. Ele girou o anel para reluzir na luminosidade do acampamento, atraindo meu olhar. Era um círculo de bronze com um único enfeite. Quando olhei mais de perto, vi que não era uma gema ou uma pérola. Parecia vidro, e dentro havia uma luz dinâmica, sem cor. — Você quer libertar a alma de Fereshteh e sobreviver. O fogo eterno dele precisa ir para algum lugar. Mas você não precisa queimar. Ele pode ser contido neste anel. Tudo o que precisa fazer quando estiver próxima o suficiente da máquina é esmagar o vidro. Então toda a energia imortal não vai explodir e aniquilar você como um inseto no meio de um incêndio. O anel vai puxar o fogo. Vai absorvê-lo, como água na areia. Em vez de deixá-lo se acumular e te afogar. Então, pequena demdji, você poderá viver.

Ainda parecia um truque. Eu conhecia histórias suficientes de djinnis para saber que se algo parecia bom demais para ser verdade, provavelmente era mentira. Mas era tarde demais para impedir o salto de esperança no meu peito. Enquanto encarava o anel, podia sentir a esperança me seduzindo.

Pensei em como fora estar em Eremot com Zaahir. No modo como tinha simplesmente encostado nos abdals e feito a luz deles se apagar. Tinha sido como ver a faísca de vida deles ser absorvida por uma fogueira maior. Lembrei de como ele tinha estendido a mão e feito a Muralha de Ashra se estilhaçar. Zaahir tinha algum poder sobre o fogo djinni que eu não compreendia.

E ele estava certo. Eu não queria morrer. Independente de quão longe tivesse chegado no deserto. Uma parte de mim seria sempre aquela garota egoísta da Vila da Poeira, tentando sobreviver.

Minha mão se fechou em torno do anel. E então, de repente, como uma sombra na noite, Zaahir tinha sumido.

E eu segurava minha salvação.

36

Não demorou muito para eu encontrar Jin. Ele estava na beirada do acampamento, onde tinha montado sua tenda, o mais longe que conseguia ficar de Ahmed sem se entregar completamente ao deserto.

Seus olhos estavam fechados e uma garrafa pendia de seus dedos. Ele não me escutou, ou não se importou. Nem se mexeu quando agachei do seu lado. Sua cabeça estava inclinada para trás, apoiada na lateral da tenda.

— Planeja beber a garrafa toda ou vai dividir?

Seus olhos abriram de repente. Um longo silêncio se fez enquanto eu virava a cabeça para encará-lo. Até que ele finalmente me ofereceu a bebida. Tomei um gole e fiz uma careta.

— Não conseguiu achar nada melhor?

— Duas semanas em Iliaz e você já se tornou uma especialista em vinhos finos? — Seu tom era leve, mas seus olhos nunca me deixavam, buscando respostas para o motivo de eu estar ali.

— Só estou dizendo — eu disse, tomando outro gole — que sei que temos coisa melhor do que isso por aqui.

— É, bem... A bebida boa está sendo guardada para comemorar a vitória amanhã. — Jin puxou a garrafa das minhas mãos e tomou um gole. Consegui ler muito do que havia naquele silêncio. Que não haveria um amanhã para muitas pessoas. Mas estavam todos agindo como

se aquela não fosse necessariamente nossa última noite. Incluindo eu.
— Então, Bandida de Olhos Azuis. — Ele não olhou para mim quando falou novamente. — Veio só me torturar, ou tem algum outro motivo para estar aqui?

— Por quê? — eu o desafiei, observando-o com cuidado, sentindo a pulsação acelerada nos ouvidos. Eu sabia por que estava lá. Só não sabia se estava pronta para contar. — Não me quer aqui?

—Você sabe o que quero, Amani. — A voz de Jin saiu baixa, rouca e intensa ao esculpir meu nome, estilhaçando minhas últimas defesas, acertando um gancho no meu peito e me puxando até ele.

Tínhamos nos beijado uma centena de vezes antes. Mas aquela pareceu diferente. O beijo parecia de novo o primeiro, quando ele tinha me prensado contra a lateral do vagão que chacoalhava como se pudesse se despedaçar a qualquer instante, enquanto nos segurávamos à única coisa do mundo que parecia sólida, nós dois naquele trem acelerando em direção a algo que não entendíamos por completo. Quando tudo em mim pareceu ter despertado sob suas mãos. Quando ele transformou minha faísca em fogo, sem que eu entendesse como alguém tinha poder suficiente para fazer isso comigo.

Meus lábios roçaram os dele de leve, como um fósforo, vendo se ia acender. Seu gosto era de bebida barata, pólvora e poeira do deserto, e de alguma forma ainda tinha um pouco de mar. Aquele primeiro beijo e todos os outros pairavam entre nós. Os desesperados, os raivosos, os alegres. E agora esse, um sussurro da minha boca na dele, uma pergunta. Poderíamos todos estar mortos no dia seguinte. Mas talvez não. E, naquele momento, estávamos vivos.

— Eu decidi — eu disse, com a boca encostada na dele — que não vou morrer amanhã. Achei que você poderia se interessar em saber.

Era um fragmento de uma história. Do que tinha acontecido entre mim e Zaahir no deserto. Mas foi suficiente. Por enquanto. Eu o senti respirar de alívio, como se um grande peso lhe tivesse sido tirado, um segundo antes de seus braços me envolverem. Eles me cercaram completamente, me esmagando contra seu corpo enquanto sua boca reivindicava a minha.

O fósforo acendeu entre nós, e de lenha nos transformamos em fogueira.

A garrafa caiu das minhas mãos, derramando vinho na areia. Eu me perdi nele. Não sabia como poderia ter feito qualquer outra escolha que não fosse ele. Seria impossível. Deslizei as mãos por baixo de sua camisa, sobre suas costas, subindo por sua coluna. Eu o ancorei contra mim, meus dedos apertando sua pele. Não era que simplesmente o desejasse. Eu *precisava* dele.

Jin levantou de repente, mal rompendo o beijo, nossos corpos entrelaçados, seu abraço apertado o suficiente para me levantar junto. Às vezes eu esquecia como ele era forte. Dei alguns passos cambaleantes, mas meus pés mal tocavam o chão enquanto nos movíamos. Tive a vaga ideia de que estávamos na entrada da tenda quando a lona bateu nas minhas costas. Meus pés encontraram o chão por tempo suficiente para tropeçar para dentro.

Minha cabeça bateu em algo — uma lâmpada pendurada. Nos separamos enquanto eu praguejava. Jin riu, esfregando minha cabeça.

— Você está bem?

— Ótima. — Minha respiração estava acelerada. Tinha plena consciência de que estávamos sozinhos em um espaço tão apertado.

— Você é muito graciosa. Essa é uma das coisas que adoro em você, Bandida. — Sua mão passou por mim, estabilizando a lâmpada que eu havia acertado, me soltando por apenas um instante. Só o suficiente para acender a pequena quantidade de óleo que restava na lamparina. A tenda foi preenchida por um brilho caloroso. Eu podia vê-lo agora, mais claramente do que no escuro do deserto, a leve barba por fazer, o jeito como seu cabelo escuro caía sobre seus olhos também escuros, o modo como seus ombros largos subiam e desciam com a camisa branca quando respirava, revelando sua tatuagem. Nos conhecíamos fazia tempo suficiente para eu estar acostumada com ele, mas naquele momento foi como se o visse pela primeira vez, fascinada sem saber exatamente por quê. Quando suas mãos retornaram para mim, foram mais gentis, tirando o cabelo do meu rosto para que ele pudesse me olhar.

— Deus do céu, você é linda — ele sussurrou.

—Você não acredita em Deus — eu o lembrei em voz baixa.

— Neste exato momento, talvez acredite.

Eu precisava de mais dele. Peguei a bainha de sua camisa, puxando-a para cima. Ele ajeitou o corpo e tentou tirá-la, mas o teto da tenda era baixo demais. Jin caiu de joelhos, me puxando com ele. A camisa saiu em um gesto suave, e ele a jogou longe.

Eu já o tinha visto desse jeito uma centena de vezes. Mas tudo parecia diferente naquele momento. Pela primeira vez desde o dia na loja na Vila da Poeira, eu sentia quanto havia dele. Jin era um reino inteiro de pele e tinta em minhas mãos. Cheguei mais perto, traçando os contornos do sol sobre seu coração.

Senti a respiração entrecortada no meu cabelo quando fiz isso. Ele levantou meu rosto e me beijou de novo, enrolando os dedos no tecido da minha camisa. Nenhum de nós disse nada enquanto suas mãos percorriam as laterais do meu corpo, puxando a roupa para cima. Minha barriga subia e descia sob seus polegares calejados; seus dedos roçavam minhas costelas uma por uma. Minha respiração acelerou enquanto seus polegares subiam. Em um gesto rápido, em uma pausa no beijo, a camisa estava sobre minha cabeça, longe da minha pele, aterrissando em cima da dele em uma pilha bagunçada. E não havia nada entre a minha pele e suas mãos.

Me senti tímida de repente, intimidada pela certeza daquele movimento.

— Você já fez isso antes. —Tentei manter meu tom leve, brincalhão. Mas era tarde demais. Sua barriga estava pressionada contra a minha enquanto respirávamos. Não havia mais nada entre nós. Nenhuma mentira, fingimento ou segredo.

— Sim — ele disse, sério. Jin percorreu a cicatriz no meu ombro com o polegar, um dos lugares que minha tia tinha cortado para tirar o ferro. Ele estava sendo cuidadoso, para não cruzar fronteiras que eu não quisesse que fossem atravessadas. Seus olhos se fixaram nos meus. Como ele fazia quando estávamos na tenda de Ahmed planejando algo, ou em uma luta, verificando o que o outro estava fazendo. Seu olhar escuro parecia sério. — Isso te incomoda?

Eu não tinha certeza se incomodava. O fato de terem existido outras garotas antes de mim, que eram melhores naquilo do que eu. Jin tinha aparado minhas arestas no ano que se passou desde que nos conhecemos. Mas agora eu as sentia ali, sob a pele, me mantendo afastada dele por apenas mais um instante.

— Incomoda você que seja minha primeira vez?

Ele bufou de leve, numa risada de alívio que bagunçou meu cabelo.

— Não. — Seu polegar tinha se afastado da cicatriz no meu ombro agora, percorrendo a extensão da minha mandíbula, mapeando-a como se fosse território inexplorado. — Mas se você não... — Ele se interrompeu, como se estivesse escolhendo as palavras certas. — Eu estava falando sério sobre economizar a bebida boa. Estou planejando sobreviver. — Ele beijou a curva do meu pescoço. — E agora estou planejando que você sobreviva também. Não precisamos fazer nada hoje à noite. Esta não é nossa última noite. Teremos amanhã, depois de amanhã, e mil noites depois. Por enquanto, pode ser suficiente que eu seja seu. — Ele me beijou gentilmente. — Tudo o que sou, entrego a você, e tudo o que tenho é seu. Porque o dia da nossa morte não será amanhã.

Ele falou com a certeza de um demdji pronunciando a verdade, embora fosse inteiramente humano. Sua calma sempre tinha sido meu porto seguro — como se estivesse me segurando no meio de uma tempestade de areia. Jin tinha certeza, percebi. Tinha certeza de que me desejava. E eu tinha certeza de que o desejava. Era mais do que um desejo.

 Me inclinei para a frente, lutando para me conter dentro da minha própria pele, sentindo que poderia rompê-la se encostasse nele de novo. Mas simplesmente quebraria se não encostasse. Beijei sua boca suavemente e o senti sorrir.

 — Sou sua — ofereci de volta. Tracei a linha de sua mandíbula com a boca. — Tudo o que sou, entrego a você. — Inclinei a cabeça, explorando seu pescoço e a linha esguia e musculosa de seu ombro com a boca. — E tudo o que tenho é seu. — Senti Jin fechar a mão em um punho contra minhas costas. Como se estivesse tentando se segurar em alguma coisa, ancorar-se. Mas tudo o que ele conseguia encontrar era pele. Finalmente, inclinei minha boca contra a tatuagem sobre seu coração. — Até o dia da nossa morte.

 Quaisquer barreiras finas que ainda restavam entre nós se dissolveram. Eu estava plenamente consciente de tudo enquanto acontecia, mas depois, voltou apenas em lampejos. Como se houvesse me embriagado dele. De nós dois juntos. Lembrei alguns conselhos que uma vez ouvi uma mãe dizer para sua filha no dia de seu casamento, na Vila da Poeira: deitar, fechar os olhos e aguentar firme até que tivesse terminado. Mas eu não queria fechar os olhos. Queria ver tudo.

 Juntos nos despimos até sermos apenas pele. Suas mãos perguntavam quando ele não tinha certeza. Enquanto se movia sobre mim, notei a tinta em seu quadril, a tatuagem de que só tinha visto uma ponta, acima da linha do cinto.

 Percebi que era uma estrela. Com luz fluindo de todos os lados, como se estivesse explodindo. Tracei seu contorno com o dedo. Jin soltou um som que eu nunca ouvira antes, voltando então a atrair minha atenção com sua boca na minha. Ele me beijou profundamente, até que me ouvi dizendo seu nome de novo e de novo, em respirações curtas, como um pedido ou uma prece. Ele sussurrou meu nome de volta contra meus lábios, como se fosse um segredo que pertencesse a ele. Minha respiração saiu em arfadas curtas e entrecortadas, e pressionei meus dedos contra suas costas. Ardíamos juntos como uma única chama, tão forte que poderíamos desafiar a noite.

Até que o último espaço entre nossos corpos desapareceu.

Eu me desfiz em suas mãos, e ele nas minhas. Ambos se dissolvendo em areia, poeira e faíscas, até sermos apenas estrelas infinitas entrelaçadas na noite.

37

A demdji e o príncipe

Era uma vez um garoto do mar que se apaixonou por uma garota do deserto.

Ele sabia que ela era perigosa quando a conheceu, com uma arma na mão e nenhuma preocupação com a própria vida, em uma cidade empoeirada no fim do mundo. Ela era puro fogo e pólvora, e seu dedo estava sempre no gatilho.

O garoto imaginou que talvez estivesse em apuros quando aqueles mesmos dedos dançaram por histórias tatuadas em sua pele sem parecer entender quanto poder existia dentro dela. Ou quanto poder podia ter sobre ele. Teve certeza disso quando acordou com dor de cabeça, sentindo falta da garota, e percebeu que estava grato por ela ter dado uma desculpa para ir atrás dela.

Ele sabia disso quando ela o fez atravessar o deserto, com medo de que perdê-la fosse rasgá-lo ao meio. Sabia disso quando realmente a perdeu. E teria revirado o mundo inteiro de cabeça para baixo procurando por ela.

Mas então ele se perguntou se um garoto do mar e uma garota do deserto poderiam sobreviver juntos. Temia que ela pudesse queimá-lo vivo ou que ele pudesse afogá-la. Até que finalmente parou de lutar contra o desejo e ateou fogo em si mesmo por ela.

38

Alguma coisa estava errada.

Acordei de repente com aquela certeza.

Só que, acordada, não estava mais tão segura disso quanto dormindo. Por apenas alguns instantes, não parecia que havia nada de estranho. Eu estava deitada aninhada nos braços de Jin, como se fôssemos duas peças desenhadas para se encaixar. Havia um cobertor pesado entre mim e o ar da manhã, e lembrei que Jin nos cobrira na noite anterior. Minha cabeça descansava na tatuagem sobre seu coração, ouvindo seu batimento regular, enquanto ele traçava padrões lentos com seus dedos sobre a pele das minhas costas.

E então lembrei que era o dia em que iríamos todos à guerra.

Jin notou que eu acordara.

— O que foi? — ele resmungou cansado no meu cabelo. Levantei a cabeça só o suficiente para conseguir enxergá-lo. Suas pálpebras pesavam de sono, seu cabelo estava bagunçado, mas seus olhos se mantinham aguçados e prontos como sempre, me observando. Me perguntei quanto tempo fazia que ele estava acordado.

— Não tenho certeza — eu disse. Ainda não conseguia me livrar daquela sensação. Lá no fundo, um sentimento de perturbação nas minhas entranhas. Como se existisse algum perigo a caminho que eu ainda não conseguia enxergar. Levantei abruptamente e bati com a cabeça na lâmpada, a mesma da noite anterior.

Praguejei, esfregando a cabeça. Jin riu, esparramado preguiçosamente no chão.

— Você tem uma nova inimiga. O sultão e seu exército terão que esperar até que você derrote aquela lâmpada.

Botei a língua para fora enquanto puxava o cobertor de cima dele, enrolando-o em mim como se tivesse acabado de sair dos banhos de Izman antes de dar um passo para fora da tenda. A alvorada acabava de dar as caras, o rosa-claro do céu acendendo Izman a leste. Mesmo à meia-luz, eu podia ver que tinha alguma outra coisa entre nós e a cidade.

Apertei os olhos, tentando obter uma visão melhor do borrão em movimento no horizonte. Parecia com...

De repente entendi tudo. Aquela sensação de algo errado não era só medo — ela vinha do meu lado demdji.

Eu me apressei de volta para a tenda de Jin. Ele ergueu a cabeça, já se vestindo.

— É uma tempestade de areia — eu disse, sem fôlego. Comecei a procurar minhas próprias roupas. — O sultão sabe que estamos aqui. — Encontrei minha calça e a vesti rapidamente. — Está usando os abdals para... está fazendo isso para me manter aqui. — Peguei minha camisa com as mãos tremendo. Já dava para prever a dor de tentar segurar uma tempestade de areia por tempo suficiente para tornar a luta justa. Eu sabia que não conseguiria mantê-la sob controle *e* chegar à cidade. Vesti com força a camisa.

Jin me puxou para perto dele.

— Calma. — Sua estabilidade me fez parar. — Temos exércitos e outros demdji. Você não está sozinha nesta luta. Por outro lado — ele disse, passando as mãos sob a bainha da camisa que eu tinha acabado de vestir —, vou precisar da minha camisa de volta, porque não acho que caiba na sua. — Só tive tempo de perceber que ele estava certo, que eu tinha colocado sua camisa sem perceber e parecia perdida dentro dela, antes que roubasse um beijo rápido e puxasse a camisa de volta, por cima da minha cabeça, me jogando a minha.

Era muito mais difícil de acreditar que você podia perder uma guerra quando conseguia rir na manhã da última batalha.

Saí da tenda de Jin no momento em que a tempestade nos alcançou. Respirei fundo ao ver a areia se aproximar, cercando o acampamento, correndo em direção às tendas. Levantei os braços, mantendo as mãos firmes enquanto a tempestade chegava tão perto que podia sentir os grãos arranhando minha pele.

Eu a empurrei de volta com toda a minha força.

A tempestade interrompeu sua invasão de imediato. A areia lutava contra mim nas fronteiras do acampamento. O deserto que normalmente me obedecia fazia força contra mim. Eu não conseguia dispersá-la, não podia enviar a tempestade para as dunas de onde viera com um gesto. A tempestade de areia serpenteava em torno do acampamento como um ciclone, um animal selvagem espreitando as fronteiras de sua jaula, mordiscando as pontas das tendas, fazendo-as tremer no ar.

Era um impasse.

— Aí está você! — Abri os olhos ao som da voz de Shazad, que corria na minha direção com Ahmed, Rahim e Sam, todos preocupados com a tempestade que rugia à nossa volta. — Estou te procurando desde que vi a tempestade de areia chegando. — Os olhos de Shazad deslizaram para Jin, de pé na abertura de sua tenda, logo atrás de mim. Não devia parecer que acordávamos depois de apenas uma noite de sono. O olhar maroto no rosto de Shazad indicava que ela havia entendido que tinha procurado na tenda errada. Mas sua mente logo voltou ao presente. — Por quanto tempo consegue segurar isso?

— Não sei. — Não por tanto tempo quanto os abdals conseguiriam, com certeza. Já podia sentir o cansaço, o risco de que a tempestade selvagem escapasse da coleira e entrasse rasgando pelo acampamento. E o poder controlando aquilo vinha de máquinas. Eu era feita apenas de carne e osso. — O que podemos fazer? — perguntei, sem fôlego. Precisava chegar até o palácio, esse era o plano. Tinha que desativar a máquina. Se não conseguisse, estaríamos indefesos contra os soldados de metal do sultão. Mas, se eu fosse embora, a areia invadiria o acampamento e afogaria todos. Então tudo estaria perdido.

— Não sei — Shazad disse, observando a areia nos cercar. Todos olhamos para ela. Eu já sentia meus joelhos ameaçando ceder.

Sam foi o primeiro a se pronunciar.

— Ela acabou de dizer que não sabe ou estou alucinando?

— Estou pensando. — A voz de Shazad se mantinha calma. Eu podia ver as ideias passando pela sua cabeça, analisando o custo-benefício, considerando em qual opção menos pessoas morreriam. Não deveria ser uma decisão dela. E não era. Era de Ahmed.

— Amani precisa ir ao palácio — ele disse, tirando de Shazad o peso da decisão. — Meu pai obviamente está fazendo isso para manter você aqui, o que significa que tem medo do que pode acontecer se chegar à máquina.

— Pessoas vão morrer. — Um dos meus joelhos falhou. De repente Jin estava atrás de mim, me apoiando. Meus braços tremiam. Talvez não importasse o que decidíssemos, porque o cansaço decidiria por nós. Mas eu não desistiria tão fácil. — Vocês não podem lutar em uma tempestade de areia. — Eu sentia sua força me pressionando, ameaçando engolir o acampamento inteiro.

— Não vamos conseguir lutar enquanto o sultão tiver esse tipo de poder contra nós — Ahmed disse. — O plano permanece. Agora, se todo mundo puder...

A sensação me atingiu tão de repente que me curvei em direção ao chão. Não era a dor que em geral sentia ao usar meu poder, foi mais como um golpe abrupto. Poder de repente em choque contra o meu, arrancando a tempestade das minhas mãos.

Perdi o controle. O que quer que Ahmed estivesse prestes a dizer se perdeu na ventania.

Eu me apoiei em Jin, meu corpo irradiando dor, esperando que a areia nos atropelasse, consumisse todos nós.

Mas isso não aconteceu.

A areia só levantou, espiralando e subindo em direção às nuvens. Por um momento, pairou sobre nós como uma enorme nuvem escura, bloqueando o céu, uma massa rodopiante que poderia facilmente desabar e nos soterrar. Tentei fazer com que meu poder a alcançasse, embora soubesse que era inútil.

E então, de repente, a areia se dispersou pelo ar, caindo inofensiva como chuva em torno de nós.

— O que está acontecendo? — perguntei, arfando, enquanto puxava o sheema para proteger os olhos. Os outros faziam o mesmo. Todos menos Sam.

— Acho que... — Seus olhos estavam voltados para o oeste. Os outros seguiram a direção do seu olhar. Lá, no horizonte, havia uma fileira de uniformes verdes. — É o exército albish.

39

Não era o exército albish inteiro — apenas uma dúzia deles, em vez de centenas. Mas uma dúzia de homens com poderes era melhor do que nada.

— Capitão Westcroft. — Nós o encontramos na fronteira do acampamento. Ele liderava o que restava dos homens que tínhamos visto em Iliaz. Os jovens soldados atrás dele pareciam abatidos. — Pensamos que tinham sido aniquilados.

— Muitos de nós foram. — O capitão assentiu, soturno. — Mas achei prudente manter alguns dos nossos soldados separados dos gallans. — Os demdji. Eles tinham forjado uma aliança com os gallans, mas centenas de anos de preconceito não desapareceriam só porque dois regentes tinham assinado um papel. Os gallans consideravam que toda magia era trabalho da Destruidora de Mundos. Os albish tinham uma fé diferente. — Tivemos mais sorte do que a maioria dos meus homens. — O capitão parecia triste, puxando as pontas do bigode. — E me parece que você está precisando da cavalaria, por assim dizer.

Ahmed estudou o capitão. Eu sabia em que estava pensando. Uma aliança com estrangeiros tinha aberto a porta para seu pai. Fora o início do processo de entrega do país aos gallans e sua força superior. Não podíamos cometer aquele erro de novo.

— Aceitaremos de bom grado — Ahmed disse, finalmente —,

desde que sigam ordens da minha general. — Ele indicou Shazad com a cabeça. Ahmed não repetiria os erros de seu pai. Se conseguisse fazê-los jurar lealdade a nossa líder, então talvez pudesse funcionar.

Eu já podia vê-la ficando tensa, pronta para as sobrancelhas levantadas pelo fato de ser mulher. Mas o capitão Westcroft só assentiu.

— Se podemos seguir as ordens de nossa rainha, então tenho certeza de que não haverá problemas. Afinal, ela de fato é uma oficial superior a mim, se é sua general.

O cérebro de Shazad trabalhou rápido, desenrolando tudo para tecer um plano.

— Muito bem, eis o que vamos fazer.

Sam e eu nos preparamos bem rápido. Não precisávamos de muita coisa. Algumas armas. Izz na forma de um enorme roc. Os albish criando alguma cobertura para mim. Chegar até a máquina.

De repente, estávamos de pé em círculo, todos conscientes de que aquela talvez fosse a última vez que nos víamos.

— Chegou a hora. — Verifiquei minha arma pela centésima vez.

— Parece que alguém deveria fazer um discurso ou algo assim — Izz disse, vestindo apenas um lençol, pronto para mudar de forma.

— Algo apropriado e heroico — Maz concordou.

Ao nosso redor, reinava o ruído do acampamento se preparando para a batalha, homens e mulheres se armando, correndo para suas posições para enfrentar os homens e máquinas do sultão. Ordens foram gritadas pelas fileiras, ao ritmo de armas sendo encaixadas nos uniformes. Preces eram feitas.

Nosso grupo lutaria na defensiva até que Sam e eu pudéssemos derrubar a muralha. E os albish forneceriam uma tempestade de areia. Talvez não fossem capazes de controlar o deserto, mas seriam capazes de controlar os ventos o bastante para parecer que eu ainda estava com o exército de Ahmed enquanto se aproximava da cidade.

— É melhor guardar os discursos para os mortos — Shazad disse. Ela estava estranhamente quieta. — Era o que meu pai costumava dizer, pelo menos.

Abracei Ahmed e então Rahim. Ambos sussurraram uma prece de boa sorte no meu ouvido

Virei para Jin. Não havia nada que um de nós poderia dizer que já não tivéssemos dito na noite anterior. Ele só passou um polegar pelo meu rosto.

—Vejo você mais tarde, Bandida — ele disse, antes de me beijar.

Shazad me abraçou por último.

—Tragam um ao outro de volta em segurança — ela disse, finalmente, antes de me soltar e olhar para Sam.

Ele ergueu o canto da boca, e reconheci o prelúdio de uma piada — provavelmente uma demonstração de humor negro antes de partirmos todos para fazer o possível para sobreviver até a próxima alvorada. Antes que ele pudesse dizer alguma coisa, Shazad agarrou sua camisa e o puxou com força para junto de si, beijando-o.

De repente estavam todos olhando para os próprios pés. Ou para o céu. Ou para praticamente qualquer coisa que não fossem aqueles dois.

Era um bom jeito de calar a boca dele.

Finalmente, os dois se separaram.

— Bem — Sam disse, parecendo ruborizado e insuportavelmente satisfeito consigo mesmo enquanto passava as mãos no cabelo. —Agora tenho uma motivação e tanto para voltar vivo.

Subimos nas costas de Izz e, com alguns movimentos rápidos, estávamos lá no alto, sobrevoando o exército que se aproximava, em direção à cidade. Izz voou por cima do domo de fogo, abrindo suas grandes asas azuis enquanto sobrevoava os telhados, deixando a batalha para trás.

Aterrissamos perto do portão de Oman, a entrada mais ao leste da cidade. Quando saíramos da cidade pelos túneis, havia um exército gallan no nosso caminho. Agora, só areia queimada.

Fiquei de pé na frente dos portões, um pouco para trás, tomando cuidado para não encostar no fogo. Ainda teria algum poder em mim? Se não tivesse, teríamos que cavar para entrar. Reuni meu poder, juntando-o entre as mãos antes de abri-las em um gesto violento, que me deixou de joelhos em agonia. A areia se abriu, esparramando-se para longe do enorme portão. E ali estava, logo embaixo, um dos túneis fechados com tijolos.

Sam foi até ele, e areia caiu em cascata quando soltei meu poder, respirando com dificuldade. Cuidadosamente, ele empurrou o pé contra a rocha dura. Como alguém enfiando um dedão na água antes de mergulhar. Virou para onde eu estava, ainda pisando no deserto, e me ofereceu a mão.

—Vamos? — ele perguntou, como se estivéssemos indo para uma festa, e não uma armadilha mortal. Aceitei sua mão, dando um passo até pisar no túnel também.

Sam me puxou para perto, como se fôssemos dançar. De repente, a rocha sólida embaixo dos nossos pés começou a ceder. Senti as solas das botas deslizarem para dentro, a princípio devagar. Então começamos a afundar. Rápido. Eu só tive tempo de prender a respiração e fechar os olhos antes de mergulharmos pelo teto do túnel, como um par de pedras caindo na água.

Atingimos o chão com força, em um amontoado. Ele grunhiu embaixo de mim quando meu cotovelo acertou sua barriga. Eu me desenrosquei, rolando para longe dele. Estava escuro e frio ali embaixo. A única luz estava acima de nós, um fio de metal longo e fino incandescente com fogo djinni, alimentando a muralha a partir do palácio. Mas não era muito para enxergar.

Não sei por quanto tempo caminhamos. Nos movemos o mais rápido possível pelo túnel, cientes de que todo segundo que gastássemos ali era mais um segundo com nossos aliados na defensiva no campo de batalha.

Sam era mais rápido do que eu. Ele corria à frente, seu cabelo loiro reluzindo ligeiramente na luz, quando cambaleou e desabou na escuridão. Eu o alcancei alguns passos depois, quando já se levantava de novo.

— Você está bem?

— Tropecei — Sam disse. Ele tateou por um instante no escuro até sua mão segurar algo e levar até a luz. Era um rosto de bronze reluzente. Recuei instintivamente. Um abdal. Ou parte dele. Os olhos estavam vazios e apagados. Era só um pedaço de máquina, lembrei. Não era nada sem a faísca de fogo o iluminando, sem a palavra no idioma primordial marcada nele, dando-lhe vida.

— Estamos sob o palácio — eu disse em voz alta. — Estamos chegando perto. — Estendi a mão, procurando pela parede de pedra. Encontrei metal duro em vez disso.

— As paredes estão cobertas de ferro. — Quando disse aquilo em voz alta, minha voz ecoou contra o metal de forma perturbadora. — Parece que o sultão trabalhou bastante desde nossa última visita.

Na luz fraca, vi Sam estender a mão e encostá-la no teto de pedra. Ele conseguia alcançá-lo, mas por pouco.

— Então estamos presos — disse, um pouco alegre demais. — Excelente.

— Eu não diria presos. — Assenti em direção ao caminho que o fio marcava. — Só temos um caminho possível.

Nos movemos com cuidado depois disso, sempre avançando na luz fraca. Quanto mais andávamos, mais peças descartadas de abdals encontrávamos. Mãos e torsos de bronze e barro. Testes iniciais. Experimentos que não tinham funcionado muito bem até Leyla acertar o método. Vi uma perna articulada que me lembrou a feita para Tamid. E havia aqueles que pareciam quase inteiros, homens de metal desabados no chão como bonecos descartados ou soldados cansados. A luz refletia estranhamente em um deles.

— Sam. — Peguei no seu braço, fazendo-o pular. — Acho que aquele acabou de se mexer.

Ele olhou para onde eu estava apontando.

— Um truque da luz — Sam disse. Mas segurou minha mão mesmo assim, me conduzindo adiante um pouco mais rápido. Ouvi um zunido leve quando passamos por outro.

— Isso não foi um truque da luz — eu disse. Então o abdal sentou.

Cambaleamos enquanto aquela coisa começava a levantar, como uma marionete quebrada conduzida por fios. Corremos, acelerando túnel adentro. Conforme passamos por outro corpo de metal, ele se moveu também, parecendo despertar. Parei para sacar minha faca quando passamos por mais um. Em um movimento violento, arranquei a cobertura de bronze de seu calcanhar e enterrei a faca na palavra que dava vida a ele. Tentei puxar a faca de volta, mas ela ficou presa na confusão de engrenagens e fios que preenchia as entranhas do abdal.

— Amani — Sam chamou. Enquanto levantava a cabeça, percebi que tinha outro abdal vindo diretamente em nossa direção, bloqueando o caminho à frente. Sam tinha sacado sua arma. Deu três tiros, mas a coisa nem hesitou. Só levantou as mãos, em uma imitação mecânica de Noorsham abençoando seus seguidores em Sazi. Eu podia sentir o calor surgindo em seu entorno enquanto se preparava para nos queimar.

Viramos para correr na outra direção. Para bater em retirada. A luz do fio refletia no bronze atrás de nós. Dois outros abdals se aproximavam, erguendo lentamente as mãos. O calor à nossa volta estava piorando. Estávamos em apuros.

Dessa vez, Sam não tinha nada inteligente a dizer. Só senti sua mão buscando algum conforto, seus dedos apertando os meus. Alguma coisa dura pressionou minhas articulações. O anel que Zaahir tinha me dado.

O anel que supostamente deveria me salvar quando eu soltasse Fereshteh e desligasse a máquina.

Pensei em Zaahir em Eremot, e no modo como tinha simplesmente extinguido a chama dos abdals com um toque. Seu último presente não tinha sido feito para ser usado ali. Mas os abdals estavam chegando mais perto. Aproximando-se lentamente, o calor se acumulando até beirar o insuportável.

Soltei a mão da pegada forte de Sam, arremessando-a contra a parede.

O vidro estilhaçou.

Senti uma onda de choque, um vazio, um vácuo. Como um vento que varreu o fogo dos abdals e então os apagou, sugando todo o ar. Sufocando-os.

De uma só vez, todos caíram como bonecos de pano, desabando no chão.

Sam me encarou.

— O que acabou de acontecer?

Não importa, tentei dizer. Só que não era verdade. Importava, sim. Olhei para baixo de relance, para o anel quebrado na minha mão. Qualquer que fosse a magia contida nele, tinha se esvaído agora, e eu não tinha nada para enfrentar o poder de Fereshteh. Não tinha nada para libertá-lo além das palavras que usara com Zaahir.

Mas antes que pudesse responder, ouvi o som de passos distantes. De passos metálicos arranhando a pedra. Havia mais deles. E estavam chegando. Ainda restava trabalho a fazer.

— Temos que ir — eu disse.

E então corremos novamente, acelerando pelo corredor de metal e pedra. Não fomos longe antes de deparar com outra parede. O fim do túnel. O fio reluzente passava por um buraco pequeno, desaparecendo do outro lado. Na máquina. Nossas mãos bateram em metal frio.

Tive certeza de ouvir um barulho atrás de nós. O zunido de engrenagens, algo que parecia terrivelmente com o bater de pés metálicos. Esmurrei o metal com raiva.

— O que podemos fazer? — virei, olhando desesperada para Sam. Ele não estava olhando para mim. Sua mão estava encostada no teto. E então a atravessava, a ponta dos seus dedos desaparecendo pela pedra acima de nós. — Não consigo alcançar — ele disse —, mas acho que posso empurrar você.

Pisquei, sem entender por um momento. Ele podia me levantar para que atravessasse a pedra. Mas não conseguiria me seguir.

— Não... — comecei a argumentar, mas Sam já estava um passo à minha frente.

—Você precisa ir — ele disse, com urgência. Então segurou meus braços em um gesto que parecia tirado de um livro de histórias. — Não há tempo para discussão. Um de nós precisa escapar daqui vivo — ele declarou, dramático. Sam soava ridículo, mesmo quando estava prestes a sacrificar a vida.

— Shazad — eu me ouvi dizer. Ela tinha pedido para que voltássemos juntos. Não para que ele me salvasse. Para salvarmos um ao outro.

O canto da boca de Sam se curvou um pouco.

— Eu não disse a você? — Ele forçou um sorriso largo. — As melhores histórias de amor terminam assim.

Eu podia sentir os últimos momentos escorrendo pelos meus dedos antes da morte nos alcançar. Não conseguia simplesmente deixá-lo para trás. Tampouco encontrava as palavras certas.

— Sam. — Joguei meus braços em torno dele. Como tínhamos ficado quando ele me puxou pela parede até o Criador de Pecados. Como se fôssemos atravessar juntos novamente. Só que dessa vez ele não iria comigo. — Lamento tanto.

Foi a única coisa que consegui pensar em dizer quando o abracei.

Lamento por ter envolvido você nisso. Lamento por tê-lo trazido aqui. Lamento que esteja aqui comigo. Lamento que acabe aqui.

Ele me apertou e senti sua solidez, que viraria pó em alguns instantes.

— Eu não — ele disse quando se afastou.

E então estava de joelhos na minha frente, com as mãos entrelaçadas, as costas apoiadas na parede para se equilibrar. Eu podia ouvir o som dos abdals se aproximando. Se o deixasse...

Mas se não deixasse, todos morreriam. Todos naquele campo de batalha. Jin, Ahmed, Rahim e Delila. Sam estava se sacrificando por nós.

Eu me apoiei nos seus ombros, colocando minha bota nas suas mãos entrelaçadas. Sam me levantou. Só tive tempo de prender a respiração antes que minha cabeça encontrasse a pedra. Ela cedeu quando Sam me empurrou, e de repente eu estava no meio do caminho, ombros e braços acima do teto de pedra. Apoiei os braços, puxando, arrancando o resto do meu corpo enquanto ele ainda me segurava. E então eu estava do outro lado, as pernas saindo das pedras no chão do palácio. Só tive tempo de ver as pontas dos dedos de Sam desaparecerem.

40

O garoto outrora sem nome

EM UM REINO BEM DISTANTE, do outro lado do mar, havia um garoto sem nome.

Sentado nos joelhos de sua mãe, ele tinha ouvido muitas histórias de homens da grande terra onde nascera, que tinham construído sua reputação com atos prodigiosos e heroicos. E então, quando se tornou homem, ele começou a procurar um nome para si. Um dia sua busca o levou para longe das costas onde tinha nascido, para um deserto onde outros como ele tinham chegado sem nada e encontrado seu lugar.

Foi lá que começou a lutar por outro homem. Alguém que tinha vários nomes. O príncipe pródigo. O príncipe rebelde. O príncipe ressuscitado.

Foi em nome dele que o garoto sem nome caiu.

Alguns diriam que tinha falhado em sua busca. Porque ele seria para sempre um sem-nome na sua própria terra. Lá, uma garota pálida que um dia o garoto amou talvez pensasse nele às vezes, em um dia claro de primavera, em seu castelo frio de pedra. Mas ela nunca diria seu nome. Uma família em uma cabana pequena e escura lamentaria seu filho perdido quando a guerra terminasse e ele não retornasse. Mas ninguém saberia como ele tinha morrido e, conforme os anos passassem, eles iam se perguntar com cada vez menos frequência sobre seu destino, até parar de todo.

E, quando eles também tivessem partido, seu nome nunca mais seria pronunciado em sua terra natal. Nenhuma mãe contaria para os filhos em seus joelhos sua história, sentados na frente da lareira. Nenhum cantor comporia odes aos seus feitos. E a rainha do reino do outro lado do mar nunca saberia que um garoto da sua ilha encontrara seu fim sozinho no escuro, lutando na guerra de outro governante.

Mas não no deserto.

Na terra onde ele caiu, diriam seu nome ao redor de fogueiras, com os dos outros heróis do país. As crianças ouviriam contos sobre seus feitos heroicos e bateriam palmas ao saber de seus muitos truques para enganar os inimigos da rebelião. E então fariam silêncio quando a história contasse como ele morreu. Algumas até derramariam lágrimas.

Ele seria lembrado muito tempo depois de seus companheiros morrerem também.

No deserto, o garoto nunca mais seria um sem-nome.

41

Eu estava sozinha.

Esparramada no piso do palácio, bati no mármore como se pudesse arrancá-lo e alcançar Sam. Para arrastá-lo até a segurança comigo. Mas era tarde demais. Eu estava por minha conta, e o mosaico da princesa Hawa me encarava da parede.

A primeira filha do meu pai. A primeira a se apaixonar. A primeira a morrer por isso.

Lembrei das palavras de Sam embaixo da montanha de Sazi, quando me disse pela primeira vez que todas as grandes histórias terminavam em morte. Senti um soluço engasgado na garganta, mas lutei contra ele. Não havia como voltar. Ele tinha feito sua escolha naqueles túneis. Eu também tinha feito a minha. Ia encontrá-lo na morte em breve.

Meu corpo doeu quando me arrastei para ficar de pé. Pressionei a mão contra a de Hawa, pedindo silenciosamente que minha irmã de mil gerações antes me ajudasse. A porta abriu, me levando para as catacumbas.

Na primeira vez que tinha ido ali, estava escuro demais para enxergar. Agora as catacumbas brilhavam com a luz da máquina, tão forte que mal conseguia ver qualquer outra coisa.

Protegi os olhos enquanto tateava pelo caminho escada abaixo. Achei que podia ouvir vozes me chamando — os outros djinnis que havia aprisionado ali. Mas não conseguia distingui-las com o zunido da máquina. Eu tinha que me aproximar o suficiente dela. Ao chegar ao fim da escada, não dava para enxergar nada — a luz era incandescente demais. Mesmo com os olhos fechados, parecia arder.

Puxei rapidamente meu sheema, que estava solto no pescoço. Ele saiu fácil nas minhas mãos. Eu o enrolei em torno da cabeça, cobrindo meus olhos duas vezes, até que a luz não queimasse minhas pálpebras. Estendi a mão à frente. Avançando devagar, com cuidado. Tentando achar meu caminho mesmo cega.

O zunido cresceu em volume conforme me aproximava, até eu estar próxima o suficiente para ouvir o assovio de uma das lâminas da grande máquina. Recuei, ajoelhando, tateando até encontrar o metal do círculo.

Pressionei os dedos no chão.

Senti o vidro quebrado do anel, ainda na minha mão, raspar o chão de pedra. Era inútil agora. Lembrei da onda de alívio, esperança e alegria que tinha me inundado na noite anterior, quando pensei que conseguiria sobreviver. Estava tão certa de que veria mais do que uma última alvorada quando fora até Jin. Ele ia me perdoar por morrer depois de ter dito o contrário?

Eu já deveria saber que seria assim. Nós dois deveríamos. Era uma guerra. Mesmo que não se morresse em determinada luta, sempre haveria outra. O presente de Zaahir tinha salvado minha vida e a de Sam só por tempo suficiente para chegarmos à luta seguinte. Para que Sam morresse ali, me salvando. Para que eu pudesse morrer na próxima.

Era o que fazíamos. Sobreviver a uma luta para chegar a outra. De novo e de novo, até morrer. Tudo o que você podia desejar era que outras pessoas não tivessem que participar de mais uma luta. Que finalmente, em algum momento, o país conseguiria encontrar a paz.

Eu não podia esperar. A cada segundo parada outros perdiam a luta contra os abdals. Precisava fazer aquilo o mais rápido possível. Disse as palavras depressa, antes que perdesse a coragem. As mesmas que tinha usado para libertar Zaahir. Eu as gritei por cima do zumbido da máquina, minha voz se levantando em um desafio furioso até chegar à última palavra, até o nome de Fereshteh.

E então o mundo inteiro virou luz.

Mesmo através da venda, podia ver o branco incandescente do fogo imortal, e senti a pressão em torno de todo o corpo. O calor na minha pele. Um grito no meu ouvido.

E então a luz desapareceu num piscar de olhos.

O calor se dissipando junto.

Restou um caleidoscópio de cores que eu podia enxergar mesmo através da venda. Me apressei para tirá-la. Para descobrir o que tinha impedido que a alma liberta de Fereshteh me incinerasse.

Conforme tirava o sheema, comecei a distinguir cores na luz. Pilares de azul, vermelho, dourado e uma dezena de outros tons em meio ao fogo violento que um dia tinha sido Fereshteh. Vi silhuetas de fogo amorfas cercando a máquina. De pé em torno dela. Aprisionando-a. Me protegendo dela. Protegendo a cidade inteira.

Abri os olhos e percebi que estava deitada. Não sentia mais a pulsação nos ouvidos. Acima de mim, poeira dançava no ar sob a luz do sol. Podia sentir o gosto de metal.

Tentei levantar, tremendo, me apoiando nos cotovelos. A luz nas catacumbas estava diferente agora: não era mais o branco cegante; tinha a cor amanteigada familiar do sol do início da manhã.

Percebi então que a poeira flutuando na luz da manhã era o que restava da máquina. Não tinha simplesmente se estilhaçado. Era como se o metal voltasse ao pó da montanha de onde tinha sido extraído.

Também não restava mais nada de Fereshteh. Sua alma tinha escapado da prisão que Leyla construíra. E talvez, naquela noite, ela habitaria o céu, junto com cada djinni morto na Primeira Guerra.

Os pilares de fogo colorido que haviam envolvido a máquina tinham desaparecido também. No lugar deles havia um círculo de djinnis em forma humana.

Eles tinham me salvado.

Estavam de pé com a cabeça curvada, em silêncio, meu pai Bahadur entre eles. O chão sob seus pés estava queimado e enegrecido. Eu esperava que desaparecessem, como Zaahir tinha feito em Sazi. Mas um deles virou a cabeça para mim, seus olhos dourados ardentes me prendendo em sua mira.

— Então — ele disse com uma voz anciã — Zaahir enviou uma assassina atrás de nós.

Todos se viraram para me encarar. De repente eu estava presa sob uma dúzia de olhares imortais.

— Não sou... — Falar era difícil; meus pulmões queimavam. — Não sou uma assassina.

— Ainda assim, traz armas para cá — um deles disse. O djinni não se moveu, mas senti o ar mexer sob minha mão, levantando-a como se alguém a conduzisse. Percebi que estavam todos encarando o anel que Zaahir tinha me dado.

— Criamos essa arma para Zaahir — meu pai falou. — Quando o prendemos embaixo da montanha. Prometemos a liberdade caso se arrependesse do que tinha feito.

— Mas demos outra opção também, se ele quisesse — outro djinni falou. — O anel possibilitaria que escolhesse a própria morte se assim desejasse. Se, em um momento de desespero, quisesse escapar, tudo o que precisava fazer era quebrar o vidro para ser libertado da vida.

Entendi tudo. Zaahir planejara aquilo desde o início. Queria me usar para se vingar daqueles que o haviam aprisionado. Para matá-los com a mesma arma que tinham criado para se matar. Ele tinha me munido com uma arma capaz de dar fim a um imortal e me enviado até eles.

Zaahir não havia mentido para mim. O anel teria me salvado. Teria absorvido a energia de Fereshteh com segurança, mas também apagaria o fogo de todos os outros djinnis presentes. Assim como tinha feito com os abdals. Assim como teria acontecido com ele, se escolhesse acabar com sua vida imortal.

Aquela tinha sido sua intenção desde o começo.

Ele tinha traçado um longo plano. Tinha me dado um jeito de salvar Ahmed, mas sabia que eu nunca mataria um príncipe com a faca. Tinha me dado um jeito de salvar Balir, mas sabia que eu chegaria tarde demais. E só então me dera o anel para me salvar. Ele tinha me deixado desesperada o suficiente, com uma salvação perdida depois da outra, para aceitar aquele último presente sem questionamento. Perto demais da batalha para duvidar de sua generosidade. Para perceber que estava me enviando contra seus inimigos, os djinnis que o aprisionaram.

— Ela precisa ser punida — o djinni com olhos de ouro derretido disse.

— Eu não sabia. — Eu estava arfando, e tudo em mim doía. Lentamente, tentei levantar.

— Mas você sabia que não deveria soltar aquele que seu povo chama de Criador de Pecados — outro disse, virando seus olhos azuis violentos para mim, uma cor que me lembrava as asas de Izz no sol. — E então permitiu que ele a enganasse.

— Deveríamos punir Zaahir — outro disse, discordando. Tinha cabelo roxo-escuro, quase preto. — A filha de Bahadur não precisa morrer.

Meu pai permaneceu calado, sem concordar ou discordar.

Eu tinha conseguido levantar, mas eles continuaram a me encarar, medindo-me com seus olhares sobrenaturais.

— Um meio-termo, então — um djinni de olhos vermelhos disse. — Ela não morre pelos crimes de Zaahir. Mas alguém morre.

Os seres imortais reunidos assentiram. Quando o djinni de olhos vermelhos olhou para Bahadur, ele inclinou a cabeça só um pouco.

— Somos justos, pelo menos — um djinni com olhos estranhamente brancos se pronunciou. — Você escolheu soltar Zaahir de sua prisão. Agora terá que fazer outra escolha.

— Outra escolha? — Eu não tinha certeza se era uma pergunta ou se estava apenas repetindo o que ele dissera. Mas as palavras saíram em um sibilado baixo, raivoso e sem fôlego. Ele podia arder com um número infinito das mesmas pequenas faíscas que ardiam em mim, mas naquele exato momento eu tinha certeza que havia fogo suficiente em mim para incendiar nós dois.

O djinni de olhos vermelhos não fez um gesto ou um pronunciamento como os artistas do mercado faziam antes de revelar o grand finale de seu truque grandioso. Mas senti a mudança no ar um momento antes dos dois aparecerem na minha frente.

Lado a lado, cambaleando, direto do campo de batalha. Dois irmãos. Dois príncipes.

Ahmed e Jin.

— Escolha qual deles vai morrer.

42

Talvez fosse mais fácil *para você se eu ainda fosse a garota egoísta que você conheceu na Vila da Poeira.*

Eu tinha dito isso para Jin sobre outra escolha, num dia diferente. Ou talvez estivesse falando da mesma escolha. Porque tinha feito aquela escolha muitas vezes antes, sem me dar conta. Uma centena de pequenas escolhas na estrada que me levara à escolha final. Entre o que eu desejava e o que devia fazer. Entre mim e meu país.

Quando escolhi não fugir de Fahali para salvar minha própria pele. Quando escolhi não deixar Jin morrer no deserto depois da mordida do pesadelo. Quando escolhi enfrentar Noorsham. Quando escolhi deixar Shira morrer. E Hala. E Sam. Quando escolhi libertar Zaahir.

Tinham sido escolhas entre o que eu desejava e o que precisava fazer.

— Amani — Ahmed disse, olhando ao redor, confuso. — O que está acontecendo?

Jin não tirava os olhos de mim.

— É sua escolha, filha de Bahadur — um dos djinnis disse. — Qual morrerá hoje? Se não escolher, serão os dois.

Uma parte de mim sabia que eu deveria implorar, me rebelar contra o destino e o mundo por me deixarem naquela posição. Contra os djinnis, que tinham criado a humanidade e ficavam brincando conosco daquela maneira, com os acordos e truques que chamavam de justiça. Estavam tomando mais de mim do que eu jamais tirara deles.

Mas não fiz isso. Não tive um surto de fúria ou chorei enquanto observava a boca de Ahmed formar palavras que não conseguia escutar. Nem quando vi Jin de pé, absolutamente parado, com os olhos fechados diante da compreensão do que estava acontecendo, absorvendo a dolorosa situação. Eu estava de pé nas mesmas catacumbas, mas muito distante.

De repente, me vi de pé em um celeiro cheio de gente do outro lado do deserto. Só restava uma bala. Duas garrafas. Eu precisava que os dois vivessem. Mas não tinha como trapacear.

Era uma escolha fácil, na verdade. Mesmo se fosse a escolha mais difícil que já tivera que fazer. Porque eu não era mais aquela garota egoísta.

Ahmed estava gritando alguma coisa. Me obriguei a me concentrar nele, ouvi-lo de algum lugar muito além do rugido na minha mente. Ele estava dizendo para eu dar o fora com Jin.

Deixá-lo morrer.

Jin não dizia nada. Ele me conhecia. Não tirei os olhos dele quando falei. Embora minha voz fosse pouco mais que um sussurro, ouvi-a ecoar pelas catacumbas.

— Deixe Ahmed ir — falei.

Jin soltou a respiração. Como se estivesse aliviado.

— Não! — A voz de Ahmed saiu rasgada de sua garganta. — Amani. — De repente ele estava do meu lado, suas mãos segurando meus braços com força. — Não faça isso. Não vale a pena, deve haver outro jeito...

— Ahmed. — Seu nome saiu mais como uma prece do que um pedido. — Está feito. — As lágrimas vinham fortes e rápidas agora, escorrendo pelo meu rosto.

Ele pareceu chocado, suas mãos pressionando meus braços.

— Mas você o ama — disse delicadamente. — Tem que salvar Jin, porque o ama. É isso que as pessoas fazem com aqueles que amam, Amani. Elas os salvam.

Não, não era. Sam tinha me ensinado isso. Grandes histórias de amor terminavam em morte. *Todas* as histórias terminavam, mais cedo ou mais tarde. A nossa só terminaria mais cedo.

Eu podia sentir a onda de pesar batendo, como o mar contra um navio. Como a tempestade de areia destruindo as paredes do acampamento.

— Estou fazendo a escolha que ele teria feito. — As palavras não conseguiam mais sair. — A escolha que todos faríamos. Morrer por você.

— Ahmed. — Jin ainda não conseguia se mover, mas encontrou a voz. — Eu sempre escolheria morrer para te proteger. Sabe disso.

O peito do príncipe subiu e desceu como se tentasse recuperar o fôlego. Então ele foi até Jin, cambaleante, e segurou seu ombro.

— Eu teria morrido por você, irmão. Em um piscar de olhos.

— Eu sei — Jin respondeu. — Mas isso não vai acontecer. — E então Jin o abraçou. Eles se seguraram como se ainda fossem garotos, como se pudessem transmitir toda a força e vida que tinham um para o outro. — Vá fazer algo pelo qual minha morte valha a pena — Jin disse, soltando-o.

O djinni de olhos vermelhos levantou os braços.

Vi o pânico crescendo em Ahmed ao se apressar para dizer ao irmão tudo o que queria.

— Jin... — Ele deu um passo adiante, urgente, justo quando o djinni baixou os braços. E, de repente, Ahmed não estava mais lá, o ar preenchendo o espaço deixado por ele. Os ombros de Jin caíram, a força se esvaindo dele, tudo o que tinha segurado para o bem de Ahmed sendo colocado para fora.

Seus olhos pararam em mim.

Eu me aproximei. Jin me puxou para perto dele assim que entrei no seu alcance, até que cada parte de nós estivesse junta. Senti o pouco de força que me restava se esvair também.

— Desculpa. — As palavras saíram como um soluço na sua camisa enquanto ele me abraçava com força. — Sinto muito.

— Eu também — ele disse no meu cabelo, com a boca perto do meu ouvido. — Prometi ensinar você a nadar. Não gosto de quebrar minhas promessas.

O riso que saiu de mim foi curto e feio, entrecortado por soluços. Mas vi Jin sorrir quando puxou meu rosto para ele, enxugando minhas lágrimas com os polegares. Ele abriu um sorriso fraco. Eu sabia o que estava pensando. Que eu tinha alguma água salgada na minha alma, afinal de contas.

— Você deveria ir — ele disse. *Você não precisa assistir isso.*

— Não. *Não vou deixar que morra sozinho.*

Ele me puxou com força. Não havia gentileza naquele beijo. Apenas desespero, raiva e medo. Sabendo que seria nosso último.

— Eu te amo. Eu te amo. Eu te amo. — Eu não tinha certeza de quem estava dizendo o quê. Pressionando as palavras com força na boca um do outro no último momento que tínhamos. Senti as lágrimas escorrendo pelo rosto. Senti o gosto de sangue.

Fomos arrancados um do outro. Não por mãos, mas pelo ar. Por um poder maior do que nós. Fiquei encarando-o, agora bem longe de mim. Eu o observei com os olhos borrados de lágrimas. Uma lâmina apareceu do nada. Não era feita de ferro, percebi, mas de areia — uma lâmina afiada feita do próprio deserto. O djinni que a segurava era Bahadur.

Meu pai me observou com olhos antigos e impiedosos.

— Não precisa assistir isso, filha. Podemos enviá-la para longe.

— Vou ficar — eu disse, sem tirar os olhos de Jin, tentando aproveitá-lo até o último segundo. — Até o fim.

E então meu pai mergulhou a faca no estômago de Jin, enterrando-a até o cabo. E senti minhas próprias entranhas rasgarem.

43

Eu estava sangrando.

Minha camisa e minhas mãos estavam ensopadas. Meus dedos estavam manchados de vermelho-vivo. De alguma forma, eu tinha caído de joelhos.

Percebi tudo aquilo de certa distância, como se estivesse em um sonho, em que tudo fosse meio nebuloso.

Não estava só imaginando a dor. Vi de novo minhas mãos ensanguentadas quando as tirei da barriga.

Puxei a camisa para cima. Havia um corte no mesmo lugar onde a faca tinha entrado em Jin. Exatamente onde minha cicatriz da bala em Iliaz ficava. Como uma antiga ferida reaberta. Só que era novinha em folha.

Os djinnis nos observavam com curiosidade. Mesmo depois de todo aquele tempo, pareciam incapazes de tirar os olhos de nós. Da nossa dor. Da nossa agonia. De todas as coisas que não conheciam antes de a humanidade trazer para o mundo.

—Você se casou com ele — um dos djinnis declarou.

Não.

Só que não consegui negar em voz alta.

Tudo o que sou, entrego a você, e tudo o que tenho é seu.

Não nos ajoelhamos lado a lado na frente da fogueira com meu rosto coberto, mas tínhamos dito aquelas palavras. Não na frente de um pai sagrado, mas na noite anterior, enroscados na tenda de Jin.

Até o dia da nossa morte.

Eram as palavras que importavam. Eu tinha ligado nossas vidas quando as dissera. Quando as transformara em verdade. Estávamos conectados. Na vida e na morte.

— Suas filhas tendem a entregar o coração muito fácil, Bahadur — um dos djinnis disse, com um leve tom de zombaria na voz. — E a vida também.

Com aquelas palavras, ele desapareceu. Piscou para fora da existência. Já se esquecendo de nós conforme voltava ao deserto. Outro djinni piscou depois dele. E então meu pai, sem nem virar na nossa direção. E outro. Um por um, eles desapareceram das catacumbas que os haviam prendido.

Até estarmos sozinhos.

Sangue se acumulava ao meu redor, quente nos meus dedos. Minhas mãos tatearam pelo chão de pedra, sentindo às cegas. Alguma coisa sólida se enrolou nos meus dedos.

Jin tinha segurado minha mão. Segurei também.

Levantei o corpo, gritando de dor, me arrastando pelos últimos centímetros entre nós. Pressionei meu ferimento enquanto me movia, até a lateral do meu corpo estar encostada na dele, nossas mãos entrelaçadas entre nós.

Virei para ver seu rosto.

Era assim que a história terminaria. Ahmed, o príncipe ressuscitado, venceria a guerra. Quando tomasse o palácio, desceria para as catacumbas. Ia nos encontrar juntos, ensanguentados, no chão de pedra.

Eles iam nos queimar. Talvez até se lembrassem de nós. Mas de uma versão distante, falsa, obscura. A Bandida de Olhos Azuis e o príncipe estrangeiro. Não Amani e Jin.

As histórias talvez dissessem que nos amávamos. Mas nunca recuperariam a sensação. Eles nunca saberiam que quando dormimos juntos na tenda dele na noite anterior à nossa morte, Jin passara o dedo pela pequena cicatriz no meu ombro. Que quando ele me beijara, sorrira com a boca junto à minha. Ou como soava quando dizia meu nome. Nós contínhamos nossas próprias histórias. Milhares de pedacinhos dela morreriam conosco.

O mundo começava a se desmanchar a caminho da inconsciência. Não. A caminho da morte. Eu queria dizer a ele que sentia muito. Mas sentia e não sentia. Queria dizer a ele que não queria que morresse, que o amava. Mas Jin já sabia.

— O que acha que acontece? — perguntei. — Quando morremos? — Jin não acreditava em deuses. Não acreditava em paraíso, inferno ou outros mundos. Só naquele. Só no agora.

Ele passou a mão no meu rosto, como se tentasse gravá-lo na memória.

— Acho que eles queimam nossos corpos e viramos cinza e pó. — Jin passou um dedo pelo contorno dos meus lábios. — E acho que o pó que um dia fui vai passar a eternidade vagando pelo deserto, tentando chegar o mais perto possível do pó que você foi.

Soltei algo que não era nem um soluço nem uma risada. Jin entrelaçou os dedos nos meus.

Só tive tempo de apertá-los antes de a escuridão me envolver.

44

A jovem demdji

Certa vez, no raiar de uma longa guerra, a Primeira Guerra, os djinnis imortais criaram a vida. E com ela veio a morte. Eles deram às suas criações corpos que podiam ser feridos, destruídos e desfeitos como areia, então acenderam neles uma única centelha de fogo djinni que um dia ia se extinguir.

Mas, entre eles, havia aqueles com uma centelha de fogo maior do que a concedida à maioria dos mortais. Eles foram chamados de demdjis. Muitos diziam que era por terem fogo a mais que queimavam mais forte e mais rápido.

Que morriam tão jovens.

A princesa Hawa deu seu último suspiro em uma muralha, olhando para um campo de batalha.

Ashra, a Abençoada, deu seu último suspiro enfrentando a Destruidora de Mundos, quando ninguém mais poderia.

O último suspiro de Imin das Milhares de Faces foi usando o rosto que a morte buscava.

Hala, a Dourada, respirou em liberdade uma última vez para que não tivesse que respirar mil vezes mais como prisioneira.

E a Bandida de Olhos Azuis deu seu último suspiro nas catacumbas embaixo de uma cidade em guerra, de mãos dadas com o homem que amava, enquanto o mundo desaparecia ao redor deles.

E então, depois do seu último suspiro, ela respirou mais uma vez.

45

O ESCURO DESAPARECEU COM UMA EXPLOSÃO repentina de fogo, e por um momento tudo o que eu via era luz.

Eu estava morta. Não era escuridão, poeira e vazio, como Jin pensava. Era uma luz que cegava.

Então percebi que podia ver uma silhueta através da luz, que me fazia lacrimejar. Meus pulmões queimavam, desejando ar. Eu podia sentir sangue e pedra dura embaixo da minha mão. Inspirei em pânico. Parecia minha primeira inspiração em muito tempo. Levantei num salto, tossindo, engasgando, com a garganta arranhada.

A luz não era a morte, percebi. Era o sol, entrando pelo poço dentro das catacumbas do palácio. E eu não era poeira no deserto. Estava exatamente onde havia morrido. Minhas mãos ainda estavam grudentas do meu próprio sangue, meu rosto continuava molhado de lágrimas. O que acontecia era algo muito mais ordinário do que a morte. Eu estava viva.

E então meus olhos se concentraram na única coisa que havia mudado. O lugar não estava mais vazio. Meu pai estava lá.

Bahadur estava agachado à minha frente, me observando com seus olhos azuis inescrutáveis, iguais aos meus. Como se fôssemos uma só pessoa. Como se eu realmente pertencesse a ele. Esperou pacientemente enquanto eu me reorientava no mundo dos vivos. Da mesma maneira que eu tinha assistido outros pais verem os filhos darem seus primeiros passos.

— Não estou morta — eu disse, e senti as palavras saírem com tanta facilidade que só podia ser verdade.

— Não — Bahadur concordou. — Não mais.

Em seguida veio um silêncio, enquanto ele me deixava absorver a informação. Enquanto me deixava respirar mais uma vez, percebendo que por pelo menos alguns momentos meus pulmões tinham ficado inertes. Que meus batimentos acelerados tinham diminuído até parar. Que por um momento eu havia partido.

Nós dois havíamos.

— Jin. — Olhei para os lados freneticamente, procurando-o. Ele ainda estava caído em uma poça de sangue. Sem se mexer. Sem sentar. Me arrastei apressada até ele, tentando tirar sua camisa ensopada de sangue.

Mas, enquanto passava a mão em sua pele, notei que estava intacta por baixo do sangue. Só então notei que a lateral do meu corpo não doía mais. Eu a toquei, procurando o ferimento, que não estava lá. A pele parecia perfeita. A cicatriz que tinha ganhado quando Rahim atirara em mim em Iliaz, de onde o último pedaço de metal fora retirado, de onde irradiava dor toda vez que usava meu poder, havia sumido.

Encostei a mão no peito de Jin. Ele subiu e desceu sob minha palma. Um mínimo, mas suficiente. O bastante para eu saber que não estava morto.

— Ele vai acordar em breve — meu pai disse atrás de mim. Observei-o por cima do ombro. Ainda estava agachado. Se eu não soubesse a verdade, diria que parecia um homem do deserto qualquer, perto da fogueira. Só que se mantinha parado demais. Como se seus músculos não sentissem o esforço de se manter naquela posição. Ele não era feito de carne e osso. Não era humano. — Precisa de um pouco mais de tempo que você. Não é feito da mesma matéria.

Eu também não era totalmente humana.

Ainda sentada, virei de frente para ele, com uma perna esticada à frente e a outra enfiada embaixo de mim. Mantive a mão sobre o coração de Jin, como se precisasse segurá-lo para que não desaparecesse.

— Você nos salvou — eu disse. *Como?* Só que essa era uma pergunta idiota. Meu pai era um dos seres que haviam nos criado. Criado a humanidade a partir do fogo e da poeira do deserto. Eu tinha visto Zaahir tirar a alma de Noorsham de seu próprio corpo. Não seria tão difícil para um djinni juntar alguns pedaços de humanidade, como remendar uma boneca de pano. — Por quê? — preferi perguntar.

Ele esfregou uma mão na outra. Foi a coisa mais próxima de um gesto humano que já tinha visto em um djinni. Um pequeno tique, para ganhar tempo para pensar.

— Você me perguntou uma vez se eu lembrava da sua mãe. Parecia acreditar que não. Que não me importava o bastante. Mas estava enganada. Eu lembro de tudo. Eu lembro do dia em que provei o medo enquanto via centenas de djinnis morrerem enfrentando a Destruidora de Mundos. Eu lembro da primeira mulher que amei, que me deu minha primeira filha. E lembro de ver essa filha morrer nos muros de Saramotai. Lembro que sua mãe tinha uma pequena cicatriz logo acima do lábio, que subia quando ela sorria. — Ele tocou a própria boca, no exato lugar onde ficava a cicatriz. Eu lembrava dela. Embora não lembrasse de minha mãe sorrindo muito. — Eu lembro de tudo, minha filha. Às vezes acho que sentimos as coisas de maneira mais profunda do que os mortais jamais sentirão.

Senti o peito de Jin subir e descer sob minha mão.

— Você não sabe como eu me sinto — eu disse.

Ele sorriu.

— Não — meu pai assumiu, inclinando a cabeça gentilmente. — Não sei. Mas também sinto. — Ficamos em silêncio por um momento, enquanto ele deixava a frase no ar. Eu só tinha vivido dezessete anos e, às vezes, não acreditava ser capaz de conter tudo o que tinha visto, vivido e pensado. Ninguém deveria ser criado para conter uma eternidade. — Também lembro do desejo que sua mãe fez para você. O que ela pediu quando soube que podia.

— E o que foi? — Não me aguentei. Eu vinha me perguntando o que minha mãe havia pedido desde aquele dia na prisão com Shira. Tinha medo de descobrir desde que Hala havia me contado o desejo egoísta de sua própria mãe, desde que Noorsham deixara seu corpo.

— Tive centenas de filhos antes de você, Amani. Cada mãe desejou coisas diferentes. Glória, riqueza, alegria. Mas sua mãe não pediu nada disso. Apesar de estar desesperada para sair da cidade que um dia ia matá-la, ela nunca pensou em pedir uma saída, ou riquezas para pavimentar com ouro seu caminho para longe de lá. O desejo dela foi simples: que você vivesse. — Ele sorriu com tristeza. — Que você, diferente dela, pudesse viver.

Que eu pudesse viver. Aquele parecia um desejo menor. Ela poderia ter pedido riqueza, poder ou um destino grandioso para mim. Mas com meu coração ainda batendo quando não deveria, entendi a importância de seu pedido.

— Foi um desejo que eu não ouvia fazia séculos. Desde minha primeira filha.

Ele se referia à princesa Hawa. Minha irmã. Estávamos separadas por séculos, mas era minha irmã mesmo assim. Era filha de outra mãe que havia desejado apenas que sua filha sobrevivesse em meio a uma guerra complicada.

— Mas Hawa morreu.

— Sim. — Ele baixou a cabeça. — Ela fez a mesma coisa que você. Se apaixonou por alguém que vivia muito próximo da morte. — Bahadur olhou para Jin e, por um segundo, me senti como uma filha comum, cujo pai não aprova o garoto com quem escolhera se casar. — Ela atou sua vida à dele, porque sabia que assim eu teria que proteger o rapaz. Porque, se ele morresse, ela morreria. E assim eu fiz. Eu o protegi em batalha mais de uma centena de vezes. No fim, acabei me descuidando dela. Estava tomando conta dele quando uma flecha se perdeu do campo de batalha. E atravessou o coração dela antes que eu pudesse fazer alguma coisa. — Ele parou. — Eu a salvei centenas de vezes, mas não pude fazer nada naquela última.

— Mas você me salvou. — De repente entendi por que havia sido ele a empunhar a faca. Uma flecha atravessada no coração havia matado Hawa na hora. Uma ferida no estômago, porém, era uma morte mais lenta. Lenta o suficiente para que ele pudesse voltar para me salvar sem que ninguém notasse. — Não precisava. — Pareci mais ingrata do que pretendia. — Quer dizer... — Foi difícil encontrar as palavras. — Minha mãe pediu para que eu vivesse... — Djinnis se aproveitavam de detalhes. De lacunas em desejos que podiam usar a seu favor, obedecendo as palavras, e não as intenções. — Sua promessa foi atendida quando respirei pela primeira vez. Você poderia ter me deixado morrer qualquer momento depois, se quisesses.

— Se quisesse — Bahadur repetiu, concordando. — Pais sempre farão o que puderem para proteger seus filhos. E eu posso fazer bastante coisa.

— Bem. — Pigarreei. Não tinha o direito de chorar agora que estava viva. — Imagino que me trazer de volta dos mortos compense um pouco os dezessete anos sem fazer nada.

Bahadur me surpreendeu com uma risada. Foi um som honesto e profundo, que me agradou. De repente, desejei que tivesse mais tempo para ouvi-la. Que tivesse um pai que sentasse comigo para conversar daquele jeito sempre que eu precisasse. E, por apenas um segundo, senti aquela vontade profunda que não sentia havia muito tempo. Desde que deixara a Vila da Poeira. Aquela vontade que surgia ao desejar algo que temia nunca ter. O preço que eu havia pagado por estar viva agora era que, a partir daquele dia, talvez nunca mais fosse chamada de "filha". Djinnis não podiam ser pais comuns, no fim das contas.

— E o resto deles? — Desviei os olhos rápido, preocupada que ele pudesse ler meus pensamentos nos olhos que me traíam, como Jin tinha a misteriosa capacidade de fazer. — Quando descobrirem que não estamos mortos... — *Vão punir você?*

Bahadur deixou minhas palavras de lado, como se não fossem importantes.

— Meu povo faz o possível para não interagir com o seu. Esperamos não precisar voltar tão cedo. Desejo isso ainda mais desde a morte do seu irmão. — Seu olhar estava distante. Percebi que ele sabia o que Noorsham tinha feito. — Lutamos em guerras diferentes. E agora está quase na hora de você voltar para a sua.

Eu sabia que ele tinha razão. A sensação estranha de tempo suspenso que pairava ao nosso redor estava se dissipando. O mundo estava vazando pelas bordas.

Senti Jin estremecer ao respirar. Ele abriu os olhos de repente e me viu, cegado pela luz que vinha da entrada do poço.

— Não morremos — eu disse enquanto ele tentava se concentrar em mim. — Ainda estamos vivos. Nós dois.

Jin analisou meu rosto com os olhos arregalados, estendendo a mão para me tocar.

— Este seria um momento terrível para começar a mentir para mim, Bandida.

E então, de repente, eu estava rindo, chorando e beijando-o, enquanto o ajudava a sentar. Virei procurando meu pai. Querendo dizer mais alguma coisa, sem muita certeza do quê. Mas ele tinha sumido. Havia apenas grãos de poeira dançando na luz onde estivera agachado um momento antes.

Senti algo que pareciam mãos invisíveis puxando minhas roupas. E lembrei do que ele dissera. Era hora de voltar para a luta.

46

Éramos os inimigos nos portões da cidade.

Jin e eu surgimos sobre os muros do palácio e encontramos uma batalha real acontecendo lá embaixo. Nosso exército não estava mais na defensiva. Passáramos ao ataque.

A barreira de fogo sobrenatural do sultão havia sumido, e os antemuros da cidade estavam repletos de corpos de bronze — abdals caídos, sua centelha apagada com a libertação de Fereshteh. Os soldados de carne e osso do sultão corriam para entrar em posição, pegando suas armas. Mais deles avançavam pelas ruas vazias em direção ao palácio. Estávamos em números equivalentes, mas eles ainda tinham vantagem pela posição elevada.

Um grito vindo do alto nos fez erguer a cabeça. Izz voou sobre nós, soltando algo de suas garras: uma bomba, que acertou o muro explodindo ao aterrissar, levando pedras e soldados com ela, mas sem conseguir abrir os portões. A rebelião precisava de uma forma de entrar.

Eu chamei o deserto.

E não havia dor. Nenhum esforço. Meu poder fluía fácil, como se estivesse suspirando de alívio enquanto invadia meu corpo inteiro.

Involuntariamente, toquei a pele macia da barriga. Meu pai também havia curado aquela ferida, junto com a nova.

Era mais do que a ausência da dor. Pela primeira vez, eu sentia meu poder como se fosse parte de mim. Como se realmente estivesse na minha alma. Não uma arma na ponta dos dedos, e sim outra batida do coração.

Não precisei nem contrair os dedos para agarrar completamente o deserto. O *meu* deserto. Eu *era* o deserto. E ele ia me responder.

Puxei com toda a força que tinha, erguendo a areia como uma onda no mar. Ela estourou no portão leste, rachando as pedras, espalhando soldados e abrindo os portões.

Inundei a cidade com a rebelião.

As ruas se transformaram em um campo de batalha enquanto descíamos correndo dos muros do palácio. Estávamos desarmados, exceto pelo meu dom, e Jin ficou atrás de mim enquanto nos juntávamos à luta.

Um soldado nos viu quando viramos em uma esquina estreita, erguendo sua arma para nós. Reagi mais rápido do que ele, e a areia em volta dos seus pés se ergueu em uma onda de poeira, cegando-o, sufocando-o.

Jin passou por mim. Em um movimento rápido, ele acertou o soldado no rosto e tirou o rifle de suas mãos.

De repente, ouvimos um tiro atrás de nós. Viramos como se fôssemos um só. Mas não éramos o alvo. Um homem vestindo uniforme de soldado estava estirado na rua. Acima dele, em uma janela, havia uma garota com khalat dourado, com uma arma nas mãos e o cabelo preso para não cair no rosto. Ela estava tremendo, e seus olhos pareciam arregalados pelo choque do que tinha acabado de fazer. Tinha nos salvado.

Seus olhos arregalados encontraram os meus, e ela acenou discretamente. Senti uma onda de esperança. A rebelião não tinha se extinguido dentro da cidade enquanto estávamos fora.

Precisávamos voltar para os outros.

O plano de Shazad tinha sido separar os soldados do sultão, dividi-

-los entre as ruas e ruelas, onde números não fariam diferença e poderíamos obrigá-los a recuar até estarmos próximos do palácio.

Começamos a ver os primeiros sinais de luta na rua do Junco Vermelho, a via que cortava a cidade de oeste a leste.

Jin apoiou o rifle em seu braço, mirando enquanto eu trazia a areia para perto de mim, curvando-a para usá-la como lâmina contra eles.

Juntos, abrimos caminho pela batalha como uma faca atravessando a água.

Dezenas de vezes uma lâmina roçou meu pescoço, perto, mas não o suficiente. Vi uma arma apontada na minha direção enquanto fazia a força do deserto descer sobre a cabeça do soldado que a segurava. Eu já devia ter morrido uma centena de vezes. Mas estava viva. Sentia como se fosse intocável. Como se as balas não pudessem me atingir. Como se nenhuma espada pudesse me acertar enquanto atravessávamos o campo de batalha, voltando para o nosso próprio lado.

Então eu a vi no meio da luta, a trança escura balançando enquanto sua espada acertava um homem na garganta antes que ela caísse de joelhos, deslizando sua lâmina pela coxa de outro soldado e fazendo-o tombar antes de dar o golpe mortal com uma faca em seu pescoço.

Shazad sempre fora uma força poderosa, mas mal parecia humana naquele momento. Ela era uma tempestade de fogo, e queimaria os exércitos do sultão antes de cair diante deles.

Quando nos viu em um intervalo de calmaria na batalha, seu rosto mudou. Ela me agarrou, puxando-nos para junto de si enquanto entrávamos em um beco que servia de abrigo temporário.

— Vocês estão vivos — disse, me abraçando enquanto Jin ficava de guarda, observando as ruas ao nosso redor, com o rifle de prontidão.

— Sim — concordei. — Shazad, Sam não...

Jin posicionou o rifle de repente, me interrompendo com um tiro. Um grito ecoou da rua próxima enquanto a ameaça desabava.

— Podemos lamentar pelos mortos mais tarde. — Shazad sacudiu a cabeça, adivinhando o que eu não era capaz de dizer. Mas sua voz soava tensa. — Agora, preciso de uma barricada do outro lado da rua do palácio e da rua Dourada para impedir que os soldados recuem para além do rio. A subida começa aqui. Estaremos perdidos se forem para um terreno mais elevado. Consegue fazer isso?

— Sim. — Assenti, olhando rapidamente para cima. — Acho que consigo. Mas preste atenção, Shazad, acho que talvez você consiga reforços pelas ruas. Já conseguimos fazer o povo de Izman se rebelar uma vez. Se conseguir fazer com que venha para a rua em nome de Ahmed, então estaremos em maior número que os soldados. E poderemos acabar com isso.

— Não temos tempo de bater de porta em porta — disse Shazad, enquanto algo explodia por perto. Nenhuma de nós se abalou.

— O zungvox — eu disse. — Imagino que ainda esteja na grande casa de oração. — Eu lembrava de vê-lo, os fios da invenção de Leyla enroscados por dentro do domo como uma cobra, projetados para permitir que um homem falasse com a cidade inteira. Para o sultão nos ameaçar e nos controlar. Mas podíamos usá-lo de outra maneira. Podíamos fazer os abdals caídos falarem por nós.

Os olhos de Shazad se moveram rápido, como faziam quando ela arquitetava um plano mais rápido do que qualquer um de nós conseguiria.

— Muito bem, eis o que vamos fazer: Amani, consiga algumas barricadas para podermos continuar lutando. Sinalize para os gêmeos descerem e moverem o maior número possível de abdals para longe dos muros e para dentro da cidade.

— Sim, general! — Pela primeira vez, Shazad não me corrigiu ao chamá-la daquele modo.

— Jin — ela chamou. — O que acha de levarmos seu irmão para a grande casa de oração? Está mais do que na hora desta cidade saber que ele está vivo.

— Acho que damos conta disso. — Ele recuou para o abrigo do beco, recarregando sua arma. — Algum sinal do sultão?

— Está nas ameias. — Ela apertou os olhos na direção dos muros. — Mas ainda não sei onde. Caso alguém consiga colocar o sultão sob a mira, as ordens são para atirar.

Jin e Shazad saíram correndo do abrigo da ruela, voltando para a batalha, enquanto eu virava para a porta mais próxima. Bastou uma pancada de areia para estilhaçar a fechadura, então entrei. O piso térreo estava vazio, mas ao subir correndo pela escada, ouvi vozes, lamúrias e choramingos atrás das portas. Eu não estava lá para machucar ninguém, só precisava chegar a um ponto mais alto.

Corri para o telhado. De lá, podia ver o fim da rua Dourada. Shazad havia feito com que memorizássemos o mapa de Izman. Eu já podia sentir o deserto se erguendo sob minhas mãos. A areia rugiu ganhando vida, respondendo ao meu chamado enquanto subia do chão numa tempestade e se arrastava sobre a cidade como um grande enxame.

Eu a fiz cair no lugar onde a rua Dourada encontrava o rio, construindo uma imensa barricada que nenhum soldado conseguiria atravessar e bloqueando sua fuga.

Olhei para o leste. Não dava para ver a rua do palácio dali, o outro ponto de retirada. Eu precisava andar logo. Perderia um tempo precioso correndo de volta pelas ruas e lutando para abrir caminho. Mas era longe demais para pular de um telhado para outro.

Então tive uma ideia e imediatamente chamei uma porção de areia na minha direção. Comprimi os grãos formando uma ponte, conduzindo até o próximo edifício. Corri por ela sem hesitação ou medo de que se desfizesse sob meus pés. Nenhum grão de areia vacilou enquanto eu disparava para a próxima construção, e então para a seguinte.

Finalmente eu podia ver meu alvo, o final da rua onde o solo se erguia. Havia homens de uniforme dourado seguindo para lá em retirada. Bloqueei a passagem deles com uma parede de areia.

Um pouco mais adiante, Izz planou sobre a cidade. Meu coração saltou quando eu controlei a areia, enviando-a em uma explosão na direção dele para chamar sua atenção. Izz virou violentamente para evitá-la, mas me viu parada no teto, balançando os braços.

Ele desceu voando na minha direção, transformando-se em humano ao pousar na minha frente.

— Você está viva.

Ele sorriu, alegre.

— Por enquanto — eu disse. Não tinha tempo para comemorar. Expliquei do que precisávamos, e no momento seguinte ele tinha partido, lançando-se do telhado e mergulhando nas ruas ainda como menino.

Um momento depois, um enorme roc azul subiu, as garras segurando um dos abdals mortos, sua centelha de fogo djinni apagada com a libertação de Fereshteh. Mas o zungvox era tecnologia gamanix, e não magia mirajin. Eu tinha que torcer para que funcionasse.

Vi um dos abdals caído na rua embaixo de mim. Eu o peguei com uma onda de areia, carregando-o o mais longe que pude, como uma folha no vento, antes de perdê-lo de vista.

Izz voltou, agarrando outro abdal e evitando por pouco uma bala enquanto manobrava. Trabalhamos o mais rápido possível, Maz se juntou a nós assim que notou o que estávamos fazendo, dispersando os abdals o máximo que conseguia. Espalhando os alto-falantes do sultão pela cidade.

A cada momento que passava sem ouvirmos Ahmed falar, eu repetia a mesma coisa num sussurro, de novo e de novo:

— Jin está vivo. Shazad está viva. Ahmed está vivo. — Enquanto pudesse dizer aquelas palavras, eram verdade. Poder falar significava que eles ainda lutavam para atravessar a multidão e chegar à grande casa de oração.

E então eu a ouvi no ar. A voz de Ahmed.

— Povo de Izman!

Olhei para oeste, na direção da casa de oração, o alívio esmagando meu peito. Ele havia chegado à invenção de Leyla.

— Povo de Miraji! — A voz de Ahmed foi conduzida por milhares de abdals caídos. — Uma luta acontece em suas ruas. Mas não viemos como invasores, e sim como salvadores. Meu pai governou vocês com medo e com aço estrangeiro. Ele entregou todos vocês aos inimigos e enforcou suas filhas e suas irmãs. Matou seus inimigos a sangue-frio. Matou sua própria família, seu pai e também seus filhos. Tirou este país de vocês e os escravizou. Estamos aqui para devolvê-lo. Se quiserem lutar conosco, pela sua liberdade, pelo país, nós os receberemos de braços abertos.

Foi como se a cidade mudasse sob mim. Não como um abalo sísmico, igual Zaahir fizera nas montanhas, mas de um modo puramente humano. Os seres primordiais podiam ser todo-poderosos, mas haviam nos criado para cumprir o único propósito que não conseguiam: dar a vida por aquilo em que acreditávamos.

Foi o movimento de uma cidade inteira, lembrando seu propósito e se erguendo.

E nós nos erguemos e lutamos.

Perdi a noção do tempo enquanto a batalha de Izman se inflamava. Assim que me juntei à luta, deixei de ser uma garota e me misturei à rebelião, como se fosse parte de mim. Tirando obstáculos da frente, abrindo caminho até nosso inimigo. De tempos em tempos, ouvia a voz de Shazad falando pelo zungvox, dando ordens e orientações para uma cidade que, sem elas, seria engolida pelo caos.

A luta se estendeu por horas.

Os soldados do sultão foram para cima do povo.

Então, veio um grito do ar.

Foi um barulho horrendo. Quando olhei para cima, tive uma visão terrível.

Izz rodopiava, muito acima de nós, se debatendo em chamas. Uma flecha acesa tinha acertado sua asa esquerda. Queimava em uma mistura violenta de chamas azuis e vermelhas enquanto suas penas pegavam fogo.

Ele gritou e caiu em alta velocidade na direção da água para apagar as chamas, deixando uma trilha preta de fumaça atrás.

Ouvi mais gritos. De algum lugar, a ruas de distância, Maz mergulhou no ar atrás do irmão, mudando freneticamente de forma no caminho, de um falcão para um roc para um pardal, procurando o lugar onde Izz havia pousado. Procurando um jeito de ajudá-lo.

De repente, foi como se eu estivesse assistindo a tudo de muito longe. Como se apenas metade de mim estivesse de pé no campo de batalha e a outra metade estivesse em um jardim verde do palácio em um dia quente, com um lago cheio de pássaros na minha frente, mirando para derrubar um deles com uma flecha.

Só que não era eu quem segurava o arco.

Procurei-o. Eu era boa de tiro, conseguiria descobrir a origem da flecha. E lá estava ele.

Vi o sultão antes que ele me visse. Estava de pé em cima do muro, de armadura e uniforme. Saquei a arma e mirei. Sabia que era impossível ter escutado o clique da minha pistola, mas ele virou a cabeça na minha direção. Havia fogo em seu olhar e frieza em sua postura. Sua cabeça inclinou um mínimo para o lado conforme puxava o arco para trás, apontando-o para mim. Apenas uma fração de sua garganta estava exposta.

Eu poderia dar aquele tiro. Guardei a pistola, trazendo a areia para mim.

Engatilhei meu poder, como uma bala em uma arma. Como se eu ainda estivesse na arena de tiro nos confins do deserto com apenas uma bala sobrando e tudo dependesse dela.

Vi sua mão tensa para soltar a flecha enquanto a areia voava em sua direção, procurando a pele exposta, rasgando o ar na direção do alvo com toda a força do deserto atrás.

Eu era boa de tiro.

Não costumava errar.

47

O governo do bom príncipe Ahmed

Uma vez, no país desértico de Miraji, um príncipe tomou o trono de seu pai.

Muitas pessoas contaram histórias naquele dia.

Disseram que o príncipe rebelde tinha travado uma batalha gloriosa contra um oponente acovardado, que se escondera atrás de seus muros e deixara seus soldados caírem em ondas. Disseram que a crueldade do sultão era tamanha que o povo se virou contra ele. E que, quando ele caiu, seu exército largou as armas aos pés do príncipe Ahmed e se rendeu grato à misericórdia do novo governante.

Disseram que quando o príncipe rebelde entrou em Izman, choveram flores das janelas, jogadas pelo povo, agradecido por ser libertado. Sua irmã demdji, Delila, que havia começado aquela luta assim que nascera, mandara beijos para as pessoas enquanto passavam, feliz de finalmente voltar para seu lar no palácio, de onde fora forçada a fugir. E a Bandida de Olhos Azuis pegara as flores para fazer uma coroa para o príncipe enquanto avançavam na direção do palácio.

Mas eram apenas histórias. Nunca contariam a verdade do que eu me lembrava daquele dia.

Eu lembrava da rua coberta de sangue, não de pétalas. Da confusão depois que o sultão caiu, enquanto os homens continuavam a lutar. Homens bons, não corrompidos. Que só estavam seguindo as ordens dadas a eles por um governante morto. Cujas famílias sairiam de casa mais tarde para chorar sobre seus corpos. Eu sabia como o sultão havia caído, porque eu o havia matado, e teria pesadelos por meses. Às vezes seu rosto se transformava no de Hala. Às vezes no de Shira. Ou de Sam.

Mas os contadores de histórias nunca saberiam disso. Ninguém saberia além de Jin, que acordaria de noite junto comigo, pronto para lutar, até perceber que a ameaça estava na minha mente e ele não podia me defender dela.

Mesmo se as pessoas soubessem a verdade, não teriam interesse em contá-la. Pétalas derramadas das janelas como estrelas cadentes eram um material melhor para histórias.

Elas nunca contariam que, depois que o sultão morreu, enquanto atravessávamos a cidade, cada cadáver nos lembrava do custo da guerra. Que, enquanto eu abria caminho pelas ruas, encontrei Samir com uma bala no peito. Um garoto da Vila da Poeira como eu, que havia se juntado a nós em Sazi. O fato de o termos treinado não fez diferença. A guerra tomava vidas e mudava as dos sobreviventes.

As histórias se lembrariam que Izz sobreviveu à queda pelas mãos do sultão, mas não que sua asa queimada e mutilada se transformaria em um braço que jamais se curaria completamente, independente da forma que ele assumisse. Ele ficava manco quando estava em quatro patas, e sua asa batia inútil quando tentava assumir a forma de um pássaro. Maz parou de se transformar em criaturas que voassem, porque não queria ir a lugares onde seu irmão não pudesse segui-lo.

Eu lembrava de como o ar ficara espesso com a fumaça das piras funerais naquela noite. Queimamos tantos corpos quanto conseguimos. E queimamos quatro piras vazias também.

A primeira foi para Sam. Não havia nada dele para queimar, embora tivéssemos revirado o palácio procurando. Só encontramos cinzas e corpos de abdals caídos. Se eu não soubesse, poderia achar que havia simplesmente atravessado uma parede, fugido atrás de outra aventura. O capitão Westcroft me contou que em Albis eles acreditavam que, quando você morria e era enterrado, seu corpo brotava na forma de uma árvore ou de um campo de flores. Em uma nova vida. Então cobrimos a pira funeral de Sam com flores, cortadas do harém. Do mesmo tipo que Sam colhera na noite em que o conheci.

Colocamos um anel de ouro na pira vazia de Hala para simbolizar a perda da garota dourada.

Para nossa demdji de mil faces, usamos um dos khalats de Shazad que Imin gostava de pegar emprestado.

Uma coroa para Shira, a sultima morta.

Corpos havia muito perdidos, porque morreram não naquela batalha, mas por causa da guerra. Agora finalmente tínhamos tempo de lamentar suas mortes, porque a guerra havia acabado.

Queimamos o sultão também, e seus filhos ficaram de pé perto da pira, como deviam. Mesmo que fossem o motivo de sua morte. Porque era assim que as coisas funcionavam. Éramos mortais. Filhos estavam destinados a ocupar o lugar dos pais.

As piras queimaram até a fumaça encobrir a lua.

Eu lembrava de finalmente desabar em uma cama familiar, porque havia dormido nela quando era prisioneira no harém. Não sabia para onde mais ir no enorme palácio vazio que havíamos conquistado. Acordei com o barulho do travesseiro se movendo quando Jin foi deitar comigo. Me movi apenas o suficiente para deixar que seus braços me envolvessem e me puxassem para junto dele.

— Homens não são permitidos no harém — lembro de murmurar quase adormecida perto de seu ombro, enquanto ele tentava achar uma posição confortável. Senti sua risada por todo o meu corpo, e a alegria de ainda estar viva cresceu tão rápido dentro de mim que pensei que eu fosse despedaçar.

— Acho que eles abrem exceções para príncipes — Jin disse no meu ouvido antes de me beijar.

Eu lembrava de notar que nós dois ainda carregávamos nossas armas e me perguntar quanto tempo levaria para a batalha realmente ficar para trás, depois da vitória.

Mas nossas memórias interessavam apenas a nós, não eram matéria-prima para as histórias. As histórias eram feitas para contar o que o povo queria ouvir. E o povo queria saber que tínhamos vencido e que estava tudo bem.

Ahmed se tornou uma lenda em todo o deserto em questão de dias: o príncipe ressuscitado, que voltara dos mortos para salvar a cidade. Para salvar o país inteiro. As histórias diziam que ele havia queimado os invasores estrangeiros em seu caminho para derrotar o pai.

Mas quem fizera aquilo fora o sultão. Ele havia dispersado nossos ocupantes em potencial. Ele havia nos ajudado e tornado Miraji um lugar a salvo do jugo estrangeiro. O massacre dos gallans fora o único motivo de termos conseguido tomar a cidade ao pôr do sol sem o risco de perdê-la ao amanhecer.

Mas as histórias gostavam que as coisas fossem simples. O sultão era o vilão. Nós éramos os heróis. E havíamos dado ao povo de Miraji um novo príncipe, mais benevolente que seu pai. Um novo deserto, livre da ocupação. Uma nova alvorada.

Eu me esforcei para fechar o medalhão em forma de sol ao redor do pescoço enquanto caminhava, me atrapalhando com a corrente por alguns momentos antes de finalmente ter que parar.

Estava atrasada.

Me apoiei em um mosaico de cisnes que se alongava pelo corredor que atravessava o palácio, de frente para uma arcada que se abria para uma lagoa de aparência plácida, enquanto tentava fechar o ganchinho na parte de trás.

Nunca tivera uma joia antes, e teria continuado assim alegremente se Ahmed não tivesse me dado aquele medalhão. Ele me marcava como uma das novas conselheiras do sultão no grupo temporário que havia formado para tentar solucionar os obstáculos para a criação de um novo país. Era simbólico, e eu devia usá-lo exatamente por isso.

Inclinei a cabeça para a frente, deixando cair sobre o rosto o cabelo que Shazad havia arrumado com tanta habilidade. Tinha crescido desde que fora cortado no palácio, meses antes. Estava comprido o bastante para prender no fecho do cordão se eu não tomasse cuidado. Tão comprido que eu poderia prendê-lo para cima, mas Shazad não deixara. Ela havia passado a mão pelos meus cachos escuros algumas vezes com um pingo de óleo nos dedos, até eles parecerem artisticamente desgrenhados. Também havia me maquiado, espalhando kohl escuro apressadamente ao redor dos olhos e vermelho na minha boca, para combinar com o khalat que eu vestia, da cor do nascer do sol. Vermelho como o alvorecer, mas com a borda trançada em ouro, formando o horizonte de Izman ao longo da bainha. Parecia que eu tinha acabado de chegar da batalha. O que, percebi enquanto ela saía, era exatamente sua ideia. Shazad parecia estilosa e elegante — uma líder, uma general. Eu estava desempenhando o papel de Bandida de Olhos Azuis, misteriosa e pouco apta ao ambiente da nobreza. Éramos todos personagens agora, pelo resto de nossas vidas, sempre que aparecêssemos em público. Um preço justo a pagar pela vitória.

Finalmente fechei o gancho com um estalido satisfatório. Joguei o cabelo para trás e corri o mais rápido que pude sem perder os sapatos, em direção aos jardins.

As celebrações da Shihabian tinham começado ao entardecer. Ali e por toda a cidade, a noite havia clareado com a luz das lanternas. Acesas com óleo daquela vez, e não com fogo roubado de djinnis. Contudo, havia conversas sobre replicar o que Leyla havia feito sem a necessidade de assassinar seres primordiais. E produzir luz sem fogo. Ou fazer mais alguns abdals, que nos defenderiam se necessário. Ainda estávamos em guerra com Gallandie, afinal. Contudo, imaginei que levaria muito tempo até que recobrassem suas forças e fossem atrás do nosso país outra vez. Havia rumores de que seu império no norte estava se desmantelando. A aliança com Albis tinha falhado. Era um império decadente cercado de inimigos. Incluindo nós. E Albis. Ahmed havia forjado uma paz experimental com a rainha de lá. Lutava por uma paz diferente da que seu pai havia forjado com os gallans. Uma na qual nós governássemos. Tínhamos aliados agora. Não ocupantes.

As regiões no extremo leste do império gallan estavam se rebelando por independência. Pela liberdade e pelo direito de ter um país onde a religião gallan e o ódio aos seres primordiais que andava junto não fossem impostos.

Mas se os gallans avançassem novamente, precisaríamos estar preparados. As criações de Leyla tinham mudado o mundo, e não havia como voltar atrás.

Mesmo Ahmed, que resistiu o quanto pôde a fazer qualquer coisa que pudesse lembrar seu pai, tinha usado o zungvox de Leyla mais uma vez. Para anunciar eleições na cidade de Izman.

Seu pai, e o pai dele, e todos até o primeiro sultão, haviam governado sem a voz do povo. Queríamos mudar isso. Queríamos deixar que decidissem se ele continuaria a ser sultão. Ahmed não queria ser um conquistador do seu próprio país. Pediu que o escolhessem.

E então foram organizadas eleições.

Ninguém ficou surpreso quando Ahmed ganhou. Havíamos declarado que qualquer pessoa poderia se apresentar como um concorrente ao trono. Vários dos filhos do sultão se apresentaram, além de um ou dois emires. Ao todo, doze homens contra Ahmed. Espalhamos a notícia pelo país inteiro, enviando os homens e mulheres em quem depositávamos maior confiança para coletar os votos de cada cidade, cidadela e vila. Em alguns lugares, onde não sabiam ler ou escrever, tiveram que votar com figuras em vez de nomes. Uma coleção estranha foi levada de volta para Izman para a apuração: nomes rabiscados em papeis às centenas juntamente com sacos de pedras coloridas e pedaços de madeira pintados. Mas, no fim, foi fácil saber o resultado. Éramos demdjis, então, depois de fazer a contagem, quando avisamos que a maioria dos votos tinha ido para Ahmed, todos sabiam que era verdade. Não cometíamos erros.

Ele foi eleito líder de Miraji pela próxima década. Tempo suficiente para construir o país que havia prometido, mas não tanto que o poder chegasse a corrompê-lo.

No jardim, homens e mulheres se misturavam em roupas espetacularmente coloridas. Eram pessoas que Ahmed precisava que apoiassem seu governo. Emires, seus familiares e filhos, incluindo Rahim de Iliaz e Haytham de Tiamat, bons exemplos para os outros seguirem. Embora soubéssemos que já havia resmungos de dissidentes. Capitães que agora serviam sob o comando de uma general mais jovem e mulher, que precisavam ser convencidos a obedecer. O general Hamad havia abdicado em favor da filha. Ele estava ficando velho e tinha lutado duas grandes guerras. Visto dois sultões morrerem. Um dos quais ele havia traído. Ahmed estava providenciando para que ele recebesse uma bela aposentadoria. Hamad disse que era um raro privilégio se aposentar em vez de morrer no campo de batalha. E era hora de uma nova geração assumir o comando.

Shazad já havia começado a mudar as coisas. Uma das guarnições tinha sido reservada a mulheres, e estava enchendo lentamente. Muitas das novas soldadas eram rebeldes que haviam lutado conosco em Izman e decidido não voltar para casa. Mas algumas eram novas recrutas, surgindo aos poucos pela cidade, algumas até da Casa Oculta de Sara. Os capitães não aceitariam sua nova general e suas novas recrutas da noite para o dia. Mas não era como se tivessem escolha. O mundo estava mudando, e precisavam mudar com ele.

Tínhamos vencido uma guerra, mas sabíamos que ainda havia milhares de pequenas lutas nos esperando. Mas naquela noite, vozes alegres se espalhavam pelo jardim no ar refrescante da noite, e havia bom vinho. Por algumas poucas horas, houve descanso.

Eu me demorei à margem da celebração, despercebida nas sombras enquanto procurava Jin na multidão. Seu irmão me encontrou primeiro.

— Uma comemoração diferente da que tivemos ano passado — disse Ahmed, aparecendo ao meu lado vindo de dentro do palácio. Pelo menos eu não era a única atrasada.

— Com certeza. — Nossa última Shihabian tinha sido no vale de Dev. Escondidos. Sem um reino. Sem uma única vitória real. Sem tantas mortes. Na última Shihabian, estivéramos cercados por muitas pessoas que agora haviam se tornado poeira no deserto.

Ahmed vestia um kurta preto com tranças douradas. Seu cabelo estava cuidadosamente escovado para trás, fazendo-o parecer ter mais do que dezenove anos. Ele parecia um governante da cabeça aos pés.

Desde a eleição no mês anterior, ele havia passado cada dia trancado em uma ou outra reunião, ajeitando o país que tínhamos salvado. Eu participara de algumas delas, mas não de todas. Rahim e Ahmed haviam se reunido naquele mesmo dia para decidir o que fazer com a princesa traidora, ainda presa em Iliaz. O restante de nós abandonara a reunião discretamente. Ninguém queria ser chamado para escolher um lado na hora de decidir tratá-la como irmã ou inimiga.

— Já sabem o que fazer? — perguntei, mesmo sem ter certeza de que queria ouvir a resposta.

Ahmed só sacudiu a cabeça com um ar sério.

—Ainda não chegamos a um acordo. Meu pai teria mandado executar Leyla. Shazad diz que devíamos fazer dela um exemplo. Rahim quer que eu a poupe de qualquer punição grave, é claro. Embora ela não tenha falado muito com ele desde... — Ele parou e passou o dedo pela borda do copo. — Rahim trouxe notícias dela quando voltou de Iliaz. Está esperando um filho.

De Balir, percebi. Não descartaria que Leyla tivesse planejado aquilo também. Como uma forma de se manter viva. Devia imaginar que separar uma criança de sua mãe seria um dilema para Ahmed, independente de seus crimes. Já que o sultão havia tirado a mãe dele e de Delila dos dois.

— Não sei. — Ahmed suspirou, olhando para a festa enquanto nos demorávamos um pouco mais em seus arredores. A luz e o barulho escapavam, nos alcançando de leve, nos convidando a entrar. — Não acho que exista vitória possível contra ela. Estou começando a entender melhor meu pai depois de sua morte. Fazendo escolhas que odeio só porque a alternativa é pior.

— Você não é como seu pai — eu disse, me apoiando na pedra fria da parede do palácio. Mas ele tinha razão. Se matasse Leyla, uns diriam que era cruel e outros que era justo. Se a prendesse, uns diriam que era fraco e outros que era bondoso.

— O que você faria no meu lugar? — Ahmed perguntou, me pegando desprevenida.

— Com Leyla? — perguntei. — Consigo pensar em um monte de coisas, mas ouvi que se deve tratar meninas grávidas com gentileza.

Ahmed sorriu, mas não desistiu.

— Sabe que não foi isso que eu quis dizer. — Ele tocou o medalhão dourado no meu pescoço. — Coloquei você no posto de conselheira por um motivo. Quero que me aconselhe.

— Eu mandaria Leyla para o exílio — falei antes que pudesse pensar duas vezes. Assim que as palavras saíram, eu soube que era o que pensava de verdade. Gente demais havia morrido naquela guerra. E tudo para construirmos um lugar melhor. Uma nova alvorada. Um novo deserto. — Para Albis — eu disse, a ideia ficando mais clara na minha mente. — Ou de volta para a terra da mãe dela. Basta deixar claro que jamais poderá colocar os pés no deserto outra vez. Envie a todos a mensagem de que a pior punição por traição não é a morte, mas viver em outro lugar que não o grande país que está construindo. É disso que eu teria mais medo, de ter que deixar o meu lar. — Ahmed me observou com atenção, sua boca formando um sorriso sutil. — O que foi? — perguntei na defensiva.

— Nada. É que... Teria sido um desperdício inacreditável se você tivesse passado a vida presa naquela cidade no fim do deserto. — Ele me ofereceu o braço. Era hora de entrar na Shihabian.

— Não se preocupe. — Passei meu braço no dele, como tinha visto Shazad fazer em ocasiões formais. — Mesmo que ainda estivesse presa lá, teria votado em você.

Entramos juntos na comemoração.

A noite absoluta caiu à meia-noite, como de costume. Extinguindo o fogo. A lua. As estrelas. Só por aquele momento, foi como se eu estivesse morta novamente naquelas catacumbas. Escuridão absoluta. Então a mão de Jin encontrou a minha. Me lembrando que estávamos vivos. Que éramos apenas uma chama bruxuleante em uma noite muito longa. Mas estávamos ali, naquele momento.

Talvez Jin tivesse razão, lá nas catacumbas no dia da batalha de Izman. Talvez não existisse nada além daquela vida. Talvez ele e eu nos tornássemos apenas poeira, procurando um ao outro para sempre. Mas seríamos mais do que isso. Seríamos histórias, bem depois de termos partido. Histórias imperfeitas e imprecisas. Histórias que jamais fariam jus à verdade.

Eu já havia começado a ouvir a lenda de como Jin e eu tínhamos sido salvos da morte pela graça dos djinnis, tão comovidos com nosso grande amor que nos alimentaram com chamas até nossos corpos reacenderem.

Mais tarde, as histórias diriam que a Bandida de Olhos Azuis e o príncipe estrangeiro lutariam muitas outras batalhas pelo país. E suas muitas aventuras seriam recontadas à noite para crianças, em volta das fogueiras. As histórias diriam que, quando a morte finalmente fosse até eles novamente, ao cabo de vidas muito longas, ela os reivindicaria juntos, lado a lado, no deserto pelo qual haviam lutado.

Mas nunca contariam que o príncipe estrangeiro manteve sua promessa para a Bandida de Olhos Azuis e a ensinara a nadar. As histórias esqueceriam os pequenos momentos dos quais ela se lembraria: a sensação dos dedos dele em suas costas quando a erguera junto ao seu corpo na água dos banhos onde costumava ser o harém. Que ele sempre sorria quando a beijava e ela estava com gosto de sal. Que ela se esforçou em aprender por causa dele, mesmo que se sentisse uma chama mergulhada na água. As histórias só contariam sobre o dia em que a Bandida de Olhos Azuis estava em um navio que começou a afundar durante uma tempestade e saltou do convés, nadando até a costa. E que de lá enviou uma onda de areia para salvar o navio do naufrágio. Mas nenhum contador de histórias jamais se perguntaria como uma garota do deserto sabia nadar.

Cada história sobre o governo do príncipe Ahmed falaria de sua bondade e da prosperidade que levou ao país. Jamais saberiam das noites longas com óleo queimando nas lamparinas para tomar decisões difíceis, ou dos dias em que a Bandida de Olhos Azuis sairia impetuosa de seus aposentos por pensar que ele estava cometendo um erro. Ou das noites que ele passaria insone, preocupado com a mesma coisa.

Todo mundo saberia que, quando ele desceu do trono após dez anos, o país elegeu outro príncipe, um de seus meios-irmãos que havia crescido no harém. Então os contadores teriam que narrar em voz baixa o que aconteceu em seguida: apesar de aquele homem ter o mesmo sangue do príncipe rebelde, não podia ser mais diferente. E não demorou muito para tentar controlar o poder e tirar a vida daqueles que não concordavam com ele. Logo declarou que governaria não só por uma década, mas durante toda a sua vida, como seu pai havia feito.

Mas a voz dos contadores de história se ergueria para relatar que uma noite, quando o príncipe usurpador se regozijava de sua vitória no palácio, alguém bateu na porta de seus aposentos. Quando ele a abriu, encontrou a bela general parada à sua frente. Ele ficou chocado, porque havia enviado um assassino para matá-la. Mas o homem havia falhado, e a general é que o havia assassinado. Quando ela descobrira o que estava acontecendo, marchara com seu exército e tomara a cidade de volta enquanto ele dormia. E fizera aquilo sem disparar um único tiro ou sequer desembainhar sua espada. Mas a desembainhava agora, para entrar em seus aposentos e pôr um fim à sua tirania.

Essa foi uma história que todas as garotas que se alistaram no exército mirajin certamente ouviram quando crianças.

Mas ninguém saberia que na véspera daquela batalha sem derramamento de sangue em Izman, oito pessoas tinham se reunido pela primeira vez em muitos anos. Lembraram-se de cada vez que haviam feito o mesmo antes, quando eram mais jovens. O príncipe estrangeiro perguntara: "Já não vencemos esta guerra?". E seu irmão indagara em voz alta se eles sempre estariam lutando pela liberdade contra homens sedentos por poder. E então a bela general juntara suas mãos e dissera: "Muito bem, eis o nosso plano". E a Bandida de Olhos Azuis rira, porque não ouvia aquilo fazia muito tempo.

As histórias só diriam que uma nova eleição aconteceu depois de o usurpador ser destronado. E que a bela general foi escolhida como a próxima governante do deserto. Ela se tornou a primeira sultana eleita de Miraji, e defendeu seu país por mais dez anos gloriosos.

Quando ela desceu do trono, o príncipe demdji foi escolhido para governar o povo. Ele era o filho adotivo do príncipe rebelde, apesar de ser descendente da abençoada sultima. Algumas histórias diriam que também era sangue do sangue da Bandida de Olhos Azuis. Mas a maioria delas diria que essa era uma invenção absurda. Todas concordariam que seu governo havia sido profetizado antes de ter nascido, e que sua linhagem significava que estava destinado a ser um grande governante.

Mas a Bandida de Olhos Azuis, que lembrava de onde ele e a abençoada sultima tinham vindo, sabia que o príncipe demdji não havia se tornado grande por sua linhagem. Ele era gentil porque o príncipe rebelde pegava seu filho e o consolava quando ele caía e ralava o joelho, em vez de castigá-lo por sua fraqueza. E que o príncipe estrangeiro ensinara a seu jovem sobrinho demdji que não precisava compartilhar laços de sangue com quem chamava de família. A própria Bandida de Olhos Azuis o ensinara a atirar, e quando pensar em vez de puxar o gatilho. O lendário comandante de Iliaz mostrara a ele como andar a cavalo e explicara que soldados mereciam respeito, não apenas ordens. A princesa demdji e os lendários gêmeos demdjis tinham sido os primeiros a ajudá-lo a entender, quando muito novo, os poderes que herdara do pai. A bela general o ensinara a traçar estratégias em vez de perder a calma pensando na resolução de um problema. E aqueles perto dele saberiam a verdade que as histórias não contariam: que ele era um grande governante por ser feito das melhores partes de todos os homens e mulheres que o criaram.

E nenhuma história jamais contaria que um dia, quando o príncipe demdji ainda era criança, a Bandida de Olhos Azuis viajara para longe, no sul. Sentada em uma pedra aquecida pelo sol, perto de um pai sagrado que só tinha uma perna, os dois viram o jovem príncipe brincar na mesma areia onde haviam crescido, com primos que compartilhavam seu sangue, mas que jamais entenderiam totalmente como era sua vida em um palácio distante. Que quando a avó do garoto o pegara no colo, o pai sagrado dissera que a abençoada sultima teria ficado feliz se pudesse ver a cena.

As histórias seriam imperfeitas, as lendas seriam incompletas. E cada um de nós de pé no jardim naquela noite levaria um universo inteiro de histórias conosco quando morrêssemos, os testemunhos de cada pequeno momento que não parecia grandioso o suficiente para os contadores de história, que desapareceria na fumaça quando nossos corpos fossem queimados.

Mas mesmo que o deserto esquecesse nossas mil e uma noites, saber que ele falaria sobre nós já era suficiente. Que muito tempo depois de nossa morte, homens e mulheres sentados em volta da fogueira ouviriam que uma vez, muito tempo atrás, antes de sermos somente histórias, nós vivemos.

Na nossa frente, no jardim, uma fogueira ganhava vida.

E o contador de histórias começou a falar.

AGRADECIMENTOS

Em primeiro lugar, agradeço aos meus pais. Eu poderia escrever um milhão de livros e agradecer a eles ao final de cada um, mas ainda assim não seria suficiente para agradecer pelas últimas três décadas. Vocês continuam sendo os melhores pais que qualquer garota poderia ter.

Serei sempre grata a Molly Ker Hawn, que é muito mais do que uma agente. Sou muito sortuda por poder desfrutar de sua paixão pelos livros todos os dias. Amani não chegaria tão longe sem ela.

Agradeço às minhas editoras, Kendra Levin e Alice Swan. Eu teria desistido e me jogado no chão dezenas de vezes se não fosse por elas. Estarei para sempre em dívida por sua paciência, energia e convicção, principalmente quando eu já não tinha nenhuma dessas coisas. Obrigada por me ajudarem a cruzar a linha de chegada.

Obrigada a Ken Wright, Leah Thaxton e Stephen Page por apoiarem a mim e a essa trilogia nos últimos três anos. Significa muito.

Mil vezes obrigada às minhas assessoras de imprensa extraordinárias, Elyse Marshall e Hannah Love, que estão sempre cheias de energia e otimismo e entusiasmo e fazem tudo parecer fácil ainda que eu saiba como trabalham duro.

Sou grata às equipes dos dois lados do Atlântico que ajudaram a destrinchar todos os detalhes: Maggie Rosenthal, Krista Ahlberg, Natasha Brown e Susila Baybars. E por terem recebido um arquivo desleixado do Word e transformado num livro real e lindo, agradeço a Theresa Evangelista, Emma Eldridge e Kate Renner.

Agradeço às equipes de marketing, mídias sociais e assessoria de imprensa nos dois países pela divulgação do livro. Bri Lockhart, Leah Schiano, Kaitlin Kneafsey, Emily Romero, Rachel Cone-Gorham, Anna Jarzab, Madison Killen, Erin Berger, Lisa Kelly, Mia Garcia, Christina Colangelo, Kara Brammer, Erin Toller, Briana Woods-Conklin, Lily Arango, Megan Stitt, Carmela Iaria, Venessa Carson, Kathryn Bhirud, Alexis Watts, Rachel Wease, Rachel Lodi, Sarah Lough e Niriksha Bharadia.

E por fazerem os livros chegarem às prateleiras, agradeço aos departamentos comerciais. Incluindo, entre outros, Biff Donovan, Sheila Hennessy, Colleen Conway, Doni Kay, David Woodhouse, Clare Stern, Kim Lund, Miles Poynton e Sam Brown e os vendedores da Faber.

Sou muito grata a toda a equipe da Bent Agency e todos seus coagentes por colocarem a história da Amani e da rebelião nas prateleiras do mundo inteiro. E aos meus editores estrangeiros por levarem essa história a seus respectivos países.

Quando escrevo agradecimentos, morro de medo de esquecer de alguém que me ajudou. Então amigos, colegas, conterrâneos: tenham certeza de que continuo achando vocês incríveis.

Em particular, gostaria de agradecer a Amelia Hodgson. Ela leu mais de um rascunho deste livro sem nenhuma obrigação, e dedicou fins de semana inteiros a me ajudar a resolvê-lo nos mínimos detalhes. Se você gostou da cena em que o barco navega pelo deserto, foi ideia dela.

Michella Domenici, que é a maior torcedora que um livro poderia ter.

Anne Murphy, que é o tipo de pessoa que sabe exatamente como lidar com momentos de crise através de pequenos gestos que sempre fazem toda a diferença.

Sophie Cass, que tem o azar de trabalhar perto da minha editora, e que sempre parava tudo para pagar um chocolate quente para uma amiga necessitada.

Meredith Sykes, que terminou de ler este livro e imediatamente me mandou uma selfie em meio às lágrimas, que recebi a tempo de me alegrar numa noite especialmente ruim.

Justine Caillaud, que foi minha parceira criativa no crime desde que tínhamos seis meses de idade e que sempre me lembra de não ficar mal em relação a tudo que a criatividade tira de nós.

E, claro, Rachel Smith. Naturalmente. Por estar sempre ao meu lado.

Obrigada às minhas companhias da Penguin Teen on Tour por tornarem a estrada tão divertida. E especialmente a Renée Ahdieh, que é responsável por metade do título em inglês deste livro.

Do outro lado do Atlântico, agradeço a Roshani Chokshi, Jessica Cluess e Stephanie Garber, as melhores para se ter do outro lado do celular/ computador em momentos de crise quando uma autora precisa desabafar.

E do meu lado do Atlântico, agradeço aos autores que são meus parceiros de escrita, vinho e reclamações: Samantha Shannon, Laure Eve, Cecilia Vinesse, Katherine Webber, Melinda Salisbury, Katy Birchall, Lisa Williamson e Non Pratt e muitos outros que com certeza estou esquecendo. Desculpa, te pago uma bebida.

E por último mas não menos importante, obrigada a todos os livreiros que deram os volumes dessa série nas mãos dos leitores, aos blogueiros que indicaram a leitura, e a todos os leitores que abraçaram Amani e a rebelião. Posso escrever o quanto for, mas uma história precisa ser lida para se tornar mais do que palavras, então obrigada a todos vocês por darem vida a esta história ao folhear estas páginas.

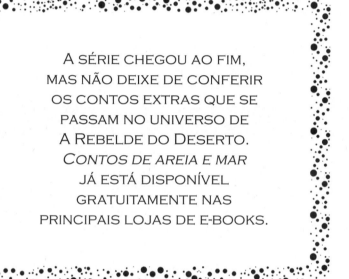

A SÉRIE CHEGOU AO FIM, MAS NÃO DEIXE DE CONFERIR OS CONTOS EXTRAS QUE SE PASSAM NO UNIVERSO DE A REBELDE DO DESERTO. *CONTOS DE AREIA E MAR* JÁ ESTÁ DISPONÍVEL GRATUITAMENTE NAS PRINCIPAIS LOJAS DE E-BOOKS.

1ª EDIÇÃO [2018] 8 reimpressões

ESTA OBRA FOI COMPOSTA PELA VERBA EDITORIAL EM PERPETUA
E IMPRESSA PELA GRÁFICA BARTIRA EM OFSETE SOBRE PAPEL PÓLEN NATURAL
DA SUZANO S.A. PARA A EDITORA SCHWARCZ EM SETEMBRO DE 2023

A marca FSC® é a garantia de que a madeira utilizada na fabricação do papel deste livro provém de florestas que foram gerenciadas de maneira ambientalmente correta, socialmente justa e economicamente viável, além de outras fontes de origem controlada.